李秋振 著

花山文艺出版社

河北·石家庄

图书在版编目（CIP）数据

山里人 / 李秋振著. -- 石家庄 : 花山文艺出版社, 2024.4
ISBN 978-7-5511-7018-5

Ⅰ．①山… Ⅱ．①李… Ⅲ．①长篇小说—中国—当代 Ⅳ．①I247.5

中国国家版本馆CIP数据核字(2024)第014104号

书　名：	山　里　人 SHAN LI REN
著　者：	李秋振

责任编辑：郝卫国
责任校对：杨丽英
美术编辑：王爱芹
出版发行：花山文艺出版社（邮政编码：050061）
（河北省石家庄市友谊北大街330号）
销售热线：0311-88643299/96/17

印　　刷：	北京一鑫印务有限责任公司
经　　销：	新华书店
开　　本：	700毫米×1000毫米　1/16
印　　张：	26.5
字　　数：	280千字
版　　次：	2024年4月第1版 2024年4月第1次印刷
书　　号：	ISBN 978-7-5511-7018-5
定　　价：	69.80元

（版权所有　翻印必究·印装有误　负责调换）

序

程雪莉

盛夏一日，朋友说要介绍一位军工战线的老同志，我脑海里不觉浮现小时候的一点儿印象。当时，我曾跟随舅舅，搭乘一部邮车，和一堆信件一起被关闭在黑漆漆的邮箱里，颠簸了许久，到达了太行深山的"神秘工厂"。这些厂子的职工是吃商品粮的"山里人"，厂子名称都是用数字来命名。而我曾被"邮寄"去的厂子是造什么的，有着什么样的历史，也许一会儿会明白。

等到落座，见到李秋振先生，却是一位蔼然可亲的长者，尔雅通达的学者。我们话题竟是从雪浪石开始的。北宋元祐八年（1093年），苏东坡被贬任定州知府时，巡视曲阳县得到神奇的"中山一片石"，石身黑质白脉，纹理如雪似浪。苏轼喜爱有加，把石头请到书房里欣赏，题名为"雪浪石"，把书斋命名为"雪浪斋"，并赋诗赞赏。由于苏轼的珍爱，当时的文人骚客纷纷写诗唱和，被称为"中华第一名石""大宋第一名石"。李秋振先生对"名石"颇有研究，组织成立了曲阳观赏石协会，后曾任中国观赏石协会副会长、河北省观赏石协会副会长，写过多篇论文，是名副其实的学者。我多年前发起成立河北省中山国文化研究会，也曾关注雪浪石和曲阳石雕等文化现

山里人

象，我们讨论的话题愈发广泛起来。

不觉之中，话题回到"军工战线"。他慢悠悠地拿出一部长篇小说的书稿，原来就是基于他的军工厂亲身经历和在那个环境里的所见所闻写成的。他在1971年入职军工企业，1985年转职当地县城，在中层干部岗位上退休。自幼爱好写作，在军工厂工作期间就有小说发表于省级文学刊物并获奖。退休后依然笔耕不辍，曾出版散文集《悠悠父母情》一书，作品散见于省市级报刊，现为河北省作家协会会员。

一般来说，像他这样一个年过古稀的老同志应该是颐养天年、享受天伦之乐的时候了，但是，那段足足15年如火如荼的青春记忆使他无法释怀，并且愈久愈烈。由于社会的发展，国际形势的变化，他所为之奉献大好年华的那段历史经历业已被封存，不复鲜活地存在了。又总不见相关的作品展露在当代文学的大书架上，于是，他心不安了，坐不住了，便以一种舍我其谁的精神勇敢地肩负起这项历史使命，经过两年多时间的踔厉笃行，从而完成了这部约30万字的小说初稿，几经打磨最终定稿，即将付梓出版。带着童年时代的疑问，我要读读这本小说。

随着小说的情节，我逐渐看到，在那个火红的年代，虽然物质条件简陋，生活艰苦，但人们精神振奋、热血沸腾、激情四射，那些滚烫的场景似乎就在我们身边。小说里的那群军工人，思想单纯，生活俭朴，少有物质方面的攀比，多的是比学习、讲贡献。工作中如此，生活上如此，纵使谈恋爱也以其为主要内容，烙有深深的时代印记。

这一点在高丛伟和郑瑶芝的恋爱过程中都有充分表现。

作者对故事进行铺垫，故意隐下主人公秦大梅而讲述其一家人因黄河洪灾从河南北上逃难，一路上的颠沛流离乃至在沟底下村的家破人亡，最后只剩下主人公与其妹妹秦梅子二人，且还天各一方、互不相知的悲惨遭遇。以至最后写到秦大梅从一个市级工业局局长的岗位上退休为止，跨越时间长达50年，从20世纪40年代到90年代。其间发生在我国的抗日战争、解放战争、土地改革、改革开放、企业改制等历次的大事件都被作者熔铸到故事中，让读者的阅读视野变得开阔。

首先，故事开头安排的卜照边这个"离经叛道"人物就很生动，由其一连串的言行铺开场景，从而紧紧抓住了读者的眼球。

继而叙事双头并进，一方面通过秦梅子不得已给黑柿子沟村的高家去当童养媳的过程，勾勒妹夫高五蛋以及以其为首的一大批形形色色、纷纷杂杂的农村普遍存在的人和事。于是进退有度的高五蛋、智慧贤淑的秦梅子、权宜机变的楼支书、暗打小算盘的孟大队长，以及贼鬼流滑、懒散狡诈的赵补平等人物都跃然于纸上，个个有血有肉、活灵活现了。尽管有的人物着墨不多，却由于事件的合理带入也显得非常自然。还有，通过对农村生活的描写，言外之意带出来一个问题：尽管当时的军工企业条件非常艰苦，为什么黑柿子沟村的年轻人，在5选2的情况下，都不惜搞小动作争着要"跳出农门"？想必这个问题也是乡村振兴方针政策的愿景所在。

山里人

　　另一方面，以主人公秦大梅为主线叙述。前半部分以高五蛋的线索"双线并进"，这种安排或者有助于后半部分两条基线上人物的场景融合，从而更利于表现秦大梅身上兼具的原则性和人情味，以突出秦大梅的人格魅力。

　　秦大梅在战争年代出场，抗战时期打游击消灭鬼子，解放太原，攻坚克难，把一个沉稳坚毅、智慧勇敢的秦大梅烘托出来，然后把他带入主场，从部队转业成为一家军工企业的负责人。

　　20世纪60年代初，针对当时苏、美两个超级大国对我国造成严重威胁的国际形势，党和国家决定在中西部13个省、自治区进行一场以战备为指导思想，以大规模国防、科研、工业和交通为内容的基本设施建设项目，通称"三线建设"。书稿资料显示，国家在十分困难的情况下，此项目的投入竟超过全国同期基建项目总投资的40%，多达2052.68亿元；从全国各地抽调高级管理干部、科学技术人才，一并招募优秀青年农民入职工作，共计400多万人。他们喊着"备战备荒为人民"的口号，打起背包告别亲人，放弃优越的生活条件、工作环境，奔赴戈壁沙漠、深山峡谷，融合成钢铁般意志的军工大军，克服重重艰难险阻，用汗水和生命建起了1100多座大中型工矿企业、科研单位和大专院校。

　　主人公秦大梅正是军工大军中的一员，他从容不迫、指挥若定，是奋战一方的军工企业领导者的形象。另外，副厂长武珩九的勤恳务实、总工程师林晨如的一丝不苟、高丛伟的勤奋朴实、郑瑶芝的纯洁真诚，形象也都十分鲜明，都在各自的岗位上演绎着人生精彩，为我国的军工建设做出了积极贡献。

小说不仅成功地刻画了许多人物形象，许多细节也多有可圈可点之处，比如抗洪抢险英雄杨来福烈士牺牲后，向家属交代的整个过程的描写就颇具感染力，可谓回肠百转。

这样一部颇具真实感的小说，也许就不能单纯从文学专业的角度去评判。小说的主人公秦大梅从第二章才正式出场，也许你觉得这样的铺垫稍长；小说从战争年代到新中国成立之后各个时期都有表述，也许你会说，这样的情节故事设置不够集中，但传记色彩，恰是创作者所采用的笔调。

总之，从李秋振先生真切、朴素、热情的文字当中，我们可以感受到那个时代蓬勃向上的力量，感受到作者旗帜鲜明的爱和恨，感受到他浓浓的家国情怀和责任担当。但愿大家和我一样，能从这部小说里读出一些有益的人生味道来。

浅读散记，是为序。

2022年秋月

（作者系河北省作家协会副主席）

目 录

第一章　福祸相连…………………………………………… 1

第二章　大战葫芦坡………………………………………… 10

第三章　农民翻身了………………………………………… 24

第四章　祭祖逢亲…………………………………………… 36

第五章　解放太原…………………………………………… 49

第六章　军人转军工………………………………………… 58

第七章　推荐………………………………………………… 74

第八章　出山进山…………………………………………… 94

第九章　洪水无情人有情…………………………………… 111

第十章　住院疗伤…………………………………………… 134

第十一章　机关算尽………………………………………… 157

第十二章　一波三折………………………………………… 175

第十三章　慰问演出………………………………………… 196

第十四章　顽疾难除………………………………………… 203

第十五章　山中景…………………………………………… 219

第十六章　小事不小………………………………………… 237

第十七章　相会天津………………………………………… 243

第十八章　姻缘错配……………………………………… 261

第十九章　转型…………………………………………… 294

第二十章　再续姻缘……………………………………… 309

第二十一章　转型初见成效……………………………… 327

第二十二章　重返温州…………………………………… 337

第二十三章　投资风波…………………………………… 350

第二十四章　变故………………………………………… 366

第二十五章　邪不压正…………………………………… 379

第二十六章　卸任………………………………………… 389

后　　记…………………………………………………… 409

第一章　福祸相连

谁都知道黄河是我们的母亲河，但由于古时生态环境的恶劣使她染上了"善淤、善决、善徙"的毛病，从先秦到新中国成立前3000多年间光下游决口就达1593次，改道26次之多。我们的母亲河真是多灾多难，她的每次灾难都会导致无数的儿女们背井离乡，外出避难。

老秦家就是无数逃难家庭中的一家，在一次特大洪水泛滥后，所幸秦能的媳妇和三个儿女死里逃生。但保住了性命的一家人面对无边的沼泽和漫漫黄沙无法生存，秦能只好带领媳妇和儿女四处漂泊，靠一根木棍和两个不完整的粗瓷碗乞讨为生。有一天他们一家流浪到冀北省太峪县一个叫沟底下的小村子，天已渐黑，无路可走了，只得找地方寄宿。由于衣衫褴褛蓬头垢面找了几家都不愿留宿。正当他们一家在街头发愁的时候，突然走过来一个人，这个人就是本村的，叫卜照边。卜照边是个多事、好心坏心兼有的人，他走到秦家人跟前，对着他们说："这天都这么黑了，听说你们还没有找到住处，这条街北头靠沙岗子底下有一处闲房可以挡风避雨，你们一家可以到那里过夜，还白住，住多长时间也没人撵你们，不知你们想不想去？"

秦能听了很是高兴，感觉遇到了贵人，忙说："谢谢老哥，麻烦你能带我们过去看看吗？"

山里人

"能是能，但是有个情况还得给你们说一下。"卜照边见老秦他们真有住下来的意思，就接着说，"可据说那个地方有时候闹凶，说是到了后半夜里就有大响动，可吓人哩！有好多过路的讨饭的，住不到天亮都被吓跑了。"

秦能听了后犹豫了一下，但很快就下了决心，心想我们现在穷得就有几口气了，除了死还有什么大灾呢？他对卜照边说："老哥，我们不怕，就麻烦你领我们去吧！"于是由卜照边带路，他携家小就奔那处闲宅去了。及至近前，但见那处宅子是坐北朝南的三间土屋，除了通风透气外没有什么别的特点。院子窄长，足有十多米，院中居然有两棵老柏树，歪着身子对着长，枝干都互抱在了一起，搭起了一个高大宽阔的院棚门，阴森森的有点儿像鬼门，媳妇和孩子们见了那"门"都不敢往前走了。秦能见状赶紧鼓动说："来吧！挺好，最起码屋里头墙根底下比外头背风，这黑灯瞎火的有这么个地方住就不作古了，谢谢老哥了。"卜照边见他们真住下来了，窃喜着溜走了。

一家人进屋后相互依靠着缩在一起，熬度漫漫长夜，饥饿和寒冷内外交迫欺负着他们。不知什么时候东头屋里突然唱起了大戏，哭丧腔有板有眼，好像看戏的也一块儿哭闹，大有冲着他们过来的势头。深更半夜里突然出现了凶怪的响动，把秦能家的人吓得挤得更近了，老婆和孩子们瑟瑟发抖连气也不敢出了，虽然都腹内空空，但身上冷汗也是哗哗地流。不好了，灭顶之灾来了，都有了这样的预感。

第一章　福祸相连

还是老秦每临大事有静气,他伸出右手有力地拍了拍妻儿们,意思是你们不要怕,天塌了有我呢!要说男人就是男人,关键时刻挺得住冲得出。他镇定了一下情绪,屏息静听了一会儿。屋外黑得别说伸手不见掌,连臂也看不见,西北风像狼嚎一样,东屋里像办丧事一样哭闹着。一股豪气突然冲入他的胸中,反正都这样了,我要看个究竟,看它能把我怎么地。于是他猫起腰扶着地到东头屋里寻找"戏台",到了东头屋里东摸摸西摸摸,什么也摸不到。侧耳细听了一会儿,那声音忽大忽小好像是从东墙根下传出的,像鬼哭又似狼嚎,又像阴曹地府里在刑讯逼供,冤鬼们在凄喊求救。静听了一会儿也没别的,秦能想,它响它的闹它的吧,又不出来祸害咱,就是出来了,我就跟它拼了。他定了定神,折身返回妻儿身边,用腿脚护住他们,坚持到鸡叫头遍,噪声遁去。

一家人惊心动魄怕了一宿,面色土灰浑身瘫软无力。鸡叫过三遍后,天逐渐亮起来。秦能又到东头屋里查看现场,未发现任何异常迹象。他又出屋到院里院外察看,这时卜照边来了。"哎!你们没跑哇?"卜照边见了老秦大吃一惊,满怀狐疑地问。

秦能看了看满脸狐疑的卜照边,故作镇静地说:"我们为什么跑哇?大黑夜的跑哪儿去?你给我们找的住处挺好,还得谢你呢!"

"别说谢不谢了,那昨晚你们听到什么,看到什么了没有?"卜照边又非常惊讶地追问。

"没有哇！除了屋外的风声和屋里的黑暗，什么也没有听到见到。"秦能很平静地回答。

卜照边听了还是半信半疑，心想奇了怪了，别人都说有五鬼闹宅，这人偏说什么也没有。"那你们今儿个黑价还住在这儿吗？"他还在进一步试探。

"住哇！不住这儿上哪儿住去！"老秦用坚定的口吻说。

"那你忙吧。"卜照边背着手摇着头走了。

白天秦能带着家人串村挨户讨吃的，还琢磨着晚上如何度过，想来想去实在找不出别的道儿可走，心想就这样了，它闹嚷它的，咱宿咱的吧。夜幕降临，一家人又提心吊胆起来，不过有了昨晚的经历，他们好像轻松了一些。到了后半夜又像昨晚一样闹嚷了起来，秦能护着家人度过了艰难的一夜。天大亮后，卜照边又来探虚实，瞧见这家人安然无恙，又让他吃了一惊。

今天秦能有了想法，他在要饭时到了人家院里，用眼角瞄摸谁家院里有大镢头，发现谁家有也不开口借，踩好点就行。要饭的借家什，路数不对，看好了用时来偷拿，用过悄悄还回即可。还好，那时候的人们都穷，谁家也圈不起院墙，进出都很方便。这天到了深夜，闹嚷声又响起来，他嘱咐媳妇看好孩子，有什么情况也别动。他悄悄到村东一家拿了已经看好的镢头，摸黑进屋就狠狠地照着闹嚷处刨了下去，只几下过后闹嚷声就没有了，再刨就是嗵嗵的空响。他觉得好

第一章　福祸相连

像是刨到木板了,他放下镢头弯腰扒拉开木板上的土,用力把木板掀开,伸手往下摸好像是个大坛子,再往坛子里摸是一疙瘩一疙瘩的凉坨子,他拿起一块凉坨子到西头屋里让媳妇摸摸是什么。媳妇摸了一会儿突然惊叫起来:"老天爷!这是元宝,哪弄的?小时候在二舅家见过。二舅是个牲口贩子,褡裢里经常带着好几块这东西,我摸着跟他的一样。"秦能一听愣了,额头上顿时沁出了细细的汗珠。他想,这不是在做梦吧!过了好一阵子,媳妇小声说:"我说当家的,这真是元宝,你上哪里弄到的?"老秦这才说:"东头屋里到了半夜不是老闹嚷呀,闹得咱家老小心惊胆战的,我找了一把大镢头朝那闹嚷的地方使劲刨了几下,谁让它吓唬咱们了,没想到只刨了几下它就没声音了,往下一挖就发现了这个,好像是盛在一个大坛子里的。"老秦拉着媳妇到东头屋里,蹲下往下摸,摸到坛子里一疙瘩一疙瘩的全是,吓得俩人大气都不敢出了。

他们赶紧回填了刨开的土,恢复了土屋地原来的模样,趁着黑夜秦能把大镢头送回了原位。天亮后秦能和平常一样拎着打狗棍挨家挨户讨饭,一切如常。秦家早出讨饭,夜晚归来宿土房,卜照边司空见惯,也失去了一探究竟的兴趣。时间过得很快,一晃就到了年根子底下了,也就是腊月中旬的一个晚上,天上飘着小雪,秦能怀里揣着一个猪蹄子和半个猪鼻子,还有一小包平时积攒的花生和大枣,羞涩地敲开了卜照边家的门,卜照边开门一看是秦能,有些鄙夷地说:"已过了吃饭的点儿，现在来干什么？"

秦能赶紧赔着笑脸说："卜大哥，我不是来要吃的，是来串门谢谢你的。"

"谢我什么？"卜照边右手扶着半开的屋门，没有让客人进屋的意思。

"卜大哥，这下雪的天，让我到你家屋里站着说几句话不行吗？"

卜照边不情愿地把秦能让到了屋里边，秦能深知自己的身份，把带来的礼品郑重地放到迎门桌上，后退了一步站到了北墙根。卜照边冲着炕沿示意说："坐下吧。"

"不了，站着说几句话就走。卜大哥你是好心人，在我们一家没着没落的时候，你给我们找了住处，解救了我们一家，你是我们的救命恩人。你也知道我们是穷要饭的，实在无力回报你的大恩大德，只有让我们一家把你的好处记在心里了。"

"说那么动心干吗？谁家还没有个灾呀难呀的时候。其实我也没有帮你们什么。"卜照边口气缓和了。

"卜大哥，你也知道我们是无家可归了，你们这一片子的人都挺好，我们想在这里落脚谋生，农活儿我都会干，我媳妇家里家外的也是一把好手，我们都可以打个长工短工什么的，只要有口饭吃就行。"

"你们的想法也不是不行，只要勤劳肯吃苦这山里就饿不死人。等开了春，还可以在山坡上开几片荒地种些庄稼，你家吃饭的问题就

第一章　福祸相连

有些着落了。只是住的地方忒不行，先坚持着，等转过劲儿了，就把它买下来，翻盖两间就能凑合着住了。"卜照边有些诚意了。

"哎！大哥，你是替我们想了，可是买房子是我们做梦都不敢想的事。"

"先住着吧，也没人催你们。那房子是我爷的二舅爷的弟弟的，人早死了。早先是我爹替他们照看着，这不，我爹死了后只有我操心了，其实要买下来也用不了几个钱。"卜照边又重点补充了一句。照实说那房子早无主了，他是想捞些外快，发点不义之财。

"那要买下来得多少钱？"老秦嗫嚅着问。

听到秦能的问话，卜照边抬头瞟了他一眼，心想叫花子打喷嚏——气粗了。他装作思量权衡的样子，思索了一会儿，若无其事地说："怎么也得个十块八块的。"

"那我可真买不起，你看这么着行不？卜大哥！赶明年开春种地的时候，你家地里的活儿我们两口子都包了，一年下来的工钱，你说多少是多少，顶一部分房钱。这房子按八块的价格计算，短缺的部分，我再写个字据，分几年还清你。你要觉得行，咱们再立个房屋买卖契约，就算我买下来了。"秦能诚心地试探着说。

卜照边又思索了一会子，抬起头痛快地说："行了！既然你是真心的，我就成全了你吧，那房子扔着也是扔着。"卜照边偶得意外之财，心里暗自高兴，也就顺水推舟了。

山里人

秦能家时来运转，没有头脑发昏，日子过得很谨慎，不显山不露水的。买下了那三间破房后，农忙时打短工，还开垦了二亩山坡荒地，辛勤耕种，首先解决了全家挨冻挨饿的问题。逐步添置了一些必要的生产、生活器具，把破旧的三间房稍微修整了一下，日子也有些气象了。

天无百日晴，人无一世好。秦能家好日子没过几年，不想莫名飞来的一场大火，使老秦家家破人亡，又跌入谷底。

一个漆黑的夜晚，吃过晚饭，老秦家关门闭户，上炕休息。不知道睡到什么时候，房子四周突然浓烟滚滚，大火熊熊，秦能滚身而起，抱起身边的孩子就往外冲，当他把孩子丢在院里，返身再往屋里冲时，整个房子轰的一声坍塌了，秦能望着漫天大火，瘫在了院里。这场大火烧死了秦能的妻子和小儿子，女儿秦梅子被他揪了出来，14岁的大儿子秦大梅跟着老乡走远亲去了，幸免于难。房子和房内的东西都付之一炬。

第二天天刚亮乡亲们闻讯赶来，秦能还在院里昏迷着，在乡亲们的帮助下料理了后事后，秦能和仅有的女儿梅子在院里呆坐了三天。此后秦能时而清楚时而糊涂，时而哭时而笑。有一天他清醒的时候，把亲爱的女儿梅子拉到身边哽咽着说："梅呀！爹叫这天大的祸打垮了，知道没有几天活头了，我得找你娘和你弟弟去了。咱家开垦的那二亩山坡地，埋葬你娘和你弟弟都卖光了，但你记着咱家北屋尽东头屋里东北角地下还埋着点儿东西，瞅个合适的工夫挖出来，千万别叫人看见，带上它找个合适的人过日子去吧！记着给你哥留着点儿。"说完，紧攥着梅子的手慢慢松开了。

秦梅子声嘶力竭地呼唤爹爹，但爹爹闭上眼就走了，他是带着诸多遗憾走的。秦梅子呼天天不应叫地地不灵，悲痛欲绝的她也失去了知觉，闻讯赶来的婶子大娘们扶起她抢救了过来。秦梅子忍痛葬父后，乡亲们帮助她在被烧毁的废墟上搭起了一间窝棚，艰难度日。一个13岁的小姑娘孤身一人，守着一堆废墟过日子，实在难熬。好心的乡亲们看在眼里痛在心里，主动给她牵线提亲，最后选定了邻县邻村一山之隔的黑柿子沟村的高五蛋。并说好了先做童养媳，待秦梅子成年后再成亲。

走远亲的秦梅子的哥哥秦大梅，探过亲还没到家，听说家里遭了灭顶之灾，无家可归了，就跟着表叔投奔了八路军。

第二章　大战葫芦坡

无家可归的秦大梅投奔八路军，那是1945年了。

晋察冀抗日根据地的一支武装部队驻扎在一个叫白石峪的小山村里，二营三连的指导员王新友同志对新参军的五位小战士进行短暂军训。这五位小战士都来自太行山的深山沟里，什么世面都没有见过。王指导员从为什么参加八路军、八路军是干什么的、我们为什么抗日、怎么抗日和八路军的三大纪律八项注意说起，还教他们认了一些常用的汉字，又实际传授了侦察、射击、擒拿、格斗的一些基本技能。经过短暂的训练，小战士们明白了许多道理，坚定了跟着共产党走、保家卫国、打倒日本帝国主义的决心。

秦大梅自小顽皮，上树爬墙钻山洞，下河溜冰攀悬崖，门门通。王指导员慧眼识珠，发现秦大梅是块好料，就把他安排在侦察班，跟随刘班长执行侦察任务。一次他跟刘班长到山下通灵镇执行侦察任务，主要是摸清镇上炮楼里的兵力和武器情况，为拿下这个炮楼做准备。秦大梅跟随刘班长进了镇，在炮楼对面一个小酒馆里借着喝酒观察炮楼外面的情况。刘班长问秦大梅敢不敢混到炮楼里面看看，秦大梅说敢，刘班长又问他有没有办法混进去，秦大梅说："我去想办法。"刘班长见秦大梅毫无惧色，就向他详细交代了进去后需要注意

第二章　大战葫芦坡

什么和都干些什么等。

秦大梅走出饭馆，溜达到炮楼附近等待机会。等了老半天才见一个伪军领着伙夫挑着担子出来上街买菜，他就在二人的屁股后头跟着走，走到一个菜摊前，那个伪军跟卖菜的砍价，秦大梅赶紧凑到大师傅跟前说："大叔，你领我到炮楼里玩玩呗！"

"那地方有什么好玩的，这孩子，你是哪儿的？"大师傅问秦大梅。

"我就是这镇上的，家里没人了。你要领我去了，我给你干杂活儿，烧火、劈柴、洗菜、打水、淘茅子，只要让我吃点儿剩饭就行。"秦大梅用乞求的口气对大师傅说。

大师傅一听有了帮手有些心动，但又接着说："这事我可不敢做主，得跟班长说说。"

他们采购了一担菜、两袋面粉，还有一些作料什么的。秦大梅在旁边说："大叔，我帮你背一袋面进去吧？"

伪军班长问大师傅："这小子是干什么的？"

"这小子没家，就他一个人瞎跑，让他进去帮咱们干活儿吧，咱俩不就省劲儿了，脏活儿、重活儿都推给他。"

"这小子是哪儿的，牢靠不？"伪军班长还是不放心地问。

"就这镇上的，一个毛孩子有什么不牢靠的！"

"也是，那就让他进去帮咱干活儿吧，但你可得看着他点儿。"伪军班长还是不放心。

山里人

秦大梅进了炮楼真像他说的砍柴、烧火、刷锅、打水、扫地、淘茅子等什么都干,就一天的工夫,他把炮楼的上上下下里里外外摸了个透,一层几个炮眼、几个枪眼、几杆枪,二层几个炮眼、几杆枪,多少鬼子,多少伪军,什么时候开饭、什么时候换岗,把班长交代的事项都摸清记在了心里。

第三天上午,那个伪军叫他:"小子!还跟我们上街去买菜吧!"

秦大梅又跟他俩上街买菜,趁着他们称菜付钱的当口儿溜了。回到驻地把得到的情况一五一十向班长作了汇报,刘班长把秦大梅提供的情报向上级作了汇报,团里很快就制定了作战方案,顺顺当当地就把通灵镇上的炮楼给端了。团里表彰了秦大梅,并奖给他一把小手枪。

日军被端了炮楼不甘心,调动了一个步兵小队和50个伪军的兵力,准备"围剿"二营三连。三连得到消息后,战士们个个摩拳擦掌,准备给日、伪军以毁灭性的打击。连长和指导员召开全连会议,要求战士们献计献策,看看这一仗如何打才有把握。有的说咱不怕他狗日的,跟他硬拼;有的说把他引出来,打埋伏;有的说先下手为强,去打他的驻地,端狗日的窝去。

秦大梅始终没有说什么。有了上次的侦察经历,连长问秦大梅:"大梅说说,有什么好办法。"

秦大梅听见连长点他,噌地站起来,"报告连长,我小时候跟我爹上山打过兔子,这打日本鬼子还是头一回,不过我觉得这打日本鬼

第二章　大战葫芦坡

子跟打兔子一样。"

战士们一听哄的一声都笑了，指导员赶紧说："大家都不要笑，听秦大梅说说怎么个一样法儿。"

秦大梅脸都红了，他说："我爹说，打兔子时咱们在明处，兔子在暗处，要先掩蔽好自个儿，兔子看不见人才出来活动，这时瞄准它快点儿放枪，就能打住。他还说在兔子经常跑动的地方挖深坑，把坑口用树枝和青草盖严，兔子跑着跑着就会掉到坑里，那时候到坑里逮就行了，又省劲儿又省枪药，活兔子杀了吃还干净。"秦大梅说完，腼腆地坐下了。

"有道理！有道理！"一直没有说话的连长高兴地直夸。

指导员问："那这次打兔子，咱们在哪里挖坑逮他们呢？"

"有个现成的坑是老天爷挖的，不知道能不能使。咱们住的村子往北五六里的地方有一截子断头路，是个断崖，底可深了，人掉下去准得摔死。打猎砍柴的山里人把大树刨倒横担上，沿着独木过去，胆小的人爬着过去，天黑的时候胆大的也不敢过了，我带你们去看看行不？"秦大梅连说带问。

散会后，连长率侦察班刘班长和秦大梅组成三人侦察小组，去现场勘察地形。

他们去的地方叫老虎峪，山高林密，沿陡峭的半山腰上有条羊肠小道，走小路翻过大山就是五台地界，大山之间突然有条断崖。目测

山里人

小路路面距崖底有百米深，与对岸的宽度有十多米，有两根木头搭成的简易桥，一个人走在上面一颤一颤的，胆子小的真得爬着过，据说还真摔死过人。

连长向分区领导汇报了勘察结果和他们的想法，区领导指示就在那里诱敌深入，打一场漂亮的歼灭战，具体作战方案由二营视具体情况制定。

二营陆营长接到命令后和教导员李其炳商定，这次战斗还由三连为主，一连、二连和区小队配合，要打得干净利索，勿使来犯之敌一人漏网，为晋察冀边区战略大反攻来个开门红。

三连接到了战斗命令后，连长和指导员马上召开连排长会议，研究部署作战方案。他们商定战斗在后天中午打响，明天就由一班找几个当地老百姓去搭浮桥，二班、三班去砍树木，运至距离悬崖二里地的地方。侦察班伙同民兵队去山上修筑工事。派通信员与五台军分区联系，请求他们在接近山西的地界，设下埋伏，以防漏网之敌顺山沟逃窜和阻挡来援之敌。

第二天，春寒未退，还刮着飕飕的西北风。驻扎在北汪台准备"扫荡"的日、伪军正要开早饭，报道员任老五急急地跑来了，找日军小队长汇报军情，说是据可靠消息，明天上午住在白石峪的八路军和区小队要举行联欢会，今天就杀猪宰羊烙大饼呢！庆祝拿下了咱们的炮楼。小田队长一听很高兴，心想，这回"扫荡"目标出现了，定

第二章　大战葫芦坡

要他们统统死了死了的。小田又派任老五继续打探实情，又用电话向中队长汇报并请求指示。中队长大佐更二指示小田正三的队伍，吃过早饭就向白石峪方向悄悄移动，到了白石峪附近就潜伏下来，等第二天凌晨4点突然包围白石峪，来它个一网打尽。

3月3日，天刚蒙蒙亮，日、伪军就把白石峪村围了个水泄不通，等到天大亮也不见村里有什么动静，小田正三赶紧派人去进村打探。探子转了一圈回来报告说，别说八路，连个老百姓的影子都没有。小田正三听了正在纳闷，另一路探子来报，说是有一队八路正在向五台方向逃跑。

"追！快快地追！不能让八路跑掉，统统的给我枪毙。"小田正三给他的部队下了死命令。日、伪军在向导的带领下，沿着小路猛追了足有两公里多，前面的目标忽然不见了。小田正三正在纳闷：怎么回事？八路的哪里去了？这时追在前面的日、伪军突然嚷了起来："有了！又出现了，就在前头，快追！"日、伪军只顾拼命往前追赶，跑在前头的几十人，突然把山道踩塌了，纷纷往下掉，来不及喊一声就摔成了肉酱。跟在后面的日、伪军猛然发现是在一条陡峭的山涧上搭了个假桥，慌忙止住了追击的脚步。正在兴头上的小田正三发现队伍不走了，前面还乱作一团，忙询问是什么情况，下属向他报告前面突然出现了断头路，追在前头的人都掉到山涧里摔死了，我们不能再追了。小田正三不相信，命令部队暂时停止追击，他拨开队伍，

山里人

赶到前面看个究竟。他发现横在队伍前头确实是一条不可逾越的大山断崖，根本无法再前进一步，他命令部队向后转，清点人数后再作决定。队伍稍事休整后，翻译官向他报告少了25人，日军11人伪军14人。小田正三倒吸了一口冷气，真他妈的出师不利，一根八路毛没见到，一个枪子儿没放就损失了25个人。他冷静地向左手边看了看，是光秃秃的又高又陡的山崖，感觉猴子爬上去都够呛。又向右侧看了看，是又陡又滑的陡坡，站立都困难，更别想顺坡下去了。左不行右不能，只有沿原路撤回了，于是他命令部队即刻往回撤。

后撤的队伍还没走多远，又有人惊慌失措地来报："队长！不好了！前面起大火了，把我们后退的路堵死了。"这时小田正三才悟出是上了八路的当了，正当他要咆哮时，左侧山顶上突然响起了密集的枪声，夹杂着大小不等的石块，一齐向他的队伍袭来，不到30分钟，小田正三和他率领的队伍就全部躺在了白石峪的羊肠小道上。

白石峪这一场阻击战打得又漂亮又干净利索，全歼日军一个小队62人和50名伪军。由于掩蔽得当，八路军无一伤亡。晋察冀边区领导十分满意，通令嘉奖了二营三连全体官兵，表扬他们打得机动灵活，鼓舞了边区人民的士气。还给秦大梅记了二等功，并提升为三连侦察班班长。老百姓也杀猪宰羊放鞭炮以示庆贺，这回可给咱老百姓出了气了，早该消灭那些禽兽不如的小日本了。

大佐更二遭到了重创，整天暴跳如雷。他把所有的密探、消息

第二章 大战葫芦坡

员、报道员和眼线都找来,吩咐他们要散开网,细细地寻找八路军的活动线索和驻地,有一丝线索就马上来报。已经过了两天了,他散出去的爪牙们没送来一丝消息。大佐更二像热锅上的蚂蚁,坐卧不宁、寝食难安,这时他的上司又来电话狠狠地骂了他一通,急得他在炮楼里上上下下乱窜。又过了两天,报道员任老五来了,大佐更二双手猛地抓住他的肩膀摇晃了半天,"你的怎么的才来呀?"

任老五说:"我跑了半天了,您得先让俺喝口水呀!"

"喝水的不行,先报军情的有!"大佐更三急不可耐。

"报告中队长,自打八路打了咱们小田队长后,不知道跑到什么地方去了,附近的老百姓也都跑了,可见他们是真怕咱们报复他们。"任老五说不到大佐想听的正题上。

"你的少废话的!快说情况的。"大佐又催促他。

"报告中队长!还真摸到了一些情况,据我打探,八路正在往南跑,出了咱们现在住的这条沟爬过两座小山梁,再往南走30里,那地方山少了,地势也低多了,是走出这座大山的口子,口子外边还有咱们一座炮楼,更有利于咱们堵截"围剿"了。"任老五郑重其事地向大佐汇报。

"你的说,八路的到底在什么地方?"大佐急急地追问。

"他们具体停在什么地方,我还真没有摸准,看样子在葫芦坡周围找地方停的可能性大。要想得到详细情报,还得等八路停下来,有了新动静再细细打听。"这回说得啰唆，由翻译官给大佐翻译。

大佐听了没有价值的情况后愤愤地说："你的滚蛋！再去探，探不来真实情报，死了死了的。"

任老五诺诺地退了出来。

1938年，任老五21岁，他在博阳县县立小学教书，经人介绍加入了共产党，被党组织派回村发展党员，成立党支部，组织领导本地的抗日救亡运动。他回村后想方设法当上了村维持会会长，又通过关系，成了日方报道员。他以村维持会会长名义和报道员的身份经常出入日军炮楼，打探日伪活动情况。这次和大佐接触，看大佐的情绪和态度，他预感到有一场硬仗要打了，他把这个苗头第一时间向区领导进行了汇报。各路敌情也很快反映到博阳县委，县委经过综合分析，认为敌人大势已去，准备穷兵黩武，在这个节骨眼儿上，一定要狠狠地打击日寇的嚣张气焰。

葫芦坡是进出太行山的一个关口，出了关口是一方洼地，从洼地里出来，再走一段缓坡才能到达平原地带。县委觉得这方洼地可以做做文章。

大佐更二把任老五骂跑了，其他的探子和眼线们也没有消息，大佐更二如坐针毡。这时任老五又来了，这回大佐的态度来了个180度的大转弯，"怎么样？来，先喝杯水的。"

任老五端起伪军递过来的水碗，猛地喝了一大口，把脖子一抻使

第二章 大战葫芦坡

劲地咽了下去，左手把嘴抹了一下，右手摇摆着说："队长啊！这回可有消息了，八路军要在葫芦坡安营扎寨，看意思是堵咱们的退路，要跟咱们干回大的。"

"真的吗？你的消息可靠？"大佐疑惑地问。

"反正已有动静了，他们在葫芦坡口已搭了十几间草棚了，正在往那里运送人马粮草。最好你再派别人去打探打探，那样更保险。"

"这次的千万的保密，你的功劳的有，吃饭的有，休息的有。"大佐更二态度好些了。

任老五吃过了炮楼的饭菜，顺山坡走了。

大佐叫来两个心腹，吩咐他们到任老五说的地方探个虚实。

在葫芦坡的洼地里，有些八路军和老百姓正在搭棚安灶。拉草的、送砖的、送木料的，卸的卸、搬的搬、砌的砌，场面十分红火热闹。大佐的密探打老远地观察了好长时间，回去给大佐进行了汇报，大佐又命令他们继续打探。那两个探子又换了个地方察看，还真有安营扎寨的样子。大佐听了汇报，情绪稳定了。"先不忙，明天你们装扮一下，亲自到那个地方看个究竟，再作结论。"

葫芦坡口外的洼地里盖起了几排简易的大席棚，足能住下几百号人，已经开始冒烟做饭了。工地上的人们正在忙活，从口子里慢慢地走出来两个商人，一个头戴毡帽壳，一个头上包着羊肚手巾。戴毡帽壳的牵着毛驴，毛驴背上驮着山货，头包羊肚手巾的人肩上搭着褡裢，两个人东张西望地向洼地里走来。

"哎呀！老哥们儿，在忙着呢？我们打五台那边过来，这不想到山外去卖点儿山货，走了半天也走累了渴了，给口水喝行吗？"

"水没有热的有凉的，那不，随便喝。"一个工头模样的人指了指旁边的水笛。

两个人蹲在水笛边咕咚咕咚地喝了一通，戴毡帽壳的站起来用手抹了一把嘴看着大棚问道："这是盖什么呢？不是盖庙吧？"

"真不懂眼，盖什么庙？我们这是修工事，准备在这儿打小日本，在给小日本子挖坟。"工头模样的人很有底气地说。

"啊！打日本感情好哇！小日本子祸害咱们不轻了，早就该挨打了。不过这里前不着村后不着店的，小日本在炮楼里有吃有喝的，人家故意来这里挨打吗？"又是戴毡帽壳的不解地问。

"他不来拉倒，我们就在这里开荒种地，等他狗日的出来。你们是不知道哇！小日本是秋后的蚂蚱——没几天蹦跶头儿了，我们就在这里常驻一个营的兵力，凡是打这儿路过的小鬼子一个也别想活着出去。"工头模样的人信心十足地说。

"那敢情好，老哥，我们是山里的人，也想为打日本做点儿事。听了你的一番话，也感觉有劲儿了。干脆，这山货也不出去卖了，留给你们吃了吧，吃了好有劲儿打日本，也算我们为打日本出了一份儿力。"还是那个戴毡帽壳的人说。

第二章 大战葫芦坡

"不行！我们八路军不拿群众的一针一线，怎么能白要你们的山货，快去赶路吧！"工头模样的人开始催他们了。

"走！不往外走了。我们把山货留下还不要钱，你们非得给，看着给个本钱就得了，我们就回山里了，等你们打胜了，太平了，我们再出来做买卖。"说着他给头包羊肚手巾的人使眼色，意思是赶快卸货。货物卸下后，工头硬塞给了他们两块钱。两个人赶着毛驴顺着原道返回了，走了老远工头还目送他们。

回去的路上，戴羊肚手巾的问戴毡帽壳的："咱们就这么匆忙回去了，没有什么收获不说，还把山货舍了，回去怎么交代？"

"怎么没收获？收获大大的，那工头不是说了吗，要在那洼里常驻一个营。再说了，咱们不趁机回来，还有回来的机会吗？你没看出来，那工头已经怀疑咱们了。"

大佐更二汇总了几拨探子送来的消息，确认八路军是在葫芦坡修筑工事，准备打阻击。就开始研究作战方案。最后决定把五台北片区的两个团的兵力都调来，等八路集结完毕，伺机包围全歼。

双方都在紧锣密鼓地准备中。八路军调动了两个营和两个县大队的兵力，在葫芦坡外围集结。日寇调来了两个团，驻扎在博阳县城关，双方都在做决一死战的准备。

又过了两天，大佐的密探来报，八路在葫芦坡的工事已修筑完毕，并且武器弹药都已备齐，大队的人马天天在洼地里操练。大佐觉得时机成熟了，准备在4月12日凌晨3点包围葫芦坡洼地，一举全歼洼地里的八路军。

4月12日大佐预定的时间已到，一个团从葫芦坡北出口，一个团从葫芦坡南进口同时包抄洼地里的营房，待逼近营房，发现营房里外静悄悄的，只有几个哨兵在持枪晃动。大佐右手一挥，火炮、机关枪、步枪、冲锋枪一齐开火，只几分钟就把几排营房给放平了，大佐正在得意之时，他们的四周响起了激烈的枪声，"不好！我们被包围了，赶快反击！"

他命令部队立即掉转枪口，朝八路进攻的方向猛烈射击，由于日方炮火猛烈，压住了八路军的炮火，日方炮火稍一稀疏，八路军的炮火就猛烈地压过来。就这样你压我一阵儿，我压你一阵儿，谁也不轻易冲锋，僵持了一天，双方临黑休战，各自坚守阵地。第二天天一亮双方又打了起来，打打停停，停停打打，耗过了中午。我方军备逊于日方，对峙下去要遭受重大损失。陆营长和教导员李其炳唤来三连长杜永辉紧急商议战地对策。杜连长召来侦察班长秦大梅，他和秦大梅耳语了一阵儿，秦大梅点了点头，领命退出了阵地。

已经是下午3点多了，日方突然发起了猛烈攻击，意图是在天黑前结束战斗。正当大佐更二有力地挥舞着指挥刀命令部下发起冲锋时，突然头朝下栽倒了，他的副指挥也跟着栽倒了。顿时日军群龙无首，乱作一团，陆营长见状立即命令发起冲锋。憋了两天的战士们听见冲

第二章　大战葫芦坡

锋号声，个个像猛虎般冲出了阵地，与日寇展开了肉搏。太阳落山时结束了战斗，日寇两个团的兵力死伤大半，其余的全部做了俘虏。

葫芦坡大战告捷。

第三章　农民翻身了

葫芦坡大捷后,八路军士气高昂,连续端掉了"日、伪军"在太行山中段的多座炮楼,日本观大势已去,将残余部队撤到定县留守。

1945年8月15日,日本天皇向全日本广播,宣布接受中、英、美三国促其投降的《波茨坦公告》,无条件投降。至此中国人民艰苦卓绝的抗日战争结束了。

不久,秦大梅随部队参加解放战争。中国共产党高瞻远瞩,在解放战争进行的同时有序地在解放区开展土地平分运动。

大凡好事都是接连而至的,葫芦坡大战告捷后,秦大梅的家乡也传来了好消息,冀西地区土地改革运动开始了,战士们听到了都欢欣鼓舞。

1947年9月,中国共产党在河北省平山县西柏坡村举行全国土地会议。会议总结了1946年5月4日发出《关于土地问题的指示》后取得的一些经验和教训,制定和通过了彻底进行土地改革的《中国土地法大纲》(以下简称《大纲》),并于10月10日经中共中央批准正式公布。《大纲》主要规定:废除封建性半封建性剥削的土地制度,实行耕者有其田的土地制度;乡村农会接收地主的牲畜、农具、房屋、粮食及其他财产,并征收富农上述财产的多余部分;乡村中一切地主的

第三章 农民翻身了

土地及公地,由乡村农会接收,连同乡村中其他一切土地,按乡村全部人口,不分男女老幼,统一平均分配。《大纲》发布后吴县县委首先进行了宣传、摸底、鼓动工作。土改工作刚开展时,长期受地主压迫剥削的农民还有些顾虑,接受了地主的土地地主报复怎么办、能不能长期耕种等一些思想在贫苦农民中传播。县委针对这种现象,着重宣传中国共产党革命的最终目标就是彻底消灭剥削,建立人人平等的社会。同时在各村成立农会,农会主要由贫雇农组成。

黑柿子沟村的农会主席由门照平担任,门主席又发展了几位贫苦家庭的青年为骨干。高五蛋首先成为骨干,又被任命为农会副主席。

偏僻的山区没有像平原上拥有几百亩土地的大地主,按照当时的政策划分,村里只有一家小地主和两户富农,还有几户相对富裕的中农。小地主叫田清纷,多年来称霸乡里,除了雇用了两个长工外,还雇用了邻村一个无赖看家护院。那个无赖简直就是一条狗(被称作癞皮狗),看着主子鼻孔出气,只要主子有眼色,上去就咬。有一次田清纷家的一头骡子病了,硬说是长工喂病的,癞皮狗抄起棍子就打那位长工,直到把长工的眼珠打出来还不住手。还有一次,有一租户交租子,田清纷说送来的棒子粒潮,租户说晒了几天了不潮了,这下可惹着了田地主,他说明明潮,还耍赖,指示癞皮狗修理修理他,癞皮狗就左右扇了租户两个耳光,接着又用拳头殴打,把租户打了个半死才住手,临了又多收了15斤棒子粒才放过人家。像这样的恶霸地主要

山里人

没收他的土地不会是一帆风顺的,他也在动心眼儿对抗土改运动。农会本着先易后难的办法,打算先收几户中农的土地。田清纷让癞皮狗把一户中农叫到家里,他先给了中农5块钱,然后对他说:"你不要交出土地,你家是省吃俭用省出来的,他们拿你的地没道理,你去给他们讲理,不行就耍赖。"那户中农真听了他的鼓动,到农会吵闹,强调是多年来省吃俭用才置下了几亩地,拿他家的地就是抢。门主席和高五蛋听出了门道,估计是田清纷使的坏,是在投石问路。他们商量绝不能让田地主的阴谋得逞,戳穿它的阴谋,以此为突破口打倒田地主,揭开黑柿子沟村土改的盖子。

  一个雨天的下午,高五蛋到那户中农家串门。开始中农有抵触情绪,不爱搭理他,高五蛋叫着大叔,对他说:"高叔,好汉还不打上门客哩!咱们是一大家子,一笔写不出俩'高'字来,我作为侄子,是为你好才来找你的。昨天你到农会去闹腾实在没有道理,门主席看你是个老实人才没跟你较真。其实我们都知道不是你自个儿的主意,你是受了人指使才去的,实际你是上了人家的当了,让人家当枪使了。我们农会对全村的土地进行了全面普查登记,把有主儿的地、公地、闲散地总到一块儿,再按咱村的人口计算每人应得多少,你家不但不出地,还要再分给你家1亩2分地。"中农一听眼直了,还有这样的好事,这共产党真这么讲理吗?不像田清纷说的强行夺了我们的就不给了。高五蛋向他打包票,要不分给你家地,就把我家的拨给你,你要

第三章　农民翻身了

不相信，咱们找个中人写字据。中农看高五蛋是真心实意，承认了自己的冒失。高五蛋告诉他："我们马上就把田清纷抓起来批斗他，把他的地没收了分给贫雇农。他拿你当枪使了，先让你跳出来干扰土改运动，你敢上台揭发他唆使你的经过吗？我觉得高叔是条汉子，这点儿担当还是有的，全村人都看好你。"经过高五蛋的思想工作，中农想通了，表示一定敢上台揭发田清纷，并在会上拿出田清纷给的5块钱作为证据。

就在那个中农找了农会的第三天，夜幕降临后，地主田清纷早早地就吩咐癞皮狗把门关牢了。因为他知道中农按照他的意思到农会去闹了，而且农会的门主席也没发脾气，说明他的阴谋得逞了，晚上要喝二两庆贺庆贺。癞皮狗奉命把两道门关好以后回到了堂屋，堂屋里的八仙桌上已摆上了酒菜，癞皮狗在下首坐了，主人先给自己倒了半碗，又给他倒了半碗。

"二猫子，今晚咱们主仆好好喝一顿。"地主田清纷平时就叫癞皮狗二猫子。

"老爷！这又不年不节的，喝什么酒哇？"癞皮狗受到了特殊待遇有些受宠若惊。

"哎！喝酒非要等年节吗？想喝就喝呗！你没听说那帮穷疯了的穷鬼要把咱们的地、车、犁、牲口都抢了，归他们平均了吗？要是真那样了，逢年过节我们别说喝酒，西北风也喝不上了。"

山里人

"真能到那一步?"

"没准儿,看这势头劲儿大着呢!疯子造反谁惹得起?"

"老爷!您老放心,他们谁敢来,我就拿刀砍他的脑袋,不信试试。"

"好小子,来来,喝一大口。"小地主田清纷为了鼓励癞皮狗,端起酒碗和癞皮狗碰了一下,自己先喝了一大口,示意他多喝。

癞皮狗见主子赏赐,一口气喝了个底朝天。这要搁平时田清纷得心疼得脑仁儿疼,现在不一样了,马上面临用人之际,酒肉还算什么,你不让他吃饱喝足,他给你卖命吗?小地主见癞皮狗喝完了,马上又给他倒满了。几碗酒下肚,癞皮狗酒兴大发,拍着胸脯向主子表决心:"有我在,谅他们也不敢动你一分地,要是有不长眼的,我让他白刀子进红刀子出。"

就在他们推杯换盏之时,院里的大狗叫了一声就不叫了,接着屋门哐当一声被踹开了,齐刷刷冲进了六个穿制服的人把他俩围了起来,癞皮狗刚要转身,脑袋就被摁在了桌子上。

"把他们绑起来带到农会去!"一个干部模样的人以十分坚决的口气命令道。

很快两个人就被五花大绑了起来,老老实实地被押到了农会,被关押在一间屋子里。

区委为了配合农村的土改,派区小队帮助农会打击地主、恶霸。

第三章　农民翻身了

这天区小队在门照平和高五蛋的引领下抓捕了地主田清纷和他的狗腿子,把他们押到农会看管起来,等待天亮召开公审大会,审判地主田清纷的罪行。区小队队长吩咐土改队员和民兵要严格看守后,就带队撤回了区里。

第二天刚刚吃过早饭,村民们就被通知到村西大槐树底下参加批斗大会。一听说昨晚逮住了田清纷和他的走狗,要召开批斗大会,家家锁门闭户,全村男女老少都云集到村西大槐树下。在临时搭起的台子上,田清纷和狗腿子被反绑着低着头站在中间,两侧各站了一位持枪的民兵。后排的一张桌子后面坐着农会会长门照平,旁边站立着高五蛋等几位农会会员。台子前的横杠上一条白布上写着"批斗地主田清纷大会"。

高五蛋看着人员到齐了,走到台前冲着乡亲们说:"乡亲们!大家都不要乱说话了,我们今天开大会批斗咱村的地主和他的狗腿子,下面请咱村农会门主席给大家讲话。"

门主席站起来,把披着的棉袄往上抻了抻,清了清嗓子,右手拿烟袋锅往前一指,"乡亲们哪!今天该我们出气了。这么多年来咱村的地主富农们吃香的喝辣的,咱们连山药面、糠饼子都吃不饱,这是为什么?是他们霸占了咱村的土地,霸占了粮食。他们吃饱了喝足了还反过来欺压咱们。是共产党替咱们打天下,要没收他们的土地、农具分给咱们穷人,大家说好不好哇?"

山里人

"好！好！""早该把这狗地主们打倒了。""这帮人不是人，是吃人不吐骨头的狼。""打倒他们。"台下的呼喊声响成一片。门主席用左手压了压，示意大家安静。

他接着说："乡亲们哪！这帮狗地主不死心，听说要平分他们的土地，他们说，这地是他们省吃俭用省出来的，现在我让大家看看有这么省吃俭用的吗？"门主席说着打开了一个布包，拿起了半拉烧鸡、一块猪肉和一块兔肉，还有半瓶酒分别让乡亲们看。"这是昨天晚上我们抓他们时，他和狗腿子正在享用的'省吃俭用'的食物。乡亲们哪！咱们辛苦一年也没有吃过一顿他们这么省吃俭用的东西，有的人一辈子都没有吃过。大家说，不打倒他们还有咱们的日子过吗？"

"打倒他们！""打倒狗地主！"台下的老百姓激愤了。这时受田清纷鼓动的那个中农噌地蹦到了台上，右手拿着5块钱左右晃，台下的人睁大了眼睛看。"乡亲们！我不是人，这是狗地主给我的钱，他鼓动我到农会去闹，找理由说不能分我的地。我还真的去了，今天我要把这臭钱交给农会，揭发这个狗地主破坏土改的阴谋。"这时挨了打的长工、被逼了租子的佃户们纷纷上台揭发、控诉地主的罪行。台下的人有的朝他们吐唾沫，有的扔石头，台上台下乱作一团。高五蛋和其他几个农会会员赶紧维持秩序，费了好大的劲儿才使会场安静下来。

批斗会整整进行了半天，农会根据群众揭发的材料，整理了地主

第三章 农民翻身了

的五大罪状和狗腿子为虎作伥、仗势欺人打人致残、致死的罪行,要求边区政府就地正法。

打倒了田清纷,处置了狗腿子,黑柿子沟的土改运动轰轰烈烈地开展起来了。

高五蛋跟着门主席到地里丈量一家一户的土地。他用树干自制了一个三角形的丈量尺,以五尺为单位,翻一下为五尺,克服了用绳子和皮尺丈量的误差,同时也堵住了人情的漏洞。丈量的结果,都由村会计和量地小组组长二人分别记录下来,一块地一核算,核算结果当场与主家核实,并由丈量小组组长、村会计和主家三方在量地记录上签字才能生效。农会的这种量地法得到了村民的普遍认可,并由区里向其他村推广。

这天高五蛋正在吃早饭,邻居胡四尔到他家来了。高五蛋问他大早起的过来有什么事。胡四尔对他说:"我家分的地挨着胡愣子的地,分的时候好好的,界石都栽好了,我们一家都挺高兴,我每天都到地里看看,心想我们这穷人家可有地种了。可昨天上午去了发现界石动了,往我家的地里挪了有一尺,我去问胡愣子,他说根本不可能。这不后来去找了门主席,他说是你们丈量的,栽的界石,叫我找你核实一下。"

"当时不都交割清楚了吗?咱们几方都在场,如果出现这个事就是有人捣了鬼。这样吧,下午咱们还把当事人都叫上,现场解决。"

山里人

高五蛋胸有成竹地对胡四尔说。

到了下午当事人都到齐了,高五蛋问胡愣子,这界石你动没动过,胡愣子矢口否认,高五蛋说:"当着大家的面,你要承认了,把界石挪回去也就算了。如果查实你真动了还不承认,到时候可有你的好看,农会要处罚你,你可别后悔。"

"你查吧!我肯定不办那没屁眼儿的事。"胡愣子还装好人。

"咱可说好了,到时后悔耍赖可不行。"

"随你处置。"胡愣子还在嘴硬。

"咱可说好了,大家也都听好了。胡四尔,拿铁锨过来。"高五蛋接过胡四尔递过来的铁锨,在界石的原地挖了几锨,对着人们说:"都过来看看,这是界石的原地。"几个人都围过来看,但都看不出门道,都看着高五蛋不解地问:"这怎么能说明这儿就是原地界呢?这不跟其他地方一样吗?"高五蛋说:"再仔细看看一样不一样?"众人又看了一会儿,还是没看出什么端倪。

"高五蛋你别唬人,你们农会得讲理!"胡愣子趁机大声地嚷嚷。

高五蛋把坑底刮平了,蹲下去指着坑中拇指大的一个白灰点儿,对大家说:"大伙看看这是什么?"

"不就是点儿白灰吗,有什么了不起?"胡愣子不屑地说。

"是白灰不差,可大家想想这白灰是怎么来的哩?"高五蛋扫了大家一眼,意思是谁说说。

第三章 农民翻身了

大伙互相看了看,不吱声了。

沉了一会儿,高五蛋问胡愣子:"你知道吗?"胡愣子也摇了摇头。

"我告诉大伙吧,这界石下的灰印是原地界的暗记,地丈量好了,挖好了界石坑,在坑中间用火锸插个窟窿,把窟窿里灌上白灰面儿,界石动了,灌到地里的白灰动不了。这个办法就是为了防止有人占便宜动手脚的,也只有我和门主席知道。你们要是不相信,可以随便刨两块界石验证一下,每块界石的下面是否都有石灰,要是没有算我胡说。这回胡愣子你还有什么说的?接受农会制裁吧!"

胡愣子大脸涨得通红,没话说了。

"走!我把你交给农会去,其他人都别散,都作为证人一块儿去,要不这家伙不定还想出什么损招儿耍赖呢。"

胡愣子被带到了农会。路上胡四尔问胡愣子:"这回把你的嘴堵住了吧?"

"堵住了又怎么着,不就多占了你家一尺地呀!"这家伙还不服。

胡愣子的爷爷叫胡聪明,他爷爷办过比他还损的事。有一年收获庄稼,胡聪明家的车轴突然断了,收获的庄稼运不回来,放在地里怕被人偷了。他想借邻居家的小驴车往回拉,可巧人家也是忙着抢收,没有借给他用。他不满了,心想不就是借用一下驴车嘛,借用一天都不行,等着瞧。第二天一大早人家要套车往回拉庄稼,到驴棚一看,唉!怪呀!昨天驴还好好的,现在怎么死得挺挺的了?一家人都觉得很奇怪，琢磨来琢磨去也找不出原因。实际上是胡聪明头天晚上，趁那家人都在屋里吃饭的空当，溜进院里把几包老鼠药放到了驴棚下的食槽里，给驴拌着吃了。

胡愣子站在农会的院子里，接受农会主席门照平的审讯，看热闹的人瞬间就站了一院子。"胡愣子！知道为什么叫你来吗？"门主席问。

"知道。"胡愣子回答。

"为什么？"

"我私下里把界石动了动。"

"动它干什么？"

"我想沾点光，心想神不知鬼不觉的，动了不就多种两眼地呀！谁知被你们发现了。"

"这世上就你能耐，别人都是傻子，你说怎么办吧？"

"我也不知怎么办，把界石挪回来不就行了？"

"就这么简单？"

"那还怎么办？"

"怎么办？先开个群众大会批斗你，完了交区里处置。对你们这些专门想方设法损人利己的人，不能太客气了。"

"……"胡愣子的腿开始打战了。

吴县黑柿子沟村土地平分运动顺利结束了。高五蛋家分得了5亩6分地，高兴得高五蛋走路都哼着"没有共产党就没有新中国"。秦梅子说别光顾高兴了,那5亩多地够咱折腾的。高五蛋拍着胸脯说没有问题,干别的不行,要说种地咱还真不草鸡,别说5亩地,就是再有5亩也照样划拉。看到高五蛋打心眼儿里的高兴劲儿,秦梅子真真切切地感受到了解放的好处。

第四章　祭祖逢亲

日本鬼子投降后的1947年，已经升为八路军某部营长的秦大梅，跟随部队到太原休整。苦苦打了几年仗的他就没想过家，再说他也没家了，不知怎么夜里做梦梦到回家了，母亲做了上好的饭菜，父亲高兴地使劲儿抽旱烟，呛得直咳嗽也不停，妹妹和小弟弟跟在他的身后形影不离，一直痴痴地傻笑。他猛然从梦中醒来，一个强烈的念头冲击着他，该看看爹娘去了，自从听说家里突遭灭顶之灾后自己一走了之，亲爱的双亲都没见最后一面，光听说可怜的小妹妹逃了一条命，到底如何杳无音信，如果她还活着，这世界上只有这么一个亲人了，她孤身求生，也不知现在怎么样了，我必须找找她。到哪里找呢？先回老家找起，老家没有，顺着线索找到天边也得找到。第二天天一亮他就找团长把想法说了，团长听了他的想法，很同情也很支持，立即准了假，并让文书给沿途各县开了介绍信，特批了两匹马让秦大梅和警卫员骑上快去快回，说不定有什么任务马上要来，路上遇到什么不测可找当地部队或政府帮忙，团长叮咛了又嘱咐。

秦大梅和警卫员打马直奔太峪县沟底下村。他们晓行夜宿，饿了啃口干粮，渴了喝口泉水，困了就拴上马，靠着大树眯一会儿。两天半的工夫就到了沟底下村。进了村就打听秦家，都摇头说不知。秦大

第四章 祭祖逢亲

梅和警卫员牵着马慢慢地在村里找寻,大梅仔细地辨认每棵树每块石头每栋老房子。村里的房屋街道都被战争摧残得面目全非,他极力搜索记忆。当他们走到村北一片荒草萋萋的废墟跟前时,大梅就觉得这是他们的老宅无疑了。

他悲喜交加地对警卫员小郑说:"这就是我家的老房地了,就是在这儿一场天降的大火,烧死了我母亲、弟弟和父亲,烧走了我的妹妹。"

秦大梅正说着,身后走来一位白发苍苍的老大爷,秦大梅赶紧迎上去问:"大爷好哇!"

"好,活着就好!没让那狗日的小日本子给炸死,可那帮狗日的把我儿子给祸害了,还不如是我呢!嗐——狗日的!"老人用拐杖戳着地,一声气愤的长叹。

"大爷!我就是咱这村的人,您还记得这儿房子里原来的主人吗?"

"你是这村的?救火和善后我都来着,怎么没见你!这块的房子原来是3间,房主姓秦来着,是外来户,好好的一家人,让飞来的一场大火给烧散了,死的死,逃的逃。唉!完喽!"

"大爷!没完,秦家的人这不又回来了?"警卫员指着秦大梅对大爷说。

"你说什么?"老人家眯着眼疑惑地问。

"大爷!秦家老大又回来了,这不!"警卫员说着把秦大梅往大

山里人

爷跟前推了推。

"大爷!"秦大梅赶紧凑到大爷耳旁自我介绍,"我就是秦家老大,是大梅。"

"噢,秦家老大?"大爷睁眼使劲儿瞅了一会儿,"嘻!你别说,还真像。不是说你在部队上也遭难了吗,咋又回来了?"

"大爷!大梅不但没有遭难,还是个抗日大英雄,现在是我们营长了。"警卫员自豪地告诉大爷。

"哦!那就好,那就好。这小子是福大命大造化大,哪像我儿喽!唉!"大爷又感伤起来。

"大爷!您老人家也别太伤心了,保重身体要紧,小日本让咱们给打跑了,以后就有好日子过了。大爷,我回来得急,也没有带什么东西,就给你点儿零花钱吧!"

"你这孩子真好,我没用,我不要。"大爷哽咽着拒绝。

"拿着吧!我是晚辈也应该孝敬您老人家。我的父母都没了,我想问问,您知道我家二老葬在哪了吗?"

"知道,下葬的时候我还去来着,不过这兵荒马乱的,也不知道那坟头还有没有,地界好像还有点儿印象。这么着吧孩子们,你们看今个儿这天也快黑了,你们到我那小屋里凑合一宿,明儿我带你们去找去行不?嘻!烧得那个惨哟!"

"行吧!谢谢大爷了。"秦大梅和警卫员就跟着大爷走了。

第四章 祭祖逢亲

村东头往北拐到一个小坡头底下,离秦大梅家旧宅地不远处有两间小破屋,坐落在荒草乱石中,那就是大爷的家。说是两间,其实一间半都不到,东边的半间已塌了个大口子,里面堆了些破柴烂草,牲口可以随便出入,大爷就住在西头。屋子的西墙中间有个窝窝,文话叫龛,龛里有个用半拉小粗瓷碗做的灯盏。靠屋北墙盘着半截炕,挨炕沿儿有个灶火台,做饭取暖兼用。灶旁有几块山药和几个蔫头耷脑的萝卜,其他的粮食一粒也看不到。

"孩子们上炕坐吧!就这条件,你们别嫌窄巴别嫌脏啊。"大爷边让他们进屋边解释。

"好,大爷别客气,都是叫那小日本鬼子闹的。"秦大梅边回答边环顾这叫家的房子,他在想,这也叫家?家徒四壁也就是这个样子吧!战争,是残酷的战争把同胞们推向了极度贫困的边缘,可恶的帝国主义者,不把你们消灭干净,人民就没有好日子过。

"咱今儿黑价就煮山药吃吧?不怕你们笑话,家里实在是没有别的,就是出去借也借不着。"大爷为难地对二位说。

"行,有吃的就行。小郑你去把咱们带的干粮拿来。"秦大梅指示小郑。

小郑出去拴好马,喂上草料,拿上干粮袋回屋,告诉秦营长就这些了。

"有多少都掏出来吧。"

山里人

　　小郑掏出了一张半混合面儿烙饼、三个窝头和两块咸菜。

　　"大爷，实在不好意思，只有这点儿吃的了。"小郑把掏出来的吃食放在炕上，有些内疚地对大爷说。

　　"这就不生古了，不过你们整天行军打仗就吃这个，也真亏了你们了，跟俺们老百姓不一样，俺们好歹有点儿吃的保住命就得了，你们还得拿力气跟那狗日的拼。"

　　"这战争年代都不容易，老百姓比我们吃的苦还多，不过快好了，我们把日本鬼子打跑了，就有好日子过了。"

　　"就盼着这天哪！"大爷说着又哽咽起来。

　　夜幕降临，天上布满了星星，大块的乌云在天上漫无目的地游走着，时而遮住月亮。西北风在山坳里和茅屋外呼呼地怪叫着。四面透风的小屋里，大爷点亮了那盏破损的小油灯，豆大的火苗被风吹得东倒西歪，突然一股从门缝挤进来的风，把唯一一点儿光亮也给扑灭了，本来黑蒙蒙的小屋里顿时漆黑一团。

　　"大爷，咱不点灯了，就这么黑灯影里说会儿话就挺好。"秦大梅宽慰着大爷。

　　"唉！"大爷一声长叹。

　　"大爷，我是大梅，我还有个小弟弟叫二梅，我妹子叫梅子，我爹叫秦能。听我爹说我们家是我爷爷带着从河南假县逃难过来的，过来不久我爷爷就过世了。我爹带着我们流落到咱这儿的。出事前我娘

第四章 祭祖逢亲

让我到河南老家看我姨去了，没在，要是在也就一块儿烧死了。"秦大梅把话题转到了他家的家难上。

"唉，别提了，那天也是这么黑，也是这么大风，睡到后半夜，猛然间外面大亮，过了一阵子，人们乱嚷嚷，我就赶紧冲着火光去了，到了那儿你爹刚好把你妹妹背出来，正当他要返回屋里救你娘和你弟弟时，那房子轰的一声整个落架了，你娘和你弟弟都被砸在了屋里。大黑夜的弄水不方便，人们只有跺着脚任大火燃烧。第二天乡亲们挖出了你娘和你弟弟的骨头，埋到了北山坡上。"大爷给略述了火灾经过。

"那、那我爹和我妹呢？"秦大梅泣不成声地问。

"埋了你娘和你弟，你爹躺了三天，汤水没进就过去了。"

"那我妹妹呢？"

"埋了你爹后，乡亲们帮她在你家院子里搭了个窝棚暂住，一个小丫头住在窝棚里实在不安全，这山沟子里歹人又多，人们撺掇着她嫁人了。"

"嫁到哪里了，您老知道吗？快给我说说。"秦大梅急急地追问。

"说是北边吴县一个叫黑柿子沟的小村子，一家姓高的。实际离咱这儿也不是太远，往北翻过两个山头就到了。刚结婚时你妹妹坚持守这个家，在窝棚里住了好长时间，实在不好过，就搬回高家了。对了，去年他们两口子躲避日本鬼子'扫荡'还回来住了一段时间，把

山里人

窝棚拆了用石头垒了间小屋子,我还建议在石屋里给你爹你娘设个牌位,让他们二老给你看着这个家,他们答应了,只是兵荒马乱的还没顾着来办。"

"大爷!您真是我的大恩人,我给您磕头了!"秦大梅扑通就跪在了大爷脚下。

"快起来!快起来!傻孩子,使不得。"大爷刺溜下炕摸索着要拉秦大梅,被警卫员小郑扶住了。

"这么着吧,今儿个也不早了,你们在我这小炕上凑合一宿,明儿一早咱们就找坟去,你看还有什么说的没有?"

"谢谢大爷!谢谢恩人!您老给了我希望,给了我底细,以后您就是我的亲爷爷,您这儿就是我的家了,我要为您养老送终。"

"孩子!那可使不得,你要去为国家干大事,不要惦记我这糟老头子。"

小木窗外星星在眨眼,北风在呼啸。秦大梅斜靠在西墙上,伴着大爷和警卫员小郑轻微的鼾声,想着他的父母和弟弟妹妹,想着他家庭的变故。那是听他父亲说的,在他3岁的时候,妹妹1岁,老家黄河决口了,家乡的人四散逃荒。他记得他和妹妹被父亲装在两个抬筐里,妹妹在前边他在后边,父亲挑着走,母亲挎着个大包袱跟在父亲后面迈着小脚吃力地走着,爷爷拄着拐棍在前面带路,在路上爷爷突然暴病殁了。由于饥渴妹妹不时地哭闹,到了有水的地方就停下来喝

第四章 祭祖逢亲

口水,到了有树木的地方就停下来,父亲把他们抱出抬筐让他们玩一会儿,他到林子里搜寻些野果子来给他们充饥,就那几个野果子父母都舍不得沾沾嘴唇。在村庄里讨到一些吃的也都是妹妹和他优先,父母只是吃点儿剩渣,有几次父亲只是舔舔碗底。母亲的脸蜡黄,走路很吃力,还晕倒了好几次。那时候父亲也是带着他们没有目的地走,有一天走到现在这个小山村天黑了,他们也实在走不动了,就想法找地方住下来。遇到好心人给找的地方,半夜里鬼哭狼嚎,吓得他尿了裤子也不敢哭。也不知为什么闹了两天不闹了,他们还真在那里住了下来。父亲在农忙时给人家扛长工打短工,闲时还讨饭,母亲给富裕人家做零活儿,日子慢慢好过点儿了。翻盖了三间房还添了小弟弟,好过的日子刚来了,谁知一场莫名的大火,把他们家烧得家破人亡,真是人有旦夕祸福,天有不测风云哪。偏偏母亲让他走远亲,留了他一条命。他现在多么想念爹娘,吃母亲做的饭菜,钻父亲的热被窝,和弟弟妹妹们一块儿打闹,这些都成了过去。他是多么留恋一家人在一起的日子呀!现在只剩下他和妹妹了,也不知能不能找到她。秦大梅就这么想着想着,到梦里找她的亲人去了。

天刚亮,大爷早煮熟了几块山药,揭开锅冒着热气。秦大梅一睁眼,山药的香味钻到鼻子里,一股家的感觉涌来,不觉掉出了眼泪。大爷笑着说:"小子!你醒了,昨个儿夜里你没有睡好吧?精神精神,吃块山药咱就看你爹你娘去。"

山里人

　　在大爷的带领下，他们三个向北山沟走去。翻过两道山梁，坡头上有一块平地，长满了荒草和灌木，中间有两个一大一小的土堆，不远处的树上有几只乌鸦伸长了脖子呱呱鸣叫，见有人来扑棱棱飞走了。大爷拄着木棍喘着气站住了。"还好！"他抬手指了指荒草中的土堆，"这地方偏僻，没人来糟蹋，坟还好好的，那不，你看！"大爷指着荒草灌木丛中的土堆对秦大梅说。

　　大梅闻听，顾不得回大爷的话，就朝坟头猛地扑了过去，心中的千言万语什么也说不出了，趴在坟头上好一会儿，大爷和小郑才敢拉。等他缓过气来，大爷说："我兜里有一把花生和大枣，给你的亲人供上吧！再烧几张纸，让他们知道咱们看他们来了，在那边也高兴高兴。"大梅照着做了，大爷又说，"孩子呀！人都去了几年了，别太悲痛了，再搞坏了你的身子骨儿，就对不住你的爹娘了，他们在那边该不高兴了。"

　　大梅闻听定了定神，缓缓地站了起来，擦了擦眼泪整了整衣服，双腿扑通一声跪在了坟前。

　　祭奠了父母，告慰了弟弟，辞别了老栓大爷，踏上了寻找妹妹的路程。他们对这一带比较生疏，先到一条叫盖尔沟的偏僻小镇子上找到了吴县县委，向县委说明了情况，县委安排抗联的领导接待了他们。秦大梅又向抗联的同志说了自己的来意和想法，抗联的同志让他们吃饱了饭，休息了半天，第二天派通信员领他们到黑柿子沟找人。

第四章 祭祖逢亲

黑柿子沟，地处吴县和太峪县交界的地方，深山老林，交通闭塞，沟里产的柿子撂黑了也卖不出去，故名。实际上直线距离与太峪县沟底下村不远，就隔着两座山。通信员对这一带比较熟悉，他们清早出发，天黑以前就赶到了黑柿子沟。通信员带他们找到村长家里，村长热情地接待了他们，秦大梅向村长说明了情况，说是要找他亲妹妹秦梅子，妹夫姓高，看这村里有没有这家人。村长一听就痛快地说："你们算找对了，高家在这村里还是大姓，年轻的有一个叫高武得，一个叫高五蛋。高武得参军抗日去了，高五蛋在家种地，父子俩都是抗日模范，前一段时间还受到了县委的表扬。听说他媳妇是外地的，又懂事又能干。他们就住在村西坡底下，比较远一点儿。既然来了就别着急了，在我家里吃了晚饭，我就领你们去好不好？"

秦大梅听村长一说，心提到了嗓子眼儿上，等不及了，要求村长马上领去见妹妹。村长说："都到饭点了，不吃饭就让你们走，不是山里人的脾气，说出去人家得笑话我这个村长抠门儿。"秦大梅说："哪儿有那么多说道儿，过去了让我妹夫请客，走吧！"村长和秦大梅并肩走着，警卫员小郑还有县抗联派来的通信员小郝牵着马在小山村的石头路上急急地跟着，响动惊动了乡亲们，有的扒着墙头往外瞅，有的从门缝里往外张望，都猜测又出了什么大事了。到了高五蛋家门口，村长边拍栅栏门边大声叫："五蛋，五蛋！在家没？出来

山里人

看看谁来啦！"高五蛋听到叫喊声出来开门，他把门拉开一看，见两个人穿着军装牵着大马直挺挺地站在门外，愣住了。村长说："傻小子！别愣着了，叫你家里的出来看看认得不？"

秦梅子闻听把半掩的门拉开，一看是几个生人，也愣住了。秦大梅认出了妹妹，走上前去，"梅子！我是你哥大梅，你可好哇！"秦梅子听到那人的话，定睛细看了一会儿，真是自己日思夜想的亲哥哥！她做梦也想不到，朝思夜盼的哥哥会突然从天而降。兄妹突然相见喜极而泣，抱头痛哭，难舍难分，在场的人都潸然泪下。

"妹——呀！"

"我的哥——呀！"

秦梅子使劲儿地搂住了哥哥的肩膀，又跳着脚用双手捶哥哥的前胸。过了好一会儿，村长说："行了，都还没有吃饭呢！快把你哥领回家去吧！五蛋，你小子也别愣着了，快来牵马领人。"高五蛋还躲在门后怯生生地往外瞅，听村长喊他赶紧出来了，村长指着秦大梅告诉高五蛋："这就是你大舅子，还不赶快往回领。"

哥哥来了，妹子妹夫倾其所有张罗晚饭，熬了一锅粉条白菜，烙了几张大饼，切了一碗萝卜咸菜，炒了几个鸡蛋，把大红枣、柿子干儿、花生都摆在院里的石头桌子上，村长还端来一大碗用红枣烧的白酒，大家边吃边喝边唠，其乐融融。

吃过了晚饭，送走了村长，安排小郑休息，小郝连夜赶回县抗联

第四章 祭祖逢亲

去了。高五蛋喂了牲口回屋睡觉去了。兄妹俩坐在小院子里，沐着习习的山风又回忆起了凄惨的家事，哀叹父母和弟弟死得惨。

"哥呀！你可要好好的，赶快成家立业，把咱这个家撑起来。等有了条件，可得把那场大火的起因查问查问。"秦梅子忧心地对哥哥说。

"妹呀！这一直是我的一块心病，只要有机会我得设法查清楚到底是怎么一回事，要不然对爹娘对祖宗都没法交代。"秦大梅也很痛心地说。

"可不是嘛！办了咱娘和弟弟的后事，咱爹三天都没进汤水，时而清楚时而糊涂。临走他对我说，房子虽然烧了，可还给你留了点儿家底，让你以后成家过日子用，就在咱家旧房东头的破石头屋地下埋着哩。我那口子知道这事，起先我想挖回来存起来，那口子说怕在挖的过程中有人看见了生疑心，他说不如原地不动安全，去年我们就在东头盖了间石头房。老栓大爷建议在石头房里给咱爹娘设个牌位，老躲避'扫荡'，我们还没去办。"

"我见过老栓大爷了，他老人家领我们到坟上祭拜了父母。那可是个好大爷，他的儿子为抗日牺牲了，以后咱们都要惦记着老人家，把老人家当亲人一样对待，他的建议你们看着办吧！咱爹娘的心思我领了，那东西我就不要了，我也用不着，马上又要行军打仗，日本鬼子虽然被打跑了，还有敌人，只有把人民的敌人都消灭了，咱们才有好日子过。"

山里人

"你不要我也得给你留着,那是爹娘的心血。"

"别留了,我看你们现在过得也挺寒酸,缺衣少穿,这很快就要添人进口了,需要钱的日子长着呢,就当给了孩子们吧!"

"那可不行,现在难过是暂时的,以后不打仗了,我们好好地种地,日子会好起来的。再说了这日子过好过赖全在个人,庄稼主子只要不心疼力气,不胡闹八光,总得有吃有喝的,还求什么?"

"这马上就要解放了,有了孩子得想办法让孩子们念书,只有读书识字才能走出这大山,出去干大事业。妹妹呀!你可要听话,可得把孩子们供出去,有什么困难就跟我说,咱们共渡难关。"

"没难处,你放心地走吧,我会把这个家打理好的。"

"那就好,这我就放心了。我会经常给你们写信,你可要跟你男人好好过,都不容易。"秦大梅又诚心地嘱咐妹子。

"是,这人很不错,能吃苦耐劳,脑袋里也不糊涂,有志气有勇气,他们父子俩还被评为了'抗日模范'。他父亲是这个村最早的党员,确实对抗日有贡献,日本鬼子'扫荡'时捉过他几回,他都逃脱了,现在到区里协助工作了。"

"好,很好!这样的家庭以后错不了,你可要尽心操持。"

"放心吧哥哥,现在就剩你一个亲人了,我一定听你的,不给你丢脸。"

兄妹俩互相安慰嘱咐了半宿,还有说不完的话。

第五章　解放太原

秦大梅匆匆告别了妹妹秦梅子返回了部队，部队已接到解放太原的任务。

太原地处晋中盆地北部，曾称并州，古称晋阳，同时也称龙城，是山西省省会。东、北、西三面群山巍峙，南接晋中平原，汾河自北向南穿境而过，是一座具有2500多年建城历史的古都，有"控带山河，据天下之肩背""襟四塞之要冲，控五原之都邑"之说。太原城区轮廓呈簸箕形，北高南低，易守难攻，是华北战略要地。

阎锡山集团盘踞太原38年，精心修筑了多种类型的外围据点、纵深阵地和防御工事，使太原构成由各式堡垒和沟壕暗道相结合的，互为依托的多层次、大纵深的环形防御体系。从北起黄寨、周家山，南到武宿、小店镇，西起石千锋、东至罕山的防线内主要据点就有大型碉堡5000多个。城东牛驼寨、小窑头、淖马、山头，城东北卧虎山，城东南双塔寺等要点，都筑有以碉堡群为骨干的防御工事，成为国民党固守太原的主要屏障。

为了守住太原，国民党调集了10个军、36个步兵师和3个暂编总队、3个特种师，总兵力近25万人，拥有各种火炮600余门。

1948年7月下旬，解放军调集华北军区炮兵、西北野战军、晋中

山里人

军区和陕甘宁晋绥联防军区警备旅11.5万人,由徐向前任总指挥,乘晋中战役胜利之势,进逼太原。所调兵力集结在榆次、太谷、清原等地进行整训,准备于10月底发起总攻。

牛驼寨是阎锡山东山防御体系中的重中之重,徐向前总指挥经过再三深入的思考和判断后,决定由西北七纵一部主攻牛驼寨。七纵一部接到命令后立即进行了周密部署和战前动员,暗暗选择有利地形,修筑工事。1948年10月18日拂晓前,国民党守军还在睡梦中,白色的信号弹升上夜空,解放军突然向驻守牛驼寨的阎军守军发起猛攻。有着优势心理、疏于防备的阎军守军顿时惊慌失措乱了手脚,在猛烈炮火的攻击下,解放军很快就摧毁了牛驼寨的大部分碉堡,占领了牛驼寨,动摇了阎锡山的整个东山防线。牛驼寨失守后,阎锡山不死心,严令不惜一切代价要夺回牛驼寨。18日、19日两天,阎军以每次1500人的兵力在集中炮火的掩护下,向牛驼寨猛烈反扑,临近的小窑头、淖马、山头三个要塞据点也同时动用重炮支援,直打得牛驼寨附近方圆两三公里的土地千疮百孔、狼烟滚滚。激战持续了6天,西北野战军七纵队终因伤亡过重被迫暂时撤出了牛驼寨,进行短暂休整。此后双方数次争夺,攻坚战打成了拉锯战。

为了尽快彻底摧毁阎军东山防线,总部调晋中军区13团配合西北野战军进攻牛驼寨。13团的团长就是秦大梅,他长期在太行山、吕梁山一带作战,对那里的地理环境比较熟悉。秦大梅奉命率部来到牛

第五章 解放太原

驼寨附近与西野会合后,即带上侦察参谋到牛驼寨附近细细地察看地形,又协调当地党组织派人混进给阎军运送给养的劳役人员中,摸清牛驼寨、小窑头、淖马、山头四个据点的明堡暗道的连接情况。

经过几天侦察秦大梅心里初步有了底,他和西野司令部的首长们商量,要再猛攻,对方肯定要拼命还击,因为已是惊弓之鸟,防备的弦绷得很紧,结果是两败俱伤。下一次的攻击战要改变一下方式,坚持三个结合,即天地结合、强弱结合、明暗结合。所谓天地结合,就是借助天时搞点儿动作。他说:"小时候我跟父亲到山上放羊时,父亲就给我讲过要看天气借天时,暴风暴雨天不宜远放。我观察最近要变天气,估计一两天要刮大风,我们要借助风势干扰敌人的视线,趁机猛攻。从地势上看我们处于低处,敌人高于我们三百多米,晴朗天气他们居高临下,对我们的动作一目了然。但这次变天我们处在上风头,要设法利用优势,现在就开始准备大量的柴草、土灰、煤粉,并用水把柴草洇湿,等大风刮起时就点燃柴草,让其冒浓烟,就着风势扬土灰、煤粉,趁浓烟滚滚之时发起佯攻,敌人必全力反击,大风不止佯攻不息,这样就会消耗敌人大量的人力物力,等他们的锐气受挫时我们就从侧翼发起猛攻,这是天地结合。强弱结合就是佯攻时一会儿猛,一会儿弱,使敌人摸不到虚实,只能死拼硬打,这样就耗伤了元气。再就是明暗结合,我已派咱们的敌工人员混入敌人内部进行策反,等到总攻关键时刻,咱们内线的人就设法捣毁他的指挥所或击毙据点的头目。这三个步骤要按序推进，不得出现纰漏。"

　　西野的决策者们听了秦大梅的想法后，经过反复酝酿，认为秦团长的方案可行，对实施步骤进行了进一步细化，并把作战方案上报司令员，批准照方案实施，不得有误。

　　1948年10月25日，天气沉闷，好像空气停止了流动。华北军区主力部队13团的士兵刚吃过午饭就在营地集结，团政委李其炳作战前动员。他精神抖擞地站在队伍面前，望着排列整齐英姿飒爽的战士们，右手有力地一挥，激昂地说："同志们！目前我们的形势一片大好，在党中央毛主席的英明领导下，我们取得了一个又一个胜利，蒋介石国民政府的末日就要到了，现在盘踞在太原的阎锡山集团还在负隅顽抗，他们这是垂死挣扎。党中央毛主席十分英明伟大，抽调我们华北主力部队、西北野战军和晋中地区主力部队包围太原，并命令我们尽快解放太原，同志们有没有决心哪？"

　　"有决心！请首长放心，请党中央毛主席放心，我们一定要解放太原！"

　　"好！我们是一支英雄的部队，我们都是英雄的战士，英雄的战士就勇往直前，不怕牺牲，夺取胜利！"

　　"不怕牺牲！夺取胜利！"战士们群情振奋，举枪高呼。

　　"同志们！我再告诉大家一个好消息，现在全国的土地平分运动已经基本结束了，农村打倒了地主、富农和土豪劣绅，我们家家都分得了土地，劳苦大众翻身了，快过上好日子了，我们参加革命的初衷也实现了！同志们，好不好哇？"

"好！跟着中国共产党革命到底！""解放全中国！""解放全人类！"战士们的口号响彻山谷。

"好！我宣布：现在大家分头准备，即刻投入战斗！"

1948年10月26日，天刚蒙蒙亮，秦大梅就起身到营房外看天气，一弯残月挂在西天，被游动的大块灰黑色云彩遮挡得时隐时现，他觉得这天真要变了，他想只要大风一刮起来，马上就命令部队按计划行动。待他转身回营房时就听到东方传来沉闷的隆隆声，随即一股旋风拔地而起，直把他吹了个趔趄。真乃天助也！他回转身一脚蹬开门命令通信员即刻传达命令，各营立即按原计划行动。顿时信号弹划破黎明前的黑暗，把夜空撕开了几道口子，号声响起，无数发炮弹穿过黑沉沉的夜空射向敌人的阵地。风越刮越大，天昏地暗，像要把地皮掀起来。负责燃火扬尘的战士起劲儿地干了起来，狂风卷着沙尘、煤灰、烟雾像遮天幕布一样朝敌人的阵地和碉堡盖过去，风越大敌人的炮火越猛烈，没有一丝一毫的间歇。一方燃火扬尘、吹号造势，一方集枪炮猛烈还击。这种空前的阻击战整整打了一天，至晚时，风神有些累了，阎军打了一天的各种火炮，轻、重机枪脖子也红软了。夜幕笼罩了大地，解放军开始了总攻，打了一天的敌人抵抗力明显减弱，子夜时分解放军顺利穿过敌人的封锁线，捣毁了敌人的防御工事，拿下了牛驼寨的碉堡。

　　解放军虽然占据了敌人东山防线的主要据点，但老奸巨猾的阎锡山仍然死死咬住小窑头、淖马、山头三个据点不放，并调集重兵支援这三个据点，阎老西儿明白失去了整个东山防线就失去了太原。他在加强三个据点防守的同时，对内部又进行了整肃。

　　之前解放军总部曾派员与阎军守军30军军长黄樵松取得了联系。黄樵松见解放军大兵压境，太原被拿下指日可待，国民党大势已去，遂派代表与攻城指挥部接洽，第一兵团派人随其入城面见黄樵松，商议起义事宜。此事不料被黄樵松部下泄露，把消息报给了阎老西儿，阎老西儿派嫡系逮捕了黄樵松和解放军代表，并当场杀害，起义宣告失败。起义事件更引起了阎老西儿的戒备，他忙调集重兵和武器固守小窑头、淖马、山头三个据点，大有夺回牛驼寨之势。解放军攻城指挥部指示："一定要守住牛驼寨，尽快拿下小窑头、淖马、山头三个据点，为攻下太原城打开通道。"

　　秦大梅找东山柳沟村地下党支部书记赵丙雨了解地形，让他出出主意。赵丙雨穷苦出身，18岁时就秘密加入了中国共产党。在山区农村和秦大梅一样给人家放牧，对天象、地形情况也了解一些。秦大梅找到他时，他刚组织好支前物资，回家伺候瘫痪在床的老母亲。当他听清了秦大梅的来意后，马上叫媳妇来伺候母亲，二话没说，就随秦大梅上了东山。

第五章　解放太原

"赵书记！我看你家老母亲重病在床，我都不好意思再给你添麻烦了。可是你也知道咱们攻打太原也有些日子了，顽固不化的阎老西儿拼命死守，双方损失都不小，长耗下去对我们也不利。因此，党中央毛主席指示要尽快解放太原，我们耽搁不起，这东山的三个据点是拿下太原的屏障，你是当地人，看能不能提供些情况。"秦大梅简单地说了一下自己的想法。

赵丙雨说："秦团长客气了，我是咱党的人，为党工作是应该的，这不是刚组织完支前物资你就来了，在山下天天听着枪炮响心里干着急，我是老母猪追兔子——有劲儿使不上，需要我做什么你就说吧！"

"你从小就在这东山上放羊，地形肯定熟悉，我是想找一条比较隐蔽的小路，悄悄地靠近敌人，打他个措手不及。"

"那好说，我还真知道几条隐蔽但有些危险的羊肠小路，咱这就走，我领你们去实地察看一遍，行不行由你们定。"

赵丙雨领着秦大梅和侦察参谋，侦察了分别通往小窑头、淖马和山头三个据点的羊肠小道。秦大梅和侦察参谋详细察看了小道所处的位置，距离敌人据点的射程、距离山底的高度以及隐蔽性。他们回到营地后对侦察结果又进行了研究，初步制定了正面主攻与侧面袭击相结合的作战方案，他们把侦察结果和初步设想的作战方案一并向指挥部进行了汇报。指挥部根据他们汇报的情况和建议，重新调整了兵力部署，临时抽调作战经验丰富的战士组成了三个突袭队。突袭队利用3

山里人

天的时间把爆破炸药运到了三个据点附近。1948年11月10日深夜固守的敌人正在睡梦中,解放军突然向小窑头、淖马、山头三个据点发起正面进攻,阎军猛烈阻击,正在双方打得十分激烈的时候,三个据点的背后同时响起了枪炮声、爆炸声。阎军顿时乱了手脚,企图首尾兼顾,但为时已晚,12日上午三个据点全被拿下。

阎锡山的太原东线防线被攻破后,中共中央军委命令缓攻太原,部队固守阵地稍事休整,并调重兵增援。仅几天时间太原前线的兵力就增至32万人,与守军相比占了绝对优势。1948年12月初,开始把太原城东松树坡、城北苏村、阳曲、蓝村、城南化七头、赵家山等据点相继摧毁。又相继控制了城东、城北的飞机场,将阎锡山守军的控制范围缩小在十五公里以内。

为减轻对太原市区的破坏和市民财产的损失,前线指挥部于22日向守军发出劝降通牒,已处绝境的阎锡山守军将领孙楚、王靖国非但没有听从人民解放军和平解放太原的劝告,反而抓壮丁扩充兵源。临时组编了"神勇师""铁血师""坚贞师",又从榆林空运第83师到太原,使太原守城部队仍保持了6个军7万人的兵力。1949年2月15日阎锡山乘飞机逃离太原时仍指令太原绥靖公署副主任兼15兵团司令官孙楚和太原防守司令兼第十兵团司令官王靖国要坚决指挥守军死守。3月31日中共太原前委根据目前形势确定了"割裂保卫外围之敌,进行连续攻击,争取歼其大部分或全部,占领攻城有利阵地的战役方针和部署",重新调配部署了兵力。4月20日全线发起总攻,22日外围据点全部拿下,歼守敌12个师。4月22日凌晨,攻城部队1300门火炮击毁小北门东侧城垣,掩护步兵入城与守军展开巷战。秦大梅率部用小型爆破手段,火速开辟前进道路,直逼守军指挥部。上午9时许攻入"太原绥靖公署",活捉孙楚、王靖国和日本顾问今村、岩田等战犯。至10时许,太原守军全部被歼灭,被阎老西儿统治了38年的三晋大地回到了人民手中,迎泽门、拱及门等七座城门上都飘扬着鲜艳的红旗。

秦大梅在攻城战中表现得机智勇敢,荣立一等功,受到通令嘉奖。

第六章　军人转军工

　　1964年我们刚刚成立不久的年轻的共和国，面临着中苏交恶和美国在东南沿海的威胁，中央政府决定在中西部13个省、自治区进行一场以战备为指导思想的大规模国防、科技、工业和交通基本设施建设，称为"三线建设"。这是党中央和毛主席于20世纪60年代做出的一项重大战略决策。从1964年至1980年三个五年计划期间在三线建设地区，在国家十分困难的情况下，相继投入了占全国同期基本建设总投资的40%还多，达2052.68亿元。同时从全国各大城市、工矿企业、国家机关抽调优秀技术工人、管理干部、知识分子、解放军官兵和优秀青年农民400多万和数以万计的当地农民工，投入此项关乎共和国命运的浩大而艰巨的工程。这些共和国的骄子们响应"备战备荒为人民""好人好马上三线"的时代号召，打起背包告别亲人，放弃优越的工作、生活条件，无怨无悔地奔赴大西北、大西南的荒漠戈壁、深山峡谷，风餐露宿，克服难以想象的艰辛，用汗水和生命建起了1100多座大中型工矿企业、科研单位和大专院校。

　　在国家建设大三线的同时，处于一线二线的省份也按照中央要求建设一批省属的"小三线军工企业"，生产常规兵器，共同筑起一道共和国新的钢铁长城。

第六章 军人转军工

已经升为解放军某部师长的秦大梅突然接到命令,调任筹建中的华北某省385厂党委书记兼厂长,负责组建华北最大的枪厂。385厂隶属该省国防工业办公室领导的小三线军工企业,主要任务是研发、生产半自动步枪。

秦大梅接到命令,二话没说,告别了妻儿,跟省政府筹建组领导进了太行山。按照国家建委当时提出的"靠山、隐蔽、分散"的建厂原则,厂址选在了太行山东麓中部地区的河阳县和平富县交界的深山里。

放羊、当兵出身的秦大梅在部队摔打多年,对打仗不陌生了。虽然在战争间隙受过短期训练,学习了一些基本的文化知识,但突然从打枪转到造枪,这个跨度实在是太大了。省领导临走时跟他说:"你从正式军人突然转为军工战士,这是质的转变,首先是你的思想要转过弯来,要适应形势的需要,带领你的一班人尽快地造出枪,造出好枪,这是省委和省政府对你的信任和希望。"

太行山的初秋凉气袭人,山坡上的野草已经开始枯黄了。秦大梅坐在冰凉的石头上,迎着飕飕的西北风,看看丛云中时隐时现的月亮,又看看散落在沟底的帐篷,心想我要在这儿扎根了,要在这儿为祖国干一番事业了。可这里除了荒坡荒草是一无所有哇!要在这荒凉之地尽快造出枪来,这不是难于上青天的事情吗?可他转念又一想,怕什么?多大的事不是人干出来的,有我们共产党员的坚定信念,有党作后盾,有从全国各地抽调来的精英,还愁不能创造出奇迹吗?这时他抬头看看月亮,月亮在含着笑看他,在鼓励他。他起身向临时帐篷区走去,帐篷里传来爽朗的谈笑声,传来打扑克的娱乐声,还有传出来的琅琅的读书声,还有女职工们甜甜的歌声。他从这些帐篷前缓缓走过,心中充满了激情,想这些从四面八方汇集来的新战友,来到这不毛之地,这么乐观向上,还愁完不成党交给的任务吗?

他走到一座安静的帐篷前,敲了敲临时用木板钉的门,里边走出来一位戴着眼镜的半大老头儿,因在见面会上匆匆见过一面,老头儿认识秦大梅,只是秦大梅对此人印象不深。老头儿见是秦大梅,赶忙迎进屋里,自我介绍说:"秦书记,我是林晨如,从武汉073厂调来的。"

"啊!您就是林总啊!失敬,失敬!我听省工办的领导介绍过您,本该早些拜访您,只是今天刚来事太多还没来得及。巧了,这门是串对了,正想向您讨教呢!"秦大梅站在门口,热情地对林晨如说。

林晨如是个老军工,而且是军工世家出身,他的爷爷就跟随晚清洋务运动派张之洞去德国考察学习过军械制造技术,1892年回国后参与创建湖北枪炮厂,后来改名为汉阳兵工厂,他的父亲在武汉大学学习机械制造专业,毕业后到汉阳兵工厂从事兵器研发,他从浙江大学毕业后直接到汉阳兵工厂研究所搞兵器研发。1949年5月16日武汉解放,兵工厂由人民解放军第四野战军后勤部军械部接管,定名为四野后勤部军械修械厂。林晨如担任修械厂技术副厂长兼研究所所长。这次是把他作为总工调来筹建华北最大枪厂的。而且林总还是这次抽调

第六章　军人转军工

的"三最"干部——年龄最大，资历最老，学历最高。因此，秦大梅首先想到拜访的就是他。

二人回到帐篷里，各自寻地落座，秦大梅开口直言："林老哇！您也知道，我就会打仗，这造枪可是太外行了，因此这技术上的事，全靠您老了。"

"秦书记！咱先说清，以后就在您的领导下工作了，你以后不能老老地称呼我了，怪不舒服的。再说了，我也不那么老呢，就叫我林工或老林就行了，既亲切又方便。"林工关于称呼的问题向秦大梅提了建议。

"哪能呢！我就称您林总好吗？"

"也行吧！听您的。"

"林总，您看咱们厂平地起鼓堆，工作千头万绪，关于基建的事我再找其他几位领导商量。今晚咱就先简单说说枪的事，您也知道我在部队也有些年头儿了，咱部队里有的枪，我都摆弄过，但对它的构造和原理还真是没有下功夫琢磨过，今晚您先大概说说，我心里多少就有些数了。"

"大致情况您可以先了解一下，技术方面有我和其他技术员呢！您是抓大事把握方向的。您也知道汉阳厂以生产'汉阳造'出名，后来改造为'汉式七九步枪'，这些枪在抗战期间白刃格斗时是唯一能与日军三八式抗衡的步枪，可这都是单发步枪。现在国际上枪械改造升级比较快，我们也得适应新战的需要，上级要求我们生产半自动步枪，这难度就大多了，是新课题。"

"那您心里有底吗？"秦大梅有些担心地问。

"头来之前我查阅了一些资料，56式半自动步枪由枪刺、枪管、瞄准器、活塞及推杆、机匣、枪机、复进机、击发机、弹仓、木托十大部分组成，还有一套附品。"林总简单地说。

"那这半自动步枪和汉式七九步枪主要区别在哪里呢？"

"区别就在于步枪推拉一次枪栓，扣一下扳机射出一发子弹，而半自动步枪扣、缓扳机子弹就可连发，弹仓有5发子弹就射5发，弹仓有10发都可连射，它比三八式步枪多了复进机和弹仓装置。"

"那这杀伤力可就提高多了。"秦大梅赞道。

"对呀！这种枪还便于携带，很适合步兵作战。"

"噢！当兵那会儿，拿来就打，咱国的、外国的也摸过几种，但对它的结构、性能、原理很少留意，今儿个先了解个大概，林总您休息吧，我去找其他领导商量明天开会，研究分工的事。"

第二天早上吃过早饭，也就是7点钟的样子，秦大梅把科级以上干部召到一块儿开会。会议在空旷的山沟里举行，没有主席台，没有水杯，没有麦克风之类的会议设备。讲话的领导不用端端正正地坐在规矩的台子上。脚下有的是石头，与会者可坐可蹲还可靠后站立。山沟里坡头上飘扬着迎风招展的红旗和彩旗，四根木柱上横挂着两条横幅，一条上写着"备战备荒为人民"，另一条上写的是"好人好马上三线"，把会场衬托得庄严有底气。

秦大梅站在一块稍高的石头上，看了看大家，敞开嗓子大声说："同志们！今天我们各路英雄汇集到这里，建设省385厂，这是我们建厂史上第一次会议，也是见面会认识会。伟大领袖毛主席教导我们说，'我们都是来自五湖四海，为了一个共同的革命目标走到一起来了'。我们大家都明白来这里的目的、意义和肩负的责任。大道理我就不扯了，我们两个肩膀一张嘴，赤手空拳来这里，就是要苦干实干拼命干，两个月建成小三线。在这一穷二白、荒凉无比的太行山上创造出人间奇迹。用我们的智慧、血汗甚至生命为共和国的国防事业做出贡献！大家准备好了吗？"

"准备好了！"

"一不怕苦，二不怕死！"

"备战备荒为人民！"口号响彻山谷。

很快临时组建的科室、车间、班组就收到了冀北厂党字〔1〕号红头文件。

山里人

中共三八五厂委员会文件

1964〔1〕

中共三八五厂委员会关于厂领导分管工作的通知

各车间、科室、班组：

现将各位厂级领导分工、分管部门情况发给你们，望遵照执行。

秦大梅，党委书记兼厂长。主抓全面工作，分管党办室、政工科、安保科。

武珩九，党委副书记、常务副厂长。协助厂长抓生产，分管厂办室、技术科、生产科、基建科。

林晨如，总工程师兼研究所所长，主管产品研发。

王广睿，副厂长，主抓宣传、青年团、财务、供销。分管宣传科、团委、财务科、供销科。

韩久铭，副厂长，主抓劳资、工会、后勤供应、医疗卫生。分管厂工会、劳资科、厂妇联、后勤科。

望各位领导即刻到位，各负其责，忠于职守。

各有关单位要与主管领导加强联系，积极配合，服从领导。

全厂职工要团结一致，齐心协力，圆满完成各项任务。

中国共产党三八五厂委员会
一九六四年九月六日

第六章 军人转军工

大方向一定，各路人马立即分赴各自岗位，热火朝天地干了起来，由于时间紧任务重，秦大梅和班子成员多日都吃住在工地。

半自动步枪生产线需要一线工人2000多名，加上管理、科研、勤杂人员，全厂要达到5000人的规模。从选材到零部件加工到组装需要多道工序，开始选的那条山沟容纳不下。他们又选择了一条叫寒林峪的山沟，纵深有两公里多，沟中间还有一块小平原。秦大梅把行政、科研、仓储、学校、卫生所、招待所、职工大食堂、汽车队都放在了这里。9个生产车间分别放在了由寒林峪沟中间的小平原辐射出去的5条山沟里，这样的布局也符合上级"靠山、隐蔽、分散"的建厂原则。可喜的是基建工程人员在寒林峪沟的沟头上发现一个山洞，洞宽30米，高7米，洞长有2公里。洞的上面是陡峭的大山，还处于河阳和平富两县交界处，十分隐蔽，人迹罕至，正适合用作成品试验场，稍加整理就可投入使用，既节省了基建时间和投资费用，又增加了保险系数。

按照省工办既定的时间要求，秦大梅找林总、找基建工程师、找有关领导、找当地老乡调研，千方百计寻求好、快、省的建设办法。在充分调查研究的基础上，党委决定采用"规划先行、多头开花、齐头并进、各司其职"的建厂思路。路、房、电、水、暖一齐开干，以省建工团和民工为主。车间、厂房按图纸要求施工，安装机器设备，以厂技术人员和职工为主。

山里人

路线对了头，一步一层楼。在那激情燃烧的岁月里，工人们激发出的工作热情和无限的创造力是难以想象的。厂里规定的作息时间是上午7:30上班，下午1:30上班，以军号声为令。每天清晨早6点嘀嘀嗒嗒的起床号声响起，人们就蜂拥至食堂，吃过早饭，不等7:30的冲锋号声响起，工地、车间的场地上早已人头攒动，按部就班、热火朝天地干起来了。

为了缓解工人们的疲劳，丰富业余文化生活，减少业余时间除了闲聊就是睡觉的现象，厂宣传科要求每个车间、科室都要配备一名业余宣传员和通讯报道员，制作了宣传专栏，宣传国家大事和车间动态，表彰好人好事和先进事迹，还定期组织文艺会演。为了赶工期，厂里规定半个月休息一天，每月的1日和15日休息，叫作休大礼拜。每月的月末和月中晚饭后，厂里就组织文艺晚会，各单位出节目，自编自演。不愧是从全国各地抽调的精英，擅长吹拉弹唱者不乏其人。

9月14日是首场演出，吃过晚饭职工们有的拿着马扎，有的拎着小板凳，不讲究的就拿块砖头或石块，集聚在临时搭起的演出台前等待开演。演出台非常简陋，用机器包装箱的板子架起一个平台，一横两竖的三根木杆算是演出台的门脸，两侧竖起的木杆上分别绑着一个喇叭。还好，台子搭在平地上，往后就是个大缓坡，前低后高，自然的地势就符合大礼堂的设计理念。

晚7点演出正式开始。宣传科长上台讲了几句开场白，就把话筒

第六章 军人转军工

递给了主持人小郑。小郑叫郑瑶芝,是宣传科的宣传干事,来自天津一中。她穿着一身洗得发白的工作服,脖子上系了一条粉红色的纱巾,脚上穿着一双洗得发亮的解放鞋,齐耳的短发,潇潇洒洒地往台上一站,那种天然去雕饰的美,使台下顿时鸦雀无声。

"各位师傅、各位领导、各位民工朋友们,大家晚上好!"这一句珠圆玉润声情并茂的问候,就令台下的观众兴奋不已,继而掌声雷动。少顷,小郑接着说:"今天是我们厂开始建设以来的第一次文艺演出,第一个节目是大合唱,歌名是《歌唱祖国》,演出者宣传科全体。"随着小郑的手势,宣传科的两男一女整齐地走上台来,小郑和他们并排站在一起,侧身向临时乐队领首示意,乐队奏起了激昂的序曲。

>   五星红旗迎风飘扬,
>   胜利歌声多么响亮。
>   歌唱我们亲爱的祖国,
>   从今走向繁荣富强。
>   ……………

这嘹亮的歌声响彻山谷,在战士们的胸中回荡。歌儿唱毕,其他三位退场。小郑跨前一步又用清澈的口音报幕:第二个节目是《咱们

山里人

工人有力量》，演唱者是技术科全体员工。技术科的5位同志都是知识分子，3个人戴着眼镜，他们往台上一站，那种文质彬彬的气质就引起了人们的尊重。

> 咱们工人有力量，
> 嘿！咱们工人有力量，
> 每天每日工作忙，
> 嘿！每天每日工作忙。
> 盖成了高楼大厦，
> 修起了铁路煤矿，
> 改造得世界变呀么变了样。

新时代的中国工人走荒漠，闯戈壁，找油挖煤，修路盖房，创造了一个又一个人间奇迹。这歌声是工人们的心声，是工人们流血流汗的真实写照。歌声引起了大家的共鸣，大家情不自禁地跟着唱了起来，越唱越激动，台下的都激动地站了起来，形成了台上台下的大合唱。

> 发动了机器隆隆地响，
> 举起了铁锤响叮当，

第六章 军人转军工

造成了犁锄好生产,
造成了枪炮送前方。
哎嘿！哎嘿！嘿呀！
咱们的脸上发红光,
咱们的汗珠往下淌,
为什么？为了求解放,
为什么？为了求解放,
为了全中国彻底解放。

歌声唱罢大家仍意犹未尽。接着由一车间主任朱睿演唱京剧《智取威虎山》打虎上山选段。

穿林海跨雪原气冲霄汉,
抒豪情寄壮志面对群山,
愿红旗五洲四海齐招展,
哪怕是火海刀山也冲向前。
我恨不能急令飞雪化春水,
迎来春色换人间。
……

山里人

　　朱睿来自北京重型机械厂,是京剧票友,对我们的国粹钟爱至极,他的唱腔字正腔圆,高亢嘹亮,把晚会推向了高潮。

　　"下面请欣赏诗朗诵《七律·战太行》,作者政工科科长芮钧鹏,朗诵芮钧鹏。各位!这是咱们芮科长自编自演的节目,大家欢迎!"芮科长稳重地迈步走上台,双手下垂,向台下鞠了一躬,说道:"各位辛苦了!借此机会我向大家献上拙作一首,以表咱们献身三线建设的决心和毅力。"

巍巍太行敞胸怀,

军工战士纷沓来。

搬石填壑不觉苦,

修路盖房填空白。

三线建设从零起,

山沟沟里筑垒台。

展望来日雄心足,

一炮惊得苏美衰。

　　芮科长的诗虽然朴素了一些,但描绘出了军工战士的艰辛、困境和决心,引起了大家的共鸣,叫好声、掌声响成一片。等工人们的情绪稍稍稳定后,小郑宣布下一个节目又是自编自演的快板书《说说咱

第六章　军人转军工

们的小三线》，作者、表演者为后勤科科长马佑仁。马科长手拿竹板笑盈盈地走上台来，挥手迎着工人们的掌声说："各位！我献丑了，说不好大家要听好！"

竹板打，啪啪响，
今日上台我喊一嗓。
喊一嗓，不求赞，
说说咱的小三线。
苏日美，不要脸，
南海北疆来添乱。
党中央，毛主席，
英明决策实在奇。
一线二线要巩固，
三线建设要起步。
常规兵器快点儿造，
长枪短炮咱都要。
仓中有粮心不慌，
手中有枪气昂昂。
纸老虎，耍威风，
长枪短炮把你崩。

山里人

> 同志们，莫怕苦，
>
> 再苦也苦不过长征二万五。
>
> 同志们，莫怕累，
>
> 再累也累不过咱们老前辈。
>
> 党中央，做后盾，全国人民齐发奋，
>
> 国防牢，万民安，
>
> 人民幸福大团圆，
>
> 大团圆！

又是经久不息的掌声、叫好声。时间过得真快，倏忽就快晚上9点了，晚会定在9点钟结束。"请各位工人师傅们静一静，今晚的晚会快要结束了，最后一个节目是研究所的廖静祎工程师为我们献上一首最近传唱的歌曲《红梅赞》。廖工于1960年清华大学毕业后被公派到苏联莫斯科大学深造，专攻机械原理专业。廖工对我们的祖国爱得深沉，她今天献给我们的歌是由阎肃老师作词，羊鸣、姜春阳、金砂作曲的爱国歌曲，是歌剧《江姐》的主题歌，请大家欣赏。"

廖工崇拜江姐，她很干练、沉稳、大方地走上台去，还没站定，哗哗的掌声已然响起，所有的观众都直起了脖子，睁大了眼睛。廖工十分优雅地站在台中间，优雅地扶了扶眼镜，向台下微微点了点头亲切地说："各位师傅，我今天为大家献上一首《红梅赞》。"

红岩上红梅开

千里冰霜脚下踩

三九严寒何所惧

一片丹心向阳开　向阳开

红梅花儿开

朵朵放光彩

昂首怒放花万朵

香飘云天外

唤醒百花齐开放

高歌欢庆新春来　新春来

歌者倾情，赏者心动。《红梅赞》充分表现了共产党人不畏冰霜严寒，像红梅一样绽放着高尚的人格，唤醒国人以昂扬的姿态迎接新时代的到来。廖工那极富魅力的演唱，更加激起了军工战士对创造美好生活的决心。

音乐是美好的，是有穿透力的，其先决条件就是令人陶醉，内化于心，打动灵魂。廖工的歌声早已唱罢，在场的所有人都久久地沉醉在歌声的意境里。小郑的一句台词才把人们唤醒，她响亮地说："各位师傅们，大家好！我们今天的晚会就到这里，期待下次再会！"

第七章　推　荐

开春了，黑柿子沟脱去了冬天的装束，有了生机，柳树吐出了嫩芽，到南方过冬的燕子又回到高五蛋家的房檐下筑巢了，庄稼人都按部就班地出工、拉粪、散粪、犁地了。

急急的小雨下了一整夜。春雨贵如油，饥渴了一冬的大地，高兴地吮吸着春雨甘霖，解除了饥渴，一大早就毫不掩饰地散发着湿润可人的气息。

日头还没露脸，高五蛋就敲响了出工的钟声。社员们陆续地来报到，他就陆续地把人们派出去，等社员们都到工作岗位去了，他扛起粪叉到五保户二奶奶家圈里起粪去了，也就是一袋烟的工夫，高五蛋就脱掉了棉袄。一早起的工夫就起出了半圈，出了一身大汗。回家吃早饭时告诉媳妇秦梅子："雨后的天气真让人痛快，我到二奶奶家圈里起粪，一口气就起了半圈，出了一身大汗，浑身痛快得很。"媳妇说："这就对了，汗水洗身也洗心，干活儿不出汗的男人不是好男人，汗水给我洗出了一个有出息的男人。"高五蛋听了心里甜甜的。

吃过早饭高五蛋又去干了。过了一会子拉粪的去了，男女老少15个人拉着一辆胶皮车，驾辕的叫牛三权，论辈分他应管高五蛋叫叔叔，他瞅见高五蛋在圈里挺卖劲儿，就想调侃他两句。牛三权把车支好，

第七章 推荐

装粪的就开始往车上装，牛三权趁着装车的空当儿笑眯眯地凑到圈边，冲着圈里的五蛋说："哟嚯！队长作榜样，干上这'四大费劲'之一的活儿了，还挺带劲儿，省着点儿，晚上还有用头哩！"农村里流传的"四大费劲"是调侃用语，指起粪、打坯、拔麦，还有一项是指夫妻间的活儿，是个脏词，当着那么多男女牛三权积了点儿口德。高五蛋知道牛三权在损他，就挑逗说："你见狗嘴里吐出过象牙吗？猫屁股里拉出过狗屎吗？我见过，就你牛三权是三个权的，比正常人多一个权，劲儿足，要不你下来起粪把劲儿使使，省得晚上蹭被里子。"几句话把牛三权噎住了，三权见装满了粪，就催着人们赶紧拉跑了。

1963年高五蛋的儿子高从伟从原平镇初级中学毕业了，国家正处于困难时期，高五蛋家里和国家一样困难，高五蛋和秦梅子商量别让儿子考高中了，回村里劳动吧，那样家里负担还小一些，秦梅子实在惋惜，但又不得不面对现实，只得勉强答应了。高从伟成了回乡知识青年。高从伟回村后按时到队里上工，不耍滑、不挑剔、不偷懒，受到了社员们的好评，都说像他爹一样牢靠、有出息。回乡后不久，高从伟就干了一件令人惊羡的震惊全山沟的大好事。

那是一天的中午收工时，他背着粪筐行至村口，前面一匹拉车的骡子突然惊了，拉着粪车在村里狂跑，赶车的把式猛地被甩到路边，不远处有位大娘在横穿街道，那骡子车直冲老大娘而来，说时迟那时快，高从伟扯下上衣抡圆了冲着骡子跑去，惊慌的骡子发现了眼前晃

山里人

动的黑色障碍物，疾驰的脚步不由得慢了下来，就在骡子快跑受阻减速的当口儿，高从伟一个箭步冲到了骡子前头，伸手抓住了它的嚼子，用尽全身力气往后猛拽，口唇疼痛的骡子四蹄同时着地，停止了狂奔，这时距大娘只有1米远，老大娘愣在原地还不知怎么回事儿，后边赶来的社员们把大娘搀扶到路边，坐在石头上缓缓。高从伟的机智和勇敢救了大娘一条命，被乡亲们传为佳话。

吃晚饭的时候，月亮爬上了树梢。村子里除了几声狗叫外，就是大濠边传出的此起彼伏的蛙声，家家关门闭户。高从伟吃过晚饭后趴在小东屋里的土桌台上读《青春之歌》。院外突然传来吆喝声："五蛋哥！五蛋哥在家吗？"在北屋里黑着灯闲坐的高五蛋听到喊声迎了出去，拉开栅栏门一看是门二庆，门二庆就是高从伟中午舍命拦骡子救下的大娘的二儿子，高五蛋把门二庆迎到了屋里，点亮了油灯，门二庆把拎来的一个小荆条篮子放在了炕上，站在屋子中间，有点局促地说："五蛋哥，你家从伟哩？我是代表我们一家子来致谢他的，今儿个你家小子拦住了惊了的骡子车，救了我娘一条命，要不就出大事了，真得好好地谢谢你们一家子。"

"看说哪里话，一个村子的不是应该嘛！还说什么谢不谢的，见外了啊，二弟！"高五蛋边让门二庆坐在炕沿上边热情地说。

"看说哩，这么大的事，我们都不来致谢，就显得我们忒不懂事了。这家里头也实在没有什么可拿的，这不，我娘攒了十来个鸡蛋让

第七章　推荐

我拿来了,就这么点儿心意吧!"

他们正说着秦梅子母子俩也从小东屋过来了,"都是一个村的乡亲,应该的,事过了就算了,大娘好就好。"秦梅子对门二庆说。

"二弟轻易走不到我们这儿,上炕坐会儿吧!"高五蛋对门二庆说。

"不了,越待越黑,我这就回去了,以后要有用得着我们的时候就吱声啊!"门二庆说着就往外走。

"哎!把鸡蛋给大娘拿回去,他爹快点儿给他!"秦梅子指着小篮子指挥高五蛋。

门二庆转身跑了,边跑边说:"留下吧!留下吧!"

秦梅子不满地对高五蛋说:"让你快点儿递给人家,你动作慢了,看走了怎么着,还得给人家送去。"

"我是怕一推一搡地把鸡蛋碰碎了。"高五蛋给秦梅子解释道。

"你们二老的心都是好的,要不我给人家送回去吧!"高从伟从母亲手中接过篮子,就往外走。

"黑灯瞎火的你可看着道儿哇!"秦梅子提高嗓音嘱咐高从伟。

夜深了,高从伟父子都睡了。秦梅子还在缝补儿子中午撕破的夹袄,触景生情,她停下手中的活儿,拿过油灯照着熟睡的儿子,看着那张熟悉的可亲的充满活力的脸,心里无比欣慰、甜蜜,她为有这一双儿女感到骄傲和满足,想她秦梅子一路走来也真不易,自打那年

山里人

家里遭了大难，嫁给这个一穷二白的男人，组成了这个要什么没什么的家，孩子们生在这个穷家里也吃了不少苦受了不少罪，缺吃少穿不说，要上学了连个像样的书包都没有，但孩子们从不说什么，从小就通情达理，知道心疼人。秦梅子清楚地记得，孩子到镇里上中学，穿的衣服补丁摞补丁，带的干粮都是山药面烙饼，在校住宿一个星期，回来时带回5个馒头给家里人吃，在学校里孩子每天一个馒头都舍不得吃，多好的孩子呀！她还记得孩子第一天上学回来，高兴得什么似的，倒在自己的怀里仰着小脸向她学说老师要他们争当"三好学生"的情景。孩子说老师在台子上说话，我们都仰着头听着，老师说要他们在学校里要听话，要做到"四得好、学习好、劳动好"。她给孩子纠正是"思想品德好、学习好、劳动好"。孩子问什么叫思想品德，她告诉孩子，娘也不识几个字，很深的道理也说不出来，不过娘觉得是平时为人处世要多想着大家伙儿，不能光顾自己个儿。孩子呀！要听老师的话，记住这"三个好"，"三个好"做到了一辈子都受用。孩子真是好孩子，虽然自己吃得次穿得破，但还经常帮助比他更困难的同学。从小学到初中毕业，门门功课都是第一，这要不是赶上困难时期，上高中上大学是没有问题的。唉！真是的。

　　秦梅子痴痴地瞅着儿子熟睡的面容，还想起很多。要说情义，这世间最珍贵的情义莫过于母子情了，母亲对儿女的情义用绵长是形容不了的，那扬在脸上的笑容是灿烂纯真的，那刻在骨子里的爱是天生

第七章　推荐

的。秦梅子吹灭了油灯，把手放在儿子的脑袋旁，在感受儿子的温热气息，伴着儿子细细的鼾声进入梦乡。

这天天气晴朗。吃过早饭，高从伟扛起锄头准备去上工，刚走出家门，大队会计穆顺祥来了，见到高从伟要出门赶紧说："你先别走，我给你说个事。"他把高从伟往墙根下拉了拉，"国家要在咱县山里建设几个厂子，给了公社5个招工指标，说是还带户口去。条件是初中以上文化的回乡知青，屯底村有两个，人家条件硬棒，当然是要去的。其他几个村没有初中生，这还真不错，给了咱村两个指标。你回来这段时间大家伙都看你不错，支书也同意推荐你报名，要是出去了好好干，准错不了。先给你报个名，好不？你赶紧跟你爹你娘商量商量。"

"太好了！二伯，您就先给我报上吧！我爹我娘准愿意。"高从伟闻听放下锄头，拉着穆顺祥的手激动地说。

"我跟你说，小子！咱村有5个像你这样的小青年，虽然不是一届的，肯定都愿意出去，我估计争劲儿小不了，你得有个思想准备。"

"二伯，您先给我报上名，到时候再看吧！要真争咱争不过人家，不过也得试试，毕竟是个机会。"高从伟怀着希望对穆顺祥说。

"那好吧！我就先回大队去了，你就等信儿得了。记着先别跟别人说哩。"会计穆顺祥匆匆地走了。

高从伟照旧出工去了。待到中午收工回家吃午饭的时候，他把县里招工的事给爹娘说了,秦梅子听了非常高兴。高五蛋沉了一会子说:"这事可不简单,五个人够条件只要两个,那三个谁下来,都不会情愿的。"

"那你就给孩子找找去呗!"秦梅子催促高五蛋。

"我说孩儿他娘,我估计这事找谁都不好使,人家凭什么保你去甩下别人,都是一个村子抬头不见低头见的乡亲。"

"你说的也是那么回事,这么想想也真是个难事。"秦梅子有些为难了。

"我说爹、娘,您二老不要为这事上火,报上名了,怎么定是村支部的事,我估计他们也得想个公平办法,不然也不好推出大家都满意的人选来。有咱咱就去,没咱咱就在队里劳动不也挺好嘛。"高从伟在宽慰父母。

刚吃过晚饭,大队会计穆顺祥又来了,高五蛋一家人都在。他说:"你一家都在,我给你家从伟报上名了,今天晚上村里楼书记就找他们几个说这事。"

"可谢谢你穆会计了。"高五蛋两口子异口同声说。

"谢什么谢,这才到哪儿了,一丈还差着八尺多呢!走吧!从伟跟我到大队去吧!书记让我通知你来了。"

高从伟跟着穆会计到了大队部,其他的4个小青年陆续也都来了。村支书楼树丙和大队长孟教进早就坐在桌子对面等他们了。穆会

第七章　推荐

计进了屋就坐在北边的炕沿上，5个小青年站在屋子里。楼书记从腰里抻出烟锅，慢慢地从烟荷包里挖烟末，挖满了抽出来在摇晃的煤油灯上吸着，吐了一大口烟雾，小屋里立刻布满了旱烟的味道。会计穆顺祥说："楼书记、孟大队长，他们都来了，看你们谁先说说。"

"今天晚上叫你们几个来是有个好事，"楼书记又吸了一口烟随即吐了，缓缓地对着小青年们说，"公社里说上边在咱们县大山里开办几个工厂，跟咱县里招一批工人，还带户口，去了就吃上商品粮了，多好哇！可就是狼多肉少，这么摸拉来摸拉去就你们5个符合人家要的条件，可上级就给了两个指标，看看你们有不想去的没有？互相尽让尽让最好。"楼书记把烟灰在桌子腿上磕掉，又挖了一锅抽上，等了一会子，见没有反应又说，"要不门六尔和赵谦你们俩就算了，都回来三年了，在队里劳动吧！也挺光荣的。"

"楼书记！那可不行，就这么个机会，我们可不想放过，还想为国家做贡献哩。"门六尔这么说，赵谦也这么说。

楼支书一看谁也没有让的意思，又接着抽了几口烟，抬头就朝大队长孟教进说："孟大队长，你说这事怎么着办好哩？"

孟大队长好像想心事，头也不抬，不紧不慢地抽着旱烟。

"哎！教进！说个话呀，媳妇没让你吃黑价饭吗？"楼支书又催了一声。

孟教进从嘴里抽出烟锅嘴儿，在鞋底上磕了磕，使劲吐出一大口黄痰，清了清嗓子开口了："我不想说，说了大伙可能更不高兴，这次招工不是要初中文化程度的吗？我家闺女孟佳香你们谁也知道，她跟门六尔和赵卷他们在小学里是同学，虽说没有上初中，但在咱村这块天地里大有作为也三年了。这三年里，她白天上工，晚上就是看书学习，要说文化，现在也相当于初中文化程度了。因此，这次县里招工她也得算上一个招工对象，一块儿考虑考虑。"

他不说不要紧，这一说又出了新的问题，使楼支书更加难以决断了。

孟教进在村里是个头面人物，是村级革命家。早在土地平分时期他就参加了革命，跟着贫民团一块儿丈量土地，解放初期当了几年大队会计，"大跃进"时期带领村民打狗，除"四害"，参与大炼钢铁，挨家挨户搜罗铁器，也算时代的弄潮儿，后来当上了黑柿子沟大队大队长。老百姓们都知道他要在村里跺一脚，黑柿子沟就得变成红枣沟。

楼支书听了孟大队长的发言，愣了好一会儿，歪头对站在屋里的5个小青年说："你们先回去吧！等大队研究出了结果再通知你们。"青年们无奈地走了，黑咕隆咚的大队办公室里就剩楼支书、孟大队长和穆会计了。楼支书又点燃了一锅烟，对着二人说："这可怎么好呢？实在是狼多肉少，我看你家佳香这次就别跟他们挤这个窄了，以后再有别的机会，咱们先推荐她行不？"说完就借着微弱的灯光瞅着

第七章 推荐

孟教进。

"我家佳香不跟他们挤,还不是狼多肉少哇!不照样不够吃吗?"他给楼支书甩了这么一句,接着又说,"书记!其实这事也不难。为了尽快推出合适人选,我提个建议行不?"

"行啊,有话你就说吧!"

"要不你看这么着吧,为了顺利推出合适人选,我闺女这次让出来就不争了,但你可得结记着,下次有机会就优先安排行不?"

"行!以后有机会再说。"

"别再说了,这次先敲定了。"

"那就这么着,咱琢磨琢磨这次的怎么办吧!"

孟教进见楼支书如此说,也就不再往实里夯了。实际上孟教进这次是投石问路,先打个岔垫垫底,为以后招人铺路子,"老革命"了,这点儿路数还是信手拈来的。见支书发愁了,他又给支书出主意,"你们看这么着行不?让他们几个抓阄儿怎么样,那样凭的是手气,又公平,咱大队干部还不得罪人。"

"人家公社里让择优推荐,公社知道了,挨顿批不要紧,再把招工指标给废了,那样不得挨全村的人骂呀!"楼支书不无担心地解释道。

"咱不说,嘱咐那几个小青年也别说,告诉他们谁透了风,下次招工就没份儿了。咱们上报时就说是大队推荐的,不就妥了?"孟教进又往深了给支书出主意。

山里人

"还是商量商量好。"一直没有说话的会计穆顺祥表示了态度,实际上他是倾向于推荐。

"商量商量是好,几个人都符合条件,让谁去不让谁去凭什么。后天就得报名单,往后拖不下去了,再商量两天黄花菜都凉了。"孟大队长否了穆会计。

楼支书权衡了足有一锅烟的工夫,慢腾腾地说:"要不就先照孟大队长说的办办。"

"哎!这就对了,这样又快又公平,谁也说不出什么,再说活人总不能让尿憋死不是!"孟大队长对楼支书的表态十分赞同。"那什么时候抓哩?事不宜迟,我看今天晚上就把这事办了,谁抓到了连夜填好表格盖上公章,明天拿着表到公社报到去就行了,咱们该干什么就去干什么,两不耽误。这么着行不行?支书你决定吧!"楼大队长又给支书出了主意。

夜已经很深了,5个小青年又被召回了大队部里,楼支书向他们宣布了大队的决定,问他们有什么想法没有,四个人说同意大队的决定,就抓阄儿吧。只有高从伟不同意,他说:"我不同意抓阄儿,我也不抓,这么办不符合上级的要求。"

"已经这样了,随大溜儿吧!从伟。"穆会计也在做高从伟的工作。他对着大伙说:"我来做阄儿。五个阄儿,3个空白,两个上面画圆圈,谁抓到了画圆圈的,经大家确认后就是大队推荐的对象,这么

第七章 推荐

着行不,支书、大队长?"

"就这么着吧!"两位领导批准了。

穆顺祥在抽屉里拿出一张废纸,当着诸位的面扯成了一般大的5小块,又在2块上面画了大大的圆圈。他把5片纸分别拿给大家看了看,又说:"大家都看着哩,没有作弊啊,我到外屋去折了。"他转身到外屋去了,不一会儿就回屋了,他把那折好的5个阄儿放在毡帽壳里端给大家一个一个地看了看,都说:"是5个,一样。"

支书说:"抓吧!咱再说明一下,谁抓着画圆圈的,经大伙儿确认后就是大队推荐的推荐对象,填表盖章明天就去公社报到,对外不能说是抓的阄儿,大家都听清了吧?"

"听清了。"

4个人依次到毡帽壳里拿阄儿,第一个先拿的是门卷,他拿出一个纸团来到灯跟前摊开一看,中间有个大大的圆圈。穆会计说:"门卷抓着了,算是一个,大家都看看。"他拿过门卷的阄儿就让大家确认,支书和大队长看了后都点了点头。依次三个人抓了,都是空的,剩下一个是高从伟的,高从伟还是不抓。穆顺祥说:"这孩子真倔,我替你抓。"他顺手拿起剩下的一个就摊开让大家确认,并说,"有个大圆圈,是高从伟的,都看看啊!"

"行了,就是门卷和高从伟了。顺祥,你今天夜里都把手续办好,明天让他们到公社去报到就行了,咱们散会吧。"楼支书宣布了结果,又作了指示，就各自回家了。

　　折腾了几个来回，高从伟回到家已是后半夜了，母亲秦梅子还在灰暗的煤油灯下纳鞋底，等听到栅栏门有动静，知道是儿子回来了，赶紧转身下炕趿拉上鞋往外迎，到了院里拉着儿子的手就往屋里走，"儿子！你先坐下，我还给你留着一碗疙瘩汤哩，等我给你热热再吃。"

　　"娘！不用热了，都后半夜了，不想吃了。"

　　"怎么了，儿子，没弄成？我给你说，儿子，成不了咱也不上火呀！以后还有机会哩。"

　　"娘！成了。这不开信办手续来着，明天上午就去公社报到。"

　　"那就好，我怎么看着你不高兴呢？"

　　"高兴。"

　　"这不都后半夜了，你赶紧上炕睡觉。我高兴得睡不着，就给你准备明天的干粮。"

　　"娘！不用费什么事，都忙乎一天了，你也睡会儿吧！"

　　秦梅子和衣靠在被摞上，她是想合一会儿眼，就起来做早饭，但是眼皮像是找棍支上了，怎么也合不到一块儿。老天爷真是眷顾俺呀！明天儿子就出去工作了，儿子真有福哇！赶上了好时代，但愿儿子出去了好好干，为国家做出些贡献，也算是对社会的报答呀！

　　鸡刚叫了两遍，东方还没有发白，秦梅子就下炕了，她准备给孩子烙两张白面饼，可拿灯到瓦罐里一照，已经见底了，她把瓦罐底刮

第七章 推荐

擦干净只有少半碗白面,只好掺些山药面凑合着烙两张两面饼了。她感到实在对不住儿子,这都要出去工作了还吃不上一顿白面烙饼,还得是两面饼。嗐!以后就好了。

刚吃过早饭,门卷就推着一辆自行车来了,他说:"从伟,我借了一辆车子带着你一块儿走,行不行?"

"太行了,我也不客气了,就沾你的光吧!哎!带上手续了没有?"高从伟背上了母亲准备的干粮,坐在自行车的后车架上,还在提醒门卷。

二人出了村,迎着柔和的西北风,在崎岖不平的山路上颠簸着,心情愉悦得很,好像两只刚出笼的鸽子飞向了蓝天,在洁白的云朵间翱翔,既轻松又洒脱。门卷边骑车边歪头对高从伟说:"也不知分到咱们哪儿,让咱们干什么。"

"干什么都行,只要咱们好好干,估计都错不了,现在咱先不想那么多。"

"也是,你说得对。"

两人气喘吁吁地赶到公社大院时都11点了,附近村推荐的人报到后,把招工表领回去填了。公社秘书还在等他们,等他们大汗淋漓地到了公社办公室,要秘书问:"你们是哪个村的,都叫什么名字?"

"我们是黑柿子沟村的,他叫门卷,我叫高从伟。"

"噢!我知道了,你们俩先坐下落落汗,我出去一下。"要秘书转身出了门，到公社书记办公室汇报去了，"书记！黑柿子沟那两个小伙子来报到了，怎么跟他们说？"

"你就给他们明说了，让他们先回去。"书记指示要秘书。

要秘书右手拿着一支圆珠笔回到办公室，"怎么样，骑了半天车子累了吧？你们是从黑柿子沟来的吧？"要秘书明知故问。

"是。"二人站着同时回答。

"刚才我出去跟我们书记商量了一下，书记要我据实告诉你们。你们村出了点儿情况，已经有人来反映了，说是你们抓阄儿抓的，不是支部推荐的，真要是这样你们就去不了了，现在你们先回去，明天我们就去你们村里调查到底是怎么回事，你们看行不？"

高、门二人闻听要秘书如是说，如雷轰顶，顿时就蒙了。少顷，高从伟右手轻轻抻了抻门卷的左袖口，示意他走。要秘书已经拿起饭碗去了食堂。

他们悻悻地出了公社大院，门卷推着车子低头走着，一言不发。高从伟把左手搭在车座上，他们默默地走出公社大院上了山道，门卷突然把车子往旁边一扔，滚身躺在了大石头旁的草地里，头枕在双手上，俩眼扑闪扑闪地瞅着天上飘动的白云，全然没有了来时的意气风发豪情满怀了。真应了"乘兴而来，败兴而归"那句话，此时的门卷万念俱灰。高从伟同病相怜，也不知说什么。他顺势坐在了门卷身边石头上，望着直挺挺的门卷，过了好一会子对门卷说："门卷哪！我们不能这

第七章 推荐

样啊!非在一棵树上吊死吗?你忘了'东方不亮西方亮'的说法啦!什么事只要不灰心就有希望,咱先回村找支书说清楚,看他怎么说,再作计议,行不?退一万步说,要没这个工作咱们就不活着了?"

听了高从伟劝告,门卷缓缓地坐了起来,望着高从伟愤愤地说:"你说得对,咱们回村找楼支书把情况说了,他得给咱个说法,又不是咱们想抓阄儿,这抓了又不算数,还有恶人先告状,咱这是王八好当气难受哇!"

"别说那些没用的,起来咱们回村找支书去。"他俩都坚定了信心。

傍黑的时候他们就回到了村里,没有回家就径直奔了楼支书家。支书家刚好熬了一大锅菜饭,还没动碗筷。他们突然到来,楼支书没有想到,让他们一块儿喝碗稀饭,他们都说刚吃过了。楼支书问:"你们不是去报到了吗?怎么样,手续办妥了吗?"

"楼支书,我们就是为这事来的,要不你先吃饭吧,等吃过了饭我们就把今天报到的事说说。"

楼支书的爱人盛了一大碗菜饭,对着高从伟他俩说:"一块儿喝碗吧!""不了,婶子,让书记喝吧。"她弯腰把碗递给了坐在石头桌旁的楼支书。支书端着碗喝了一口,又夹了一块咸菜放在嘴里,边嚼边说:"到底怎么回事?说吧!"

"楼支书,我们的事出了岔子。"高从伟对支书说。

山里人

"好好的出什么岔？"

"今天上午大概 11 点的时候，我们赶到了公社，秘书说，你们回去吧，有人告你们了，你们村报来的不算数，明天到你们村调查处理。"

"告什么？"楼支书很惊奇地问。

"告咱村是抓的阄儿，不是推荐的。公社明天来人调查，要是真抓的阄儿，我们的指标就不算数了。"

楼支书听了后，端着碗纳闷儿了，不应该呀！这是谁办的这缺德的事呢？他哑摸了一会子，对高从伟和门卷说："我知道了，你们先回家去吧，都一天了，别上火啊！"

"那我们——"门卷还想说什么。"行！行！先回吧，我知道了。"支书向他俩做了个手势。等他们走了，支书撂下饭碗去找会计穆顺祥去了。他们俩一块儿到了大队部，他把情况和穆会计说了说，又吩咐穆会计把那几个年轻人都叫来问话。时间不长 5 个人都来了，楼支书端着烟锅，大口地吐着烟雾，从烟雾缝隙里盯瞅着他们。他们 5 个愣愣地站在支书面前，心里嘀咕、猜测、揣摩着。支书抽一口烟瞅他们一会儿，5 个人当中就有人局促不安起来，各种表情都写在了脸上。灰暗的屋子里除了灯苗和烟雾是活动的，其他都凝固了，包括空气。这情景使人想起了中世纪欧洲绘画大师达·芬奇的名画《最后的晚餐》。

楼支书抽了足足有两袋烟，他突然把烟锅头在鞋底上磕了几下，把烟荷包在烟锅杆上缠了几圈猛地丢到桌上，抬起眼射出逼人的光

第七章 推荐

芒,"你们今天前晌谁到公社去了?"说完拿眼睛扫视每一个人,过了一会儿仍无反应。他缓了一下口气,引导着说:"我说孩子们,你们还年轻,以后的日子长着哩!说话办事要有点儿谱儿,要动动脑子。你们都念过书,是咱村的文化人,遇事要三思而后行,知道不?说吧!今天谁一大早就去了公社?你就是不说,我也知道是谁,我就是要个态度,看看你们的担当劲儿。要是让我揪出来就不好了,我可告诉你们,敢作敢当才是咱村的男子汉哩!"

"是我去的,支书伯伯!"门六尔答话了。

其他的几个小青年如释重负,在心里长出了一口气。

"你怎么想起去办这屙屎的事了?阄儿你也抓了。"支书见门六尔承认了,就开始寻根问底了。

"支书伯伯,不是我自己个儿想起来去的。"门六尔说。

"说说到底是怎么回事,你这孩子还算老实,是个好孩子,就照实说得了。"

"是这样的,今天大早起,我还没有起来,孟大队长就到我家了,他说派我到公社去报个信,说清了就马上回来,不要和从伟他们碰到一块儿。"

"他让你怎么说?"

"他说,你赶快去到公社找要秘书,就说大队派你去的,今天来报到的两个人是抓阄儿抓的,不是大队推荐出来的就行了,骑我的车子去，快去快回。我就照着办了。"

"啊！行了，没你们的事了，都回去睡觉去吧。"楼支书心里有了底，把几个年轻人打发走了。回头对穆顺祥说："事已闹清楚了，明天公社领导来了先让孟大队长说，看他怎么圆这事，他要还绕，咱就实话实说，让公社领导处理。"

"也只有这样了，走道问道吧！"穆顺祥有些无奈了。

第二天上午，公社像副书记和要秘书早早就赶到了黑柿子沟，找大队干部了解情况。楼支书、孟教进、穆顺祥几个当事人都来了。像副书记问到底是怎么回事，楼支书要孟大队长说说，孟大队长说什么也不知道。像副书记问楼支书到底是怎么回事，楼支书为了不激化矛盾，没有当场揭露孟大队长搞的小动作，据实汇报了他们抓阄儿的做法，承认了错误，做了检讨。并要求不要作废他们的指标，孩子们有个机会不容易，支部按上级要求尽快推出合适人选，选派村里优秀青年支援国家建设，公社领导只好默许了。

大队会计穆顺祥为了公平、公开、减少矛盾起见，当场就问："我有个想法说说行不？"像副书记说："行！有什么想法就当场说明了最好，只要有利于工作的，没有什么不行的。"楼支书也支持他说说。

"这项工作没有拖拉的时间，必须尽快推出人选，不然就耽误了。这村里连着三四年陆续毕业了5个初中生，再加上相当于初中文化程度的就有7个人，他们的年龄都符合要求，让谁去不让谁去都是矛盾，大队领导确实有难处。这不公社领导都在场，建议有公社领导现场出几道考题，把他们都找来现场考试，公开判卷，录取前两名，我估计这么做谁也没有什么说的了。这只是我突然的想法，行不行领导们定夺。"穆会计说完停住了。

听了穆会计的建议，大家沉默了一会儿。楼支书请示像副书记"这样做行不行？"像副书记考虑了一会儿，表示："也行吧！县里计统站指定的最后的报到时间是明天，再拖就耽误了，要不就这么办吧！要秘书你说呢？"

要秘书说："我看行。"

像副书记又问孟教进，孟大队长说没意见，就这么办。楼支书对孟教进说，把你家佳香叫来参加考试吧！

孟大队长说："她就算了吧，不挤这个窄了。"实际是知道佳香来考也考不上，还丢人现眼，干脆就不来了。

接着楼支书就向在场的干部们宣布，有公社要秘书现场出考题，穆会计和副大队长去通知符合条件的青年人都来参加考试，必须当面通知到本人，不参加考试的视为自动放弃，以后再有招工的机会就不考虑了。实际上他这项决定就是对着孟教进说的。孟大队长见支书说得在理，也无话可说了。

考试进行得很顺利，第一名高从伟，第二名门卷。

第八章　出山进山

　　河阳县政府招待所坐落在县城东关的老教堂大院里，院子中间是条南北向的通道，道东边是个小广场，小广场南面是大伙房，紧挨着伙房是大餐厅兼县里的大会议室。会议室前面有两棵古树，一棵是垂柳，另一棵是老古槐。道西侧是四排客房，两排瓦房，两排窑洞房。这次被招来的工人被称为新学员，提前来报到的新学员被安排住在西侧窑洞房里。

　　前丰机械厂番号为冀北385厂，通信信箱为河阳县101信箱。大华木器厂，番号为冀北1019厂，通信信箱为河阳县107信箱。宏伟铸造厂番号为冀北1018厂，通信信箱为河阳县108信箱。这些地址和信箱号是县计统站的工作人员在新学员们报到时反复交代的。为了保密，信件、邮件往来要求都使用信箱号。

　　这次3个厂共招了255名新学员，通知要求学员们8月5日前报到，8月4日上午就有人陆续地来了，大院里停满了自行车、小拉车、小推车，还有毛驴，都是拉着驮着给孩子们送行李的，说是送行李，其实谁也没有多少行李，一人一个铺盖卷儿，有的用网兜提个搪瓷洗脸盆和一些日用小物件，家里穷的就带一床被子和一个枕头，肩上一背就来了。小广场上塞满了熙熙攘攘的人群，有的母亲对女儿耳语，有的父亲在给儿子作临行前的教诲,也有要好的同学来照临别留念的。

午后1点,县计统站的工作人员搬了个大凳子放在两棵老树中间,他站上去后,右手拿一个铁桶喇叭开始吆喝了:"唉!唉!大家注意听着啊!今天人多都静一静,别嚷嚷了,听我说哇!我前面有3块牌子,分别写着1号、2号、3号,现在我开始点名,点到谁谁就大声说'到',我说到1号,你就到1号牌子那儿从前往后排队,2号3号都一样,大家听清楚了没有?"

"听清楚了。"

"好!现在我就开始点名。"

1号是前丰机械厂,2号是大华木器厂,3号是宏伟铸造厂。3个厂领队的人举着牌子,引领着新招的学员上了汽车。高从伟上的是前丰机械厂的解放牌大卡车,门卷上的是大华木器厂的嘎斯车,他俩还没有分到一个厂。

汽车在逶迤的山路上爬行,颠簸得很厉害。高从伟还是第一次坐汽车,他蹲在车厢底上紧紧抓住车帮,虽然左右摇晃,望着迅速被抛到后面的山峦、树木和裸露的石头,额头被山风吹得拔凉,但他的心情是愉悦的。上学时在镇上见过汽车,想上去坐坐那是梦想,如今梦想变成了现实,他乘着现代化的交通工具要去工厂上班了,这是多么惬意的事情啊!

厂里职工食堂前面有个小广场,坐西朝东搭着一个敞篷,横杆上

山里人

挂着"欢迎新学员入厂"的横幅，左侧的柱子上挂着写有"扎根三线闹革命"，右侧是"备战备荒为人民"的条幅。刚吃过晚饭，厂办室的工作人员就开始布置会场了，欢迎晚会定在7点30分举行。不到7点劳资科的副科长王金就把新招来的98名新学员排成两队，领到前两排坐好了。

7点30分欢迎晚会正式开始，厂办室孔主任主持，他首先介绍了新招来的98名新学员的大致情况，常务副厂长致欢迎词，党委书记兼厂长秦大梅作重要讲话。他说："90多名新学员的到来，给我们厂增添了新生力量，是三线建设一支新的生力军，希望新学员们尽快适应这里的艰苦环境，要刻苦磨炼自己，要虚心向老师傅们学习，要尽快掌握新技术，为我国的国防军工事业做出新贡献。"秦书记的讲话引起了热烈的掌声，使新学员们激动不已。接着有新学员代表高从伟发言，他代表全体新学员向大会表达了决心。他说："我们怀着十分激动的心情来到了新的工作岗位，是党给了我们这个大好的工作机会，我们全体学员一定要十分珍惜。一定要服从领导，遵守厂规厂纪，努力学习技术，以厂为家，为厂子贡献青春和力量。"他的简短发言在场的领导和工人们都很赞同。孔主任为了活跃气氛，请宣传科的宣传干事吴丽娟演唱歌曲《南泥湾》。吴丽娟笑盈盈地走上台，双手搭在胸前，学着郭兰英的样子向台下深深地鞠了一躬，开口说道："在这明亮的夜晚，在这幸福的时刻我把郭老师的《南泥湾》献给新来的

第八章　出山进山

学员朋友和在座的工人师傅们，希望大家喜欢。"一阵热烈的掌声过后，小吴字正腔圆地唱了起来：

> 花篮的花儿香
>
> 听我来唱一唱　唱一呀唱
>
> 来到了南泥湾
>
> 南泥湾好地方　好地方呀
>
> 好地方来好风光
>
> 到处是庄稼遍地是牛羊
>
> 当年的南泥湾
>
> 到处呀是荒山
>
> …………

吴丽娟富于激情的演唱把人们带回了艰苦的抗战岁月，使大家激情澎湃，忘记了艰苦的工作环境和时间压力，更坚定了克服困难的信心和勇气。接着孔主任又宣布请新学员代表姜苏苏为大家演唱歌曲。姜苏苏是天津下乡知青，擅长文艺，在天津八中就是文艺骨干。当听到孔主任叫到她后，她利索又优雅走上台去，向台下鞠了一躬，用天津味儿的普通话说："各位师傅晚上好！我是今天来的新学员，我叫姜苏苏，以后就向你们学习了，希望多多指教。今天我给大家演唱一

山里人

首朝鲜歌曲《春之歌》，希望大家喜欢。"说完她就用柔美的朝鲜语音唱起来：

  青山坡下　平原宽广　肥沃而芬芳
  咕咕　咕咕　咕咕　咕咕　利路利路　咕咕
  依依垂杨　随风飘荡　享受着春之光
  清凉的井水微波　潺潺的泉水低唱
  咕咕　咕咕　咕咕　咕咕　利路利路　咕咕
  这里就是我的家乡　最亲爱的故乡
  ……

姜苏苏委婉、悠扬、铿锵的演唱把人们带向了硝烟弥漫的朝鲜战场，引向了朝鲜艰苦卓绝的卫国战争，更增加了人们对和平的热爱，对帝国主义的仇恨。台下响起了"搞好三线建设""打倒美帝国主义""誓死保卫世界和平"的口号声。姜苏苏唱罢一曲，谢过观众要转身下台，台下又响起了"请小姜再来一个！再来一个！"的呼声。盛情难却，姜苏苏只好又站回原位，"不好意思，我再给师傅们献上一首《中越友好之歌》好不好？""好！""好！"台下欢呼声连成一片，她随即声情并茂地唱了起来：

第八章　出山进山

滚滚浪花　拍着海岸　铁路和公路穿过群山

中国的台湾一定要解放　越南的统一一定要实现

我们的国土紧相连　紧相连　我们的人民肩并着肩

北京河内　中国越南　北京河内　中国越南

革命的友谊深如海洋　兄弟的团结钢铁一般

高举马列主义的红旗　向前　向前

北京　河内　中国　越南

欢迎晚会在热烈激昂的气氛中结束。

新学员刚进厂，厂办室考虑到青年人大部分来自农村，对工厂的结构、工作程序、厂规厂纪比较生疏，先举办半个月的新学员学习班，对学员们进行短期培训，然后进行一下结业考试，根据考试成绩再分配工作岗位。学习班由劳资科副科长王金全程负责，他先让学员们到厂浴池洗了澡，安置了宿舍。草拟了培训程序，用7天时间进行军训，3天学习时事政治和厂规厂纪，1天分小组讨论，1天在厂区参观，1天考试，1天放假，1天分配工作并到岗。经主管厂长同意后，培训就按部就班地开始了。

半个月的培训很快就结束了，高从伟取得了第二名的好成绩。分配结果一公布，居然是让他到科研所当资料保管员，这是他万万没有想到的，他也不知道这资料保管员是干什么的。在镇上念书时听人们

山里人

说县里的好工作是"听诊器、方向盘、木头疙瘩、售货员"。到了厂里听说好工作是"紧车工、慢钳工、吊儿郎当是电工"。可师傅们都说资料员可不赖,是在科室工作,跟知识分子打交道。高从伟想,管它好呢赖呢,反正都是厂里的工作,好好干就是了。

从8月5日进厂到9月5日,一晃就是一个月的时间,9月5日下午发了工资。这批学员大部分分到了技术岗位当了学徒工,有五个熟练工,高从伟算一个,还有9个壮工。学徒工第一年月工资18元,第二年月工资20元,第三年23元,第四年出徒转为一级工,月工资32元;熟练工第一年月工资20元,第二年月工资23元,第3年转为一级工,月工资32元;壮工一上班月工资就是32元,为一级工工资,第二年转为二级工,月工资37.7元。高从伟突然拿到了20元的月工资,多半宿睡不着觉,长这么大头一回见这么多钱,而且还是自个儿挣的,他高兴地在床铺上翻了几次身,背靠着铺盖读起了《毛泽东选集》第一卷,到了后半夜攥着钱慢慢地睡着了。

第二天劳资科通知新学员放假3天,都回家探亲,3天后按时返厂,正式投入工作岗位。

高从伟回了家,他没给家里人买东西,大山沟也没东西可买。花7角钱买了回家的小火车票。自己留下了4块3毛钱零用,把剩下的15元全部交给了他娘秦梅子。他娘高兴得合不拢嘴,从邻居家借了一碗白面,给儿子擀面条吃,还贴了一锅玉米大枣饼子。高五蛋舒服地在屋

第八章　出山进山

里院里转圈。

晚饭做好了,一盆飘着香菜和葱丝的面条,一笸箩圆圆的、黄黄的散发着玉米香味的贴饼子,还有一盘腌成了金黄色的萝卜咸菜,都摆在了院里的石桌上。一家4口坐在了一起,妹妹高从丽一边吃面条一边笑,其乐融融。月亮也早早地爬上树梢眯着笑眼看着他们这一家人。秦梅子要高从伟说说厂里的事,高从伟简单说了说学习班的情况,他告诉家人他们是保密厂,厂里的事不能往外说。

"看看!儿子比你强多了吧?"秦梅子夸儿子贬丈夫。

"是呀!你不看看他娘是谁呀!"高五蛋高兴地逗乐子。

"去!去!没正经的。"

"哥,厂里叫你干什么呀?"一直没有说话的高从丽歪着头问哥哥。

"资料保管员。"

"那是干什么的?"

"说了你也不知道,以后你就知道了。"

"不管让咱干什么,干好自个儿的事,比什么都强。干不好,说什么也没用。"秦梅子对高从伟的想法给予了鼓励。她又接着说,"这顿饭吃的时间也不短了,拾掇拾掇咱们早点儿休息吧。明天你就回厂里去,反正家里也没有什么活儿,早回去一天早干一天工作。"

第二天吃过早饭,儿子要走了,秦梅子留下了5元钱,把10元钱塞给了高从伟。"儿子，把这钱拿上，刚出去工作，洗涮的用具都要添置，再买一身好一点儿的衣服。我们在家有这5块钱就够花两个月了，我们没别的花头。"母子俩边走边说。到了村口高从伟对娘说："娘，您回去吧，我走了。"一转身把10元钱塞到他娘衣兜里，紧跑了几步，回头招手说："回去吧！娘！我走了。"秦梅子一只手捂着衣兜，另一只手抹了一把眼泪，又朝着儿子挥舞着。直到儿子拐到山沟里背影都看不见了，又痴痴地望了好一会儿她才转身往回走。

　　前面说到前丰机械厂的生产车间分布在9条山沟里，寒峪沟是主沟，研究所就在沟头上。沿沟侧临时搭起的三间工棚里，用木板支起了两个平台就是办公桌，专家们就在平台上写写画画，有时通宵达旦。

　　9月7日上午，劳资科的副科长王金领着一个小伙子到研究所见林晨如所长。见了林所长，他就把身后的小伙子拉到了前面，对林所长说："林总，我给你送来了个年轻人，是这次新招来的学员，这小伙子叫高从伟，今年刚初中毕业，以后就归你管了。"又转身对高从伟说："这是林所长，是咱厂的高级工程师，今后你就在林总这里工作，听林总调遣。另外，小高，我还要告诉你，这儿可都是知识分子，你一定要虚心向他们学习啊！"高从伟表示请领导放心，一定服从安排，做好所里的工作。

　　高从伟到岗以后，每天一上班就发现专家们都全身心地投入设计工作中，由于场地狭窄简陋，笔墨纸张、角尺圆规、暖壶水杯摆放得

第八章 出山进山

角角落落到处都是,显得杂乱又不便于工作。高从伟找来废旧的机器包装板,钉了几个墙角柜,把图纸放在一个大柜子里,把暖壶、水杯有序地放在一个小柜子里,洗手盆放在新钉的盆架上,把角尺、三角板能挂的都挂在墙上,把各种器具都整理得既便于使用又井井有条。等中午人们吃饭休息时他把工棚内的地面平整了一遍,铲高垫低,用脚踩实。通过他的一番整理,研究人员们工作起来就方便多了。所长又把研究所的门钥匙交给了他,这样更给他早来晚走创造了条件,每天人们上班来前,暖壶里水杯里就都有了热水,每天下班时他把人们用过的器具都归置到位,把地面清扫一遍关窗锁门后才往宿舍走。其实高从伟干的活儿都是他分外的事,是他自己觉得年纪轻轻的多干点儿是应该的,自己把杂活儿干了,专家们就可以全心全意地把精力投入研究工作中去了,这不挺好嘛!高从伟的踏实肯干,使所里的知识分子们都对这个新来的小伙子刮目相看。高从伟除了把分内分外事情干好外,有一点儿闲暇时间就读书看报,遇到不懂的问题瞅机会就向师傅们讨教,师傅们都乐意为他解惑。

高从伟在所里干了一个多星期后,林所长找他谈了一次心。

一个大礼拜的下午,林所长邀高从伟爬山。他们从研究所后身一直往上爬,林所长虽然已经是近50岁的人了,可爬起山来挺利索,不嘘不喘,高从伟紧随其后,也不示弱。两个人经过一个多小时的攀爬终于到了山顶。山顶上有一棵古柏,他们坐在柏树下歇息,等气息平

山里人

和了，林所长问高从伟："怎么样，累不累？"

"不累，你都能爬上来，我年纪轻轻的不能落下呀。再说了我是山里人。"高从伟轻松地说。

"这就对了，爬山最能考验一个人的毅力，有没有毅力是一个人的事业能否取得成功的首要条件。"

高从伟睁大了眼睛望着林所长，好像在咀嚼林所长这句话似的。

林所长慈祥地看了一眼高从伟接着说："你来咱所里已经快半个月了，我都没找你谈过话，我是在观察你，通过这些天的观察，我觉得你小子是个有志向有抱负的人，你以后的任务是干好工作。干好本职工作是首要的，再就是努力自学，踏踏实实打好基础，在学习上一点儿也不能松懈，革命导师列宁就反复教导人们'学习、学习、再学习'，可见学习对我们人生的重要性。学到的东西是自己的，只要有了知识，有了本领，就是不上大学照样能干成大事，照样能为国家做出贡献。"

"林总！您说得对，再请您指导一下，我从哪里开始学起比较合适呢？"

"你已经初中毕业了，就先从高中一年级的课程学起，争取两年拿下高中的全部课程，不懂就问，所里的师傅们都能辅导你，多好的条件呀。学完了高中的课程，就根据你的爱好和特长再选学专业科

第八章 出山进山

目,这样对你以后从事什么工作都有好处。"

"好,我一定听林总的。"高从伟听了林总一番忠告,感觉眼前亮堂了,满怀信心地表示。

"孩子!是英雄就有用武之地,是金子总会发光的。我们的国家就靠你们这一代来建设来管理了,任重而道远哪!"

"请林总放心!我一定不辜负你们老一辈的希望,学知识学本领,踏踏实实地为国家做事情。"

"唉!这就对了。小高不愧为新中国的新一辈。"

他们沐着习习的山风,畅谈了一个下午,至傍晚方回。

高从伟吃过晚饭回到宿舍,细细回味林老的教诲和希冀。他觉得心里敞亮了许多,生活的路更加充满阳光了。真是近朱者赤,在家里父母就知道教诲"要老实、要舍得卖力气"之类的朴素道理,这出来了接触的层面不一样了,接受的教育氛围改变了,就看自己作为不作为了,就像林总说的,是金子总会发光的。关键是不是金子,如何把自己打造成金子,这要经历一番劳其筋骨的历练。

他抽时间到厂里的临时图书室去借书,问图书管理员有没有高中的教材,管理员说没有,就是有也没人看。他求管理员帮着找一套,多少钱都行。管理员见这个小伙子爱学习,就答应他设法和新华书店联系,帮你搞一整套高中教材,作为图书室的固定书籍,你借着看就是了,高从伟很是高兴和感激。他借了一本《钢铁是怎样炼成的》和

山里人

一本马列主义的哲学著作《国家与革命》就回宿舍了。

厂里的建设如火如荼,秦大梅忙得脚不着地。上级要求大干快上,要尽快拿出高质量的产品,虽然没有确定正式出产品的时间,但责任感使他压力很大,他在自我加压。党在这关键时刻把这副重担交给了自己,这是党对自己的信任。要怎样才不辜负党对自己的期望,尽快向党和人民交上合格的答卷,这是他时刻在思考的问题。

吃过晚饭,秦大梅约武珩九和林晨如到山坡上聊天。他们坐在光滑坚硬的石头上,看着沟沟壑壑里闪烁的灯火,听着时断时续的号子声和钢钎敲击岩石的碰撞声,隐约看着民工们凿岩填壑的忙碌身影,心里都充满了感慨。

凉风习习,晴空万里,漫天的星星在闪烁。良久,他们相坐无语,各自遥望着星空。黑格尔曾经说过:"一个民族要有一群仰望星空的人,就有希望。"望着晴朗的夜空,他们彼此都明白自己肩上的担子有多重。秦大梅约他们上山是为了共同探讨一下尽快投入生产的思路和办法。

武珩九谈了基建的进度和存在的一些问题,表示基建这块争取在近期内完工,秦大梅听了没有说什么。他望着林总说:"林总!我只打过几年仗,对枪的机械原理和枪体构造懂得很少,不过我考虑上级要我们生产的56式半自动步枪,要在现有枪的基础上加以改进,尤其在用料、制造工艺、使用及性能方面多考虑,尽量提高品质,以适应

第八章 出山进山

现代战争的需要，不知我的想法对不对？"

林总说："你的想法很深刻，跟我们研究所想到一块儿去了，现在枪体的设计基本定型。我考虑原材料的供应是个不容忽视的问题，因为要生产的56式半自动步枪要在苏联萨克森半自动步枪的基础上进行几处改进，苏联生产的SKS在结构、材料及生产、装配工艺方面不符合我们的国情、厂情。若按照原设计要用进口的铬、镍含量较高的钢材，这些型号的钢材目前我国还没有生产，现在中苏关系恶化，依靠苏联进口已不可能。要设法使用无镍少铬的合金钢，因此计划改用50ba型钢管制造枪管，弹膛与枪膛采用流动镀铬技术，这样在降低成本的同时也提高了机械寿命和使用寿命；用精密铸件和冲压焊接件代替切削件和铸造件，对这些零件均采用失蜡精密铸造工艺生产，只对关键部位进行少量加工就能满足要求；对机匣盖用圆钢车洗加工，改为精密铸造工艺生产；发射机座由模锻机加工改为钢板冲压，把原来的击发机座分为本体和扳机护圈两个零件，分别冲压加工后再电焊、气焊到一块儿，这样加工工艺简单了，使用寿命也没有降低；改进活塞用圆钢车削加工，采用圆钢加热后镦粗头部，再加工成型；另外对枪管和机匣装配方法也要改进一下，由枪管与机匣用螺纹连接拧紧的装配方式，改为枪管用静压配合加固定销的连接方式，机匣上装配孔与枪管尾部外圆的尺寸可以通过选配分组的方法来装配，装配好后再钻孔打入定位销，这样做废品率就会很低。对枪机组件和刺刀的设计也要改进一下，现用的56式步枪枪机部件是仿苏联的，使用时击针容易断裂，而且空枪击发时容易将击针孔处打出裂纹，同时抽壳钩簧容易失效，抽壳钩也易断裂。这次设计时改进了击针与击针截面形状，调整了击针头部的尺寸和角度，以及击针内部角度、抽壳钩的形状与抽壳钩簧的材料，这样就能满足延长使用寿命的要求。另外，刺刀也由原来的剑型双刃双槽改为三棱三槽刺刀，长度由现在的312毫米增加到380毫米，以提高穿刺力和杀伤力。"

林总说到这里，停了一会儿，又对着秦大梅和武珩九说："我们在技术方面能想到的目前就这些了，所采取的一些改进措施，也经过了所里专家们反复磋商论证，都认为切实可行了，领导们还有什么改进意见一并提出来，咱们再综合考虑。"

"武副厂长，你觉得这套方案如何？"秦大梅听了林总耐心细致的解说，转头问武珩九。

"听了林总的讲解，我总的感觉是可行的。我想咱们在设计时主要在坚固、耐用、提高杀伤力和方便使用这几个方面上下功夫就行了，林总不但考虑到了这些方面，还在加工工艺上也进行了改进，比汉阳造、56式和苏联的SKS式，有了质的提升，前进了一大步，从目前情况看是先进的、可行的。"武珩九简单地说了自己的看法。

"现在就照你们的思路尽快完善设计方案，完了召开班子会，科研所、技术科的人都参加，在充分论证后，报省工办和五机部批准

第八章 出山进山

就可以实施了。今晚咱们就到这儿吧，下山去睡个好觉，明天接着干。"秦大梅心里有底了，就催着大家回去休息。

他们各自回了自己的宿舍。秦大梅想喝口开水解解渴，一拿暖壶是空的，他提起暖壶去锅炉房打开水，烧锅炉的小伙子告诉他再有十分钟就开了。秦大梅就边等边和烧锅炉的小伙子聊了起来，他问人家是从哪里来的，小伙子说就这附近虎子沟大队的，离这里也就十多里地。

"你来了多长时间了？工资多少？累不累？是公社派来的吗？"秦大梅又详细地了解他的情况。

小伙子说："我叫张展群，是共青团员，我们村支书派我来的，已经来了十多天了。工资可不少，说是一个月给三十元。我认识你，你是秦厂长。"小伙子向秦大梅介绍了自己的情况后又说，"秦厂长，你们叫我挣这么多工资，一天烧三炉开水就没事了，这活儿太轻，能不能再给我派点儿活儿，这烧三炉开水我加班加点就办了。我看咱厂的工人，还有你们领导们都是没日没夜地干，我年纪轻轻的得想法多为厂里做些事呀！"

秦大梅听了小伙子的话，仔细看了看这个山里来的年轻人，只见他黝黑的脸膛，一双明亮的大眼睛闪烁着清纯的光芒，一身山里孩子的打扮，更显得朴实单纯。他心想这是个多么好的小伙子，这是多么好的一代人哪！他说这话是出自内心的，发自肺腑的，有这朝气蓬勃的新一辈，还愁我们的事业干不成吗？

山里人

"行！很好，我跟行政科的人说说，多让你干点儿。不过，小伙子，这开水你要及时烧得开开的，供得足足的，工人师傅们都很辛苦，你要保证有足够的开水喝。"秦大梅高兴地嘱咐小锅炉工。

"放心吧！领导！哎！对了，你别让他们给我找别的活儿了，就给我配一辆脚蹬三轮车，最好再找两个能保温的大水桶，上午下午的我就蹬着三轮车给工地上和科室里送开水得了，这样就能让师傅们安心工作，不用操心喝开水的事了。您可别笑话我，我就这点儿本事，能干多少就尽力干多少吧。"张展群是用真心对领导说话。

"好吧！小伙子！咱就说定了，一两天就让行政科把三轮车和水桶发给你，你可好好干哪！"秦大梅听了小伙子的要求，心里十分高兴，痛快地就答应了。

秦大梅拎着暖壶往宿舍走，心里激情满满的。他在想有这样觉悟的工人、农民，建设好我们的国家，不就大有希望嘛！中华民族要复兴，我们年轻的共和国要走向光明，觉悟了的广大人民就是伟大的光明灿烂的希望。

第九章　洪水无情人有情

月挂西天，星星眨眼，劳累了一天的工人和民工们都在简易的工棚里休息了。在新厂区的临时敞篷下，秦大梅正在召开厂党政联席会议。林晨如领导的研究所设计的新型56式半自动步枪设计方案，正式提交厂党政联席会议论证，经过充分的酝酿讨论，与会成员们没有提出多少实质性的改进意见，最后形成一致决议："同意此设计方案，报上级批准后即可生产。"会议还听取了基建进度和设备安装调试情况的汇报，根据各部门汇报的情况，秦大梅觉得整个工程进展还是不错的，还是比较稳妥的。他在会议最后强调："目前整个工程进展比较理想，在此基础上各位一定要再鼓一把劲儿，千万不敢产生松劲情绪。待我们的设计方案批下来，即刻投入生产。因此，投产前的准备工作十分关键十分重要，只有我们进行充分的准备，才能用最短的时间造出最好的产品，尽快地投入国防前线，给党和人民交一份儿满意的答卷，这样就无愧于我们的初心了。"

高从伟是研究所里最年轻的人，他从农村出来一下子到了知识分子成堆的地方，感觉自己跟人家的差距实在是太大了。认识自己不容易，但他通过与师傅们密切相处，认识到了自己的差距和不足。自从上次林所长跟他在山头上那次谈话后，更加坚定了他的人生目标，

山里人

虽然学历低、阅历浅,虽然是山沟里出来的土孩子,但他有坚定的信念,有坚韧不拔的毅力,有勇往直前的闯劲儿。他是在朝着做一个新时代的建设者、开拓者的目标冲刺的。

所里的工作,首先是分内的,他按工作规程做得井然有序。他把专家们的研究成果视若自己的生命,把图纸资料规整得井井有条,专家们需要什么资料,只要召唤一声他准应声而到,好像从自己腰包里掏出来那样现成,就这一点儿就使所里的人非常满意。分外的工作,开门、锁门打水、倒水、打扫卫生、关门窗、送信件、取报纸,师傅们有个头疼脑热的去厂卫生所拿药都是他的事。让专家们可以专心致志搞设计、搞研发,就这一点儿领导们都看在眼里喜在心里。还有一点儿是大家没有想到的,他还提了一条很有实用价值的建议,竟被林所长采纳了。有天傍晚师傅们都走了,他收拾工作场地,发现一张图纸还摊在绘图板上,他一看是刺刀设计图,图纸上画的刺刀类似农村的杀猪刀,只是比杀猪刀窄了一些、厚了一些,两面有刃。第二天他找林所长建议把刺刀形状改一下,理由是他见过农村里过年时杀猪,屠夫把刀子插到猪脖子里后,还要左手使劲攥住猪的嘴头子,让猪憋气,右手拧刀把、左右旋转,让气体顺着刀口往里进,这样出血快,猪也就死得快。能不能把咱们的刺刀两侧带上沟,那样刺刀扎进去,空气也同时跟着进去了,被刺的对象就死得快了。高从伟说设计原理我不懂,只是个土想法。他的建议引起了林所长的思考,他想高

第九章　洪水无情人有情

从伟提得有道理，所谓刺刀就是要突出刺的功能，并能顺利放血，以达到对手致死的目的。围绕这个思路，把双面刃的刀体，设计成三棱刃的，中间附带三条沟槽，便于空气跟进。初步成型后找来一头猪做实验，刺出的伤口是三角形的窟窿，空气随刀体进入体内，血液随刀体上的凹槽排出，而且创伤面无法相互挤压，导致不能自动止血和愈合，包扎起来也十分费事，只要刀尖进入体内任何部分5～8厘米就可使对方即刻丧命。三棱刀基本上消除了体腔内的负压，拔除时也不费劲儿。实验定型后，冶炼时又加入了一定量的砷元素，对表面又进行了磷化处理，这样在搏斗时只要擦伤敌人的皮肤，伤口就很难愈合。改进后的刺刀，穿透力强，后来运用到实战中，成为一种实用性很强的利器，大家都说是高从伟抛出的"砖头"引出了"玉"。

1964年的9月是个不寻常的月份，月初，高从伟就从地区的报纸上看到一则关于天气预报的报道，说是近日将有特大暴雨，希望各地引起重视，积极做好防范工作。那时的天气预报还预测不到几天后的天气变化，只是预测到近日的天气概况，而且准确度上也有误差。据说一个县里的气象局局长冒着小雨到街上文具店购买文具，街上的人们故意问他，胡局长今天有雨吗？他大声回答，没有！阴转晴。不知为什么报纸上这条消息，引起了高从伟的注意，他在想研究所处在山沟的低处，如果真有特大暴风雨，受损失的首先是研究所，不光是损失，那些设计资料如有闪失，问题可就大了。他向有关领导说了要加强防范的想法，领导抬头看了看晴朗的天空，考虑了一下说："要根据现在的天气情况看，估计近几天不会有大的变化，再说了都进入9月份了，暴雨季节已经过了，根据正常的气象规律不会有大的暴风雨了，我们都加点儿小心就是了。"

高从伟的建议没能引起领导的重视，但他的心里老觉得不踏实，也说不清有什么事。他就拉屎攥拳头——内里使劲儿，把所里所有的图纸资料，按重要程度重新归整了一遍，把重要的图纸装在几个大木箱里，放在便于转移的地方。他认真收拾停当后，就向林所长请求批准他夜里值班。所长说一个人有点儿单薄，要再派一个人做伴，万一有什么情况好有个照应。高从伟说："不用，大家都很累，我一个大小伙子能顶得住，再说了还有巡夜的呢！所长放心吧！"

就在高从伟收拾停当的第二天深夜里，劳累了一天的人们都熄灯休息了。晴朗的天空中突然飘来了大块乌云，高从伟隐约感觉大事不好，他就把装好的大木箱往半山腰的安全地带转移，当他快把木箱搬完的时候，不远处的山顶上就响起了沉闷的雷声，由远及近，一道通天的闪电把漆黑的天空划开了一道大口子。他拼了命搬完最后两箱，赶紧抻开事先准备好的苫布苫住，把苫布的边缘用大块石头压实，这时铜钱大的雨点铺天盖地地砸下来，他冒着倾盆大雨围着木箱堆又转了一圈，他突然想起了还有一箱子文件没有搬出来，他毫不犹豫地返回去搬文件箱，当他的左脚一踏进研究所的门时，电灯突然熄灭了，

第九章 洪水无情人有情

他借着闪电在室内搜寻，摸到了箱子搬起来就磕磕绊绊地往门外冲，冲出去没有两丈远，巨大的山洪裹挟着泥石草木咆哮着铺天盖地地压过来了，研究所的房子像树叶一样漂走了，高从伟也没有躲过去。

风雨过后，天蓝得透亮，稀疏的几朵白云，悠闲地飘在天际，好像什么也没有发生过。军人出身的秦大梅一夜都没有合眼，大雨滂沱时他带着厂领导在山坡上察看灾情，当山洪卷走研究所的房子时，他们就在对面的山坡上，眼瞅着研究所随山洪消失，几个人捶胸顿足，恨无力回天。待雨势稍减时，秦大梅赶紧下达命令，各部门尽快察看灾情全力自救，并盘点受损情况，上报省工办。

初步统计这次突如其来的洪灾损失临建房56间，基建木材235方，砖灰沙石无法统计准确数字。最重要的是研究所被冲走，值班警卫杨来福和资料员高从伟失踪。秦大梅指示："各工地尽快清理现场，恢复施工。保卫科抽调2人、研究所抽调1人、劳资科抽调4人立即出动，分三组沿两侧山坡和沟底往下游找人，活要见人，死要见尸，劳资科长王金负全责。"

王金接到命令赶紧召集有关人员商议搜寻方案，他把抽调的人员分成3个组，分别沿两侧山沟和沟底顺主河道往下游搜寻。3个小组顺山沟搜寻了一整天，傍黑的时候在王侯寨水库会合了，都没有见到人的影子，晚上他们住在水库管理处，向管理处负责人说明了情况，请求协助寻找，当晚管理处的负责人向沿途的两个公社通了电话，公社又通知了沿途大队，如果发现了人赶紧汇报。就这样折腾了两天，没有结果。王金只得带队回到厂里汇报，听了王金汇报搜寻结果，秦大梅沉默了半晌，含着眼泪对王金说："你带人继续寻找，寻找范围可向河道外围扩散一些，我让厂办室跟县水利局联系了，让他们帮助查询一下，如果有了消息马上告诉我们，估计总得有个结果，如果没有好消息，我们只有面对现实，再考虑如何做家属的工作了，没办法，这是天灾。"

修桥建厂是百年大计，任何一个环节的疏忽，都有可能造成不可估量的损失。在山坡上盖房要考虑山体的坚固性和山洪、狂风带来的危险，也要考虑山体的地质构造问题。385厂在建厂之初一方面是迫于国际形势的需要，尽快上马投产；另一方面是考虑到太行山中部区域气象条件比较稳定；再就是只考虑了山体为片麻岩结构，忽视了山根派生级断裂切割的破碎岩石层结构，这次洪灾过后省工办邀省地质部门对车间分布区域的地质构造又重新进行了勘测，根据勘测结果，对部分建筑位置进行了适当调整和基础加固。

灾后的第三天下午，门卫老张正在警卫室抽闷烟，门外有人叫喊开门，他探头一看是个农民老汉。老汉上身穿着粗布汗褂，下身穿着两个膝盖都有补丁的裤子，一双家做布鞋露着两个大脚指头，肩上搭着一条不见本色的羊肚手巾，背着一个粪筐，粪筐里有一把放羊鞭，浑身汗津津的，右手急切地拍打铁门。老张听到拍门声赶紧出来问：

第九章 洪水无情人有情

"老乡!现在是工作时间,无关人员不准出入,你有什么事吗?"

"有事!真有事,还是大事。"老乡大声地回答。

"什么事?还是大事!"

"我在山坡上捡了一个人。"

"捡了一个人!一个什么人?什么时候捡的?"老张一连串地追问,随即打开了大门。

"就在前一天的头晌,大水退了后,我去村南山坡上放羊,在半坡子上听着好像有人哼哼,我就顺着声音找了过去,发现半坡子上两大块石头缝里夹着一个人,头朝下嘴里吐着白沫泡子,我上前问他话,他只小声地哼哼,我也听不清。我就从石缝里往外抻他,抻不出来,就赶紧回去叫我二小子来,我俩一块儿把他抬出来了,那人瘫软得像面团,气可短哩。我赶紧让二小子把他背回了村里医疗点救治,赤脚医生说大水呛了肺了,左腿还两截儿了,他说治不了……"

"老哥你别说了,我这就给厂长打电话,你等着啊!"

很快老张就拨通了武珩九副厂长的内线,"喂!武副厂长!有消息!一个老乡在山坡上救了一个人。"老张激动地向武副厂长汇报。

"你说什么?有老乡救了一个人!在哪儿?"

"在山坡上。"

"我是问老乡现在在哪儿?"

"就在警卫室。"

山里人

"少啰唆！赶快领来见我。"武珩九撂下电话就往厂门口跑。半路上就碰到了他俩，他急切地拉住老乡的手，对门卫老张说："你回吧！老乡交给我了。"

他把老乡领到了办公室，转身给老乡倒了杯水，"快说说是怎么回事。"

"前天大水过后，我去村南山坡上放羊，发现石缝里夹着一个人，还活着，可我自个儿弄不出来，回家叫我二小子弄出来背回了村医疗站，赤脚医生说看不了，我们就把他送到了公社卫生院，卫生院里赶紧给他打吊针，他自己说不出话。医生说像你们厂的工人，这不我就找来了。"

"走！快领我去看看。"武副厂长随手拿起电话叫车。

武副厂长拉着老乡上吉普车，老乡说："我还有粪筐哩！"

"先放我这儿，回头我找人给你送去，看人要紧！"

吉普车在山沟里颠簸了有两个小时，下午4点的时候他们赶到了公社卫生院，一进病房武副厂长赶紧扑到了病床前，一看果然是他们厂的高从伟。高从伟脸上缠满了绷带，呼吸短促，闭着眼在输液。武副厂长附在高从伟耳边轻声叫："小高！小高！我是武副厂长。"小高脑袋微微一动俩眼睁了一下又合上了。武副厂长退出病房，到卫生院院长办公室询问病情。院长说："你来了正好，这位年轻人确实伤得不轻，估计肺部让大水呛着了，已经感染，呼吸都有困难，左腿踝

第九章　洪水无情人有情

骨骨折,我们这里医疗条件太差,看不了,你们赶紧想办法转到大医院救治吧!"武副厂长闻听立刻说:"行!你们赶快准备一下派个医生陪我们送到省医院。"他和老乡出了院办室,握着老乡的手十分感激地说:"谢谢老哥救了我们的工人,把你的姓名和村名跟我的司机说一下,过后我们一定去看你,我赶紧送小高去省医院抢救,今天就不说客气话了。"他转身又到院长办公室给秦大梅打电话,告诉他找到了高从伟,但是伤得很严重,要马上转到省医院抢救。秦大梅听说了这个消息,激动地拿着电话说不出话来,他使劲儿控制了一下自己的情绪,对武副厂长说:"竭尽全力抢救!尽全力!到了省医院随时和我联系!"

夜里两点钟武副厂长和卫生院的医生把高从伟送到了省医院。秦大梅已通过省国防工办跟省医院打了招呼,省医院急救室的医生早已做好了准备,车一停就把高从伟直接推进了抢救室。

凌晨4点多,检查结果出来了:身上有八处严重擦伤,脑部左上方头皮割裂,肺部严重感染,左腿踝骨骨折。望着这让人难过的诊断书,武珩九副厂长眼含热泪,双手紧握着主治大夫的手,哽咽着求大夫:"一定要千方百计治好这孩子的伤病,这孩子可是咱们省三线建设的大功臣,他用生命保住了我们厂最珍贵的图纸和资料。"大夫表示请领导放心,一定竭尽全力。

安顿好高从伟,又留下卫生院的医生先代为照料一下伤员,武副

山里人

厂长连明彻夜地奔回了厂里。

秦大梅为找到了高从伟十分高兴,又为杨来福始终没有消息而焦虑万分。武副厂长推门进来了,秦大梅迎了过去,四只大手无声地紧紧握在了一起,都暗含着热泪忍着痛不说话。良久,秦大梅抽出左手使劲儿拍了拍武珩九的肩膀,指了指旁边的椅子说:"你辛苦了,坐下吧!"他转身抹了一把暗含泪水的眼睛,给武珩九倒了缸子白开水,"喝口水再说。"

看到水,武珩九这才真觉得渴了,才想到从昨天下午到现在他和司机都滴水未进,一直在跑前跑后。他端起缸子喝了一大口,左手掌托着缸子对秦大梅说:"在省医院的医疗事项都安排好了,医院的领导正组织全力抢救,我们得派个陪床的马上去,现在有公社卫生院的医生在那儿陪护,去了把人家换回来。"

"好!你就安排得了。伤势到底怎么样?说说。"

"要说伤势是真不轻,左腿踝骨骨折,身上有八处重度划伤,关键是肺部严重感染,呼吸都困难。"

"医生怎么说?"

"让我们放心,一定尽全力救治,尽量使病人恢复正常。"

"行,不管怎么说,高从伟算是有了着落。这都四天了,杨来福还没有一丝消息,看来咱们得考虑如何通知家属了。我想啊,你把工作安排一下,这几天重点把善后工作处理处理。"

第九章　洪水无情人有情

"好，我想先派宣传科的小郑去陪床，我看那孩子比较细心。"

"行吗？人家大城市来的！"

"估计行，那孩子思想好，别看是大城市来的，一点儿也不娇气，工作有热情还细心周到。"

"你看行就让她先去吧。再就是杨来福的事了，你跟小郑交代清了，让办公室派车送她去省城后，亲自到杨来福家去通知家属，把家人接来，有什么情况，咱们再商量着处理。"

他们正说着电话突然响了，秦大梅拿起话筒问哪里。对方说是县水利局，告诉他一个不好的消息："刚才接到王侯寨水库的电话报告，说是在大坝附近发现一具尸体，已经打捞上岸，你们不是报过案嘛，请你们马上去辨认。"

"好，我们马上去人，谢谢呀！"秦大梅赶紧应了下来，放下电话对武珩九说，"可能杨来福有着落了，县水利局说在王侯寨水库大坝附近发现一具尸体，已经派人打捞上岸，让我们去认领。"

"我去吧！"

"你行吗？都熬了两天一夜了。"秦大梅望着疲惫的武珩九心痛地说。

"行，你就放心吧！"

"那就让行政科的马佑仁科长跟你一起去，他跟杨来福是战友。"

在王侯寨水库大坝左侧山坡的一块草地上，一领苇席下盖着一具

山里人

尸体，水库的两名管理员在远远地看着，密密麻麻的苍蝇在苇席上起起落落地忙碌着。武珩九和马佑仁急急地赶到现场，掀开苇席一看，正是他们的杨来福。杨来福的脸已经浮肿得像葫芦，下身的裤子已经没有了，上身的衣服已被撕成了条条。他俩赶紧脱下自己的外衣把尸体盖上。马佑仁留下看护，武珩九到水库管理处问明情况并打电话向秦大梅汇报。

"秦书记！我们已对尸体进行了详细察看，确是咱们厂的杨来福同志，尸体已经开始腐烂。"

"赶紧通知县医院派救护车拉去县医院，让医生对尸体进行冷冻处理。你们到县木器厂买副好棺材，准备妥当后就去汤山接家属。"

杨来福是汤山地区乐南县小岳庄村人，1961年参军，1964年转业到385厂参与建厂工作，是第一批分配来的复员兵。他家世代务农，爷爷和父母都健在，妻子在家务农，拉扯儿子照顾老人。一大家子的生活来源除了生产队分的粮食就靠杨来福每月37.7元的工资支撑。杨来福平时生活比较节俭，早上一碗玉米面粥，一份2分钱的咸菜；中午一个玉米饼子一个馒头，6分钱一份的白菜熬粉条；晚饭吃的和早上一样，他每月要保证给家里寄20元。杨来福的爷爷在村里逢人就夸孙子"可孝顺哩"。

副厂长武珩九和行政科长马佑仁找到了杨来福家的小岳庄村，到村代销点里买了包桃酥点心和两瓶罐头，拎着打问杨来福家在哪儿。

第九章 洪水无情人有情

这时村里的闲人们都围住了他们的吉普车看稀罕,有的说:"这是啥玩意儿?叫唤得挺闷,突喽突喽的,屁股里冒青烟,还爬着走!"有的说:"这家伙要是立起来,还不得跳一丈高哇!""傻了吧!这叫汽车,人家大地方满街里跑得净是这个。"出过门的人在卖弄他的见识。马佑仁打问谁知道杨来福家在哪儿住,就有人说:"我知道,我领你们去。"武珩九他们在老乡的引领下在前边走着,汽车在后头跟着,汽车后边跟了一大溜儿人,他们在引路人的指点下,到了村边一个小院。小院中间有三间一明两暗的土坯房,茅草顶子,东南角上有一间棚子,棚子里堆放着几件农具,西南角是个厕所,蹲下去还露着上半截身子。还有个小后院,后院里种着萝卜、白菜、香菜什么的。武珩九和马佑仁在众人的簇拥下推开了栅栏门,发现一个老头儿坐在屋檐下打盹儿,几只老母鸡在老人的周围刨食,家里再没有别的人。领路的人对武珩九他们说:"这就是杨来福的爷爷。"

武珩九走到老人跟前,弯着腰对老人说:"爷爷!我们看您来啦!"

杨老爷子听到喊声,抬起头慢慢睁开混浊的双眼:"你们是谁?干吗来了?我家里人都出工去了。"

"我们是和您孙子杨来福一块儿的,到这儿出差办事,顺路来看看您。"武珩九蹲在大爷的旁边大声说。

"我孙子!我孙子回来了?"大爷眼睛里有了光亮,睁大了眼睛问。

山里人

"没有！我们是到汤山来出差，受您孙子委托，顺道来看看您老人家的。"

"哟！是和我孙子一个厂子的，家里人都出工去了，这不也快晌午了，坐下等会儿吧，回来了给你们做饭吃。"看热闹的人见如此说，也都零星散去了。

武珩九心急火燎地仰头看了看天，又低头看了看手表，11点多了，估计也快收工了，只得等了。他在想着见了杨来福的父母和妻子怎么说这飞来的横祸，看这家境，杨来福是这家的顶梁柱，顶梁柱没了，这上有老下有小的日子可怎么过。这事还真把武副厂长难住了，他正在左思右想的时候，一个男人扛着锄头背着粪筐进院了，武副厂长一看年纪估计是杨来福的父亲，他赶紧迎上去叫大伯，"您老是来福的父亲吧？"

"对呀！我是来福的爹，你是谁？"

"我是和您儿子来福一块儿工作的工友，来汤山办事，你儿子嘱咐我抽空来你家看看，并顺路把您和弟弟妹妹接过去住几天，看看我们新建的厂子。"

"这不就大秋了，我们可没那闲工夫，来福怎么样？"

"好着呢！这不，要我们来接你们去看看。"这昧良心的谎话武珩九实在不愿意多说。他们正说着，来福的媳妇和他娘也回来了。武珩九作了自我介绍，又说明了来意，来福他娘说："有事就去，没事

第九章 洪水无情人有情

干吗去？咋办，你和他爹你们看着办吧！我去给你们做饭，反正我是不去。"说着就进屋了。

武珩九看这工作不好做，就对来福的爹说："大伯！杨来福可能是有事跟你们商量，他没给我们说明，我们也不好追问。马科长跟你们来福是战友，来福只是给马科长说接你们过去。大伯，正好我们有车很方便，我看您和他媳妇还是跟我们坐车一块儿去吧！咱们现在就走，明天头黑就到了。把事情说清了我还派车把你们送回来，也耽误不了多少农活儿。"

"不去！"大伯口气很坚决地说。

"老头子，我看你们还是去一趟吧！肯定是有什么事，要不人家厂里也不来接咱，去了办了就回来，别让人家生直说了。"来福他娘在灶边歪着脑袋冲外说。

就这样来福的媳妇和他爹就匆匆坐上吉普车上路了。傍晚的时候到了天津西郊杨柳青，路不太好走，司机也累了，武珩九和马佑仁商量住下来休息一夜，明天早起再走。他们在镇上找了一家旅馆，把来福的父亲和妻子俩人安顿好了，天就黑下来了。等大家都休息了，武珩九到服务台给秦大梅打电话，说是接上了来福的父亲和爱人，只是还没有告诉他们实情，一路都在说谎。实在拿不准什么时候说、怎么说合适。

"既然没说就先别说，等明天过了保源，你再找机会告诉他们，路上一定要照顾好。"秦大梅不放心地又嘱咐。

第二天一大早,司机小刘把车保养了一下,加足了油,吃过早饭他们就上路了。一路上武珩九和马佑仁轮换着和来福的父亲拉家常,设法缓解尴尬的气氛。武珩九在车上来回琢磨如何把实在无法启齿的消息说给老人家和来福的爱人,他实在是怕一旦他们听了噩耗经受不住打击出现意外,但是不说又怎么办呢?拖到了现场就更不好说了。

"大伯!今年的庄稼长势好吗?"武珩九没话找话。

"今年的庄稼长势还可以,就是夏天旱了一阵子,估计得收个半成年景。"

"那明年的粮食够吃吗?"

"忙吃干,闲吃稀,凑凑合合也许能吃下来,就是缺少零花钱,这不儿子每月给家里寄20元供我们零花。两个孩子念书,老人还短不了吃药,加上磨面、吃盐、打醋的凑合着能顶下来,可有的人家一个月两块钱的收入都没有,我们比人家强多了。"来福父亲很知足地说。

"你家来福够孝顺的,他一个月才挣37块7的工资。"

"谁不说哩!这不今年春节他回来过年,你们一个工友来家玩儿,说来福每天早晚都是2分钱的咸菜,中午就吃6分钱一份的白菜粉条和两个棒棒面窝头,我们听了一家子都掉眼泪,真苦了我儿子了。"说到这里老人哽咽了。

"现在国家比较困难,都不容易,估计就快好了。"马佑仁插嘴说。

第九章 洪水无情人有情

"好多了,这都比头解放那会儿好多了,那时候的日子才叫不好过哩!"

"武厂长!叫我们去到底有什么事呀?真有事来封信不就得了,还要我们大老远地跑一趟。"一直没说话的来福爱人带着满脸的疑惑问。

"也没什么事,估计来福是想你们了。"

"不那么简单吧?"来福爱人还是疑虑重重。

"能有什么事!说这说那的。"来福的父亲驳斥儿媳。

过了中午12点他们就到了保源附近的满顺,他们在路边一个小饭店里打尖,一人点了一盘炒饼,饭馆赠了一盐子紫菜汤,趁几个人吃饭的当口儿,武珩九到附近的一家运输社借用电话,告诉秦大梅已过保源,正在满顺县路边吃午饭,估计再有4个小时就到了。是先到厂里,还是先到县医院。

秦大梅在电话里说:"还是先到厂里来吧,到县医院直接看到了尸体对他们的打击会更大,我想不如先缓一下。还有你们吃过饭上了车,走了一会儿就设法告诉他们吧。"

"实在不好说。"

"不好说也得说呀!不能再瞒了。"

"那好吧!我们把握时机好了。"武珩九真犯难了。

吃过了午饭他们继续赶路,路越来越不好走,吉普车不停地颠簸,杨来福的父亲迷糊着了,爱人表情木然,瞅着车外想心事。马佑

山里人

仁让她也眯一会儿,她说不困。车子路过一条深沟把来福的父亲颠醒了,他瞅瞅车窗外的大山问:"厂长!这是到哪儿了?还有多远?"

"大伯,快了,头天黑咱们就到了,这路越来越不好走,您老注意点儿。"

"没事。"

沉了一会子,武珩九瞅了翁媳俩一眼,心想再不能说也得说呀!干脆捅破吧!他深深地压了两口气。"大伯!弟妹!我们实在对不住你们!有个不好说的事一直瞒着你们,我觉得再不能瞒了,我说了你们可要挺住哇!"

"什么事?你就说吧!"大伯在催他。

来福的爱人直着眼盯着武珩九,好像预感到天要塌了。

"就是您儿子来福,他出事了。"话一出口武珩九脸色变得蜡黄。

"出事了!出了什么事?能出什么事?"来福父亲双手抓紧了车把手,挺直了身子惊奇地问。

"就前几天我们那里下了一场特大暴雨,来福怕厂里的物资受损失,他冒着大雨去查看,不料被突然下来的山洪冲走了。"

"冲走了!冲到哪里去了?大水能冲走活人?"来福父亲好像不相信自己的耳朵,再说大平原上是没有大水冲走人的事情发生过的。

"这不我们赶紧派了几拨人分头去找,整整找了两天,最后在下游的水库边上找到了他。"武珩九痛苦地说。

第九章 洪水无情人有情

"那他人怎么样？"

"是老乡帮着打捞上来的。"

"那又怎么样？"杨来福父亲始终不相信那种事实。

"大伯、弟妹！实在对不住你们，人已经没了。"武珩九终于抖出了底。

"没了！什么叫没了？难道一个好好的大活人就这么没有了？不会是死了吧？"杨来福父亲十万个不相信地问，瞪圆了眼睛瞅着武珩九和马佑仁，武珩九垂着双眼无力地点了点头，马佑仁垂着眼也低下了头。

杨来福的父亲头往后一仰，抓着车把的手垂了下来，背过气去了。杨来福的爱人已泣不成声。

"大伯、大伯！"武珩九和马佑仁痛心地呼喊着，汽车在大山里放慢速度。

过了好一阵子，杨来福的父亲"唉"地长叹了一声，断断续续自言自语地念道："唉！我儿怎么这么命苦哟！我上辈子造了什么孽哟！老天爷这么惩罚我，这可叫我们怎么活呀！"

来福的爱人两眼直直的毫无表情，呆若木头。实际她从一开始就有不祥的预感，所以一路很少言语。

"大伯呀！弟妹呀！事情已经出了，人死不能复生，你俩要节哀顺变，保重身体。到了厂里咱们商量着把来福的后事办好了，一定要对得起他。"武珩九尽力劝导着。

沉默，痛苦不堪的沉默。

傍晚6点钟，满载着悲痛的吉普车快要到达新建的385厂了，秦大梅带领所有在家的厂领导和科长、车间主任们早已候在厂大门口了。吉普车到了静候的人群前缓缓地停下来，秦大梅急步上前打开车门，搀扶脸色蜡黄浑身无力的来福父亲，卫生所长高晓哲医生赶紧去搀扶来福爱人，待大家下车站稳后，武珩九向秦大梅及众人介绍说："秦书记！这位老人是杨来福的父亲，这是弟妹。"

"大伯、弟妹！一路辛苦了！"秦大梅双手握住大伯的右手，干涩地问候着。大伯久久不说话也不松手，过了好一阵子，秦大梅调整了一下子自己的情绪，暗含着泪水对大伯、对武珩九，也是对大家说："赶紧安排老人和弟妹到招待所休息一会儿，高所长要照顾好他们，晚饭时咱们再说说话。"他是想缓解一下这难堪的紧张气氛，按说秦大梅是见过不少死亡和鲜血的，但这次的突发事件给他带来的痛苦实在无法言表。

晚饭是在厂里会议室吃的，秦大梅与副厂长武珩九、韩久铭、王广睿还有厂办室的孔主任、劳资科的王金科长和卫生所的高大夫都陪着。餐间杨来福的父亲和爱人基本上没有什么言语，别人也找不到合适的话题打破僵局，大家都在沉闷窒息的氛围中，吃了世上最艰难的一顿饭。饭后，撤掉了餐具，秦大梅要说最没法说、最不想说、又非

第九章　洪水无情人有情

说不可的话，要处理最不想处理、最难处理、最不能拖的问题了。

待大家坐定后，秦大梅站着说："大伯、弟妹！这是我们的工作没有做好，没有保护好杨来福同志，才出了这意想不到的事情。路上武副厂长和高科长都把实情给你们说了，在这里我们向大伯、弟妹和你们全家道歉了！"大家闻听都站了起来，向杨来福的父亲和爱人深深地鞠了一躬。停了片刻，秦大梅接着说："杨来福同志是个好同志，他是为保护国家财产牺牲的，我们要为他请功，同时也照顾好你们一家老小的生活，请大伯、弟妹放心！"

"什么也别说了，人没了就没了，说什么都不顶用。让我们看看来福就把我们送回去吧，在这里待的时间越长越难过，说得越多越痛苦。他是为国家死的，也算值了。"杨来福的父亲真是位深明大义的好父亲。

"不行！待明天咱们到县医院看了来福，回来还有后事要商量。"秦大梅真诚地说。

"孩子是肯定要看看，怎么着我们家人也要见最后一面。不然，回去了没法跟他爷爷、他娘和俩孩子交代。"杨来福的父亲对着众人说。

第二天他们到了医院太平间，久久没有说话的来福爱人猛地趴在来福的头边抽泣，任别人怎么劝怎么拉，她都死死地搂住来福的头不放。来福父亲怕出事，痛苦地对儿媳说："孩子呀！算了吧！他撂下咱们不管了，咱们还得活着不是？咱那俩小的还靠咱们带哩，老爷子

山里人

还需要咱们哩！咱们的身子骨儿再闹出个好歹来，这一家子往后怎么过？以后这一家子就全靠你了，听话呀！孩子！"经过大家的好说好劝，来福爱人总算颤抖着站起来了，高大夫赶紧从身后扶住了她。

"孩子呀！"来福父亲又说话了，"万事得有个了，咱们不活着了？他也回不来了，你忍着呀！以后日子还长着哩！咱们就听厂里安排吧！他们太忙，咱不能再给厂里添麻烦了。"他们翁媳看着把杨来福装棺入殓，拉到县烈士陵园入葬后，又被吉普车拉回了厂里，王金科长和高大夫紧随左右照料着。

杨来福入葬的两天后，厂里申报杨来福为烈士的报告省政府就批下来了，省民政厅很快就下发了文件，同时省工办给予高从伟记一等功的嘉奖。

厂里为杨来福同志举行了隆重的追悼大会，省工办的领导也参加了追悼大会，并看望慰问了来福的父亲和爱人。让他们没有想到的是省里批准来福的爱人顶替来福的名额，来厂里上班，还把孩子接来在厂子弟小学上学，解除了来福一家的后顾之忧。

杨来福的遗体安葬在县烈士陵园后，厂里在陵园的墓前竖了一通墓碑，碑正面写着"军工烈士杨来福永垂不朽"，背面简要记述了烈士的生平，最后几句是：

太行巍巍　沙河咆哮

军工来福　殁于河妖

为国殉职　可歌可泣

期望来者　永远铭记

385厂全体职工

1964年9月29日立

第十章　住院疗伤

省人民医院坐落在省城新开的白求恩大道上,是省高校的附属医院,是省立的顶级医院。他们秉承着"救死扶伤,实行革命的人道主义"的办院宗旨,对来院就医的患者都进行精心的救治。

院领导和医生们对高从伟的病情十分重视。他入院后,经过医生的精心救治,病情有了好转,呼吸也渐趋平稳,几处划伤该缝合的缝合,该消炎处理的消炎处理,恢复了许多。只是左腿踝骨骨折处打上了石膏,要三个月后才能下床活动。

宣传科的小郑叫郑瑶芝,是天津市人,独生女,共青团员,刚高中毕业就响应国家号召参加了国防建设。父亲是市第二商业局的处长,母亲是街道办的副主任。家庭条件这么优越的女孩子被派来护理高从伟,照说是不太妥当的,但小郑没有丝毫的不悦。他知道高从伟是为了抢救研究所非常宝贵的图纸和资料被大水冲走的,被老乡救了他才捡了一条命。如果不是高从伟舍命抢救图纸,研究所专家们一个多月的研究成果就被咆哮山洪卷走了,那样省里原定的投产时间就不知往后推多少。是高从伟临危不惧,救了工厂,为国家的国防事业做出了贡献。她十分敬佩高从伟爱岗敬业、勇于牺牲的大无畏精神,她为他的精神所感动,高从伟成了她心中的偶像、学习的榜样。因此,

第十章　住院疗伤

她是怀着敬佩之心来照料高从伟的，所以工作起来是细心有加、无微不至。

现在高从伟的病情有所好转，武珩九考虑到宣传科就三个人，一人顶一摊，郑瑶芝也不能长期脱岗，尤其是投产在即的关键时期。等厂里处理清了杨来福的事，考虑应该通知高从伟家里人了，让家里人来陪护一段日子，那样既方便又可以让郑瑶芝回厂工作。

厂里的事处理得基本妥当后，武珩九又到省医院看望了高从伟，看到高从伟在医院的精心救治下，伤情有了明显好转，他一颗悬着的心落地了。又嘱咐安慰了一番就驱车去了黑柿子沟村，去通知高从伟的家属，这是他顺路的决定，没有请示秦大梅。路上他在想这比通知杨来福的家属轻松多了，但也要有个合适的理由，不能灶火爷上天——实报，应该是多报喜少报忧，或者就不报忧，反正高从伟的伤势越来越好。

前边说过地处河阳县大山深处的黑柿子沟村，交通闭塞，只有一条弯弯曲曲的、十分颠簸的山间小路通往那里。武珩九和司机找到黑柿子沟村时天就快黑了，他们进村碰到人就打听村支书叫什么、他的家在哪里，问清了去处，他们找到了高五蛋的家，才知道高五蛋是高从伟的父亲，高从伟参加工作后，村支部改选，他父亲高五蛋被选为村支书。

秦梅子在屋里洗山药和白菜准备做晚饭，高五蛋在院子里拾掇

山里人

柴草杂物，把晒干的青草捆成捆，准备冬天喂羊，女儿高从丽到镇上念初中去了，家里就剩他俩了。这时武珩九和司机小刘到了他栅栏门前，武珩九隔着栅栏门问："这是高五蛋高支书的家吗？"高五蛋听到后赶紧往栅栏门走，边走边应："是，我就是高五蛋。"说着拉开栅栏门一看是两个陌生人，又问，"你们这是？"

"我们与这村里的高从伟一个厂的，过来搞外调，顺路到他家看看，你能抽时间领我们去吗？"武珩九说。

"这是我们武副厂长，我是司机小刘。"司机小刘补充了一句。

听了武厂长的回答和小刘的介绍，高五蛋高兴了，心想我儿子刚出去，厂里就来人调查了，真好。他高兴地对来人说："快进来，快进来！这就是高从伟的家，我就是高从伟的父亲。"转身朝屋里喊："孩她娘！来客了。"

"真是'踏破铁鞋无觅处，得来全不费工夫'，我们算找对门了。"武珩九也很高兴地说。

听到喊声，秦梅子用围裙擦着手出来了。"哎！孩她娘，从伟他们厂的厂长来看咱们来了。"高五蛋对着秦梅子说。

"是呀！进屋，快进屋。"秦梅子把二人领到了屋里，让他们坐在了炕沿上，高五蛋跟了进去，站在屋里指着武珩九对秦梅子说："这是从伟他们厂的武副厂长，这是司机小刘师傅。"又指着秦梅子对武珩九说："这是从伟他娘。"

第十章　住院疗伤

"啊！你们真是稀客，大老远地来了先歇会儿，我去准备晚饭。"

"唉！老哥、大嫂，不忙，说几句话再做不迟。我们这次来主要是请你们去看看的。"

"请我们看什么？他刚去。"高五蛋说。

"你家孩儿在厂里干得不错，最近还立了一大功，厂里开大会表彰了他，他想让你们到厂里去看看。"武珩九试探着说。

"立功？立什么功？"高五蛋问。

"立功就是为国家做出了突出贡献，国家对有贡献的人都给予肯定和表彰。"

"一个刚出去的孩子能有什么贡献？"高五蛋还有些疑问。

"这孩子可不错了，爱学习有志向，不怕苦不怕累的，什么工作都冲在前面，大家都很看好他，都说是你们教育得好。"

"这孩子打小就不错，像他娘。"高五蛋高兴地自夸娘俩。

"去！人家说你呼噜你还喘上了，没正经的。"秦梅子嗔怪地说。

"要是那样的话，我看大嫂安排一下，跟我们去一趟吧，高支书在村里忙。"

"不用去，你们都说过了，我们知道了就行了，干什么去，去了还给你们添麻烦，再说又快收秋了。"秦梅子口气很坚决。

"人家都接来了，你就去一趟吧！"高五蛋动心了，他想到可能还有什么事。

山里人

"去什么去！没听说吗？厂里正在忙着搞建设，咱们去了不是给人家添乱嘛！"秦梅子态度很坚决地否定了高五蛋。

武珩九听了秦梅子的话，从心里觉得这确是一位好母亲，心想看样子不说实话，他们肯定是不去的，他在思考如何把事情说破。

"咱们别光顾了说了，天都黑了，弄点儿吃的吧！"高五蛋提醒秦梅子。

"对对！你看光顾了说话了，我们大山里的人让你见笑了。孩儿他爹，赶紧去小社里打瓶酒，我炒几个鸡蛋，这不刚煮的一锅山药，我再烙两张饼。"秦梅子赶紧说。

"可别！可别！说清了我们就连夜回去了，不能给你们添麻烦了。"

"这么远来了，又到了饭点，好赖也不能饿肚子，又都不是外人。"秦梅子执意挽留。

高五蛋从小社里买回了两瓶罐头，分别倒在碗里，又挖来一碗花生米和一碗大枣，秦梅子又炒了盘葱花炒鸡蛋。高五蛋把客人请到炕上，大碗轮着喝起来了。秦梅子到西头屋里收拾铺盖去了，估计吃过晚饭就不早了，得把客人留住一宿，明天再走。

武珩九还没把事情说透，心想也不能走，平白地在这儿住一宿也不是事，瞅机会把事说开了还是好，他在心里这么嘀咕。

"小刘，你看大哥大嫂都挺费事地弄了这么多吃的喝的，你辛苦

第十章 住院疗伤

了多吃点儿,吃饱了好赶路。"

"这大黑价的,山路又不好走,磕磕绊绊的,半宿你们也出不了这山沟。不如在我家凑合一宿,明早再走,那样还牢靠些。"秦梅子认真地对武副厂长说。高五蛋也说是这么回事,熬黑不如大早起,早晚也不在这么一会儿,天明了再走安全些。

武珩九心里有事,但觉得在饭桌上说不合时宜,只好就坡下驴了。

第二天天刚蒙蒙亮,秦梅子就起来准备早饭了。武珩九听到动静,悄悄地起来,趁着秦梅子到院里抱柴火的当口儿拉住了秦梅子,"大嫂!我有几句话想对你说。"

夜色朦胧中,秦梅子愣愣地瞅着武珩九。

"昨天有些话我还没说出来,你儿子高从伟确实立了大功,但也出了点儿事,不过也不是什么大事,昨天晚上说了我怕你们着急,没敢跟你和大哥说实话。"武珩九瞅着秦梅子平静地说。

"到底怎么了?"秦梅子不安起来。

"前几天闹天气下暴雨山里发了大洪水,你儿子抢救资料时腿受了点儿伤,现在在医院里治疗,我们想让你去陪护他几天。"武珩九把事说明了。

秦梅子闻听脑袋轰地一下就蒙了,身子一歪,抱在腋下的柴火自然滑落到地上,武珩九赶紧扶了他一把。"大嫂你可千万别着急,确实没什么大事,你去了就放心了。"

山里人

秦梅子愣了一会儿神，眼角里含着泪水，抬了一下头，双手捋了捋额前的头发，平静地对武珩九说："吃了早饭我就跟你们走，先不跟孩儿他爹说了，就说我去看看就回。"

"行，我帮你做饭吧！"

"不用，天还早，你去再眯一会儿吧！我就煮锅菜饭，吃了咱们就走。"

早饭间，武珩九对两口子说："吃了早饭大哥大嫂跟我去厂里看看吧！我再把你们送回来。"

"你说哩？"秦梅子端着碗问高五蛋。

"你跟武厂长去看看吧！我看家，还有猪羊要喂哩。"

"你要不去，我就跟武厂长去看看。我走了，你可把这个家看好了。"

"放心吧！"

吃过了早饭，秦梅子简单拿了两件衣服就和武厂长上路了。出了山沟上了省道，小刘问怎么走，武珩九对秦梅子说："嫂子，咱们先不去厂里，直接去省医院好了。"秦梅子吊着心，满脸愁容，看了武珩九一眼，意思是随你吧。

早上8点30分，省医院东楼206病房里洒满了和煦的阳光，刚查过房的楼道和病房很安静。高从伟斜靠着床头，打上了石膏的左腿被垫高了，郑瑶芝把早上该吃的药片悉数放在床头柜上，倒了一茶缸子开

第十章 住院疗伤

水放在药片旁边。一应事务料理妥当后,她十分端庄地在床头柜旁边的方凳上坐了下来。

高从伟扭头看了看她,对她说:"你去休息会儿吧!这几天可把你累坏了,我真觉得对不住你,等我好了一定好好报答你。"

郑瑶芝听了脸上微微一热,操着天津口音说:"你这是说的嘛?咱是工友、是战友,我工作就是来协助医生护理你的,这是我的职责。你舍命保住了厂里的图纸和资料,就是保住了咱厂的生命,你是大功臣,能照顾大功臣我打心眼儿里高兴呢!"

"大姐,你可别说得那么邪乎,我只是做了点儿该做的事。"

"这吗是邪乎,省政府都给你记功了,你是我们学习的标兵呢!"

"咱不说这些了,你是大城市来的,见多识广,借几本书肯定方便,我想求你给借几本书看。"

"我早看出你是个爱学习的小青年了,借书没问题,我爸他们单位图书室里书可多了。咱拉个书单,让我爸寄来不就得了,先说说你都看过什么书吧!"

"你也知道我的家在大山里,我是地地道道的山里人,不怕你笑话,那地方又穷又闭塞,山民们一辈接一辈面朝黄土背朝天,喝西北风刨山坡,斗大的字不识半升。我娘还比较开通,她坚持让我和妹妹上学,说是我舅嘱咐的。这不初中毕业了家里穷就回乡参加劳动了,还好,碰上咱厂招人,大队和公社就推荐我出来工作了。我在初中学校图书室里才看到了《青春之歌》《林海雪原》《红岩》和《野火春风斗古城》等新中国成立初的十大名著。不知道为什么,一见到书我就立刻精神了,只要拿到手的书,不看完不罢休。"

"咱俩一样,我也爱看点儿书,不过没你执着。我家庭条件比你好一些,借书、买书都方便,因此利用业余时间读了一些书。"

"林所长要我先学习高中的课程,在掌握了高中课程后,再有选择地读读孔孟老庄和世界名著,或者选学一门理工的课程。"

"林所长给你指的路子太对了,高中以前学的是综合知识,大学里学的是专业知识。掌握了高中学的知识,在一般的工作中就能应对自如了。再说了,以后有了机会还可以参加高考。"

"我一定照你们说的去做。你先给我借本爱尔兰作家克里斯蒂·布朗的《我的左脚》和法国批评现实主义作家罗曼·罗兰的《名人传》吧,如果方便的话再借本海明威的《老人与海》也行。你可别笑话我贪多啊!"

"好嘛!这些书你都知道哇!"郑瑶芝惊奇地说,"都是励志类的书籍,应是我们年轻人的必读书。这几本书我倒是都看过一遍,从中汲取了不少营养。"

"你真了不起!先说说《我的左脚》行吗?我的左腿也没好呢!"

"读过的书也给就着饭吃了不少,对布朗还有些印象,就先简单说一下《我的左脚》主要内容吧。克里斯蒂·布朗生于1932年,他刚

第十章　住院疗伤

出生不久就患上了大脑瘫痪症，使他行动不便，求医无效，到5岁了都不能走路说话。周围的人都认为小布朗将在痛苦中度过一生，但他耳聪目明，思维敏捷。有一天他用左脚拾起妹妹丢在地上的彩笔在墙上乱画起来，妈妈见到后高兴地惊叫起来：'瞧！他的左脚还能动！'由此她坚信自己的小儿子以后肯定能做好多事。于是，就开始教布朗用脚写字，小布朗很快就会按顺序把26个英文字母背下来了，令全家人十分高兴。

"母亲不仅教他学写字，还买来儿童读物和世界名著，让他看让他读。小布朗对书籍产生了浓厚的兴趣，如饥似渴地阅读起来。随着小布朗一天天长大，他慢慢地能说话了，有一天他突然对妈妈说想做读书笔记，还想写点儿什么，妈妈认为他只有左脚能动，用于写字是不可能的。小布朗把左脚抬得高高地对妈妈说：'我可以用它打字写字呀！我要成为全世界第一个用脚打字的人。'母亲看到孩子决心挺大，就买来一台旧的打字机，布朗见到后高兴极了，他半躺在椅子上，把打字机放在地上，拼命地练习起来。刚开始由于把握不好力度，不是把字打得模糊就是把纸打透。妈妈看在眼里，心疼地说：'孩子呀！太累了，别打了吧！'布朗坚定地向母亲表示：'妈妈！请相信儿子一定行！'往后不论寒冬酷暑，冬去春来，他都痴痴地练习，左脚趾都磨出了厚厚的茧子。命运是会眷顾那些不畏艰险勇于攀登的人的。经过不懈的练习，布朗终于掌握了用左脚打字、上纸、退纸和整理文稿的全部技术，并开始了他的写作生涯。他对妈妈说：'我是一个残疾人，已经失去了许多生活的能力和乐趣，但我决不失去自己的梦想。我要让世人看看我不是一个累赘，不是一个多余的人。'妈妈听了紧紧地把儿子抱在怀里，信心满满地鼓励他：'孩子！你是妈妈的骄傲，你一定会成功的！'布朗躺在床上，回忆着自己的坎坷经历和不幸，他下决心要把它写下来，我要用我的行动告诉那些同样在不幸中苦苦挣扎的人，告诉那些有着各种残疾的人，我们也是人，要坚强起来，要敢于同苦难的命运抗争，实现自己的人生价值。

"21岁那年，他的第一部自传体小说《我的左脚》就问世了，31岁时又一部小说《生不逢时》问世。后来在妻子的照顾和帮助下，又出版了3部小说和3部诗集，布朗成为享誉世界的文坛巨匠，成为爱尔兰人的骄傲。他逝世后，总统在悼念活动时说：'布朗走了，但他留给爱尔兰和世界人民的宝贵财富永远不会消失，永远激励着我们。'"

郑瑶芝说到这里停住了，她沉浸在感人的情节中。高从伟听得情绪激动起来，"真感人哪！我一定要向布朗学习，做个有志气的人。姐姐，歇会儿，喝口水再讲讲罗曼·罗兰的《名人传》好吗？"这时他忽然觉得坐在自己面前的郑瑶芝已经不是来照顾他的一般工友，他直觉到郑瑶芝是位可敬的姐姐，是闯进他心中的女神。

第十章　住院疗伤

"好嘛！你没完啦！先喝口水吧，缓一会儿该喝药了。"郑瑶芝调整了一下坐姿，把双手自然地搭在右膝盖上对高从伟说。

高从伟顺从地端起茶缸喝了几口，又把郑瑶芝为他准备的药片喝下去。用渴望的眼神看了看郑瑶芝，郑瑶芝对高从伟的眼神心领神会，对高从伟说："光听一个人说太单调，你也说点儿读书的体会，互相交流不更好嘛！"

"不行，我是井底之蛙，才疏学浅，不敢说。"高从伟从心里说。

"哎哟！别那么低调，随便聊嘛！这人只有在随便的环境里才轻松，和轻松的人聊天才愉悦。说得深浅都没有关系，说说最近都看了什么书。"

"我是遵照林所长的指示，攻读高中一年级的课程。不过前几天我在整理林所长的桌子时发现资料下面压着一本书。"

"一本什么书？"

"是延安时期解放社出版的《哥达纲领批判》，我是头一次遇见马列的书，觉得新鲜，拿到宿舍里看了3个晚上，哎！马克思真是了不起，一百年前写的著作，一百年后的人还看不懂。"

"在大学的图书馆里见到过这本书，还真没抽时间看过，你能说个大概吗？"

"也就想到哪儿说到哪儿吧！那是在1845年的4月至5月间，德国社会工人党和全德工人联合会要合并，在哥达举行合并代表大会，代表们起草了《纲领草案》，这个草案共分四个部分，阐述了合并后新党的奋斗目标。"说到这里，高从伟调整了一下坐姿接着说，"革命导师马克思对新党的纲领草案提出了严厉的批评意见。其中对拉萨尔'不折不扣的劳动所得'的提法称为谬论。他指出：'在共产主义的低级阶段，劳动者的劳动产品必须先作出各种扣除后，才能在劳动者之间依照按劳分配的原则分配消费资料。'他还对《纲领草案》中提出的'劳动是一切财富和一切文化的源泉'的错误提法进行了批驳，阐述了劳动的物质条件和社会条件在财富中形成的作用。强调任何劳动只有具备了劳动对象、劳动资料和劳动者三要素后，劳动才能进行，这三者都是自然界提供的。自然界提供了使用价值，劳动创造了价值。另外，任何形式的劳动都有社会前提，因为生产资料由劳动资料和劳动对象组成，如果没有生产资料，劳动者的劳动就不能进行，更别说创造财富了。只有劳动资料归劳动者所有，劳动才能创造财富。我粗浅的理解就这些了。"

"还说才疏学浅呢！你理解得够透彻了，这哪像个初中生？接着说。"

"还说呀！"

"说！我刚听上瘾了，喝口水再接着。"

高从伟看了郑瑶芝一眼接着说："在书中马克思还从政治经济学的角度指出：'资本主义生产方式的基础就在于：物质的生产条件以

第十章 住院疗伤

资本和地产的形式掌握在非劳动者手中,而人民大众则只有人身的生产条件,即劳动力。''在资产阶级社会这个国家形式里,阶级斗争要进行最后的决战。'建立社会主义经济后,劳动者使自己成为政治上、经济上的主人,才能彻底铲除剥削和压迫的根源,获得彻底的解放。

"读了这部著作使我对劳动和社会性质有了初步的认识,知道了资本主义和共产主义之间,有一个从前者到后者的转变时期,这个时期的国家只能是无产阶级的国家,这就是我初读这部伟大著作后得到的粗浅的收获。党中央和毛主席号召我们搞好三线建设,就是要巩固我们建立不久的无产阶级国家,只有我们的国家巩固了富强了,才有我们劳动人民的好日子过。姐姐!可别笑话我呀。"

"哪里!你理解得很深刻,很有见地嘛!听了你这番阐述,我真对小老弟刮目相看了。"郑瑶芝用十分敬佩的眼神看了一眼半靠在床头上有些稚嫩的小伙子,她完全没有想到这个山沟里的初中生竟有这么高的悟性和朴素的情怀,而且思维敏捷,见解高妙。她陷入了沉思中。

"郑姐!你再大概说说《名人传》好吗?难得有个聊天的机会。"

高从伟的请求唤醒了郑瑶芝,她莞尔一笑,很矜持地对着高从伟说:"那我就先说说《名人传》这部名著的大概,我也忘了不少,想起多少就说多少吧!这部名人传记是20世纪初法国著名的批评现实主义作家罗曼·罗兰所著的人物传记。书中记述了三位世界级大师的传奇经历和精彩人生。他们分别是:音乐家贝多芬、雕塑家米开朗琪罗

山里人

和文学巨匠托尔斯泰。"

"路德维希·范·贝多芬一生离群索居,没有知音,没有朋友,晚年还忍受着耳聋的痛苦,忍受着世人难以想象的孤独。但他是视音乐为生命的人。上帝剥夺了他欣赏音乐的权利,却赋予了他创作音乐的才能。他忍受着无声的折磨,为人们传播美好,带来愉悦,他用自己的苦难为人们创造欢乐。他的心灵箴言是:'唯其痛苦,才能欢乐。'他的一生孤独到了极点,连最卑微的人都能享受的温暖,他也未曾享受丝毫。从未有过女人的爱,从未在别人的怀抱里入眠过一分钟。即使这样贝多芬仍然对生活充满了爱,勇敢地承受了上帝给予他的痛苦命运。他也因此成为天下读者们心目中的英雄,受到人们心目中宗教般的钦敬。"

"贝多芬太了不起了!太伟大了!"高从伟由衷地赞叹。

"下面再说说世界雕塑巨匠米开朗琪罗。如果说贝多芬的痛苦是来自病痛的折磨,那么米开朗琪罗的痛苦则是来自他充满矛盾的灵魂。米开朗琪罗出生于1475年3月6日,出生于佛罗伦萨的名门望族,他无病且富,从小就受到了良好的教育。只是他生不逢时,正值他金色年华,国家战乱频仍,他倾注全部心血的作品,一次次被战争毁坏,这使他痛心疾首。虽然他的每件作品都有丰厚的酬劳,但他每日只吃面包喝红酒,而且每日只睡几小时。书中描述了他甘愿舍弃欢乐,自寻痛苦的过程,描述了他惊人的艺术天赋和牛一样的固执。他恨不得

第十章 住院疗伤

把整个大山都雕出生命,他是一个富有与贫穷兼有的抑郁症患者,是一个为艺术拼命的工作狂。最后赢得了人们像尊重上帝一样的尊重。"

郑瑶芝说到这里停顿了下来,听得入迷的高从伟被书中的故事情节打动了,好像十分饥饿的人刚吃完一碗饭,又要急切地端下一碗而没了一样,他抬头求告郑瑶芝:"好姐姐!赶紧接着说,求你了!"

郑瑶芝笑吟吟地端起高从伟的茶缸子,用妩媚的眼神瞟了一眼高从伟,"让我借一口水喝好吗?"

"好!唉!不好!我喝过的你不嫌吗?"

郑瑶芝右手轻轻地端起茶缸,冲着高从伟甜甜一笑,悠悠地喝了一小口。

"这回该接着说了吧,姐姐?"高从伟的心里充满了甜蜜。

"再说就是文学大师托尔斯泰了。托尔斯泰也是个苦命人,他两岁上母亲就没有了,十岁上父亲又去世了。而且他的相貌还很丑陋,因此他的青少年时代是在自卑和郁闷中度过的。1851年23岁的托尔斯泰到了高加索,高加索环境优美,青山环抱,绿水盈盈。他处在清明爽朗的环境中,纷乱无绪的大脑清醒过来,郁闷的心情也开朗了。1852年就相继创作出了《童年》《少年》《青年》和《一个地主的早晨》等著作。在俄罗斯和土耳其交战期间,他主动参战,并在战争间隙写出了《塞瓦斯托波尔纪事》这部令人振奋的作品。"说到这里郑瑶芝又故意停下了。

"还有呢?"高从伟急切地催促。

郑瑶芝微笑着调整了一下坐姿,又接着说:"1862年婚后的托尔斯泰沐浴在幸福温馨的家庭里,用大块的时间创作出了19世纪震动整个文学界的《战争与和平》与《安娜·卡列尼娜》,在取得辉煌耀眼巨大成就的同时,他时常感到内疚,为自己优裕的生活而惴惴不安起来,因此开始厌倦自己的生活,并下决心与自己所处的环境决裂,由此招来了许多不理解不支持。他精神上陷入了孤独郁闷中,82岁的他选择了离家出走,由于年迈,病死于一个小火车站上,从此这个高贵的生命就结束了。"

"悲壮啊!伟大!"高从伟高声赞叹。

"读了这部名著,使我心灵受到陶冶,精神得到了升华。敢于直面人生,不怨天尤人了,它鼓励我朝着人生的既定目标,坚定不移地走下去,去实现自己的人生价值。同时也初步认识了人性的高贵与伟大、可怜与自私。"

"高!高!理解得太高妙了,向姐姐学习!累了吧?一会儿还想听听《战争与和平》。"

"《战争与和平》一书问世至今,一直被人们称为世界上最伟大的小说。它卷帙浩繁,内容史诗般广阔与雄浑。我可不敢轻易赘述,等给你借来了,你再仔细阅读吧!"

"那可得快些借来啊,姐姐!"高从伟甜蜜地叫着,他心里舒坦

第十章 住院疗伤

极了。

"再急也得容个通信的时间嘛,在知识的海洋里你就是个贪得无厌的家伙。"

"嘻嘻!我今天吃了一顿世上最好的精神大餐,真得谢谢姐姐了,谢谢姐姐了!"

"耍贫!"

正当二人兴致盎然的时候,陆医生带着两个人进来了。一个是副厂长武珩九,一个是高从伟的母亲秦梅子。陆医生说:"二位年轻人,看看谁来了?"

还没等二位回过神来,秦梅子就奔到了高从伟的床边,摸着高从伟垫高的左腿:"小子!怎么样?怎么样了?伤得重不?我看看!"

"娘!你怎么来了?没事了。"

"什么叫没事了!你可把娘吓死了,哎!大夫,我儿到底怎么样啊?"

"大嫂!刚来时确实不轻,这不,经过我们的治疗,外伤基本好了,肺部感染也明显轻了,呼吸基本正常了,就是左踝骨恢复还要一段时间。不过大嫂你尽管放心,我们会还给你一个欢蹦乱跳的好小子的。"陆大夫蛮有把握地说。

"怎么样?大嫂,我没骗你吧!一路上你老着急,我怕你急坏身子。"武珩九有了如释重负的感觉。这时才想起介绍小郑,"哎!小郑，光顾高兴了，我给你介绍一下，这是高从伟的妈妈。"武珩九又转身对秦梅子说："大嫂，这是我们厂宣传科的郑干事，这几天都是郑干事照顾你儿子的。"

"是吗？辛苦你了，闺女！我们一家子谢谢你了。"秦梅子说着就要鞠躬，被郑瑶芝挽住了。

"阿姨好！客气吗！客气吗！应该的，我们是工友嘛！"郑瑶芝赶紧回答。

"都快到中午了，小郑你去食堂弄点儿吃的，咱们4个就在这儿吃顿喜庆饭如何？"武珩九像在征求意见似的对郑瑶芝说。

"太好了！我这就去，阿姨，您等等啊！"小郑转身跑出去了。

"真是个好闺女！"秦梅子望着郑瑶芝的背影夸奖着。

不大一会儿郑瑶芝就端来了一盆热气腾腾的杂烩菜和几个馒头，进屋就对武珩九和秦梅子说："实在不好意思，武厂长、秦阿姨，今天食堂里就这个！"

秦梅子赶紧说："不生古，不生古！受累了，闺女。"

饭间，武厂长对着高从伟他们说："厂里基建已接近尾声，马上就要投入生产了，正是用人的时候，小高你要好好配合治疗，等好利索了，马上回去参加会战。"

"武厂长您放心，只要拆了石膏，能下地走动了，我就立刻回厂参加建设。"

第十章 住院疗伤

"我是说一定要好利索了,不能落下一点儿后遗症,你还年轻,我已和陆大夫交代了。另外,小郑下午你到医院财务科问问押金情况,完了拾掇一下跟我回厂,你还有一大摊子事要做哩。"

"我回去了小高怎么办?他现在还不能下地活动。"小郑担心地说。

"我想让大嫂照顾一段时间,那样更方便一些,咱厂给她出一份误工补助。"

"不要!不用!哪有伺候自个儿子还要补助的理。"秦梅子赶紧说,"武厂长,小郑闺女你们都放心回去吧,这儿交给我了,等他好些了就让他回去。"

"那好,这我就放心了。明天我们秦书记要来看望高从伟,完了我们就一块儿回厂了。"武厂长说。

实际上通过这些天的接触,高从伟、郑瑶芝俩人互相有了好感,他们二人从各自的感觉里已经打破了出身和学历的界限,两个人的心里好像碰撞出了朦胧的火花,尤其是高从伟跟郑瑶芝在一起时,好像有吸氧的感觉,心里亮堂,浑身上下从里到外舒服,那种轻松感是很难用语言表达的。要分离了,谁的心里都有点儿恋恋不舍,只是不能表露出来。

第二天和煦的阳光又暖暖地照进病房,郑瑶芝和秦梅子伺候高从伟吃了早饭服了药。郑瑶芝又把病房里的桌椅和用具仔细地擦拭了一遍，并消了毒，把应注意的事项向高从伟的母亲交代清楚了。收拾停当后，他又给高从伟倒了一杯水放在床头柜上，然后对秦梅子说："阿姨！咱们休息一会儿吧！"她随手拿过方凳坐在了高从伟的头旁边，"我就要跟武厂长回去了，有阿姨在这儿照顾你更好，你要听话，按时服药，左脚千万不能下床着地，不然好得更慢。"

高从伟深情地瞅了她一眼，"你就放心回厂吧！为了好得快，我一定要听医生的话，再说了，有我娘在呢！我敢不听话嘛！"

郑瑶芝嫣然一笑，"这就对了，我回了厂赶紧给我父亲写信，让他尽快给咱们寄书，到手后我就给你捎过来，你就有的看了。"她把"咱们"二字说得很悠长。

高从伟满含深情地点了点头。秦梅子高兴地在一旁瞅着他俩笑。

正在这温馨的时刻，武厂长推门进来了，后面跟进来的是秦大梅和厂办室孔主任。三个人一进门，室内的空气突然凝固了，没等武厂长介绍，秦梅子就冲到秦大梅跟前用双拳擂他的肩膀，十分痛苦地叫了一声"哥呀"就泣不成声了，秦大梅用力地抱住了她。

武珩九、郑瑶芝和孔主任都被秦梅子突如其来的举动蒙住了，心想你怎么敢打我们厂长，他们要上前阻拦，被秦大梅用眼神制止住了。

这让三个人更摸不着头脑了，"莫非他们早就认识？""他们是亲戚？""我们怎么都没有听说过？"各种猜测、疑问在三个人的头脑里飞旋。

第十章 住院疗伤

秦梅子快速调整了一下情绪，抹了一把已经流出泪的眼睛，对还在懵懂中的三个人说："都随便坐吧！"

秦大梅以家主的身份把武厂长和孔主任安排在凳子上、病床边坐下，自己站在高从伟的床头，先指着秦梅子介绍说："这是我妹妹，我参军后就见过一次面，我万万没有料到兄妹在病房里二次相遇，这孩子是？"他指着高从伟问秦梅子。

"这是你外甥。"转身指着秦大梅对高从伟说："小子，这是你舅。"

"什么！是真的？是亲的？"武珩九、孔主任和郑瑶芝都惊讶地瞪圆了满是疑问的大眼睛。

"舅舅！"高从伟哭了。秦大梅赶紧帮他擦眼泪，拍他的肩膀安抚他。

"真的假的？我们怎么一点儿都不知道！"三个人还在疑惑。

"高从伟是你外甥？他受了这么重的伤，做出了这么大贡献，你都没有说过一句。"武珩九觉得十分惊奇。

"我们甥舅俩都不知道，都不认识，今天在这里是巧遇。要不是我妹妹在场，我们谁也想不到是这层关系。不过还要说一下，我们这种关系只限于你们3个知道，不许扩散，如果有人漏了嘴，我可不饶。"

"不愧是你的外甥，有担当，有作为，真是将门出虎子。"武珩九真心地赞叹。

"我和妹妹因家庭变故失散,一晃都快20年了。梅子,这些年你都是怎么过来的?哥哥对不住你。家里现在几口人,过得怎么样?"

"家里还有你妹夫高五蛋和你外甥女高从丽,就我们四个。"秦梅子说完捂着嘴抽泣,高从伟掉了眼泪。

为了活跃气氛,武厂长说:"好了,太好了!你们一家在这里相遇,真是天大的喜事,我们都为你们高兴、祝贺。都别难过了,高兴起来才对。"

秦大梅问了高从伟的一些伤势治疗情况,又嘱咐了秦梅子一番,就带着几位同事匆匆回厂了。

第十一章　机关算尽

留在省医院的高从伟，经过医生尽全力救治和母亲秦梅子的悉心照料，伤口和肺部感染基本痊愈了。

为了康复得快，医生建议每天适当活动一会儿。在母亲和护士的搀扶下，高从伟强忍着钻心的疼痛一点儿一点儿地挪步，每当挪几步高从伟就大汗淋漓，心痛得秦梅子够呛。她知道儿子是心想着早点儿出院，投入厂里火热的建设中去。但他还是劝儿子不能太急了，伤筋动骨100天，那是有说道的，动得太急了会落下毛病。

一晃秦梅子出门快一个月了，高五蛋在家摸不着音信，心里老是不踏实。说是去看看就回来，怎么看了一个月了还不回来，到底处理什么事呢？莫非，莫非……他在家里像热锅上的蚂蚁，急得坐不稳立不安的。这天吃了中午饭，他坐在炕头上发闷，突然听到院外有人叫喊："高五蛋在家吗？"听到喊声，他赶紧下炕往外跑，"在！在！在哩！"出门一看是镇上邮政所的邮递员。

"你就是高五蛋？"

"是。"

"有你一封信。"

"什么？信！哪儿来的？"

山里人

"省医院。"

高五蛋接过信,邮递员掉转自行车骑上就走了,高五蛋举着信冲着邮递员的背影喊:"歇会儿再走吧!"

"不了!我还有信要送,你忙吧!"

高五蛋识字不多,拆开了也看不下来,只得等晚上女儿放学回来让女儿念信。

傍晚,女儿回来了,高五蛋早已给女儿准备好了晚饭,只是不让她吃,先看信。女儿高从丽听说来信了,高兴得急忙从父亲手里抢过去,拆开一看是哥哥的来信。捂在胸口大声说:"哥哥来的!哥哥来的!""快念!快念念。"高五蛋急催着,高从丽大声地念了起来。

亲爱的爹和妹妹,你们好吗?

收到这封信很高兴吧?告诉你们一个好消息,厂里给我记功了。前些日子闹天气,突发大洪水,我抢救了厂里的图纸和资料,使厂子没有受到大损失,上级给我立功表彰。

不过也有一个不太好的消息,你们听了也不要着急,在抢救的过程中我受了点儿伤,现在正在省医院治疗,已经好多了,估计再有一个多月我的腿就彻底好了,你们千万不要担心,只是娘一时半会儿回不去,厂里委托她照顾我,还得在这里伺候我一阵子,等能下地活动了就让她赶紧回去,我知道家里离不开她。

第十一章　机关算尽

爹呀！您一个人在家里撑那一摊子也够累的，要注意身体呀！等我好了，一定带瓶好酒回去慰劳您。

妹妹！刚开始陪我来住院的工友叫郑瑶芝，人家比咱们大些，我就称她为姐姐，人家是大地方来的，可好了。还读过好多书，知识面很广，她给我讲的读书体会可深刻了，有几句话使我很受触动，你听啊！她说"人世间的事并不都是可遇不可求的，只要你想到的，基本上你都可以做到。只要你想去克服的困难，也基本上都能克服，关键是你有没有一颗坚毅主动的心"。妹，深刻吧？人家还说了，世界上的名人不都是受过高等教育的，自学成才的也不少。这人呀！除了天时地利的影响，成败全在自己，咱们可都要好好学习呀！

这信就写到这里吧！咱娘说盼着你们好呢！

祝你们都好！

爹的儿子、妹的哥哥从伟写
1964年11月21日

高从丽读完了信，抬头看了看父亲，疑惑地问："爹！我哥真的没事吧？"

"听这信上说的应该是没多大事了，估计刚开始挺严重，没敢告诉咱们，现在好多了，才给咱们报平安。放心吧！没事了。"

"要是真没事就好，你看我哥才出去几天，就有这么大出息，给咱家争光了。"

"不说了，咱吃饭吧！"

父女俩默默地吃过晚饭，高五蛋收拾碗筷，高从丽钻到小东屋里学习去了。

小山村的夜，繁星闪烁，朗月高挂，万籁俱寂。高五蛋半躺在被摞上想他的儿子，想他的老婆，还谋划着村里的一些事情。

高五蛋在炕上坐了一会儿后，天气尚早，他起身随意到村里转转。村中的"闲侃中心"还没有散场，他打老远地就听见还有三四个人还在那里过嘴瘾。

二猫说："唉！你们听说了没有？四愣子把他媳妇揍了一顿，气得他媳妇摔了几个碗。"

"那是打得轻的过，打痛了她就不敢摔了。"三狗子好像很有经验的样子。

"哎！三狗子，听说你家里昨个儿死了一头小猪，是真的不？"二猫子又转向了三狗子。

"真的！那小猪有30多斤，死挺了后我爹隔着墙头扔到你家去了，听说你爹摸黑烫了烫煮着吃了，你还说猪屁股眼子真香。"三狗子回怼二猫子。

第十一章 机关算尽

"净你娘哩胡吣！连根猪毛都没有见你家哩，自个儿独吞了吧！"二猫子驳斥了三狗子，又接着说，"不听你这胡咧咧的放狗屁了。"说完自个儿下台阶走了。

这时赵补平来了，赵补平可是个人物，他是村里光棍堂的堂主并自兼"闲侃中心"的业余主任。他见二猫子走了，就对三狗子说："狗子，这回乐了吧！人家不听你狗带嚼子——胡勒了。往后哇！说话有点准儿，不要满嘴喷粪了。"

"你才满嘴喷粪哩！"三狗子不服赵补平，反驳他了一句。

"看！看！你真他娘哩是狗咬吕洞宾——不识好人心。我这可是为你好。"在村里论辈分赵补平是三狗子的叔辈，农村里讲究叔跟侄儿没外人，所以他用以上对下的口气对三狗子说话。

谁知三狗子不吃他那一套，"为我好？"他立即反唇相讥，"狗屁！为我好！谁不知道你恨不得全世界的人都死光，就留下你和你娘，完了你们娘俩好慢慢滋生的人。你要有了为别人好的心，除非黑夜变成白天，恶人变成善人，小人变成君子，日头打西边出来。"

"你他娘哩越说越不上串，真你娘哩把别人的好心当成了驴肝肺，看我揍你。"也许三狗子话重了，叫赵"堂主"转不过脸来，他弯腰脱下一只鞋就朝三狗子的头上盖去。啪的一下就盖在了三狗子的后脑勺上，是三狗子本能地闪了一下，要不正好砸在他的脸上。这一鞋下去不要紧，三狗子恼羞成怒，转身就抄起一块砖头，朝着赵补平狠狠地扔了过去，幸亏赵补平躲闪得快，要不准得让他血流满面后脑勺子开花。赵补平急忙丢下鞋也顺势抄起一块石头，要砸三狗子。

"住手！"一声喊喝，赵补平举在空中的手僵住了。高五蛋大步走到他们跟前，赵补平一看是支书来了，无奈地扔下了举起的石头。

"你们要干什么？翻天吗？"

"支书！是这样，我是好心提醒他以后说话有点准儿，别净胡咧咧，没想到这小子狗咬吕洞宾——不识好人心。"赵补平想着先入为主。

"狗屁！用不着你提醒！你还有脸提醒别人？"三狗子用右手摸着后脑勺对着赵补平愤愤地说。

"都别说了，跟我到大队去！"两个人互相仇视了一眼，跟在高五蛋的后面去大队部了。

到了大队部，高五蛋说："你俩给我站好了，说说到底为什么在大街里打架？"

"支书！我说说吧！"赵补平抢先说。

"行！照直说。"高五蛋批准赵补平先说。

赵补平又把他们抬杠翻脸的经过一五一十地学说了一遍。高五蛋问三狗子是不是这么回事。三狗子说，是。高五蛋说："不错，都承认事实，你们也不想想，就为两句玩笑话翻了脸，就动手打了起来，乡里乡亲的还真下得了手？"

"是他先动的手。"三狗子申辩。

第十一章　机关算尽

"是他说话太损人，我要教训他。"赵补平据理力争。

"行了！"高五蛋不耐烦地挥了挥手，"都别说了，你们都违反了《村规民约》，先学学《村规民约》，三狗子你先念念，一会儿再说怎么办！"他指着西墙上的《村规民约》对三狗子说。

三狗子只得站在屋中间看着西墙念了起来：

黑柿子沟村村规民约

新社会，讲法纪，诸位乡亲要牢记。

爱党爱国爱集体，私心太重不可以。

集体财产大家管，管好财产都受益。

损人利己不能干，互帮互助搞生产。

红白事，节俭办，铺张浪费不划算。

打牌赌博是陋习，洁身自好要远离。

和乡亲，睦邻里，吵闹打架村不许。

封建迷信不能搞，崇尚科学讲正气。

对老人，要尽孝，不得忤逆丧天理。

教子女，走正道，光明正大奔前程。

村规民约要遵守，故意违反受惩罚。

山里人

三狗子念过一遍,看了看高五蛋,站在一边低着头。

高五蛋说:"你们自个儿看看违反了哪条,对号入座。"

一看高支书要动真格的,赵补平赶紧说:"支书!我们那是闹着玩儿哩!以后不敢了还不行吗?"

"是闹着玩吗?"高五蛋问三狗子。

三狗子歪了一下脑袋,没有吱声。

"有这么闹着玩儿的吗?有用鞋底子盖后脑勺子玩儿的吗?幸亏我到得及时,要不还不得打得头破血流。"赵补平不言语了。"赵补平,不是我说你,都过了30的人了,还没点儿正形,你想想,你整天除了混那几分工,还干些什么?"高五蛋开始批评赵补平了,"今天这事没完,你们俩别回家了,在大队里写检讨,明天召开群众大会,你们在大会上作检讨,过不了关就继续反省。"随后高五蛋叫来了两个民兵轮流看守他们。

快到半夜了,看守的民兵睡着了。赵补平小声问三狗子:"你走不走?我回家睡觉去了。"三狗子说:"走,支书不是不让咱们走吗,他们醒了发现咱们走了,告到支书那里怎么办?"

"管他呢?到哪儿说哪儿,反正我是死猪不怕开水烫了,我走了呀!"说完,赵补平就悄悄地走了。

今天的事赵补平走在回光棍堂的路上,心里很硌硬,他觉得扫帚疙瘩顶门子——净他妈权。你高五蛋立着说话不腰痛,你吃热饭、

第十一章　机关算尽

穿暖衣、搂着媳妇睡热炕，是过的什么光景？我们吃生的、喝冷的、睡凉炕是过的什么日子？饱汉不知饿汉饥，站在河岸上不知道河底水凉，换换试试，还让我们作检讨。他一边走一边想着，到"堂"里推开门一看，他的两个"堂"员一人坐在炕东头，一个坐在炕西头，大驴脸看谁拉得长，屋里地下还有摔碎的碗碴儿，见此情景气不打一处来，"你们这是干什么？抄家呀！"

"你问他！"胡友来把头一歪冲着门进拴说。

"问我干什么？有理你说！"门进拴对着胡友来说。

原来他们也不为什么正经事，就为赵补平的半碗剩饭。黑灯影子下来的时候，赵补平在闲侃中心还没有回来，胡友来就先来光棍堂了，一看迎门土台子上放着多半碗剩饭，他端起来就吃，谁知他刚吃两口门进拴就进来了，也想吃点儿，胡友来不让他吃，就往碗里吐了一口痰，意思是脏了你就吃不成了。谁知门进拴脑子反应也挺快，接着就冲着碗里擤了一鼻子。心想你不让我吃你也别想吃。胡友来气不过，愤愤地把碗摔在了地上。赵补平一看现场就明白了八九分，没心思跟他们论长短。

"简直两条饿狗，都滚蛋吧，我要睡觉了。"

胡友来和门进拴一看势头不对，也自觉理亏，起身都走了。

赵补平感觉这人要走了背字，喝凉水都塞牙，仰壳鸟屎也得掉嘴里。自个儿坐在炕沿上闷了两锅旱烟，好像突然想起了什么，使劲儿

山里人

把烟灰在鞋底子上磕了磕,把烟荷包在烟杆上缠了缠往腰里一插就出门了。出门抬头看了看满天的星星,径直朝二寡妇家去了。心想到哪儿说哪儿吧!罗锅找大肚儿,乐了一会儿说一会儿。

二寡妇自打上次"吊窗事件"后,赵补平乘虚而入,征服了二寡妇,他们成了相好的。这都夜深了二寡妇家西头屋里还亮着灯,二寡妇在灯下纳鞋底。赵补平按照事先约好的暗号闹了点儿动静,不一会儿二寡妇就开了门,赵补平熟练地进了屋。见到了心中的貂蝉,集在头脑中的不快立马就烟消云散了。搂着二寡妇心呀肝的云雨了一番,瘫在了炕上。过了好一阵子,大概是体力和精气神都恢复了,他告诉二寡妇今晚是从虎嘴里逃出来找她的,接着就把下午和晚上发生的事情和自己的大义行为向二寡妇学说了一遍,二寡妇深受感动,把白白的绵绵的小身子贴在了赵补平身上,两个人又融为了一体。甜蜜中赵补平忽然觉得高五蛋是他寻找幸福的障碍,是否给他使点儿绊子,让他也嘴里无舌头,就安全多了。但从哪儿下手呢?他搂着绵绵的二寡妇眯着一双混浊的眼睛盘算计谋。二寡妇发现他走神了,把白萝卜似的手臂在他肚子上轻轻围蹭着,柔声地问:"想什么好事哩!吃着碗里还想锅里的吗?"他这一问使赵补平茅塞顿开,这不现成的诱饵吗?还愁钓不到鱼?于是侧过身搂住了二寡妇光光的屁股,在他耳边耳语了几句。二寡妇听了惊奇地问:"这事行吗?人家可是支书哇!"

第十一章 机关算尽

"是什么也是人,是人就有欲望,他媳妇走了一个多月了,他就不憋得慌?你就照我说的去办就行了。"

第二天的批斗会没有开成。吃过早饭高五蛋到大队部召集干部们商量开会的事,三狗子说赵补平不到半夜就跑了,高五蛋表扬了三狗子让他回去了,并嘱咐他以后要好好劳动,少和不三不四的人交往,三狗子满口答应着走了。高五蛋心想跑了和尚跑不了庙,躲过初一躲不过十五,我一定要煞煞你这股邪气,以正村风。

傍晚时候下起了急急的小雨,社员们都收工回家了,高五蛋回到家简单地做了晚饭,和女儿高从丽正在吃着,二寡妇穿得干干净净的,双手擎着一块蓝底白花的包袱皮遮在头上突然进来了,父女俩一愣,高五蛋端着饭碗问:"这大雨天,你怎么来了?"

"大哥,我是来给你说个事,你们先吃饭,吃完了再说。"二寡妇说着径直进了里屋。

等父女俩吃过了饭,二寡妇又对高从丽说:"闺女,你去学习吧,我跟你爹说个事,说完了就走。"高从丽拿起书包转身到小东屋去了。

"大哥!我遇到了难事,想朝你借5块钱用用,等倒过了马上就还你。"

"说真的,5块钱我家里真没有。"

"看抠的,你家还没有5块钱?"

"这不，儿子出了点儿事，她娘去看儿子了，家里就有几块钱都带走了。"

"就没留点儿零花的？"

"最多也就两块多点儿。"

"那就借给我两块救救急吧！"

高五蛋心想自己身为村党支部书记，社员有了困难帮着解决是应该的。就找出了那两块钱递给了二寡妇。二寡妇接过钱，右手攥着也不往兜里装，也没有走的意思，愣了一会子，她瞟了高五蛋一眼柔声地问："支书，这钱什么时候还？"

"有了就赶紧还，我家就这点儿零花的。"

"还真要哇！"

"这是怎么说的，不是有句老话说的是'好借好还再借不难'嘛！这你都忘了？"

"不是忘了，我是还不了。"

"还不了还借什么！那你就别借了，放下走吧。"

"你先别着急，不是有'有钱钱当，没钱人当'的说法吗？"

"用什么当也不行，借债还钱，哪有借钱不用钱还的？"

二寡妇看了一眼高五蛋，又朝下看了看自己隆起的双乳。

高五蛋立刻明白了她的意思，"二嫂！在村里论辈分我应叫你二嫂，二哥在的时候我们处得不错，我是看你说的困难才出手相帮的，

第十一章　机关算尽

你不要把别人的好心当成驴肝肺，你要不缺钱撂下赶紧走。"

"看！老弟，就给你开个玩笑，你就急了。行行！我先走。"二寡妇赶紧把钱装到兜里，拿起了披来的包袱皮披在头上走了。临走还冲着小东屋里说："闺女好好学吧！我走了呀！"

高五蛋冲着他的背影喊："不能超过10天哪！"

转天赵补平又凑到二寡妇家里，询问他的阴谋诡计落实情况。二寡妇告诉他："你的法儿够呛，估计不好使，人家软硬不吃，钱是借给了两块，要我10天还。"根据二寡妇提供的情况，赵补平揣摩了一会儿，他说有门，缺口总算打开了，他能借给你钱就说明有了空子，到还钱的时候你就如何如何。他又给二寡妇出了一个馊主意就回"堂"了，这天"堂"里清静，"堂"员们一个也没有来，赵补平关上"堂"门就上炕睡觉了。

转眼10天就过了，又是一个下雨天，高五蛋父女正在吃晚饭，二寡妇突然又来了，还是披着那块蓝底白花包袱皮。"大哥，我来还债了。"二寡妇进门就说。

"好哇！你说话还真算数，放下走吧！"高五蛋高兴地说。

"行，不过我还有几句话要说。"二寡妇又对高从丽说："闺女你去学习吧！我跟你爹说个事。"

高从丽拿起书包就走去了小东屋。

"有什么话，说吧！"高五蛋站着催二寡妇。

"大哥说实话,你的钱我实在凑不够。"

"凑不够,你来还什么钱?"

"不是,大哥!你不是说了10天吗!这到日子了我不来像话嘛?"

"你还挺懂理!"

"上次我不是说有钱钱还,没钱人还嘛,你看我这寡妇失业的上哪儿弄两块钱去,你就帮帮我得了。"

"怎么帮?平白无故不要了?"

"你看呢!我有话就直说了。我弟妹走了一个多月了,你一个人在家撑着也不容易,我估计你也憋得慌了,不如咱俩接触一下,让你舒服舒服。男人嘛,憋得时间长了不好受。今天就是什么也不发生,我出了你家门真假谁也说不清,反正沾了我的边儿的,旁人都不往好处想了。"二寡妇说到这里停住了,她在观察高五蛋的反应。

高五蛋听了二寡妇的话,淡淡地笑了一下:"二嫂,你说到这儿,我得把话说开了。我作为村支书,接触的人多了,见过不要脸的,还没见过你这么不要脸的。我告诉你,不是所有的男人都是下三烂,你也不要以为你这招儿到哪儿都灵。这样,你把裤子脱了,把全村的人都叫来,就说我想怎么你,看看乡亲们信不信?你忘了身正不怕影子斜!"

"我这也就是随嘴这么一说,你还当真了。"二寡妇见高五蛋要动真的赶紧转弯。

第十一章 机关算尽

"不论真假,你这么做是最无耻的行为。不过你也有你的难处,家里没个顶梁柱,就有坏人打你的主意,扛过去是很难的。但是,你还是注意点儿比较好。其实你这人本质是不错的,也不是故意要坑人害人的。其实前几天你来借钱,我就知道不是你的主意,是受人指使的,我借给你钱,是看看你们葫芦里到底装的什么药,这不,马脚露出来了。"

二寡妇脸红红的,站不是坐不是走不是,局促不安地听高五蛋数落。

"我看你还是能走上正道的。"高五蛋又接着做二寡妇的思想工作,往正道上引她,"你要是有心走正道,就说说是谁给你出的这损招儿,不愿意说出来也就算了,不过我也知道你们是怎么商量的。"

"这些你都知道?"二寡妇疑惑地问。

"这点儿小事都不知道,我这村支书不就白当了?说说吧!二嫂,以后村里想办法帮助你,但你得配合村里的工作。"

"大哥!我的日子实在是不好过,那几个烂人就不让我安生,尤其是那个赵补平,这借钱的事就是他出的主意。他是想抓住你的小把柄,你的嘴软了,他们就可以更放肆了。今天我说的要是让他知道了,准饶不了我。"接着二寡妇把她的难处和赵补平们的所作所为都向高五蛋抖搂了出来。

高五蛋听了,思索了一会子,对二寡妇说:"你放心!你尽管过你的日子,他们再有行动,你就照常开门,其他的事你就别管了。"又如此这般嘱咐了一番。

"那我就先回去了,大哥,我的日子实在是不好过呀!"

"我知道,等把这事处理好了,稳一段时间,你五嫂回来了让她想办法给你物色一个,你再往前走一步吧。"

过了两三天,在一个夜黑风高的夜晚,光棍堂的成员们散了场后,赵补平怎么也睡不着,他给二寡妇布置的二套方案不知实施得怎么样了,心里一直牵挂着。这她妈臭娘儿们也不设法回个信儿,到底结果如何?如果不行,好再想别的办法,干脆今晚就去问个结果,今晚的天气也凑劲儿,这家伙谋定而后动。

也就是夜里11点钟的时候了,二寡妇还没睡觉,忽然听到墙外有动静,她知道是赵补平来了,干脆拉灭了电灯,装着睡了。墙外的赵补平按着原先约好的暗号动作了几次,都没有出来开门的声音,而且里面还拉灭了电灯。他心想怪了,不能老在街里闹动静啊!干脆翻墙进去吧,他鼓了鼓劲儿,扒住墙头纵身一跃,扑通就跳到了院里。就在他双脚着地的同时屋里电灯亮了,二寡妇开门就嚷:"抓贼呀!有贼了!"赵补平还没回过神儿来,就被四只大手按在了地上。

他被值夜的民兵带到了大队部,留下两个人看守他,另外两个人通知民兵连长和村支书去了。时间不长,民兵连长和村支书高五蛋都来了。高五蛋说:"这黑更半夜的也不让人安生,到底怎么了?"

第十一章 机关算尽

"支书！我们抓到了一个贼。"

"抓到了贼！贼呢？"高五蛋故意问。

"这不，就是他，他深夜翻墙入院要偷东西，被主家发现，叫喊捉贼，我们正好巡夜到跟前，就抓了个正着。"民兵向连长和支书汇报。

赵补平蹲在地上低着头，高五蛋说："站起来我看看是谁，是哪个村的？"赵补平被民兵拎了起来，仍然低着头。

"抬起头来吧！唉！怎么又是你呀？补平！上次我说开个群众大会让你接受接受教育，你半夜跑了，我以为你觉悟了，不料更进一步了，开始偷东西了。明天还要开大会正式批斗你，我看你还跑不跑？"

赵补平说："我不是去偷东西。"

"不是去偷东西，三更半夜地翻墙进院干什么？"

赵补平不言语了。

群众大会会场就在村大队部前的空地上，坐北朝南有一块高处，正好作为主席台，台上放着一张八仙桌。村支书高五蛋、大队长孟教进和村公安员一字坐在桌北边。等社员们都到齐了，公安员宣布开大会批斗赵补平，说，他昨晚入院行窃被值夜民兵抓到了，现在把他押上来。赵补平被民兵带了上来，站在桌前，公安员要他交代偷盗经过，他说我是翻墙进院了但不是偷盗，是去串门。公安员说："乡亲们都听见了！他说是跳墙进院了，但不是偷盗，是去串门，大家想想有半夜去串门的吗？有翻墙入院串门的吗？这家伙做了坏事还不老实，大家说怎么办吧？"这时台下不少人说话了，有的说不偷东西半夜里翻墙入院也不行，村里得管；有的说他们短不了偷地里的花生；有的说还偷鸡晚上宰了吃哩。纷纷要求管管他治治他。

高五蛋一看这局面，和大队长、公安员交换了一下意见，站起来对社员们说："社员同志们！今天的情况大家都看到了，赵补平拒不认错，无论如何半夜翻墙入院是不行的，是心怀不轨的行为，给我们村造成了很坏的影响，这种情况我们上报给公社，请示公社处理好不好？"

"好！""行！"社员的呼声很高。

时间不长，公社就有了批复意见："鉴于赵补平的平时表现和深夜翻墙入院行为，影响极坏，定为坏分子，由所在村监督劳动。"此结果公布后，社员们拍手称快。赵补平白天除了按时出工外，业余时间还要清扫街道里的卫生。

第十二章　一波三折

上次厂党委会上明确任务后,党委成员们按照各自的分工,各负其责。尤其是后勤供应有了保障之后,工人们的干劲儿更足了。

这一天吃过晚饭,秦大梅把餐具放回宿舍,从床头上拿起一盒佳宾牌香烟出门向北山坡走去。这几天真够累的,腿脚、脑袋和嘴都没住过劲儿,脑袋蒙乎乎的,他想到山上透透气吹吹风,使自己清醒清醒。他爬到山顶时西边红亮色的云还没有完全退去,暮色微起,月亮就早早地上班了,她隐在清亮的白云后面,露出半个笑脸和蔼地瞅着秦大梅,意思是你辛苦了,我陪着你休息一会儿。秦大梅寻了一块光滑明亮的石头坐下来,点燃一支烟深深地吸了一口,缓缓地吐出来,就这一口烟,他觉得轻松了许多。他望着山沟里闪烁的灯光和在灯光照耀下高低错落的厂房,心里憧憬着不久的将来这里就有整车的枪支源源不断地运往祖国最需要的地方,为保卫共和国的安全贡献力量,这是何等光荣而伟大的事业,它的分量不亚于杀日本拼老蒋。想我一个山沟里的放羊娃,何德何能,投入共产党的怀抱,受党的培养教育,可喜的是能为党为国家做些事情,贡献一点儿微薄之力了。我要在此基础上,更加努力地工作,我要……他正在思考下一步的工作打算,发现山下好像有两个人在急急地往山上爬,而且爬在前面的人还叫着："秦厂长！秦书记！"他听到喊声，仔细一看是办公室的通信员小杨，他后面紧跟着的是总工林晨如，他赶紧回应："小杨子，林总！我在这里！"他们气喘吁吁地爬上小山头，手扶着膝盖弯着腰在秦大梅面前喘着粗气。

"什么事，这么急？先坐下喘口气再说。"秦大梅安抚着说。

小杨和林总停下来后，在秦大梅的对面找了块石头坐下来，仍然喘着气。

秦大梅看着不平静的一老一少故意缓缓地说："什么急事？看把你们急的！"

"林总，您说吧！"小杨看了一眼林总说。

林总缓了一会儿，有些担心地说："秦书记，今晚下班前我发现了点儿问题，我觉得不及时解决了，可能影响整个进度，你看离正式投产的日子不远了，实在耽搁不起。我去办公室找你，小杨说你上山了，我俩就找来了。"

"是吗？说说看。"林总的话引起了秦大梅的重视。

"今天下午精铸车间报来的撞针实验数据，与咱们研究所的设计要求差0.02维氏硬度，撞针是自动步枪的核心部件，不能有一丝一毫的差错。"

"那您估计问题出在哪儿呢？"

"我分析，一是钢材质量存在问题，再就是实验过程的准确度有

第十二章 一波三折

问题，这两个方面都有疑点。"

"如果怀疑是这两个环节的问题，咱们事不宜迟，马上下山重新实验，排除实验环节的疑点，您再带上咱们的实验结果连夜到北京钢材研究所验证，如果是钢材不符合咱的技术要求，就赶紧请示部里、省里调拨标钢。这是关键的一搏，可不敢出现任何纰漏。"

说着他们三个就匆匆下山了，小杨跑着去通知有关人员到精铸车间重新做实验。很快所有人员都到岗，实验在秦大梅和林总的注视下，有条不紊地进行。明亮的灯光下操作人员严肃认真，关注的人表情庄重，除了人们的呼吸声，偌大的实验室里空气是凝固的。在家的厂领导们闻讯后都悄悄地赶过来了，政工科的芮钧鹏也来了。

第一轮的实验结束了，数据与下午的报告完全吻合。林总戴着高度近视眼镜反复查阅比照，确认无误。抬头对着秦大梅和众人说："咱们的实验数据没有问题，看来就是钢材的质量问题了。"

"先不要忙着下结论，再重新实验一次，如果两次实验数据一样，咱再向上级反映。"秦大梅说。

已经是凌晨2点了，就连鸟虫们都停止了鸣叫，各自归巢休息了，深夜一片宁静。

整个厂区只有实验室里灯光明亮，5个小时过去了，秦大梅和厂领导们静静地站在实验室里，等待下一次的实验结果。

结果出来了，与前两次完全一样，多数人紧绷着的脸松弛了。只

山里人

有秦大梅没有如释重负的感觉，他在想实验数据虽然没毛病，但是钢材的问题好解决吗？如果不能如期解决，不照样耽误正式投产吗？他抬头看了一眼疲惫的人群，对大家说："厂领导们留下，其他同志赶紧回宿舍休息一会儿吧，天都快亮了。"

参与实验的工人和技术人员都走了，武珩九、王广睿和林晨如留了下来。秦大梅说："从现在的实验数据看，咱们的实验数据没问题，但是更大的问题来了，那就是钢材问题。我们上哪里去搞优质钢？能不能及时搞到，这个问题不更严重吗？"

"这样吧！秦书记，我现在就动身去省城，要是顺利的话，估计上午10点多一点儿就能到，先向省工办物资处的平处长汇报一下，求他跟部里联系一下，看能不能解决。"王广睿满怀信心地对秦大梅说。

"这些关系都用了，要是再搞不到，我就去武汉我们老厂暂借一批，以解燃眉之急。"林晨如也在出主意。

"放心吧！有国家支持咱们，没有克服不了的困难。拿不到咱需要的钢材我就不回来见你们。"王广睿坚定地说。

"你去吧，路上千万要注意安全，要随时和家里联系。"秦大梅嘱咐王广睿。

"请秦书记放心。"王广睿起身走了。

秦大梅对留下的人说："天都快亮了，大家都回去稍事休息后洗把脸，吃过早饭各就各位吧！非常时期辛苦大家了。"

第十二章 一波三折

吃过早饭后,秦大梅和通信员小杨骑着自行车到厂区巡视,看到各车间、各工地都热火朝天,井然有序,秦大梅感到很高兴。当他们快到第九车间时看见山坡的豁口处围了好多人,还有人正急急地往那里跑,很慌乱。秦大梅感觉不妙,可能出现了什么情况,他和小杨把自行车扔在路边,急急地朝坡上跑去,一个工人看见秦大梅来了,喘着气用手指着山坡说:"秦书记,不好了!出大事了!"

"怎么回事?"秦大梅边跑边问。

"塌方了,砸住了5个民工。"

"快!快去抢救!"秦大梅和小杨闪电般冲到现场,他大声地提醒人们不要用锹,不要用镐,用手刨。快!说完就用双手拼命地扒土,大家见书记到了现场,都投入了十分紧张的抢救中。秦大梅一边扒土一边对小杨说:"你快去到医务所叫医生准备担架和救护车,马上开过来。"

"秦书记,您的手都流血了。"小杨关切地说。

"不要管我,快去。"

第九车间是精装车间,车间后身就是个陡坡,为了安全要在车间的后身修筑一座拦水坝。多天来,民工们按照设计要求紧张地施工。坝址已经挖出,民工们正在清理坝基,准备砌石浇注,不料坝址两侧的浮石浮土突然塌方,把干活儿的民工埋在了里面。经过紧张的抢救把被埋的民工挖出来了,抬到了救护车上。救护车在山间的路上颠簸,

山里人

车里的三个伤员都打着吊瓶，瘫软在担架里，眯着眼，脸色苍白。王医生坐在他们的头前，十分关切地注视着他们。傍黑，救护车开进了土口峪医院的大门，医生们蜂拥而上，三个伤员很快得到了救治。

送走了受伤的民工，秦大梅长出了一口气，这才感觉双手痛得要命，小杨跟他到医务所包扎，医生发现3个指头的指甲都掉了，其他的手指也都受到了严重的损伤。秦大梅闭着眼躺在病床上，医生帮他擦拭、消毒、上药、包扎，痛晕过去了好几次。包扎完后医生说："秦厂长，您的手伤势很严重，必须休养几天才过疼痛期，咱们这里医疗条件太差，你还是住院治疗比较好，那样好得快些。"

"没关系，杜医生，在咱们医务所治疗就挺好，我能坚持。再说了，在这个节骨眼儿上我能临阵脱逃吗？投产在即，百事缠身，同志们都在没日没夜地干。"

在一旁看护的小杨担心地说："秦书记呀！杜医生说的是，咱这医务所的医疗条件怎么也比不上医院，在那里住几天好得快，我看不如住几天去。"

"你看什么看？你看得不行，这人不是泥捏的，一碰就碎，关键时刻要挺住要坚持。好了，不说这个了，你去跟王厂长联系一下，看他找的钢材怎么样了。"

昨天后半夜，王广睿从实验室出来坐上吉普车就往省城赶，下午3点多就到了省工办物资处，找材料员核对已调拨的钢材型号。经过

第十二章 一波三折

认真核对，计划单和调拨单数据型号都一致，那问题出在哪里呢？平处长和王厂长对桌而坐，各自拍着自己的脑门，闷了好一会子。王厂长对平处长说："平处，咱们是不是先跟主任们汇报一下，再调拨一批，这要耽误了时间问题可就大了。"平处长听了没有立刻回答，又沉默了片刻才说："这批钢材是特种钢，是进口物资，指标有限，给领导汇报了也不会随意增加指标，他们也得让咱们先查找原因。要不这么着你看行不，你再辛苦一下，去一趟物资局钢材库，看看出库环节是否有差错。"

"是呀！我怎么没有想到呢？马上就去。"王广睿驱车就奔了东郊物资局钢材库。等他们赶到仓库，就已经下午6点了，管库员正在锁门，他赶紧上前说明来意，管库员摇着头说："我们这里不可能出差错，每天出库上百次，出错那还了得！"

"我也不是肯定这里有错，这不是顺藤摸瓜查找原因吗？"王厂长耐心地向管库员解释。

"查找核对也要明天上午再来，今天下班了。"

"我说同志，我们是山里新建的工厂，要急于投产，时间赶得很紧，能不能耽误你一会儿工夫，帮着核对核对。"

"我说同志，就俩字'不行'，仓库重地，非工作时间，闲人免进，看你也不是一般人，这点儿规矩也不懂吗？真是，你还是明天再来吧。"

"我们确实等不及，你看……"

山里人

"看什么看！走吧。"管库员锁好门转身走了，走了几步又回头对王广睿说，"再不走，大门都锁上了，你也出不去了。"

王广睿想找他们领导协调已经来不及了，无奈他只得去找旅馆了。

王广睿和司机就近找了一家小旅馆住了下来，焦虑的心情使他无法平静，他在想着要等到明天上班，还要十几个小时，再说了，明天上班后查不出结果怎么办？他背靠在床头上双手托着后脑勺儿，两只眼睛紧盯着对面墙上《毛主席去安源》贴画。毛主席身着长衫，脚踏布鞋，手拿雨伞，迈着坚实的步伐，豪情满怀地奔向安源路矿发动工人闹革命。毛主席那自若的神态、坚定的眼神，像一股暖流传遍了他的全身，他在想毛主席当时所处的环境，要比自己现在难上百倍千倍，我遇到这点儿困难算什么？既来之，则安之，就等明天从头查起，顺藤摸瓜，就不信找不到头绪，想到这里，他吊着的心平静了下来。起身前往服务台给秦大梅打电话汇报："秦书记，不好意思！到现在什么收获也没有，到了省城后先到工办物资处核对了计划单和调拨单，没有发现差错，平处长说到物资局钢材仓库看看出库环节有没有纰漏。这不，赶到这里人家要下班了，我要求人家加会儿班，人家有规定，仓库重地，非工作时间不允许留人。我们只好住在省城东郊的一个小旅馆里，等明天上午再核对了。"

"也只有这样了，皇上不急，太监急也没用，好好休息一晚上，等明天查出了结果，马上告诉我。"秦大梅安慰了几句。

第十二章 一波三折

"好的,有了情况马上向您汇报。"

第二天一大早,王广睿和司机就近吃了早点,离上班时间还有一段时间,他和小刘就到仓库门口溜达。隔着密密的铁丝网看到了多种型号的钢材,就是没有他们需要的那种,王广睿在想,一个省的物资库不可能就这点儿存货,兴许在库房内放着呢!

上班时间到了,还没等人家把大门完全打开,王广睿就往里挤,惹得看门老头儿骂他:"急着挤什么,屁眼儿着火了?"

"对不起!老师傅,昨天说好了,我要去钢材库核对一下出库单,是有点儿急了,您老多担待。"

"去吧!年轻人,不论干什么事,太急了就容易出错,记着!"

"是,是,我去了呀!"

王广睿来到钢材库,管库员正在擦桌子。王广睿赶紧上前笑着说:"早啊,师傅!有需要我帮你的吗?"

"不用,你坐吧,我马上就好。"可能是王广睿的真诚打动了管库员,态度比昨天温和了许多。她一边拾掇一边问:"昨天你要查什么来着?"

"上个月16日我们厂从你们这里拉了一批钢材,回去后发现一些问题,也不知出在哪个环节,我想核对一下调拨单的型号和你们实际出库的型号是否一致。"

"噢!是这么回事,我当多大事呢!上个月的单据我刚整理完,我去给你拿来。"管库员放下抹布转身进了里间，不一会儿搬来一个大纸箱子，放在凳子上，对王广睿说："这是上个月的调拨单，全在这里面，你找吧，我去给你搬出库单。"管库员又搬来了一箱子出库单放在地上，对王广睿说："单据全在这里了，我这里一会儿来人多，站不开，你搬到对面仓库去核对吧，完了按次序放好，搬回来就行。"

按照管库员的指示，王广睿把单据搬到对面库房里一块木板上摊开核对。你别说，管库员还真是一个细心人，100页的单据一天一本，有一天两本的，都是按次序装订的。王广睿摸到了规律，很快就找到了上个月16日的票据，从里面找出了他们厂的调拨单。接着又从另一个箱子里找出了16日的出库单，他把两张单据并到一块儿核对数据，发现调拨单上开的是g2号钢，出库单标的是g3号，差了一个型号，问题找到了。他把两张单据上的数据详细记录了下来，又按照管库员的要求按次序放好，原物交回。管库员的桌子周围围了一圈人，忙得抬头的工夫都没有，更别说交流了，王广睿只得在一旁耐心等着。

已经快中午了，提货的人都走了，忙了一上午的管库员双手把围裙拍了拍，到脸盆里洗了洗，问王广睿："毛病找到了吗？"

王广睿赶紧回答："找到了，我们的调拨单上开的是g2号钨钢，出库单上出的是g3号，错了一个型号。"

"出库时间是上月几日？"管库员追问。

"上月16日。"王广睿答。

第十二章 一波三折

管库员闻听打开档案柜的门，在里面翻腾着什么，只几下就找出了一个小本子，是上月的出勤记录本。她麻利地翻到16日，一看那天值班的是老蔡。抬头对王广睿说："那天值班的是蔡师傅，不能啊，蔡师傅是个老职工了，工作很细心，没有出过这样的差错呀！"

"蔡师傅在吗？"

"没在，回老家休探亲假去了，刚走了四天。"

"他老家是哪里的？通信方便吗？"

"京县农村的，通信不方便。"

"那你们库里现在有g2号钨钢吗？"

"有哇！月初刚拉来的。"

王广睿一听有货，悬着的心落地了。就问管库员："那我们把3号钢拉回来调换一下行吗？"

"现在主要是弄不清到底是怎么回事，当事人又不在，没办法核实情况，按规定出了库的物资是不能调换的，况且又这么长时间了。"

"那只有跑一趟京县了，当面与老蔡核实一下情况，再向你们领导汇报，商量处理办法。这样吧，麻烦你把蔡师傅家的详细地址写一下，我们马上就走。"

"那么急吗？"

"同志，你是不知道哇，都快急死我们了！"

山里人

吉普车在通往京县的公路上疾驰,昨夜刚下过雨,路面泥泞不堪,飞转的车轮把路上的积水和稀泥溅起老远。车上的王广睿在想,这是不应该出的差错,那是老蔡师傅出错库了,还是采购员老杨要错货了,问题出在老杨那儿也不可能啊,老杨也是个有经验的采购员,他能不注意钢材型号?

天渐渐黑了下来,他们还没有找到老蔡的村子,路上的行人越来越少。王广睿按照"见面施个礼,少跑十里地"的说法,碰到人就停车,老哥、大叔地叫着。等他们摸到老蔡家的时候,已经过了晚饭点,两眼一抹黑了。两个陌生人突然到来,使老蔡感到很意外,等王广睿自我介绍说明来意以后,老蔡才回过神来,赶紧让老伴儿张罗晚饭。王广睿执意不吃饭,说完事就走。老蔡说:"天大、地大也不如吃饭的事大,都奔了多半天了,说什么好赖饭也得吃点儿,你们不吃饭,我什么也不知道。"老蔡真是个厚道人。

王广睿见老蔡是诚心实意,只得客随主便了。工夫不大,老蔡的老伴儿就把一盘菜饼子和一小盆疙瘩汤,还有一盘小咸菜摆在了院里的桌子上,并拿来了两双筷子和两个碗。老蔡指着桌子上的食物说:"王厂长,实在不好意思,家里就这条件,就凑合着垫补垫补吧。"

"蔡大哥,你好不容易回来休息几天,我们还冒昧来打扰,已经不够意思了,还吃你家的饭,这叫我们实在难为情了。"

"不要往下说了,出门的人谁也不带锅灶,都一样到哪吃哪。自

第十二章 一波三折

个儿盛自个吃啊！"

"好！既然这样我们就不客气了。"

"这就对了，这地方偏僻没有卖吃的，出门在外老饿肚子可不行，咱们边吃边说。"

王广睿盛了一碗疙瘩汤，左手拿起了一个菜饼子就手咬了一口，又端起碗喝了一口汤，缓了缓气问老蔡："蔡师傅，您还记得上月16日经您的手出过4吨钨钢的事吗？"

"上个月？16日？"老蔡在极力回忆。

"对！您想想，有这么回事吗？"

老蔡右手轻轻拍了几下脑门，过了好一会儿若有所思地说："好像有这么回事，是一个姓杨的同志提走了3吨g3号钨钢。"

"对对！是老杨，不是3吨是4吨，蔡师傅真是好记性。"

"不是好记性，我们虽然经营钢材好多种，但钨钢的销量很小，所以印象比较深刻。"

"那您记清楚了是出的3号钨钢？"

"记清楚了，但不都是。我记得你们老杨拿的单子上是g2号钢，当时库里只有一吨现货，我说等下月初就来了，月初再来取货吧，他说等不及，我说那你就先取1吨走，等月初再来取那3吨。杨同志说下月就更忙了，这样吧，取1吨2号的、3吨3号的凑够就行了。我还问他这样行吗，他说行，就差一个型号估计问题不大，就这样他把钢材拉走了。由于准备休假，出库单记的是4吨3号的，还没改成1吨2号的、3吨3号的就回家了。怎么，出了什么问题吗？"

"是出问题了，那3吨型号不对不能用，我们生产的产品十分精密，因此每个环节不能出现丝毫差错。幸亏做实验用了3号的，问题发现得比较早，不然损失和影响就大了。"

"那可怎么办？"蔡师傅好像在自责地问。

"蔡师傅，你们现在库里有现货没有，能把那3吨调换一下吗？"

"按规定是不行的，已经出库这么长时间了。不过你们确实不能凑合用，你得找我们库主任商量，如果他也不做主，就找局领导批条子，因为没有过这个先例。"

"那好吧！蔡师傅，我们饭也吃了，事情也说清了，这就往省城赶，明天先见你们库主任。"

"走就走吧，我家里条件实在不行，这一块子也没有个小旅馆，只是这黑灯瞎火的路上可慢点儿。"老蔡不放心地对王广睿说。

"放心吧，蔡师傅，我们走了呀！再见。"辞别了蔡师傅，小刘师傅就拉着王广睿往省城赶了。黑灯瞎火地在坑坑洼洼的乡间路上跑，颠得王广睿心慌，脑袋都顶了几次车篷杠，他双手紧紧抓住车把手，两只眼睛都瞪得发涩了。等他们赶到物资仓库附近时天都快亮了，王广睿给小刘说："咱俩不用住旅馆了，在车上眯会儿就得了，一会儿吃过早点，你就在车上休息，我去找人办事。"

第十二章 一波三折

早8点前王广睿就赶到了物资库警卫室,借用电话向秦大梅简要汇报了事情经过,并讲了他的想法。秦大梅心里的一块石头落地了,指示他该找谁就找谁,找到省政府也要把事办妥,把需要的钢材一两不少地拉回来,实在不能再拖了。

撂下电话,王广睿找到了仓库主任说明了情况,库主任说:"情况是这么个情况,但我们没有这么办过,咱们请示主管领导吧,为了节省时间,你别往市里跑了,先打个电话看行不行,咱俩一块儿打,我先拨通了说一下情况,你再说你的要求,兴许能行。"

接过王广睿的电话后,秦大梅直奔研究所找林总了解2号钢和3号钢的差别。林总听说找出了问题所在,又有了钢源,很是高兴,又听说是采购员老杨搞出的差错,又很恼火。这本是不应该发生的事情啊!这不乱弹琴吗?老采购员了,不照单抓药,擅自改方子,险些酿成大祸,这还了得!秦大梅劝林总先消消气,下来再妥善处理,先说说它们之间的差别,清楚了心里就有底了。林总很快拿出了数据,他告诉秦大梅两种钢材的技术参数,它们主要是钴含量和硬度的差别,还有抗弯度,如果用错了会减少撞针的韧性。

林总把参数说了后又说:"咱们撞针使用的钢材就是要它的强度、韧性以及耐磨度,这一比较问题就出来了。"看了林总提供的数据,又听了他简短的解说,秦大梅心里明白了许多,他暗自庆幸问题出在试验阶段,要是正式批量生产使用了g3号钢,那娄子可就捅大了。

山里人

　　仓库主任接通了主管局长的电话，向领导汇报了事情经过，并作了"把关不严，也有责任"的检讨。王广睿也在电话里向局长提出了请求，因为时间紧迫就不当面请示去了，恳求局长网开一面，通融通融。局长在电话里真应允了王广睿的请求，并告诉仓库主任严格手续，核算差距，做好记录。诸事停当后，王广睿又请求库主任联系了一辆卡车，装上3吨g2号钢，就往厂里奔了。

　　钢材有了，实验成功了，住院治疗的民工也回来了，各车间的基建工程都收尾了，所有设备也已安装就绪调试完毕，就等正式投入试生产了。还有一个好消息是高从伟也快康复了，能借助一根拐杖走路了。这一夜秦大梅真该好好睡一觉，自打来山里建厂近两个月了，刚来时眼前不是山坡就是石头，再就是荒草，两眼一抹黑，千头万绪，不知从何抓起，他仔细想起来，还是有好多感慨的。我们作为生命的个体，也许是愚昧的、鲁莽的、微不足道的，但众多的人聚到一块儿就会产生排山倒海摧枯拉朽的力量，这力量蓬勃向上，势不可当；就会产生震古烁今的推动世界前进的巨大动力，这动力足以使一个衰微的民族崛起。这两个月来的工作使秦大梅深深体会到了群众的力量和创造力，人的因素的重要性。

　　这一夜，秦大梅确实睡得沉而实，偿还了所欠的瞌睡债，越睡越轻松香甜，原来能睡个好觉这么美呀！天还没有亮，东方刚露鱼肚白，秦大梅还在甜蜜的梦中游走，突然响起了急促的敲门声，"秦书

第十二章 一波三折

记！秦书记！"当兵出身的秦大梅听到响动，翻身就坐了起来，睁眼一看屋里还灰蒙蒙，他定了定神，朝门外瞅了瞅，咚、咚、咚，门又响起来了，还轻声喊着："秦书记！秦书记！"

他起身打开电灯冲着门问："谁呀？"

"秦书记！我，卜均。"

"哦，卜均有事吗？"

"有，还是急事！"

门一开卜均扑了个趔趄，还上气不接下气地喘着。卜均是河南郑州人，也是出生于农村，工作热情高，干劲足被青年团选为厂团委书记，他是来汇报团委副书记常温才被打的事的。

"什么事？慢慢说。"

"昨晚保卫科的几个警卫把常温才打了一顿，还把他绑在电线杆上捆了一夜，我怎么劝说都不听，又说等天明了送到镇上派出所去，整折腾了一宿。"

"为什么？"

"他们说他到女宿舍耍流氓。"

"别着急，慢慢说。"

"昨天晚饭后，常温才到他的同学鲁丽丽宿舍去串门，不知因为什么话题俩人拌起了嘴。

鲁丽丽的室友就找了保卫科，保卫科的人去了不问青红皂白就把常温才打了几下,又绑在了电线杆上。昨晚我看了会儿书,都11点多了常温才还不回宿舍,我就去找,才发现他被绑在电线杆上。我阻止他们不要这样,他们说耍流氓的人不治治还行!我怕事情闹大了影响不好,天亮前来向您汇报了。"卜均简要向秦大梅汇报了一下。

秦大梅听了卜均的话又问:"鲁丽丽怎么说?"

"鲁丽丽说他们胡闹,他们也不听。"

"就为这么点儿事闹这么邪乎,不应该呀!我估计可能有别的原因。"

"昨晚就这事我也问了几个人,有的说保卫科的警卫路有利曾向鲁丽丽求过爱,被鲁丽丽拒绝了,路有利忌恨这事,借机报复,想给鲁丽丽和常温才制造不好的影响。"

"这倒有可能,你马上把保卫科长邢炜找来见我,早饭前就得把这事处理了,以免人们瞎传影响工作。"

秦大梅正在洗漱,保卫科长邢炜赶来了,秦大梅问他常温才被绑是怎么回事,他说不知道哇!这下秦大梅火了:"你们保卫科的人随便绑人,还要扭送派出所,你这科长竟不知道!这科长是怎么当的?谁给你们这么大权力!绑了人还要送派出所,无法无天了。你赶紧去把这事妥善处理了,组织保卫科的人好好学学法律和厂规厂纪,你也要向党委写一份深刻的检讨,如果认识不到位,工作无改进,党委要重新考虑你的工作岗位问题。我说同志啊!现在是投产在即,全厂都

第十二章 一波三折

在紧张地准备,在这千钧一发的关键时刻,你要充分认识到保卫工作的重要性和肩负的责任,不能出任何差错呀!你明白吗?你!"

"秦书记,是我的工作没做好,我检讨,请组织处分我,我一定按照您的意思把这件事妥善处理了,再出了差错您拿我是问。"邢炜诚恳地向秦大梅表决心。

"不是按照我意思,科长大人,应该按照法律和厂规厂纪处理问题,知道吗?"

"是是!对对!"

"别对对了,赶紧去处理吧!"

"好!秦书记,我这就去。"邢炜转身走了。

1965年1月18日是大山里的三线人欢欣鼓舞的日子、可喜可贺的日子,是可以载入我国军工史册的日子。因为这一天385厂造出了自己研发、自己制造的第一支国产半自动步枪,顺利通过了极限实验。各项性能指标完全合格,经上级批准可以进行批量生产了。

下午4点30分,秦大梅率领厂党政班子成员和中层领导来到了西山洞,就是前面说过的产品试验场。大家分列山洞两侧,两名试枪员挎着枪迈着整齐的步伐,来到秦大梅等领导面前,行了军礼:"报告厂领导,试枪工作准备完毕,可否开试,请指示!"

秦大梅从试枪员手中接过枪,从枪口往下摸,缓缓地一直摸到了枪托。这枪啊!你浸透了3000多名三线人的心血,浸透了5000多名民工的汗水，更浸透着科研人员的心血和智慧呀！凝结着党和国家及人民的希望啊！枪啊枪！我的好兄弟呀！我的亲兄弟呀！你一定要不负众望，你一定要敞开你的喉咙，向全国人民报告你的诞生，向全世界一切仇视我们、敌视我们的反动派宣告你的诞生！

良久，秦大梅控制着自己澎湃的情绪，怀着必胜的信念，双手郑重地把枪交给了试枪员。试枪员接过枪，向右转迈着坚定的步伐走向了试枪台。秦大梅有力地举起右手大声宣布："试枪开始！"话音刚落，啪！啪！几团火舌喷出，火光疾速飞向靶心。继而连响数声，声声清脆，撼人魂魄。

枪声停止后过了片刻，观察员跑来向秦大梅等报告："向各位领导报告！第一轮试枪完毕，弹无虚发，射点准确，试验成功！"

"再试！"秦大梅命令道。

"啪！啪！啪！"又是多声清脆的枪响。

"报告：第二轮试验完毕，试验成功！"

"再试！"秦大梅又命令道。

"报告！第三次试验成功！"

"再试！再试！把枪管打红为止。"秦大梅又庄严地命令道。

厂会议室里静得很，没有闲话，没有交流，厂领导们都在平心静气地等待极限试验后的测试结果。约莫过了一个小时，检测员拿着报告单来了，林晨如也喜气洋洋地进来了，"向各位领导报告一个好消

第十二章　一波三折

息，测试的结果是：试验前后的技术数据完全一致，我们的半自动步枪试制成功了！"林晨如激动地大声宣布。秦大梅在热烈的掌声中迅速跑到林晨如身后猛地把他抱住，大家一拥而上把林晨如抛了起来，欢呼声要掀开屋顶。一阵狂欢过后，秦大梅示意大家静一静，林总是50岁的人了，不能再闹了，大家商量商量怎么正式投产吧！

从1964年9月26日破土动工以来，5000多名民工日夜奋战在基建工地，劈山修路盖房，到11月22日仅仅用了56天就基本完成了土建工程。与此同时各个岗位的工人和技术人员，在简陋的厂房里、实验室里投入了紧张的科研试制工作。到1965年的1月18日，就成功试制出了经过反复的破坏性试验，各项性能完全达标的56式半自动步枪。全厂沸腾了，省工办沸腾了，省领导和部领导们相互传递着喜悦。传奇的"56"成了三线人的骄傲。

第十三章　慰问演出

　　2月的太行山进入了一年中最寒冷的时期，大山入眠，沟壑萧疏。可是河阳县北部山区的通天河顺岭峪一段宽阔的河面上突然热闹了起来，几辆大卡车载来了木板电线什么的，一帮人就地鼓捣了起来。拾柴和放羊的老乡观此奇特现象，都停下来想问个究竟："喂！你们这是要干吗哩？这大冷天的。"

　　"不干吗！老乡，我们要在这里演出一场节目，明天你们可以都来观看演出。"搭台子的人告诉老乡。

　　"演出节目是干什么的？没见过。"

　　"就是唱戏，你看过戏没有？"

　　"唱戏呀！那谁没见过？不过也有好几年没看过戏了。"

　　演出的舞台坐北朝南搭建，高高大大很是气派。宽阔的河面足以容纳上万人观看。舞台的南侧地上还安了一排地灯，台前用3根木头，两竖一横搭成了台门。像这么气派恢宏的戏台，大山里的乡亲们还真是头一回见着。"顺岭峪要唱大戏"的消息不胫而走，一传十十传百地传播开来，很快方圆十多里的山沟沟里都知道了，有的大人还专门指派孩子通知就近的亲戚来看演出。

　　为了庆贺这巨大的成功，慰问付出了心血和汗水的三线战士和广

第十三章 慰问演出

大民工,省工办要在大山里举办一次慰问演出,请省文工团和梆子剧团联合出演。像这种规格的文艺单位来这深山沟里演出还真是开天辟地头一回。为了保证演出成功,厂保卫科还联系了公社派出所来联合维持秩序。安保人员把场地划分了区域,前锋厂、奋进厂、民利厂、大华厂等6个厂和三线医院、附近村子各占的位置都竖起了牌子,保持了一定距离,届时均按牌就位,以保证演出秩序井然。这也是有了教训的,有一次在厂门口演电影,附近几个村的小混混在场子里耍浑,副厂长韩久铭上前制止,发生了口角,还动手打了韩副厂长。小混混们被保卫科教训了一顿,照理就完事了吧,可那几个小混混竟怀恨在心,一直寻机报复。有一天的傍晚,省建工团的建筑工人下了班到路边的小酒馆里喝酒消遣。小混混看到就厂里俩人在喝酒,心想是个打架的好机会,就蹭过去寻衅滋事,很快就发生了口角,动起手来。在那儿喝酒的建筑工人一个叫赵武都,一个叫钱直来,赵武都个子魁梧,是个搬运工,钱直来中等个子,粗壮结实是个泥瓦工。小混混们有四个人,为首的叫杨虎头,此人好吃懒做,奸猾成性,专拣软柿子捏,有便宜就占。他觉得他们人数上占优势,二比一,两个打一个怎么也不草鸡。不料一闹起来赵武都一下就揪住了杨虎头的脖领子,杨虎头挣了一下感觉此人力气不小,赶紧说:"怎么着!还来真的,我可是坐地虎哇!"他想唬住对方,不料对方却说:"甭说坐地虎,就是坐地豹我都见过,不服咱们到山根里溜溜去!"赵武都底气十足地说,他正说着不料后身啪的一凳子拍了过来,猝不及防的他被打得一愣怔,两眼冒金星,他轻轻晃了一下头,随即抬起右脚朝杨虎头的裤裆踢去,杨虎头马上弯着腰缩着身子后退着,还撞倒了两张桌子,倒在了墙旮旯里,嘴里咝咝地抽着气,两只手使劲捂着大腿中间的命根子。杨虎头的三个伙计见状,一齐抄起凳子围着赵武都乱打起来,这时只见钱直来右手握着菜刀冲到墙角一把就把杨虎头的脑袋抓了起来,冲着杨虎头的三个伙计大声叫道:"混蛋们!都放下凳子往后退,不然我就立刻宰了他!"三个人见状都不由得停止了手脚往后退了一步。这时稍微清醒的杨虎头火气冲天,对着伙计们说:"别草鸡他,他们不敢把咱们怎么着了!"

"小子!清醒点儿,再不老实,老子就剁了你!"钱直来吓唬杨虎头。杨虎头不吃他这一套,还在将军:"甭你娘的吹,借你仨胆你也不敢!"

真是强手遇到了高手。说时迟,那时快,钱直来右手扬起握着的菜刀,就向杨虎头的脑袋砍了过去。杨虎头的左脸猛地挨了一刀,不只是痛还晕,右手捂着脸弯着腰向左转了三圈,钱直来又朝他的右脸来了一下,他又朝右转了三圈,随即倒在了地上。三个伙计顿时傻眼了,都不自觉地放下了手中的凳子,裤裆都湿了。"看见了不?谁不服来试试!"钱直来拿着菜刀向他们叫板。别看这些平时不可一世横行乡里的村霸们吆五喝六的,真不经打,只两下就服帖了。

第十三章　慰问演出

事后赵武都对钱直来说："我真怕你二百五劲儿来了，动了真格的。"

"我有那么傻吗，一个乡下小混混，还值得我真下手，我不过是唬唬他们。"钱直来笑了笑说。

"那你怎么打得他？"

"这你就外行了吧！老兄，告你说吧！我用菜刀脸扇他的肉脸，只痛还无伤，这叫硬碰软，但要造出砍的架势。"

"高！真有你的，不过吓住他为止啊。"

第二天杨虎头又纠集了一帮人到工地闹事，警卫拦都拦不住，直冲到了工地。钱直来正在架子上砌砖，他对下面杨虎头一帮人说："我正在工作，工作时间不能和你们打架，想玩儿等下午6点下班后咱们南山坡上见，不见不散，行不？"

杨虎头一帮人还在下边骂骂咧咧，钱直来拿着一块红砖，对着他们说："不服朝前走两步，我一砖磕死一个，有胆的来试试，来呀！"

这时建筑队长和九通来了，他听说赵武都他们打架的事了，一起早就把二位叫到宿舍训了一通，并警告他们要再惹事就滚蛋，赵武都和钱直来都老老实实地做了检讨。和九通观察到杨虎头是领头的，就对杨虎头说："我说小老乡，他俩昨晚跟你们打架回来后，我狠狠地把他们骂了一顿，他们也承认了错误。可我听说打架的起因是因你们而起，不管怨谁吧，打过了就算了，这打架就赌的吃亏沾光，哪有打

山里人

二架的！"

"那可不行！在我们家门口子上让我们挨揍，丢人，打不了他们不算完。"

"对！不算完！"一伙人向和九通示威。

"我说乡亲们，你们消消气！照说也是，在自个儿家门口子挨揍确实窝火，可我说句实在的，是你们碰到茬口了，你们知道我这二位是什么东西吗？这俩小子是打遍省城的高手，要真打我估计你们也占不到什么便宜，别看你们人多，信不？不信我现在就让他俩出去跟你们比画去，不过要立个'死伤自负'的字据，看你们的身板都不是个儿，我劝你们还是算了吧！再说了他们是刚从里边出来的，还有火气呢！走吧，小伙子们！忍一忍风平浪静，退一步海阔天空。"

一帮坐地虎听和队长一说火气小多了，其中一个说咱们还是走吧！接着就陆续悻悻地离去了。

2月8日傍晚5点是正式演出的时间。这天一大早，就有附近的乡亲们为了占个好位置陆续来了，有骑着毛驴的，有粪筐里背着孩子的，有赶着毛驴车或牛车的，有的还带着干粮，他们都是为了享受一顿丰盛的精神大餐才不辞劳苦赶来的。工作人员正在做紧张的收尾工作，有的打扫场地，有的启动发电机调试灯光。最醒目是台两侧的竖杆上挂上了两条醒目的楷书对联，上联是"万弹齐发震美魄"，下联是"一炮惊落撼苏魂"。为了保密起见，横批只写了"慰问演出"四个字。

第十三章 慰问演出

　　大冬天黑得早，尤其是大山里，才下午4点多，黑影子就开始笼罩整个河滩了。舞台上的准备工作都已就绪，各厂工会组织的工人观众，用大卡车陆陆续续浩浩荡荡地载来了。到场的观众被安保人员引领着，按事先划定的区域对号入场。5点整深蓝色的大幕徐徐拉开，一男一女两个报幕员迈着整齐有力的步伐来到前台，他们身着绿军装，头戴军帽，虽然没有帽徽领章，也显得精神抖擞英姿飒爽。甫一站定，台下就爆发了雷鸣般的掌声。掌声息后，女报幕员用清脆悦耳的嗓音对着台下说："各位工人师傅！各位民工兄弟！各位父老乡亲！大家晚上好！"又是热烈的掌声，男报幕员接着说："由省总工会、省国防工业办公室和省文学艺术界联合会联合组织的慰问演出，现在开始！"女报幕员接着报出第一个节目是大合唱《歌唱我们伟大的祖国》，演唱者省文工团、省梆子剧团全体演员。又是热烈的掌声。

　　铿锵有力的乐器声、嘹亮高亢的歌声响彻了整个山谷，在山谷的沟沟壑壑角角落落里飘荡。这歌声向全世界宣示，中华民族从此站起来了，任人宰割的时代一去不复返了。

　　胸怀壮志的三线人，国家一声令下，他们打起背包就出发，告别年迈的双亲，告别娇妻幼子，告别了优越的生活、工作环境，从京津沪、从冀鲁豫、从辽吉黑来到了这茫茫的太行山，用朴素的感情、坚定的信念、超人的智慧、坚韧不拔的毅力，克服了难以想象的困难，创造了世界军工史上两个"56"的奇迹。演员们的歌声融入了三线人的心灵，引起了共鸣，使他们的感情得以宣泄，人们被歌声感染得站了起来，放开了喉咙，把久聚于心胸的激情尽情地唱出来，释放出来。

节目逐渐进入高潮，省文工团表演的芭蕾舞《红色娘子军》吴琼花参军选段，使所有观众眼界大开，使所有没有听说过芭蕾舞和只听说过芭蕾舞却没有见过芭蕾舞的人们大饱了眼福，更为吴琼花争取男女平等、反抗封建压迫而英勇杀敌的精神所感动。梆子剧团表演的《智取威虎山》打虎上山选段，再一次激励人们"愿红旗五洲四海齐招展，哪怕是火海刀山也冲向前"。

慰问演出原来预定两个小时，很快就超出了半个小时，万名观众仍意犹未尽，演出只得在人们依依不舍的情绪中谢幕。

附近村庄的老乡们更是对这次演出赞不绝口，山民们都是有生以来第一次见到这样的演出场景。过了好多日，村里的小姑娘们连走路都在学跳芭蕾舞，老汉们还在议论，那个大黑板上怎么会拍出那么好听的声音，我家的案板切菜时咔咔响，可难听了。惹得有见识的小伙子们很得意，"土了吧！那是叫钢琴！""钢板还能做成钢琴，现在的人真能耐。"

第十四章　顽疾难除

省医院病房外大院的树荫下,凉风习习,恢复期的病人们有的被搀扶着,有的坐在轮椅上,也有的独自漫步,环境恬静。

在一棵硕大垂柳下的长椅上坐着一位散发着活力的年轻人,他的左手旁坐着一位衣着朴素、干净利索的中年妇女。年轻人穿着病号服,正在聚精会神地读一本名叫《坎特伯雷故事》的书。他旁边的女人瞅一会儿婀娜的垂柳,转头瞅一会儿埋头读书的人,脸上洋溢着幸福的表情,这个年轻人就是高从伟,旁边的女人就是她的母亲秦梅子。

秦梅子来省医院照顾儿子一晃就过了两个多月了,高从伟在医院的精心救治和母亲的悉心照料下,伤势和体能都恢复得很快,已经基本能够自理了。他有几次要求出院,医生没有批准,而且嘱咐一定要安心治疗,年轻人的骨伤不同于其他的外伤,动早了容易出毛病,万万大意不得,医生的建议使高从伟很无奈,只得既来之则安之了。还好,有书的陪伴、母亲的照料,不至于度日如年。

秦梅子把目光从轻拂的金黄色柳条间拉回来,慢慢地转到专心读书的儿子身上,凝视了片刻,对着儿子说:"伟子,看了一会子了,歇会儿吧,陪娘说会儿话好吗?"高从伟听到母亲的要求,眼睛离开了书本,深情地瞅了母亲一眼。"好哇!我就最爱听老娘说话了,说什么，说吧，儿子听着呢！"

"咱们这个家过来不容易，这你也知道一些，儿子。"

"知道，您二老把我们拉扯大确实不易，家里一贫如洗不说，还老出事，多亏老娘您撑着了，我们这辈子就是做牛做马也报答不了您二老的养育之恩。"

"儿啊！别这么说，拉扯儿女是大人的责任，做父母的哪个不是尽心尽力地维护自个儿孩子的？只是现在你有工作了，也算给咱这个家争了气了，你可要十分珍惜现在的工作，要管住自个儿，分内分外的事都要干好，不要计较。咱庄稼主出身，不要心疼力气，这人没有使死的，只有懒死的。在与同事交往上不要过分计较长短，吃点儿亏不一定是坏事，净想拔长轴的人，下落不一定好到哪儿去。"

"老娘，您尽管放心，你儿子肯定把该干的事干好，不给您老丢脸。现在知道了老舅我们在一个厂里工作，过几天一出院，大家可能都知道了。这几天我想好了，等养好了伤回到厂里，一定要把自己个儿压得低低的，不管别人怎么想怎么看，我一定找准位置，凭本事吃饭，凭知识实现价值。"

"你要这么想老娘就放心了，现在就安心治疗恢复身体，争取尽快回厂去，听说现在正是缺人手的时候。"

"我知道，我就想马上回去，只是医院不让，只得再熬几天。"

"说急也不能太急了，还得听医生的。我这都出来两个月了，也

第十四章 顽疾难除

不知那父女俩怎么过的。"

"是呀！光顾了我了，苦了爹和妹妹了。"

"也好，让你爹经经没人的日子吧！"

"要不过一两天您就回吧，我现在能自个儿照顾自个儿了。"

"那可不行，我可不放心。"

"其实不要紧了。"

"那我也不放心。"

按照高从伟的实际病情，还达不到出院的标准，高从伟记挂着工作，一心要出院，为此母子俩闹得不痛快，母亲只得依了儿子。

一晃秦梅子离家两个多月了，儿子回厂了，她不能再陪了，回到了黑柿子沟村。秋收已过，万木萧疏，村子已进入寒冷季节。男人们除了出工劳动外，还要利用工余时间到地里山里拾柴火，以备冬季取暖做饭用。一般人家院子的西南角都有柴火垛，从柴火垛的大小就可以看出这家男人是勤快还是懒惰。那时候冬季做饭烧炕取暖，大部分人家都是烧柴火，舍不得花钱也没有钱买煤烧，虽然那时候的煤只要三十元一吨，但一个劳动日值只有八分或一角多一点，花三十元买一吨煤烧，实在是不可能的事，所以那时地里和山坡都被"扫荡"得干干净净的。

照说秦梅子的男人高五蛋是属于勤快的一类人，秦梅子走了这段时间里，他除了出工外，还要照顾女儿高从丽上学，还要处理村务，

山里人

还要挤工夫拾柴火,他拾的柴火足够烧到年根子底下了。秦梅子进家时已经后半晌了,高五蛋没有在家,正在吃草的小白羊听到响动抬头冲她咩咩了两声。她打开屋门,发现屋里地下和炕上都很干净,炕上的被子也叠放在了炕角上,伸手一摸炕席还温乎,桌上的笸箩里还有中午吃剩的山药,这真让秦梅子心里热乎乎的,她又找到了家的感觉。这家虽然寒酸,但毕竟是自个儿的窝呀,辛苦你了,老头子。他开始张罗给父女俩做晚饭,在屋里转了一圈实在没有什么可吃的,只有煮山药。对了,早上在医院里吃剩的一个馒头带回来了,还有些烙饼和半斤挂面,再给老头子和女儿煮碗挂面汤,打上两个鸡蛋,让他们打打牙祭。秦梅子正在设计着,栅栏门吱呀一声开了,高五蛋背着一筐树叶回来了,他发现屋门虚掩着,就知道媳妇回来了,放下粪筐就直奔屋里问秦梅子:"怎么回来了?儿子好了吗?"

"要说好还真没全好,不过也不要紧了。"

"那怎么不等全治好了再回来!才两个多月,又是那么重的骨伤。"

"不是我急着回来,是你的小子急着回厂子上班,非要出院。外伤和肺感染都治好了,只是左腿骨折还要长一阵子骨头。"

"那落不下什么毛病吧?"

"医生说注意点儿问题不大,要依着我就再住一阵子,等彻底甩了拐棍再出院,可他非不,说是厂子刚出产品,要处理的事情很多,

第十四章 顽疾难除

他要投入进去，咱也不知道是出什么产品那么重要。"

"嗐，厂子的事咱不懂，也用不着咱操心，孩子没事就好。"

他们正说着高从丽背着书包进了屋，见到爹娘都在，高兴极了，扔掉书包就拉着秦梅子的手问："我哥好了吗？"

"好了，没有事了，我这不回来了嘛！"秦梅子亲切地看着高从丽说。

"那我哥哩？"高从丽不放心地问。

"他急着回厂上班去了。"

"行吗？"高从丽还是不放心。

"行！放心吧！闺女，你哥说等忙过一阵子，就请假回来看咱们。"

"那就好，我等着我哥。"

"行了，你俩先歇会儿吧，我给你们做好吃的去啊！"

吃过了晚饭，高从丽回小东屋她的闺房了。秦梅子上炕要搬下纺车纺棉花，被高五蛋制止了，"走了两个多月，伺候病人够累的，今晚就别纺了，咱们说会儿话，也不差这一会儿。"

"我累你也不轻松啊，一个庄稼汉又当爹又当娘的，还真不赖，把这一摊儿给撑下来了，没出什么事吧？"

"看你说的，能出什么事！除了好赖做点儿饭，就是上工呗！"

"辛苦你了呀，我看还拾了不少柴火。"

"那咋办？咱们又穷，再不勤谨点儿，就更没法儿过了。你看那拾柴火的谁家不是急了似的，早起要去得晚了，连个柴毛都没有了。除了上工拾柴，我还带领社员们修了两座水闸，改良了一块沙土地。"

"真有你的，老头子，人勤地不懒，勤快点儿就什么都有了。行了，今晚就听你的了，什么也不干了就睡觉。"

"别呀！干个小活儿再睡觉，这阵子累是累，可也憋坏了我了。"

"去你的！老不正经，我可没心思伺候你。"

"那你有心思伺候谁？才走了两个月就变心了？"

"变了，确实变了，看你不顺眼了，离我远点儿。浑玩意儿，你才变了心哩！"

"没变，没变！我是逗你玩儿，来吧！我的媳妇。"

真是久别如新婚，干柴近烈火。

赵补平被戴上坏分子帽子后，确实老实了一阵子，他的光棍堂也冷清了许多，更觉生活凄凉了。

其实幸福痛苦都是自己找的。他21岁的时候就娶了媳妇，是邻村一家正经人家的闺女，叫齐娟子。媳妇很好，贤惠勤快，是个一心过光景的女人，她嫁到赵补平家是想着两口子表齐了劲儿干，改变家庭一穷二白的面貌，但事与愿违。男怕干错行，女怕嫁错郎，她还真应了这句俗话。赵补平毛病很多，要说毛病谁没有，尤其是男人。可赵补平除了懒、奸、馋、滑外，还沾染了旧社会的陋习，爱赌个小钱。也不知他从哪里学来的赌博手艺，开始拉那几个"堂"员们下水

第十四章 顽疾难除

时，他给那几个光棍兄弟讲得头头是道。说什么"骨牌"是在宋宣宗二年就出现在民间的一种游戏，后来到了高宗时期传到了宫里，当时是用动物的骨头做的，所以也叫"牙牌"。后来民间为了降低成本用木头、竹子、塑料、纸作为原料制作。民间称"牌九"，寓意"牌救"，打牌能救自个儿，等等，说得头头是道，那几个光棍都动了心，跟着他下了水。

赵补平是打心眼儿里喜欢玩牌，一玩起来感觉从心里到肺里都是舒服的。与之相反的是，他媳妇齐娟子最腻歪他玩牌，最后到了忍无可忍的地步，经常到公公婆婆那里告状。为这事父亲骂，母亲唠叨，叔伯劝说，总是效果不大。有一次回去晚了，还输了两块钱，不敢跟爹娘说，让媳妇回娘家要。媳妇说我家里也很穷，确实拿不出来，就是拿了这次，你不改再输了怎么办？他表示就这一回，这是最后一次了，还了赌债就坚决戒掉这毛病，再不戒，你就抽我。说得媳妇动了心，回家向父母要了两块钱给了他。接钱时他千许万诺，谁知过了一段时间又负债了，不过不多就5毛钱，没办法又向媳妇开口了。媳妇觉得当断不断必受其乱，再不能迁就了，二话不说背了小包袱就要回娘家，赵补平一看要出大事了，死拉活拽地阻拦，最后双膝跪下求饶。媳妇愣了一会儿，把小包袱放在炕上，到院里拿来一把镰刀扔在赵补平跟前。他看了一眼镰刀不知何意，媳妇说你要是个男子汉就把你的大拇指削下来，说明你有决心改，要不我就回家走人，从此你走你的

山里人

阳关道，咱俩一刀两断，两条道，快选。赵补平看了一眼镰刀，看了看自己的手指，又看了看媳妇表情愤怒的脸，犹豫不定，还想有求饶的意思。媳妇以坚定平静的眼神看了他一眼，意思是催他快点儿，他一看是躲不过去了，不知哪来的勇气，拿起镰刀咬着牙朝左手的拇指削了下去，顿时鲜血流淌，他右手扔掉镰刀急忙攥住流血的左手，咬着牙闭着眼一个脚跳着在屋里地下转圈，嘴里咝咝地吸着气。"别转了，靠在炕沿上吧，我给你把血擦一擦。"媳妇一边指挥他一边拿了一块白布帮他擦了擦流血的手指，"坚持着，为了不感染我给你上点儿药。"媳妇把一点儿白粉撒到他的伤口上，谁知疼得他钻心，狼嚎似的叫了一声，五脏六腑都停止了工作，顿时昏了过去。那时候谁家也没有消炎药，媳妇听说食盐消炎，她给伤口上撒的是盐末，这才叫往伤口上撒盐，一下把赵补平疼过去了。

晕过去的赵补平飘飘悠悠，好像到一个美丽的景点旅游去了，景点的大门修得非常富丽、漂亮。可进了门，却有一个长着锯齿獠牙面目狰狞的怪物似的人要做他的导游，他还跟售票员争辩为什么找这么个丑八怪给我当导游，怪硌硬人的。售票员说："你以为这是让你来逛颐和园吗？你以为是让你当新女婿住正月吗？这里是'再造宫'，是让你洗心革面来了。"导游说："你嫌我丑，我的心比你美多了，你是有人皮没人心的人，好人谁到这儿来? 走吧！别磨蹭了。"他只得跟着导游往里走，穿过画着鬼神曼舞壁画的长廊后，来到一座用人

第十四章　顽疾难除

骨头搭建的凉亭里，丑导游指着骨头架子上放着的瓶装水说："这是酸心水，先买瓶喝了再游，500阴钞一瓶，不喝也得喝，喝了才有效果。我们今天要游览的景点有五处，第一处是美丽人间，第二处是失足涧，第三处是别有洞天，第四处是恨己阁，第五处是洗心革面殿。只有老老实实地把这五处景点游完了，才能把你从里到外酸洗一遍，真正收到酸洗效果的人一生不再来，也有来过好几次的。今天游客少，我就从头到尾细细地给你解说一番。""你看哪！"丑导游把他领到了美丽人间，指着里面说。他看到了湛蓝的天，洁白的云，风和日丽，人们在美丽的环境里各司其职。日出而作，日落而息。男耕女织，相亲相爱，家家和睦团圆，人人静享天伦之乐。导游问："怎么样？感觉如何？"赵补平说："很好，这里的人们真幸福。"导游说："幸福！这是凡人们在受罪，真正的人间原来不是这样子，比这要好得多，你看这幅画。"他给赵补平指了指墙上的《亚当与夏娃》神话故事图，问："听说过这个故事吗？听没听说过都给你讲一遍，这是我的工作。最初这个世界上没人，上帝耶和华用6天时间创造了天地万物，又用地上的泥土造了一个土人，并给了他呼吸，他成了有灵气的活人，上帝给他起名叫亚当。这么大的天地只有亚当一个人，上帝又心疼他孤独，就趁亚当沉睡的时候取下了他一根肋骨和一块肉，造了一个女人，取名夏娃。夏娃和亚当赤身裸体的一块儿生活，很是愉快。

山里人

"为了保证他们衣食无忧,上帝又在伊甸园给他们造了一个乐园,乐园里应有尽有,他们衣食无忧,尽情享乐。园中有一棵树叫分辨善恶树,上帝谆谆告诫他们,树上的果子是严禁食用的。实际是上帝是为考验人的信心和性情而设置的。

"有一天夏娃到大树下去玩,一条蛇凑到夏娃跟前,以十分狡诈的口吻对她说:'你以为上帝真的不让你们吃树上的果子吗?果真吃几个也无妨,那果子可好吃呢。'夏娃听了虽然有些心动,但信心的根基没有动摇,她对蛇说:'上帝明确告诉我们,园子当中树上的果子不能吃,也不能摸,否则就得死。'狡猾的蛇听出了夏娃的不坚定性,又继续煽动说:'吃几个不一定死,因为上帝怕你们吃了后,眼睛就和他一样明亮了,就能分辨善恶了,要不你吃几个试试。'夏娃望着树上鲜嫩光亮的果子有些动心了,尤其是听说吃了它就可以具有与上帝一样的智慧时,她纯真的心理天平开始倾斜了,不顾上帝的告诫,伸手摘了几个本不该摘的果子吃了,她又带给了亚当几个,亚当也吃了。他们吃了以后,眼睛果然明亮起来,发现自己原来是裸体的,于是,就用无花果的叶子编成裙子围在腰上。但是亚当和夏娃偷食禁果以后,朗朗的天空突然翻卷着滚滚寒流,冷风胡乱地吹来吹去,温暖明朗的世界顿时变得混乱不堪。上帝来到园中,亚当和夏娃听到他的脚步声,出于负罪感,就躲避起来。上帝说:'我知道你们躲在哪里,你们偷吃了禁果,是谁让你们吃的?快告诉我。'夏娃告

第十四章 顽疾难除

诉上帝是蛇让他们吃的。

"上帝把蛇叫来对蛇说：'你既然做错了事应该受到惩罚，今后要比一切牲畜和野地里的走兽受的罪还要严重，你要用肚子蠕行，一生只能以尘土为吃食。你要和女人结下怨恨，你和她的后代也要世世代代为仇，女人的后代必定要打伤你的头，你必伤他的脚跟。'上帝又对夏娃说：'你以后要生孩子，我必须加重你的痛楚，在分娩的时候要承受十倍的痛苦，虽然这样，你还要必须恋慕你的丈夫，你的丈夫还要做你的主人。'你看哪！丑导游指着一张图说：'这是女人生产图，你看她闭着眼、攥着拳、咬着牙、圈着腿、流着大汗，在承受剧烈的疼痛，这就是偷食禁果的下场。'丑导游又指着下一张一个在烈日下挥汗劳作的农人图说：'上帝告诉亚当，你听了你妻子的话吃了禁果，土地也因此受到赌咒，你必须栉风沐雨终日艰辛劳作，才能吃到地里长出来的食物，荆棘和蒺藜都为你而生。你要汗流满面才能维持生计，你要辛苦劳作一辈子，还要回归黄土，因为你是尘土，所以要回归尘土。上帝为他们的错误定了性，宣布了处置结果，把他们赶出了伊甸园，又派了一个天使手拿冒火的宝剑守在伊甸园的门口。由此亚当和夏娃长久生活在天地间，成为你们人类的祖先，你看看，他们为所犯错误承受的代价多么沉重！'"

赵补平听着丑导游的讲解，浑身不停地冒冷汗。导游转身对他说："第一个景点看完了，下一个是失足涧，这里面的故事更精彩，

山里人

请随我来。"他指着一张图让赵补平看,一个人被绑在花椒树上,脑袋上爬满了蚊子,他旁边站着两个人,是上帝派来的吏官,左边的叫执行,右边的叫拿来。执行用烧红的铁棍撬开被绑着人的嘴,押出他的舌头割下来一节喂了旁边的那条毒蛇,原因是那人善于搬弄是非,挑拨离间,搞得乡里鸡犬不宁,乡民们举报他,官府把他擒来按'多嘴多舌'条律治罪。再看下一张,它上面画的是一个人跪在大树墩旁,双手放在树墩上,拿来按住他的双肩,执行剁他的两只大拇指。罪行是犯了五毒之一的赌博罪,他长期赌博成性,家人劝告无效,他因危害乡邻,官府对他剁手惩戒。这个亭子叫满欲亭,亭子一侧跪着一排人,都是贪官,拿来和执行挨个儿把他们的内脏都掏出来,往肚里塞满钱,你不是爱钱吗?让你爱个够。亭子的另一侧站着一匹木雕的马,马鞍子中间竖着一根木制的男性阳器,让有偷汉毛病的女人坐在上面,马跑起来惩罚她,大部分人被蹾死。旁边的景致是一组雕塑,雕的是两位老人憔悴不堪,衣衫褴褛,一人抱着一根木棍,坐在石头上,一只瘦得皮包骨的狗吐着舌头伸着脖子看着他们,旁边还有两只空碗。说是他们上了欲望的当,又让他们重走老路。开始时二位沿街乞讨吃尽了苦头,尝尽了辛酸。有一位财主看二老可怜,就把他们招到家里,安排在一间温暖的房子里,酒肉美食随便吃,好茶随便喝。屋子中间的方桌上放着两只瓷碗,小碗扣在大碗里。财主反复给他们交代,可以长期在这屋子里住着,保证吃喝不断,冬暖夏凉。只

第十四章 顽疾难除

是桌上的两只碗不要动,更不要掀开看。老两口儿乐呵呵地接受了,他们每天饭饱衣暖,无忧无虑。就这样过了一些时日,老两口儿觉得日子过得实在平淡寡味。一日吃过早饭后,老头儿说,老伴儿啊!东家不让咱看他那两只碗,咱们悄悄地掀开看一眼原封盖上,他也不会知道。老伴儿说,可不能,老天看着呢!咱有吃有喝多好,感谢东家还来不及哩,哪能不听人家的告诫,违反人家的规矩。老汉还是犯嘀咕,趁老伴儿出去方便的时候,揭开了小碗,往大碗里一看,里面什么也没有,他长出了一口气又原封盖上了。老伴儿回来后坐在椅子上,那只小碗自动翻开来,她感到很奇怪。过了一会儿,屋子晃动起来,晃得老两口儿晕头转向,合着眼使劲儿抓住桌角,过了一会子,平静下来了。他们睁开眼一看,坐在大石头上,怀里抱着讨饭棍,又恢复了原先的模样。

导游给赵补平讲述到这里,问赵补平:"看过这个景点后觉得怎么样?你们人哪!都是一个德行,心无足,欲难平。下来再看看'烙根处'吧!根是万物之始,是世间诸生物繁衍生息之祖,但也有孽根滋生,除孽扶正是本处的职责。"赵补平跟着导游穿过用掏空的人心做的心门,来到一处用荆棘搭成的平台边,平台上平躺着一个人,裤子被扒下来了,一团宝贝裸露着,手脚和脖子被绳子捆得死死的,拿来和执行在做准备。丑导游对二位吏官说:"二位爷稍等,让这位客官目睹一下'烙根'的过程。"他又指着躺在荆棘上的人说:"这个

山里人

犯人家里有女人，好好的，他又偷别的女人，被天爷发现，要处以重刑，以儆效尤。这不哪儿犯治那了，要割除孽根，以免重犯，来吧！行刑吧，让他目睹一下。"这时只见执行右手持一把锋利的长刀，只轻轻一划，罪犯的那根团就滚到了一边，几乎是同时拿来把烧红的烙铁烙在了罪犯的伤口上，一声撕心裂肺的叫喊，把赵补平吓得浑身一抽搐，十分痛苦地叫唤了一声。媳妇见他醒了，把捂在他头上的手巾用凉水酘了一下，重新捂上，拍了拍他的肩膀，"不要紧，死不了人，痛点是肯定的，痛定思痛，只有痛才能改前非。"

也许是安眠药的作用，赵补平一觉醒来已是第二天的前晌了，他睁开浮肿的双眼，往两边看了看，心想我这是在哪儿哩！这时他感到右手有些疼，抬手一看还缠上了绷带，这才想起昨天晚上自削的经过。他十分痛恨他的媳妇，不就赌了个小钱吗？逼着我削自个儿，真是狠毒不过妇人心哪！看我好了怎么收拾你。你的心就不能软一点儿，开豁一点儿，哪个男人不犯错，犯了错就往死里整，怎么就一点儿容人之量都没有，这还叫两口子吗？他反过来又一想，活该！这是自个儿找的，怨得着人家吗？自己个儿没有出息，心里犯浑，净办稀松二五眼的事，受惩罚不是应该的吗？想想媳妇也不容易，自打嫁给我这穷汉，没日没夜地为这个小家操劳，没吃过一顿好饭，没穿过一件新衣，也从没有过怨言。我平时的过错人家不都容了吗？要是人家不容，另找个人过去了，我的法儿在哪里？再说了梦里游的"再造宫"里那些

第十四章 顽疾难除

受惩处的人，不都是自个儿作的吗？他思来想去，还是媳妇好哇！以后把心装在肚里，老老实实爱护这个家，爱护媳妇吧！人的命天注定，胡思乱想没有用，胡糟八闹更不行，闹得欢摔得重。赵补平挨了一镰刀，梦游了"再造宫"后，好像肉体和灵魂都受到了触动。哎！要是从此悔过自新，踏踏实实走正道就好了，也不枉媳妇一片苦心。

过了些天，赵补平的手指好了，照常出工。一些人的冷嘲热讽他全置之脑后，一心过自己的日子，媳妇很高兴。

要说人性都是恶的卑劣的，这个说法过于极端，但人性里蕴藏着的邪恶和顽劣性情是不易消除的。人只有在法律、道德、伦理、制度、舆论等的约束下，才会变得善良、正直。人一旦置上述约束于不顾了，就会比动物还动物。有句话说"狗改不了吃屎，猫改不了闻腥"，也是有些道理的，赵补平的行径就证实了这一点。赵补平改邪归正了最多有半年，就旧病复发了，而且彻底地成了光棍。

一个偶然的机会，让赵补平和赌友们碰上了，非让他到一块儿歇会儿。老赌友们左说右劝，他的底线没了，下了一场，玩了一会儿，而且还赢了几毛钱，赵补平以为过了就过了，谁知这事竟从一个多舌娘儿们的嘴里传了出来。一天，赵补平媳妇去小社里买针线，碰到了那个多舌婆，她说："你家补平手气真壮，下了一场就赢了8毛多，这回你可不愁买针线的钱了。"赵补平媳妇听了平静地微笑了一下，就回家了。赵补平下午收工回家后，家里没人，院里院外转了一圈，也

山里人

没找到媳妇，到屋里打开衣箱一看，媳妇的衣裳没了，他就觉得坏菜了，准是媳妇听到了什么，走了。

那个多舌婆扯巴舌头是有历史的，刚嫁到黑柿子沟时就东家长西家短地胡咧咧，哪句话砸锅说哪句，闹得村里人不待见她，见了面都躲着她走，让她男人很没面子，不让她出门了，就困在家里干家务。有一次，亲戚家添了儿子，要做"九日"，通知他家走亲戚。她在家憋了一阵子了，也想趁着走亲戚出去散散心、解解馋，家里人又怕她多嘴惹祸，都不同意她去。她信誓旦旦地表示：去了一句话也不说，要说了就用鞋底子抽我的嘴。家里人见她这么坚决，就让她一块儿去了。去了后还真管住了嘴，一句话也不说，有人问她话，她就看他男人，让男人回答。坐过席之后，要散席了，她突然站起来对大家说："亲戚们！我今天来了一句话也没说呀，我走了，你家孩子死了可怨不着我呀！"就这一句崩裆的话，你说让男人、让亲戚们如何收场？回到家后正经挨了一顿修理。

正可谓：良言一句三冬暖，恶语伤人六月寒。就她在小社里那句闲话让赵补平正经过上了光棍生活，越过越不如人不入眼的，以致后来受了管制。

第十五章 山中景

高从伟回到厂里后，就拖着病腿投入了研究所紧张的工作中，同志们都挺体谅他，处处给以照顾。但小山沟出来的高从伟行事很泼辣，工作十分积极主动，尽心尽力，完全没有因为洪水事件，自己做出了成绩受到表彰而有居功自傲的表现。更没有因为一些人知道了他和秦大梅的关系而产生优越感，而是越发平易、谨慎、勤奋了。就凭这，他被研究所这帮知识分子更加刮目相看，被同龄的小工友们羡慕、爱护、仿效，更被老师傅们钟爱、看好。

俗话说"伤筋动骨一百天"。高从伟受伤4个多月后，基本上完全恢复了健康。这天是大礼拜，吃过早饭，高从伟把宿舍整理了一遍，午饭后高从伟美美地睡了一觉，醒来后时间尚早，他就拿上郑瑶芝推荐的美国作家爱默生的励志书《依靠自我》上山了。他计划到厂外的大山里转一转，再慢慢地领略一番太行山之美，累了就找棵大树靠一靠，坐在光滑的花岗岩石上静静地读会儿书，享受一番大山里静的美妙。来厂里也有一段时间了，还没有真正轻松地到山上转过。他出了警卫室，靠南坡挑了一条崎岖的羊肠小道上山，朝着一座较高的山峰攀爬。这座山叫窟窿山，山顶处有个窟窿，传说是二郎担的两座山的其中一座，上面的那个大窟窿是穿扁担的眼儿。他要爬上去观观

山里人

景，领略一下二郎的神力。及至山顶，大汗淋漓，他站在山顶之上，迎风而立，极目远眺，远处的山峰一座连着一座，一座比一座高。近观岩石突兀苍劲，白云在山间飘游。往下看山间小湖，储满了泉水，碧绿澄澈，时有水鸟振翅高飞，划破宁静。他置身云端，望云卷云舒，太行山的壮美，天空的辽阔，尽收眼底，直抵心扉。大山的伟岸、雄浑、博大使高从伟的心胸更加开阔、爽朗。

太行山有别于其他山脉的特征是裸露的岩石较多，不像其他的山长满了树木，浓荫蔽日。太行山中段是由石灰岩和片麻岩混合而成的山体，有的山坡光秃秃的连草都很难存活，而高高的山顶上却有一棵松树或柏树扎根于破岩之中，昂首挺立，常年栉风沐雨，大有仙风道骨之态。高从伟观了一会儿山景，移身到一棵大柏树下，坐在一块光滑平整的石头上，拿出了《依靠自我》，背靠着大树，伴着鸟鸣，沐着清风读了起来，不一会儿他就钻到了书里，他的身心被书中所描述的情节吸引去了。不知什么原因，高从伟一见到书，比一个饥饿难耐的人见到一碗炖肉还高兴，叫他书虫、书痴都不为过，这就是书缘吧。不知不觉，圆圆的太阳不陪伴他了，慢慢地到西山那边休息去了，光线逐渐地暗下来，高从伟从书中走出来，一抬头，哟！天都快黑了。他想到得赶紧下山，再迟就错过晚饭点了。

高从伟急速地下山回到宿舍，挂满汗渍的脸都没顾上洗一把，拿起饭盆就往食堂跑，他把饭盆递到打饭口时，有两个饭口已经关闭

第十五章　山中景

了。他买了半份白菜炖粉条、一份咸菜、两个玉米面窝头、一份萝卜条菜汤端回宿舍饱餐去了。

那时厂里大部分都是单身职工，吃大食堂，食堂的饭菜也比较简单。干部和工人都按工种吃定量。卖力气的工种定量高，一般一个月48斤，40%细粮。普通工种28斤、32斤不等，30%的细粮，像医务室和后勤科室的工作人员每月只供应28斤粮食。早晚饭有玉米饼子、馒头、咸菜和炒白菜、炒萝卜条。午餐主食有馒头、玉米饼子、高粱米饭，副食有小炒肉3角钱一份、炖豆腐2角钱一份，还有炒青椒、炒土豆丝什么的都是1.2角钱一份。最便宜的是白菜熬粉条，工人们叫它白菜粉，6分钱一份。家庭条件好一些的，中午买份小炒肉，半份炒青椒、炒土豆丝什么的，这一般都是从大城市和从外厂调来的老职工的饭标。从农村招来的复员军人和年轻人，一般午餐都是要一份6分钱的白菜粉和半份1.2角的炒菜就行了。高从伟来自农村还是深山沟，每天能吃上炒白菜就很满足了。关于职工们吃饭还有一个小故事，有一天午饭后几个年轻人聚到一块儿闲扯，扯到了吃饭的话题，一个说你别看我刚吃了4个玉米饼子，我还能吃4个馒头，一个说你还能吃6个不？我去打，吃了白吃，吃不了赔我10个馒头的细粮票。前者说行，你去打吧。后者拿起饭盆就去了食堂，不一会儿就打来了6个馒头和一份咸菜，前者二话不说就吃了起来，不大工夫6个馒头就被他消灭掉了，完了又喝了缸子热水，自足地摸了摸肚子，高兴地说，这回差不多了。

山里人

高从伟吃过晚饭，洗刷过碗筷，就趴在床板上看还没有读完的《依靠自我》了。正当他读得如痴如醉时，宿舍的门轻轻响了三下，敲门声惊动了高从伟，他爬起来去开门。门缝处飘来兰香，接着郑瑶芝飘然而至，仙女般的美人突然出现，是高从伟始料不及的。

"你、你、你怎么来了？"高从伟有些结巴了。

郑瑶芝莞尔一笑："没想到吧！这是我的工厂，我怎么不能来？"她落落大方地说。

"那、那……你坐哪儿？"遇到突发情况的高从伟还没回过神来。

"这儿就行。"郑瑶芝随手拉过了高从伟自制的小方凳，悠悠地坐下了，"你也坐吧！别傻着了。"

高从伟顺从地坐在了自己的床边上，挺直了上身。他突然感觉屋里、床、被褥和其他物件都亮了许多，尤其是郑瑶芝的身上更是光芒四射。他突然觉得自己从里到外的轻松，莫非这就叫蓬荜生辉？这姐姐怎这么神气呢！对了，人家是女神。高从伟陶醉在遐想中。

"我受科长之托，一来是看看你的腿脚是不是好利索了，他听说你下午上山了，让我嘱咐你刚刚恢复的腿不能剧烈运动。二来是想了解一下你的业余时间都怎么打发，这是我自己的课题。"郑瑶芝说完后看了看窗台前的书桌，她发现桌子挨墙的边上有高中的课本和几本名著，桌面上还放着一本自制的笔记本和一支钢笔，桌面一尘不染。

第十五章 山中景

转头又看了看床铺，粗布床单被褥和枕头都洗得很干净，而且摆放得也很整齐，她的脸上掠过一丝不易察觉的微笑。

已经完全恢复常态的高从伟，深情地望了一眼郑瑶芝，满怀感激地说："谢谢你们科长！谢谢姐姐的关照！我已经完全恢复了，今天下午试着上了趟山，腿脚没有什么不适，我是山里人，没那么娇气，放心吧，姐姐！在医院里你那么尽心照顾我，我至今无以报答，老是心存愧疚感，等有了机会，我一定好好报答你。"

"报答嘛？那是领导派给我的工作，以后不要提了。咱们商量商量，你以后不要姐姐、姐姐地叫了行吗？"郑瑶芝把"咱们"二字说得很突出很温柔，"咱们是工友，以后就叫我小郑吧！"

"那可不行，你是我心中的女神，是我崇拜的偶像，是教我自学读书的导师，叫姐姐是我对您的尊重，正好我家里没有姐姐。"

"那好吧！我就先当你的姐姐。"郑瑶芝看高从伟态度诚恳就只好应承了，"既然我是你的姐姐，那以后要听姐姐的话。"

"那是，那是！一定，一定！"高从伟高兴得一连串地应着。

"那好！小弟弟，说说你正在看的《依靠自我》吧。"郑瑶芝给高从伟出了个小题目。

"这本书我是先粗读了一遍，第二遍刚看了一半，对里面的内容理解不深，不敢妄议。"高从伟严谨地说。

"怕什么！就咱俩闲扯，又不是让你作报告，轻松地聊聊嘛！"

郑瑶芝把十分柔和期待的眼神递给了高从伟。

"那我就想到哪儿说哪儿,姐姐可不许笑话我。"

郑瑶芝甜甜地一笑,微微地点了点头。

"以前别说读美国的书,就是连见都没见过。现在有幸读了一遍,我觉得这是一部伟大的著作,作者拉尔夫·沃尔多·爱默生先生17岁就从哈佛大学毕业了,后来陆续发表作品,成为伟大的思想家、文学家。美国总统林肯都称他是美国的孔子、美国文明之父。就连我国旅居美国大半生的大才女张爱玲,也翻译过《爱默生选集》。她说:'爱默生的作品在今天看来,也仍然没有失去时效,这一点最使我们感到敬佩。当今社会日新月异,每天都会发生新的问题,我们需要以何种思想支撑呢?无疑是独立,不盲从。这就让我们想起了罗斯福新政为什么会新,因为罗斯福本身具有独立思想,没有盲从前者,才有效缓解了美国的金融危机,成为一大成功的典范。'张爱玲真不愧高屋建瓴。"

"'人只有依靠自我,相信自我,才能真正变得强大。'我认为这句话是本书的核心要义,它更是美国精神的突出特征。怎样才能依靠自我,相信自我,本书从如何培养自信,如何进行自我修养,树立正确的人生观、价值观几个方面进行了论述。书中说一个人要自信、自助,潜心修养,洁身自好,秉性公正,那他在一定范围内就是上帝,他也就有了上帝的安全、不朽和威严。书中关于什么是生活的目

第十五章 山中景

的做了明确的表述：'什么是生活？生活就是对力量的追求，只有真正的追求才战无不胜。把希望寄托在别人身上是没有用的。只要肯付出，就会有收获，这也是生活的真理。'瞧！这短短的几句话，就道明了生活的真谛。他还告诉人们不要轻易产生嫉妒的心理和模仿的习惯，因为'嫉妒等于无知，模仿相当于自杀'。一个人无论好坏，都必须是个独立的个体，要有区别于他人的标志，然后才能发光发亮。在加强自我修养方面爱默生可以说是人们心灵的导师。书中的提示、解析，句句击中要害，击中人们在现实生活中的软肋。他觉得现在的人们失去了刚强的气质，变得越来越患得患失，胆小怕事，善于听别人的语言，步别人的后尘，不再特立独行。要么就只是关心、满足自己的现状。针对以上现象他又说：'要相信自己的思想，相信你内心深处对你有用的东西，一定对一切人都适用，这就是天才，我们多数人就是对自己的想法缺乏自信。'通过读这本书，我对人性的优与劣有了较深刻的认识，初步知道了做人做事的尺度和规则。马马虎虎不行，随风倒不行，患得患失不行，要有自己的志向和人格，认定了目标要勇往直前地朝它走，只要做到了矢志不渝坚定不移，就一定能拥抱目标。"

说到这里，高从伟停下了。郑瑶芝正听得入神，耳朵里没有了声音输入，她愣了一会儿，突然举起白嫩的小手鼓起了掌，闹得高从伟不好意思地低下了头。"行啊！高从伟，鞭辟入里，句句深刻，把本书的要义都撷取了，相信你在人生的道路上会跑得更快更直了。"郑瑶芝发自内心地夸奖道。

"这让姐姐见笑了。"高从伟有些羞涩地说。

"哪里话，你刚才谈的体会确实让我耳目一新，感触颇深。行啦！我今天的门没有白串，你早点儿休息吧，明天还要上班，我就不打扰了。不过我要请你抽时间到我那里坐坐，来而不往叫什么来着？呵呵——"郑瑶芝落落大方地转身走了，还留下了回眸一笑。

送走了郑瑶芝，高从伟做完了洗漱，厂里的大喇叭也停止了广播，喧闹了一天的大山沟恢复了宁静。躺在床上的高从伟双手捧着书，可眼睛却盯不到书上，郑瑶芝的影子，郑瑶芝的音容笑貌，一举一动，老是往他心眼儿里钻，在眼前晃，她身上散发的可人的香气，老是在他周围弥漫，挥之不去。他在想，我这是怎么了？人家就来随便坐坐，自己就这么魂不守舍，这不是跟人家妄谈了《依靠自我》吗？就这样心里一会儿是郑瑶芝的芳容，一会儿是《依靠自我》，这两个内容老在脑子里倒腾，倒腾得累了，带着甜蜜伴着自我，慢慢进入了梦乡。

郑瑶芝回到宿舍，脑子里也很不平静。她从高从伟的言谈里更看到了他的志向，像这样一个出生于大山里又没有受过高等教育的小青年，有如此高的悟性、朴实的心地、崇高的理想和坚定的信念，在同龄人当中是出类拔萃的，同时也令他们这些出生在大城市，生活条件

第十五章 山中景

优越又受过正规教育的人汗颜。

也不知为什么，两个人在一起时，互相都觉得心情格外舒畅，总有唠不完的话题。

郑瑶芝出生在天津，父亲是一家工厂的工程师，后来调到市商业局当了处长，母亲是街道办的副主任。她的父亲早年毕业于天津南开大学电机系自动化专业，很多领域都有涉猎，是个地地道道的知识分子。她是共和国的同龄人，从小在比较优越的环境里生活，受父亲爱读书的影响，业余时间博览群书，成为一个有志向有抱负的知识青年，立志为国家作贡献。随着新中国大干快上的步伐，她加入了三线建设大军的行列，来到这太行山，从优越的环境里转身钻入山沟。刚来时距厂子6里远的镇上供销社里只有牙粉，连普通的牙膏都买不到，而且上一趟供销社要往返10多里的山路。面对生活条件及周围环境的落差，郑瑶芝没有沮丧，没有抱怨，而是朝气蓬勃地迎接每一天。尤其是自打从省医院回来后，更加深了她扎根山区的信心。她觉得这大山里有她的希望，这些踏实苦干、拼命硬干的三线人定能创造出辉煌，自己能置身其中有无上的自豪和荣光。

一晃又是一个大休日。在这之前郑瑶芝约高从伟抽空到她那里坐坐的邀请落空了，高从伟不是不想去，而是不敢去，是自卑的心理困扰着他。一个大山沟里的穷小子，怎能攀附人家大城市的阔小姐，无论是从出身、受教育程度、知识面和思想境界都比人家一丈差着八

山里人

尺还多，农村里有句俗话叫"戴着草帽亲嘴——差远哩"。这天吃过早饭，高从伟打算约两个小伙伴去镇上供销社转转，顺便买一些当用的东西，他正在琢磨活动内容，突然有人敲门，拉开门一看竟是郑瑶芝，"没有想到吧？又是不速之客。"

"啊！郑姐来了？"

"我是来约你度过一个愉快的星期天的，领我上山看看山景如何？来了这么长时间还没有真正上过山呢！行吗？"

"好哇！要说别的不行，我就上山不外行，不过就咱俩方便吗？"

"有什么不方便的，臭小孩！"郑瑶芝还真拿出了大姐居高临下的派头。

他俩相跟着出了厂门，高从伟问郑瑶芝打算上哪座山，郑瑶芝说就上你上星期上的那座山。高从伟说："那山叫窟窿山，是传说二郎担山中的一座，又高又陡，还有悬崖峭壁很危险，你一个城里的娇小姐能行吗？"

"小看人，有嘛不行的？上山就是找刺激，无限风光在险峰嘛！"郑瑶芝爽爽地回答。

"你上得山少，我建议选一座比较平缓的先上上，等熟悉了再上高山。"高从伟说。

"平坦的大马路我从小就走，没有意思。再说了，人这一生光挑

·228·

第十五章　山中景

平坦的道走，能有什么出息？马克思不是说'只有不畏劳苦沿着陡峭山路攀登的人，才有希望达到光辉的顶点'吗？"

"老人家那是指在科学上。"

"我认为不论在科学上、哲学上，还是在日常工作中，要想出成绩，都要不畏劳苦，勇于攀登，才能令人刮目相看。《依靠自我》里不是说'什么是生活，生活就是对力量的追求，只有真正的追求才战无不胜'吗，我们何不践行一下这个理论呢！"

"好！行！咱今个儿就上这座陡峭的窟窿山了。"

"这就对了嘛！"

他们一前一后边走边聊，也怪了，高从伟平时是个沉默寡言的人，但和郑瑶芝到了一块儿总有说不完的话，而且精神头儿也足。"今天咱们在山言山，"他对着跟在他身后的郑瑶芝说，"你生长在大城市里，见多识广，论见识论知识我不如你。我生在山里长在山里，要论上山，我大胆地说你不如我，我可不是骄傲。这山乍一看高低不平的，光秃秃的，可也有些说道儿哩！"

"都有些什么说道？我对大山只有一个直观的概念，对它的内涵还真是了解得很少，说说嘛！"郑瑶芝发自内心地说。

"说就说，对不对由你评判。你看哪，山笼统说都是山，但它是有区别的，就说峰峦吧，不能统称，形势峻拔的叫峰，形势圆转的就叫峦；水注到低洼的川里为溪，泉通泉的沟叫谷；悬在山体上的石

山里人

头是岩；两山夹水的为涧，夹路的为壑；峭壁叫山崖，有洞有穴的叫岫。这些因素结合到一块儿，才成了我们通常认为的山。"

郑瑶芝听了高从伟关于大山结构的论述，确实感到新奇。进而由山想到了人。她说："这么说，世界上静物和动物的构成有着密不可分的相似之处。峰、峦、溪、谷、岩、涧、壑、崖、岫这九个成分构成了大山，跟耳、鼻、喉、眼、嘴、发、手、脚、意这九个因素构成人一样，各有各的作用，各有各的称谓，我这么比喻不知对不对？"

"哎呀！触类旁通，运用得真到位，真不愧是我的知识姐姐，小弟甘拜下风了。"高从伟有些惊讶而又诚心地说。

他们爬到半山腰，有一处裸露着两块光滑的大石头挡住了去路，高从伟看着脸上淌着香汗的郑瑶芝有些心疼地说："我们歇一会儿吧，大石头是从悬崖上掉下来的，经过洪水的搬运、冲刷，光滑、干净、凉爽，是专供我们休息的，坐在它背上和它亲近一会儿，能积蓄力量。"

"还有这样的说法？"

"有哇！你别小看这些司空见惯的石头，他可是我们人类的祖先，又是我们亲密的朋友。"

"这又从何说起？"

"你看哪！"高从伟弯腰拾起一块小石头，轻轻地抚摸着，对郑瑶芝说："地球之始有了空气、山川、河流。随着地壳变迁，岁月

第十五章　山中景

磨蚀，大山崩裂，石块脱离山体滚入山谷中，被汹涌的河水裹挟、冲刷、搬运至低洼处，其间由巨石变成碎砾石，碎砾石变成砂石，砂石变成沙子，沙子又细化为土壤，土壤中长出生物、植物，生物又衍生出动物，动物又逐渐演变成人类。人类进化成型后先是进入山洞，后又用石头盖房、造屋，抵御风寒，用石头作为武器抗击野兽的侵扰保护自己。到了石器时代又用石头作为打制石器、生产工具，耕种土地，猎取食物以繁衍生息。应该说人类是因石而生，依石而兴。说石头是我们的祖先、我们最亲密的朋友不为过吧？"高从伟爱抚地把手中的石块在脸上蹭了蹭，用征询的眼神望着郑瑶芝。

"行啊！高从伟，光知道你爱学习，还真不知道你的知识面这么宽，我真得重新认识你了。"郑瑶芝十分赞赏地说。

"姐姐不笑话我就行了。"

"看说哪里话嘛！我是发自内心的。"

他们稍事休息后又开始了艰难的攀爬，照着选择的路线高从伟在前面开路，郑瑶芝紧随其后。遇到一陡峭处，高从伟手脚并用爬了上去，他回头一看，郑瑶芝试了两次都没有上来，还在原地昂着头看着。少顷，郑瑶芝伸着洁白的小手向高从伟招了招，意思是要高从伟拉她一把，高从伟何曾不想呢，但他望着那白白的纤细的手犹豫了，那是我能触碰的手吗？对高从伟的犹豫郑瑶芝心知肚明，她对着犹豫不决的高从伟大声说："拉姐姐一把不行吗？"高从伟闻听伏下身伸

山里人

手抓住了郑瑶芝软绵的右手,一把把她拉了上来,赶紧松开了。

就在这拉一把的瞬间,一股暖流传遍了高从伟的全身,他的脸微红了。郑瑶芝上来站稳后,轻轻摇了摇右手,很快恢复了常态:"还是你力气大,跟你在一块儿心里踏实。"高从伟木讷了,不知是夸他还是有别的意思。他们爬到了山顶,坐在他曾经坐过的大柏树下休息,此时已接近中午了。

他们在大树下的石头上坐好后,两颗心都咚咚地跳着。在这与世隔绝的大山里,除了虫鸣、鸟叫,只有他们二人。在经历了攀爬的艰辛后,两个年轻人相依着坐在了一起,内心的激动和感受是无法用语言表达的。

沉默,幸福的沉默。

血液在沉默中燃烧,激情在胸中澎湃。

这是不是爱情?两个年轻人谁也不明白。此时此刻彼此的心里都是美好的甜蜜的,这也许是爱情的前奏吧!

但是她和他可能吗?

一个是大都市的娇小姐,身上飘逸着芳香,散发着蓬勃的时代气息。

他,一个乳臭未干的山沟沟里的土孩子。

他们之间存在着一条深深的鸿沟。

但是两颗年轻的心是碰撞到了一起。

第十五章 山中景

"今年春节放假,我约你去天津玩玩行吗?"郑瑶芝打破了沉默。

听了郑瑶芝的问话,高从伟不知如何作答。去天津!我连火车什么模样都没见过,坐汽车还是参加工作时第一次被汽车拉到山里,长这么大去过最大的城市就是省城,还是住院疗伤去的。到天津!那不是天方夜谭吗?

"不行,我还要回老家看我的爹娘和妹妹,你别忘了给我带好书回来就行了。"

"那是肯定的。不过,你去了我带你到天津图书馆看看,你的眼界就更开阔了。"

"现在不行,要花费很多,经济条件不允许。"

"费用不要你考虑还不行吗?"

"那就更不行了,我怎能白花你的钱。"

"什么你的我的,行,先不说了,咱们用午餐吧!"郑瑶芝边说边打开她精致的人造革小背包,优雅地拉开拉链,从里面拿出了一盒午餐肉、一小盒点心和两根香肠,还有一瓶水。

望着这丰盛的午餐,高从伟非常惊奇,郑瑶芝怎么想得这么周到,自己怎么连带个馒头或者玉米窝头的想法都没有,真是愚钝。再说了,从电影上看到城里的女孩子随身带的小包包里都是装些手纸啦、钱币啦、雪花膏啦、小镜子什么的。这个郑瑶芝啊!真是遥知。

"别傻愣着了,开餐吧!"郑瑶芝把那盒午餐肉和一把小刀递给高从伟,意思是要他打开。说实在的,高从伟见午餐肉也是头一次,不过他还是顺势打开了,总算没有丢人。

他们在高高的山顶上,在大柏树与微风合奏出的轻音乐里,慢慢地吃着,细细地咀嚼着,谁的心里也不平静,都在勾画着幸福美好的蓝图。

"高从伟说说你的远大理想呗!"郑瑶芝用小叉子叉了一小块午餐肉放到嘴里面,又在鼓动高从伟。

"我能有什么远大理想,现在的工作就不错,整天和知识分子打交道,每天都能学到不少新东西。我的梦想就是还能上学学习,将来也做一名科技工作者,为国家造出更先进的武器。我们现在生产的半自动步枪,虽然比以前的三八大盖有了进步,提高了杀伤力。但与国外的先进武器相比还有很大差距,不缩小这个差距,还得受人家欺负。落后就要挨打的现实,咱们军工人应时刻牢记。"

"你说得对,我完全支持。那你还有什么实际的打算吗?比如家什么的。"郑瑶芝是打算先掏掏底,投石问路,把他们的关系往近了拉一拉。不料,高从伟却说出了她意想不到的想法。

"有哇!我打算坚持两年,把我家的土房子盖成砖瓦房。"

"盖新房!还打算在老家娶媳妇,安家立业吗?"郑瑶芝感到出乎意料。

"倒是没想那么远,不是有句话叫'修身齐家治国平天下'吗,

第十五章 山中景

治国平天下咱不敢妄谈,但总得把自家的小窝弄好吧,住在好房子里,家里人出了门才有底气。"

"还有这等说道儿?"郑瑶芝有些不解地问。

"你是不知道哇!也许你不理解这件事对我们家尤其对我是多么重要。我是在那深山沟里长大的,贫穷和耻辱在我内心里留下的创伤太深了。谁家房子的好坏,决定了你家在村里人们心目中的地位。穷人的屋檐下连燕子都不来筑巢,房子直接关系到一家人的生活尊严。草屋里连个木头的桌子都没有,用三块土坯搭个台子当桌子,你要看会儿书,就得坐在木头墩上用膝盖当桌子,试想这样的人走在大街上能有多少底气?在山沟里盖几间房,在你们这样家庭出身的人看来是多此一举。但对我来说,却是在实现一个梦想,创造一个奇迹,建立一座家庭里程碑。这里面包含着乡俗、哲学、心理学、人生观,也只有我能体会到那种激动人心的诗情。当我家的'紫禁城'建起来的时候,我无论在多么遥远的地方都能感受到它的威严和辉煌。我们曾经是逃荒落脚的外来户,四十多年来,我的爷爷和我的父母在村里都没有直起过腰杆,虽然我的父亲现在是村支书,但还是谨言慎行地过日子。他们过去隐在心中的屈辱,深深印在我的心里。现在我长大成人了,要尽力让他们活得体面一些,活出人的模样和尊严。在农村里这也叫不白活一回,这也就达到了齐家的目的。"

高从伟说到这里,已经泪流满面,有些狂放了。

郑瑶芝听到这里，放下了手中的吃食，一把搂住了高从伟的脖子，把脸深深地埋在他的怀里，听着他急促的心跳。我亲爱的，我能理解你，我完全能理解你。

大山无声，清风柔抚，喜鹊鸣叫，小草点头。高从伟有力的双手紧紧搂住了郑瑶芝，他们的心在一起跳动，完全沉浸在幸福的时光里。

第十六章　小事不小

　　林晨如处理完所里的事,洗了洗手从里间出来,发现技术员小高还呆坐着,就问小高都下班了你怎么还不走。小高抬头看了看林总,欲言又止的样子,脸上露着复杂的表情。林总感觉小高可能有事,就在小高的身边坐了下来,"怎么了?有什么事吗?"关切地问。

　　"有!但不好跟您说,不说又不行。"

　　"有什么不好说的,你这孩子。"林总摆出了长辈的架势。

　　小高又抬头为难地瞅了林总一眼。"有什么事就说嘛!咱们在一块儿工作了这么长时间了,还有什么可扭捏的。"林总催小高。

　　"是这样,林总,您也知道我是从农村来的,我们那地方比这里还穷,像我这个岁数的小伙子们娶个媳妇都很难,还好,我念书考出来了,我爹我娘张罗着给我在村里说了个对象,可人家非要我给找个活儿干,不然就很难成了,你说我有什么办法。"小高红着脸无奈地说。

　　"那就不跟她处了,在厂里找一个,厂里有的是大姑娘,就你这条件还不得挑拣挑拣。"

　　"不行!我爹我娘是老思想,非要我在家找不可,不然就不让我回家了。他们说是怕我娶了外边的媳妇看不起他们,不好相处。我们村就有一个人娶了一个城里的媳妇,不跟着他回家,过年过节也不回

山里人

来看望老人,有一次经过做工作跟着回去了,不吃饭不睡觉,说是哪儿都脏,拉着脸子抱着肩用半拉屁股在炕沿边上坐了一宿,天不亮就跑了。"

"还有这样的人?"

"可不嘛!我爹我娘就是怕那样,所以才非得让我找个本村的。"

"那怎么办?找人做做工作不行吗?"

"做不通,都挺犟,我是没办法了,才厚着脸子求您老给出出主意。"

"那怎么办?我跟你家里大人都不熟。你想着让我怎么帮你?"

"我有个想法,不知行不行,说出来可能让你为难,不过办不了也不怨您。"

"有什么话就说嘛,说出来听听。"

"我是想托您跟咱们秦书记说说,让我的对象到咱厂里当个临时工怎样?"

"哦!你是这个想法,我感觉不好说,咱们是正规的国营厂家,要招工是要有指标的,招临时工要上级批准。能不能行,我真拿不准。"

"您跟秦书记说说嘛!实在不行咱也没办法,你就说到食堂帮着刷锅择菜、到建筑队搬砖和泥、打扫公厕卫生什么的都行。"

林所长沉默了一会儿,说:"条件倒是不高,试试吧!"

第十六章　小事不小

吃过晚饭，林所长到秦大梅宿舍串门去了。虽然他们二人工作配合得不错，但林所长到书记宿舍造访还是头一回。对林总的不约而至，秦大梅有些意外，赶紧让座倒水。"我说林总您肯定有事，不然怎么会屈尊呢？"秦大梅双手把水杯递给林总，笑着说。

"不要说得那么难听，能有什么事，闲来坐会儿不欢迎吗？"

"巴不得呢！喝口水来直接的吧，咱不绕了。"

"书记真是个高人，下属脑子里的魂你都能勾住。今儿个来还真有个小事相商，不过不是相求啊！我是来反映民意的。"林所长就把小高技术员的想法和难处如实说给了秦大梅。

秦大梅听了后一言不发，坐在了林总对面床边上喝了口水，端着水杯陷入了沉思，两个人都不说话了。

过了好一阵子，林总说："我知道这是小事但也是个难事，咱们厂里单身职工和未婚青年不少，尤其是偏远地区的单身职工都有本难念的经，要让他们安心工作，解决他们的后顾之忧很有必要也很迫切。还有单身母子的居住也是个问题，老和职工混住大家都不方便。但是你解决了这个还有那个，照顾不过来呀！"

秦大梅听了林总的话，表情更加沉重了。他在想我这书记当得不称职，光催着大家拼命工作、早出产品，怎么没想到这些呢？这些是小事吗？

他俩相对坐了一会子，林总站起来说："我今儿个来给领导出了个小难题，不好意思了，我得告辞了，秦书记休息吧！"说完转身开门就往外走，秦书记欲挽留，林总深情地摆了摆手，出门去了。他感觉小事情给领导出了个大难题。

送走了林总，秦大梅坐在桌旁理了一下思路，他感觉解决职工们的后顾之忧与抓生产一样同样重要。兵马未动，粮草先行，是自古以来用兵的规矩。虽然上级要求想方设法解决职工的生活问题，但毕竟有些问题还是想不到的。我们做基层工作的干部应该为领导发现问题，为职工解决问题。这样抓工作才顺当，才容易出成效，才无愧于基层干部这个岗位。

晚上秦大梅躺在床上把厂里的工作整个捋了一遍，经过基建、研发、试产、投产几个阶段，生产已走上了正轨，干部职工的工作积极性都很高，产品产量、质量都在稳步提高。下一步就是如何保持这种可喜的局面久盛不衰，要想马儿跑得快，就要马儿多吃草。今天林总突然提出的小问题，虽然看似无关紧要，实际也是民生之大计，解决好了一顺百顺，我们的事业就会蒸蒸日上。由这个问题引出了单身职工家属安排问题，又想到了孩子的入学入托问题，单身母子宿舍问题和双职工对调的问题。诸多问题需要一一解决。

第二天一上班厂领导们被通知开会，大家很快就聚到了会议室。秦大梅开场就说："今天找大家来开会的议题就一个，就是研究尽快解决全厂职工的后顾之忧问题，以保证生产形势持续良好。关于这些

第十六章 小事不小

问题我是受了一个职工谈对象的启发，昨晚想了一夜，我先提一些想法供大家讨论，最后再形成决议。1.对单身职工摸底排查，家属有愿意到厂里做临时工的要登记造册，身体健康状况、文化程度、有无特长都要如实填写。厂里成立'五七创业办公室'安置这些人员，创业办自收自支、自负盈亏，厂里可以帮助他们搞一些可行的小项目、安排一些临时性的岗位让这些人工作。2.在5个家属区都设置幼儿园，方便职工上下班接送。3.扩大现有学校规模，增设初中班。现在的孩子上初中要到20公里外的镇上，大人要接送没时间，路途远不说还不安全。4.建设单身母子宿舍区，让带孩子的单身女职工到集中区居住，保证母子俩都有一间宿舍，既方便又可互相照顾。基本想法就这些，大家讨论吧！"

各位厂领导听了秦大梅的想法，纷纷议论起来，都认为很好，对保持工人队伍稳定，促进生产大有好处。并就秦大梅的想法大家还提了一些补充建议。最后形成了"385厂关于解决职工后顾之忧的实施意见"，由厂办室整理后正式行文上报省工办，上级批准后即行实施。

散会后林总回到所里召集大家开个小会传达厂里的会议精神，小高技术员第一个来了，林总高兴地说："你小子有喜事了，厂里要统筹考虑解决职工后顾之忧的问题，你谈的对象这回高兴了。一会儿散了会你就到劳资科登记你的情况，等待厂里安排吧。"

厂里的会议精神一传达，可把那些有实际情况的职工乐坏了。有的赶紧写信,有的打电话,还有拍电报的,给家里报喜信。

一晃两个月过去了,五七办正式成立了,到厂里来工作的单职工家属,有的到职工食堂帮厨,有的搞卫生,还有理发的,到托儿所看孩子的,年纪轻的有些文化的安排到五七工厂工作。这些来自各地农村的家属们,虽然收入不高,但有了固定的收入,下了班还可与家人团聚,个个高兴得笑逐颜开,工作起来可卖力呢。

幼儿园、母子宿舍区、子弟学校初中班也都相继开工建设。

休息日的下午秦大梅到理发室理了发,到澡堂子里洗了澡,轻轻松松回宿舍看书去了。没多大会儿门被敲响了,他起身拉开门一看是研究所的小高技术员,后面还跟着个女青年。秦大梅一看就明白了这就是小高娶的农村媳妇,赶紧让到屋里让他们坐下喝水,二人也不坐,拘谨地站着。"小高哇!还客气吗?"秦大梅高兴地说。

"不坐了,秦书记,我是带着我媳妇来致谢的,您给我媳妇安排了工作,我们一家人可高兴哩!上个星期结了婚,来时我爹提着耳朵嘱咐我一定要谢谢您。这不还给您带了包喜糖。"小高说着把一个小纸包放到了窗前的桌上。

"祝贺你呀!小高,你们两个有情人走到一块儿了真是高兴。还来谢什么!再说也不是我安排的,是厂里安排的,是厂里应该做的。怎么样?还习惯吧?"秦大梅转头问小高媳妇。

小高媳妇两手在胸前握着,抿着嘴点头笑。

第十七章　相会天津

　　高从伟自打"山洪事件"受到省里表彰后,很受领导关注,被调到距385厂50公里外的深山里的前景机械厂去了。他去了时间不长就被提拔为行政科的副科长,由于工作出色,一年后又被提拔为厂办室主任,在厂办室主任的位子上高从伟干得更自如了,迎来送往,上传下达,起草文件,管理档案,为领导出谋划策,一应事务干得风生水起,好像他天生就是干办公室主任的料儿。

　　其实高从伟调离385厂,是有他的舅舅秦大梅的作用的。他和高从伟的舅甥关系厂里的人都知道了。虽然舅甥二人都很注意,时时处处都很检点,但也免不了人们的闲言碎语。秦大梅是个很自律的人,请求省工办领导对高从伟做适当调整,省工办领导考虑到秦大梅的要求也有些道理,从工作的角度出发,答应了秦大梅的要求。

　　高从伟虽然调离385厂,但对老厂的工友们感情还是深厚的,因此没有失去联系,除工作需要来老厂办事看望工友外,还经常写信联系。尤其是宣传科的宣传干事,后来被提拔为宣传科副科长的郑瑶芝,他受伤后人家到省医院伺候了一阵子,二人单独接触了一段时间,关系就更不一般了。要说写信,高从伟给郑瑶芝写得最多,两个人三天两头书信来往,总有说不完的话。信里谈工作、谈理想、谈读书、谈生活、还谈感情，有两天收不到对方的信件，都觉得生活中缺了什么。

高从伟要去天津出差了，他写信通知了郑瑶芝，告诉她可能要走十天半月的，因为去了要办的公事多，这期间就不写信了。另外，你家在天津有什么需要我代办的事情尽管说，保证办到。郑瑶芝收到了高从伟的来信后，心里忐忑不安，好像有什么事似的。吃了晚饭到办公室挂通了高从伟的电话，告诉他没嘛需要捎带的，只是你到了天津住在什么地方，要打个长途告诉我。高从伟答应到了天津一定给你报平安，你就放心吧。

高从伟虽然在厂里担任办公室主任，到天津这样的大城市还真是大姑娘上轿——头一回。下了火车就有些蒙了，原先只是听说过天津大、洋、高，真是不见不知道，一见吓一跳。大得无法想象，洋得眼花缭乱，高得耸入云天。光说大城市的人觉得了不起，高人一头，也真有人家高傲的道理，在这种环境里生活、长大的人，想没有见识都难。幸亏与采购员李国桢一同来的，要不然自己初来乍到真得晕菜了。他们出了天津站后，乘坐有轨电车到了滨江道16号，住进了滨江万丽酒店，这也是高从伟有生以来第一次住这么高级的地方。住在高级酒店里不是为了享受，主要是酒店离他们办事的地方近些，找人什么的方便。安顿好以后，李国桢建议休息一下，高从伟说先别休息了转转吧，好不容易来一趟。他们出了酒店来到小吃街，但见街两侧

第十七章　相会天津

布满了小吃店，一家挨一家，灯笼、招牌各有千秋。沿街走走吧，吃不吃先饱饱眼福。但见有煎饼馃子、狗不理包子、十八街麻花、耳朵眼炸糕、锅巴菜、天津茶汤、糖墩儿、笃面筋、熟梨膏、糖炒栗子，还有各色的汤和小菜。初次见到这些吃的喝的，高从伟心想这么多精巧、别致、富有传统特色的美食别说吃过，别说是见过，就是想都想不到的，大地方就是大地方。他们就近浏览了小吃街后，转回宾馆休息，高从伟看到了服务台上的电话，想起了郑瑶芝的提醒，赶紧回房间求服务员拨通了长途。

"喂！瑶芝姐姐吗？"高从伟热情地问。

"是我，你们到了吗，从伟？"郑瑶芝赶紧回答。

"到了一会儿了，刚安顿好，这不在街上转了一下，回来了就给你打电话。"

"为什么不早来电话，让人家牵挂，你们住哪儿了？"

"我也不熟，李师傅领着，住在了滨江道16号，滨江万丽酒店76号房，可好了，你就放心吧！"

"那儿啊！我知道，不算太好，还可以吧。累了一天了，休息吧，有嘛事来电话啊！"

"好的，你放心好了，挂了呀！"

"再见，晚安！"

挂了电话，发现李国桢到卫生间洗澡去了。他又把房间角角落落

山里人

看了一遍，坐在桌旁拧开了台灯，从挎包里拿出带来的《机械学基础》读了起来。李国桢洗完澡出来见高从伟在看书，就说："别看了，奔波了一天了，去洗把脸我带你去吃夜宵，也不差这一会儿。"

"我一有闲空就想看书，要不看就觉得没着没落的。主要是受达尔文一句名言的启发，他说：'敢于浪费自己生命当中一个小时的人，尚未发现生命的价值。'"

"那是你的价值观，我识字不多，不懂那些道理，就知道干好自己的活儿就行了。去洗洗吧，吃了饭回来咱商量商量明天的事。"李国桢说。

"好的，你先喝口水吧。"高从伟把已倒上水的杯子递给了李国桢。

他们要办的第一件业务在天津第一机床厂。机床厂隶属天津市工业局，还得先到市工业局开介绍信，没有介绍信人家厂里不接待。李国桢到服务台察看了《天津大全》，先把行程路线熟悉了一下。等高从伟洗完澡出来，他对高从伟说，我已把明天的行程路线搞清楚了，明天吃过早饭就可直奔工业局了，从这里去很方便。高从伟心想姜还是老的辣，出门多见识广，得多向老同志学习。

第二天天刚蒙蒙亮，街上就喧嚣了起来。都说乡下人勤谨，城市里不睡懒觉的人也不少，多数的路边店开始掌灯开门，准备招待客人，开始了新的一天。天亮后，高从伟和李国桢洗漱完毕到餐厅用了

第十七章 相会天津

早餐,就坐上无轨电车奔市工业局了。

他们的任务是订购两台精密机床,委托机床厂培训几名车工。从工业局开了介绍信又到机床厂联系,整整折腾了一天,不过业务办得还算顺利。傍黑的时候二人疲惫地回到旅馆,直接到餐厅用了晚餐回客房休息,刚脱了外衣准备喝点儿水看看《新闻联播》,突然响起了轻轻的叩门声,在门旁床边的李国桢起身拉开了房门一看,一位亭亭玉立的大姑娘悠然地站在门前,李国桢愣住了,"姑娘,你、你走错门了吧?"他有些结巴地问。

"没有哇!这不是76号房间吗?"来客准确地回答。

高从伟听到郑瑶芝的声音,赶忙放下手中的书,他有些始料不及,万万没有想到自己心中的女神会突然降临。"你什么时候回来的?芝、芝姐!"他有些不知所措了。

"我也是出公差,下午到的,回家报了个到就来看你们了,看有没有需要我帮忙的地方。"郑瑶芝不慌不忙地说。

"是吗?快进来。哎!李师傅,我跟你介绍一下,这是我们老厂的宣传科干事郑瑶芝,不对!人家现在是副科长了,天津人。"高从伟情绪比较平和了,他又指着李国桢对郑瑶芝说:"郑姐,这是我们厂供销科的李师傅,我们一块儿来的。"

"很好,进屋吧!郑科长喝水吗?"李国桢赶紧说。

郑瑶芝轻快地进了屋,"不喝,谢谢李师傅!"

山里人

"坐下吧！立客难打发。"高从伟指着椅子高兴地对郑瑶芝说。

郑瑶芝笑盈盈地转头看了看床铺，优雅地坐在了床边。她这一坐高从伟顿时觉得屋里又亮堂了许多，好像空气也新鲜了。

"郑科长，你这——"高从伟也改口了，他是想问你这是干什么来了，但后半句没说出来。

"没什么，我明天的事好办。就是来问问你们的事办得怎么样了，我爸爸在市工业局有熟人，看看有嘛需要帮忙的。"

"这不跑了一天，已经有了头绪，明天还要去，估计还可以，暂时就别麻烦你爸了。实在办着困难了，再请老人家出面。"李国桢说。

"也行吧！你们可别客气。等事情办妥了，我想请你们到我家吃个饭，到我家门口了再不表示表示，要不然得有人说天津人就会耍嘴皮子了。"

"不用麻烦你了，这儿的饭就不错。你轻易不回来，多陪陪你爸妈吧！"高从伟赶紧说。

"不妥嘛！你轻易不来，怎么也得抽点时间转转图书馆、老街、劝业场什么的。"郑瑶芝对高从伟说。

"嗯！对了，没烟抽了，我去买包烟，你们聊吧。"李国桢看他们俩有话说，抽身走了。

"别处转不转，图书馆一定要抽时间去看看。"高从伟对书感兴趣。

第十七章　相会天津

"待着也是待着，咱们去逛逛夜景吧！"郑瑶芝提出了要求。

"现在？"高从伟有些意外地问。

"对呀！"

"你不回家？"

"我已经跟爸妈请过假了。"

"那我给李师傅留张纸条，免得他回来着急。"

他俩相跟着出了旅馆，在灯火通明的街上走着。郑瑶芝对高从伟说："咱们去滨江道劝业场那边的步行街走走吧，那里夜景很美，适合休闲散步。"

"到了天津，我是刘姥姥进了大观园——不知东南西北了，只有听命于凤姐的了。"

"谁是凤姐？人家有那么泼辣吗？"郑瑶芝故作嗔怪地问。

"噢！不是，说走嘴了，是史湘云吧！"

"人家像吗？"郑瑶芝还是不满意。

"《红楼梦》中那么多鲜活的女孩子，她们有的娇柔，有的泼辣，有的博学而寡力，有的聪明却小心眼。总之你集了她们不少优点，克服了她们不少缺点，综合起来看，有点像探春。"

"像吗？"这回郑瑶芝有些满意了，"人家探春出身名门，精明能干，工诗善书，趣味高雅，又能关心国家大事，有经世致用之才，曾主持过大观园的改革。是个'才自精明志自高'的女中翘楚，咱跟

山里人

人家差着十万八千里呢!"

"过谦了,没那么大差距,要我看你俩有一拼,你就是现代版的探春。"

"再说我就上天了,难得你这么夸我。得!我请你去喝杯咖啡吧!"郑瑶芝有些喜形于色了。

咖啡是舶来品。这么高贵而奢侈的饮品对高从伟这个大山里放牛娃出身的工人来说,那是想也不曾想过的,知道咖啡的名字还是到厂里工作以后的事。听到要去喝咖啡,他不由自主地点了点头。

郑瑶芝看到高从伟很乐意去,她打心眼儿里高兴,就领着他进了一家挂着"咖啡爱丽丝"牌子的店里。这是一家仿佛隐匿在丛林中的咖啡馆,田园的装修风格,木质结构,墙上有复古的字迹,整体装修风格非常悠闲、文艺。他俩进去后挑了一处叫"末那识"的小厅坐了下来。这里枯木藤架,木制的桌椅和满架的书,可以随手翻阅,轻轻的音乐仿佛在遥远的天际飘浮着。他们坐下来后,高从伟环视了一下四周,脸上浮出一丝不易察觉的惊讶和神奇的表情。服务员像春风一样带着茉莉花香飘了过来,俯身柔声道:"请问,二位喝点儿什么?"郑瑶芝拿过单子扫了一眼,抬头问高从伟:"我来点行吗?"

"当然,回您家了嘛!"高从伟微微点了点头低声说,心想让我点我也不会。

郑瑶芝点了一份肉桂粉丝糖土司,两份紫薯拿铁,笑着对高从伟

第十七章 相会天津

说:"我就做主了,点的都是较甜的,到这儿来就是感受淳朴和甜蜜的。在这种环境里放飞心情,放松身体,畅所欲言,身和心都释放得淋漓尽致了,这就是来咖啡店的收获。"

听了郑瑶芝的话,高从伟的脸上泛出兴奋之色,他没敢吭声,只是含着笑微微点了点头。

"慢慢喝,细细品,才能感觉出咖啡的味道。咖啡的味道就是生活的味道,有苦的有甜的,但调好了,就感觉到甜的味道了。"郑瑶芝在谈她喝咖啡的体会,接着她优雅地端起杯子轻轻地抿了一小口,示意高从伟也喝。

豪爽的侠客们,大口吃肉,大碗喝酒,喷着唾沫星子说话,显示的是豪气;山里的人坐在石头上,啪啪地吃菜,呼呼地喝汤,图的是随便;闲汉们歪着屁股坐在板凳上,还把一只脚蹬在板凳角上,一只手插到领口里搓皱,讲究的是舒服。这喝咖啡就不一样了,要绅士些,有板有眼,有尺有寸,优雅得体,表现得温文尔雅。你别看高从伟是山杠子出身,悟性很高,有敏锐的观察力,他模仿着周围男客的动作端起杯子轻轻地喝了一口,沉稳放回原位。就这么个比较规范的动作,郑瑶芝看在眼里。

"你调到那个厂里,工作上顺利吗?"她开始了轻松的话题。

"顺利。"

"怎么个顺利?"

山里人

"在咱厂做资料保管工作,比较单纯好做。到那边厂办室工作,环境大不一样了,工作繁杂,且来去无序,面对巨大的工作压力,我时常想起我爹经常说的一句话'干什么说什么,卖什么吆喝什么',实际上他的意思是干什么都要投入要尽心。我努力适应工作需要,该想到的想到,该做的做到,尽量不误事,少出差错,就顺利了。"

"那可不容易,不跟你在一个厂了,经常担心你呢!"

"没事。我是经常想起咱们在一块儿的情景,那心里叫一个舒坦,可这转眼都成往事了。"

"往事好,往事可以重提。"

"怎么提?不在你身边了,老觉得空落落的。"

"一样的感觉,哎!你想过吗,这是什么情况?"

"没有,真的没有,我也想不透。"

"我想过了。"

"什么情况?"

"真说吗?"

"说呀!"

"这是爱的萌芽。"话一出口,郑瑶芝白玉般的脸上泛起了红晕。

高从伟听了这句话,十分惊讶地睁大了眼睛,痴痴地瞅着郑瑶芝,过了好一阵子,才说:"不可能,不可能,那不可能!你在我心里是女神,是好姐姐。我从心里对你是敬重,是敬爱,那方面的想法

第十七章　相会天津

在我心里一丝一毫都没敢出现过，真的，好姐姐！"

"两个有缘的人相爱，怎么不可能？"

"现在咱们虽然面对面，但咱们的实际距离太遥远了，这次初来天津更证实了我们之间的鸿沟是不可逾越的。"

"怎么个不可逾越？"

"你是大城市里的知识青年，见多识广，你的父母都是革命干部，回城那是必然的。我是大山里的土孩子，我的父母都是土里刨食的农民，两相比较，一个天上一个地下，那是癞蛤蟆和天鹅的关系，我要那么想不是白日做梦痴心妄想吗？"

"实际上你是过于自卑了，我看的是你的人品，看的是你的志向，看的是你的操守，不是看你的出身。我的感觉你是爱我的，就是没有勇气跨越这条你认为的鸿沟。"

"爱和现实是两码事，凡事都有个基础，咱们的事不可能。"

"怎么不可能？我给你说实话吧！我这次不是出公差回津的，是知道你来了天津才故意赶过来的。你要不是公差来津，特邀你来见我的父母那是不可能的。这次是天赐良机，等你们把公事办完了，就去我家一趟，见见我的父母。"

"不行，不能去！"

"实际上你是受世俗的影响太深了，没有勇气冲破世俗的樊篱，这也是你不足的地方。"

高从伟不言语了。

"你是个爱看书的人,一定知道莎士比亚,他就出生在偏僻的英斯特拉福小镇,18岁就娶了26岁的姑娘安妮。他们的作为说明了'掌握命运天平的人永远站在天平的两端,被命运掌握的人仅仅明白上帝赐给他的命运'。莎士比亚用果敢的行为证实了'真正的爱情是不能用言语表达的,行为才是最好的说明'。"

"怎么了!不高兴了?"

"哪能!高兴得我内心激动不已,我是在想。"

"别再想了,远在天边近在眼前,就看你敢不敢站在天平的一端,晚上再想想吧!你们累了一天了,今晚咱们就谈到这儿吧,好吗?你该回去休息了,太晚了李师傅该着急了,明晚我还去找你。"

"你!你真好,大姐!"

"哎!是否该改改称呼了!按同志论你就叫我郑瑶芝,要是能进一步叫我'芝'最好。"

"芝姐行吗?"

"那就先叫我芝姐吧!"郑瑶芝脸上泛着兴奋的光晕。

他们从咖啡厅出来,缓步来到霓虹灯闪烁的滨江道,街上南来北往的人络绎不绝。俊男靓女们有的相依相偎,有的牵手漫步,有的搂腰搭背,还有的在温馨地亲吻,他们是那样悠闲自得,我行我素。这情景更让高从伟不知所措,不由得加快脚步。受此氛围的影响,郑瑶

第十七章　相会天津

芝轻轻拉住了高从伟的手，两只手由轻触到紧握，高从伟不由得放慢了脚步，感受郑瑶芝手上传递的热烈和温馨。郑瑶芝也是一样，这是多么幸福珍贵的时刻呀，攥在她手里的哪是高从伟的手哇！那是他的心！他那颗滚烫的心哪！实际上这是他们第二次的肢体接触了，第一次是在厂子后面的大山里，高从伟拉她上山，就那一拉手的瞬间就让高从伟兴奋了好长时间，这次两个人的心贴得更紧了。

出了滨江道他们依依惜别后，高从伟回到了旅馆，李国桢正在看电视连续剧《霍元甲》，李师傅见高从伟回来了关掉了电视。"累了吧？洗洗休息吧。"他关心地说。

"不累，你看吧！"

"不看了，是重播，早看过了，今晚跟你的小同事都逛哪儿了？"

"她领我喝咖啡去了。"

"行啊！我的高大主任！够浪漫的。你知道吗？咖啡厅都是情侣们去的地方哪。"

"我看了，也不都是，也有劳累了一天到那儿休息的，我们就是属于后者。"

"行了吧！我的高主任，你以为我是傻子吗？"

"我说的是真的。"

"对，假的也是真的，真的也是假的。我第一眼就看着你们不是一般关系。"

"那是什么关系？"

"是超出同志关系的那种关系。"

"你还有这本事？我们有什么过杠的表现吗？"

"那倒没有，我是过来人，男女之事早经历过了，这点儿感觉还是有的。再说了我是采购员，走南闯北就跟人打交道了，见的人多了，阳光的、晦暗的、善良的、阴毒的、正直的、狡猾的，一接触就看他个七七八八。"

"你真有这本事？"

"小看人了吧！我看你对这女孩儿很有好感，你就是自个儿觉得底气不足，不敢冲锋。"

"这你都能看出来？"

"对不对吧？"

"对！都对。哎哟！没想到你还是个高人哩！真人不露相啊。"高从伟觉得李师傅看出了他的内心，心想不如把埋在心里的顾虑拿出来晒晒，也好让高人分析分析，出出主意。随即他就把自己跟郑瑶芝在一块儿的感觉、自己的想法以及郑瑶芝的态度都跟李师傅学说了一遍。李国桢听了，好像陷入了沉思中，眯着眼不说话了。

过了一阵子，高从伟问李师傅对这事有什么看法、下一步如何办。李国桢说这事总的来说是好事，但是不简单。高从伟不解，又问这不简单从何说起。李国桢帮他分析：你们认识有些时间了，但只是

第十七章 相会天津

在互相爱慕、眷恋、牵挂的层面上交往的。我估计今晚这杯咖啡起作用了,它冲开了你们感情的隔板,把关系明朗了。但你仍是不坚定的一方,你想吃怕烫嘴是有些道理的。那女孩儿目光纯净清澈有见识,脸色稳重大方有主意,值得你真爱,你们要是能结合,那就是天造地设的姻缘。可你们面临两道坎儿,一道是你自己,两相比较,明显你是高攀,所以你心存顾虑,你是想爱而不敢爱。那姑娘对你是矢志不渝,是纯的是真的,你这道坎儿她拉你迈过了,下一道坎儿就是她的父母了。看样子你们相识有些时间了,我估计她还没有跟她的父母挑明和你的恋爱关系,你想啊,如果她家里顺了,她早就大大方方地约你来天津和她的父母见面了,就不用借你出差的机会约你到她家相看了。"

"那怎么办?"高从伟觉得李师傅分析得真是那么回事,有些沉重地问。

"怎么办!这普天下的人幸福痛苦都是自个儿找的。你首先坚定了信心,她约你你就活力满满地去。我告诉你,谁也是个人。不过你去之前把自己捯饬捯饬,大大方方利利索索的像个样子,小伙子本来就不赖嘛!"

"那还带些什么东西吗?"

"带呀!空手上门不就真成老土了吗,这大地方跟咱乡下不一样,讲究的是面子,东西要少而精、有品位。哪像咱们乡下人,老和

山里人

尚不爱财——多多益善。"

"这家伙还挺复杂呀！"

"复杂倒是不复杂，但什么事都有个道道。"

"那都带什么合适哩？"

"我想啊，按天津的习惯，就带一盒桂发祥十八街的麻花，一份橘子、一份苹果和两瓶酒就行了。酒要名酒，太好的你买不起，赖的又拿不出手，就买两瓶剑南春吧，两瓶酒捆的时候商标要冲着一面，那样显得整齐好看。"

"有了点心和酒，还买苹果、橘子干吗？那是平常的东西。"

"这你就不懂了吧！苹果是平平安安，橘子是吉祥如意，不都是图个平安吉祥嘛！"

"还有这么多说道儿啊！行，就照你说的办，可有一样，你得帮我采购，你是老采购员了。"

"没问题，但是下来你得请我喝二两。"

"那是必须的，有功之臣嘛！得犒劳犒劳。今晚，真是听君一席话胜读十年书，经你这么一点拨，我心里亮堂了也有底了。咱们休息吧，明后天抓紧办公事，说不定她什么时候要我去呢！得留个准备时间。"

"好吧，睡个好觉。"

第二天晚上高从伟和李师傅刚吃过晚饭郑瑶芝就来了，她约李师傅一块儿去玩儿，李师傅推辞要去看望老朋友，没有时间，你们去玩

第十七章　相会天津

儿好了。他俩从旅馆出来，郑瑶芝叫了一辆出租车就去了海河边。

海河是中国第七大河流，是天津的母亲河。到了天津，海河是必览之处。郑瑶芝把高从伟领到这儿来，一是要他领略一番海河文化，二是要他感受一下天津人的夜生活，最主要的是海河两岸还是情人们倾诉衷肠的好地方。

他俩相偎着在婆娑的垂柳下漫步，缓缓走着，心中是百般的惬意。他们走过了意大利风景区，走过了梁启超纪念馆，在曹禺故居门前的一条长木凳上坐了下来。二人望着波光潋滟的河面，望着对岸色彩斑斓的灯光，望着解放桥浮在河面上的倒影，这简直就是人间天堂，他们在天堂里徜徉，在鹊桥边进行心与心的交流和碰撞。

"你看曹禺老先生的这座故宅，文气多浓，曹先生就是在这里写出了《日出》《桥》《北京人》等剧作，震动了当时的戏剧界和中国文坛。我们在这美妙的时刻，在这老先生经常出入的门前驻足流连，是多么幸运和美好哇！让我们也沾沾文气吧！"郑瑶芝兴奋地说。

"太阳升起来了，黑暗留在我们后面。"高从伟激动地背诵着曹禺《日出》中的名句。

"常相知，才能不相疑；不相疑，才能常相知。"郑瑶芝也脱口对了一句。

"总是说着要离开，却一再为自己找不离开的理由。"高从伟又激动地说。

"有时候，遗忘，是最好的解脱，而有时候，沉默，却是最好的诉说。"郑瑶芝有些情不自已了，他们都在用曹禺的名言表达自己的心迹。少顷，两个年轻人紧紧地抱在了一起，两颗年轻的心在激烈地跳动，两个人的情感在迅速传递交融着。

清风徐徐，月亮在眨眼。波光粼粼，海河在吟唱。

第十八章　姻缘错配

　　高从伟和李师傅到天津已经五天了，公事基本处理得差不多了，剩点儿尾巴就由李师傅处理了。傍晚，郑瑶芝又来到了宾馆，正式邀请高从伟到她家做客，约定第二天上午9点来接他，说定了就回去了。郑瑶芝走后，高从伟和李师傅到商店采购礼品去了，他们按照前几天商定的计划，采购了点心、水果和白酒。

　　第二天上午9点，郑瑶芝准时来了。高从伟拎上礼品就跟着她去了，一路上高从伟的心里在敲小鼓，他不时地瞅瞅郑瑶芝平和自然的表情，心里逐渐平静了下来。高从伟今天穿了一身洗得发白的工作服，昨晚还求服务员给熨了熨，脚上穿的是一双干净的解放鞋，不土不洋，显得朴素、干练、得体。

　　他们很快在市二商局的宿舍大门口下了车，郑瑶芝在前头领着他进了楼。这是几排筒子楼，楼道两侧摆满了各家做饭的蜂窝煤炉和各种炊具。他们沿着中间的缝隙穿过了几家门口，郑瑶芝停下来抬手敲响了402室的门，少顷，门开了，一位上身穿着西式大开领、双排扣、两侧口袋有斜口的灰色中山装，下身穿蓝色卡吉尼裤子，剪着短发的中年妇女把他们迎了进去。这是里外两间一套的房子，总共不过30平方米，里间是主人的卧室，外间是餐厅、厨房兼郑瑶芝的卧室。高从伟被领到了里间，一位干部模样的人正在看《天津日报》，见来了人就放下了报纸。

郑瑶芝拍着她爸的胳膊向高从伟介绍："这是我爸。"又拉着她妈的手向高从伟介绍："这是我妈。"然后指着高从伟向她爸妈介绍："爸，妈！这就是我经常给你们提起的高从伟。"高从伟赶紧说："叔叔、阿姨好！"瑶芝妈接过高从伟手中的东西，指着靠窗的桌子旁的小凳子说："坐吧，小高！"转身倒茶去了。郑瑶芝的父亲也对高从伟说："坐下吧，高主任。"本来就要坐下的高从伟听到郑瑶芝她爸这么称呼他，赶紧又立直了身子冲着他说："叔叔可别这么称呼我，您就叫我小高吧！"然后两只手搓着。瑶芝爸微微笑了一下，又指着凳子说："别客气，坐下吧，听瑶芝说你们来了几天了，事情都办得怎么样了？"

"是来了几天了，事情基本办清了，还有点儿小事，跟我一块儿来的李师傅去处理了。"高从伟毕恭毕敬地回答。

"前几天我跟瑶芝说了，遇到什么难处就吱声，我可以设法帮你们通融一下。"

"瑶芝给我们说了，我们走的几个单位都挺好，都愿意支持山区建设，所以事情办得比较顺利，就不麻烦您老了。"

"听瑶芝说你从她们厂调到前景机械厂时间不长就被提升为厂办室主任了，行，年轻有为。"郑瑶芝的父亲夸奖高从伟。

第十八章 姻缘错配

"叔叔您就别夸我了,实际我干的工作距离领导的要求还差得远呢!我是尽了力地把工作做好,让领导腾出精力抓厂里的大事。"

"你有这种想法就很好,你们年轻人就得有股子干劲儿,不要怕苦怕累。尤其是办公室的工作事无巨细,方方面面都得照顾到,更不要怕麻烦。"

"叔叔说得对,年轻人苦点儿累点儿不算什么,多干些工作还可以多学些本领,对自己也是个历练。"

"你这样的年纪有这样的境界已经很不错了。哎!瑶芝妈,准备午饭了吗?"瑶芝爸冲着外屋问。

他们两个在里屋谈话,郑瑶芝和她妈在外屋听着。

高从伟听说要做饭,赶紧站了起来,"叔叔,我不能在您家吃午饭,下午我还要和李师傅一块儿去外贸仓库呢!事情办利索了,今晚我们就坐夜车回去了。也就是抽工夫前来拜访一下您二老,我走了呀!"高从伟说完从里屋出来又对瑶芝母女俩说:"阿姨、瑶芝,我走了呀!"

郑瑶芝和她妈听说高从伟要走赶紧拦他,"别走,不能走,怎么也得吃了午饭再走。"瑶芝爸也说:"别走,一块儿吃顿饭吧!"

"不了,不了。叔叔、阿姨,我走了呀!"高从伟客气地出了屋。

瑶芝爸对瑶芝说:"去送送小高。"

山里人

  郑瑶芝跟着高从伟出了筒子楼，高从伟说："别送了，你回吧，下午我们把事情办清了，晚上坐夜车就往回返了。"

  郑瑶芝恋恋不舍地说："那咱们回了厂再联系吧！"

  "好吧！再见。"高从伟赶紧走了。

  按说郑家父母怎么也应该留高从伟吃顿午饭，人家登门拜访去了，再说了是你们邀人家去的，于情于理都应该管顿饭吧！这点儿情面都不给，人情实在是有点儿薄了。

  送走了高从伟，郑家三口人凑到一块儿召开家庭会议，中心议题是讨论郑瑶芝和高从伟的关系。首先发问的是瑶芝妈，她问瑶芝："这就是你整天念叨的高从伟，就这德行还配跟你处对象？"

  郑瑶芝对她说："对呀！就是他，怎么啦？"

  "怎么啦？不怎么！就这么个山沟里的小土包子你都看上眼了，脑子进水了吧，眼睛被蜘蛛网罩住了吧！"她妈有些带气了。

  "没有哇！这不挺好的吗？"

  "这孩儿还不错。"瑶芝爸插了一句。

  "不错？要我说天下的男人都死光了也不跟他。"

  "我说孩儿她妈，咱们都是国家工作人员，说话要注意分寸，不要那么难听好不好！"瑶芝爸提示他爱人了。

  "难听！这还是好听的哩！反正我是一百个不看好他。"

  "你要说这个，我还就是看中了，是我嫁人又不是你嫁人。"郑

第十八章 姻缘错配

瑶芝豁出去了,顶了她妈一句。

"唉!老头子,听,你听!这是你女儿说的话吗?"

"我说你们娘儿俩都不要激动好不好,坐下慢慢说,有吗不能商量的。"瑶芝爸开始平息事态,把握会议方向了。

一家之长发话了,娘儿俩一个坐在凳子上,头朝里扭着,一个坐在床边上,头朝外扭着。

"这样吧!都快中午了,孩儿她妈先做饭吧,都消消气,以后再商量好不?"

"这事说不清,还吃什么饭!气都气饱了。"

"那你说怎么办,说出来听听。"瑶芝爸还是想调停这事,对着爱人说。

"要我说赶紧不跟这小子来往了,在市里找一个。"

"市里没有合适的!"郑瑶芝歪着头说。

"老头子你听听!奇了怪了,这几百万人的大城市就没有你女儿一个合适的对象?"郑瑶芝的妈也急了,两只手拍着说。

"那你有目标吗?说出来听听。"瑶芝爸问瑶芝妈。

"有哇!就你们局副局长赖吾庆的儿子赖友申就不错,人长得气派,又懂事。跟他结合了又能很快调回天津一块儿过日子。"瑶芝妈说。

"也是,可能人家有对象了吧?"主持人开始转向了。

"我早从侧面问过了,正谈着一个,还没定下来。要是提起咱家瑶芝来我估计他们家能同意,咱家孩儿多好,再说了赖副局长你们又是一个单位的,互相了解不说,怎么也有些面子,那小子跟咱瑶芝还是同学。"

"瑶芝,你看呢?"瑶芝爸又转头问女儿。

"我是不同意,谁愿意谁去。就像我妈说的,我是一百个不看好。"郑瑶芝的态度很明朗。

"他爸!你看有这么跟大人说话的吗?没大没小的,没规矩,气死我了。"瑶芝妈又接着说,"你的意见我不同意,我的意见你不同意,可我是你妈,养你这么大容易吗?这样的大事就得听大人的,还不是都为了你好!"

"听大人的,得分吗事!我的事情应该我做主。"郑瑶芝据理力争。

"这样的大事你做不了主,也不让你做主!"瑶芝妈理直气壮。

娘儿俩你一言我一语地较劲儿。郑瑶芝不说话了,起身收拾提包,他爸问她要干什么,她也不说话。等收拾完了对着老爸说:"不气你们了,我要坐夜车回厂里了。"说完就气冲冲地开门走了。

"真是儿大不由爷了。"瑶芝妈还冲着她的背影发牢骚。

"慢点儿啊!路上注意安全,臭闺女!"瑶芝爸追到门外无可奈何地喊着。

赌气从家里出来,郑瑶芝拎着提包在熙熙攘攘的大街上踟蹰,她

第十八章 姻缘错配

的心里塞满了酸楚。一向视自己为掌上明珠的爸妈怎么能这样呢？尤其是妈妈那么固执！难道是我错了吗？错在哪里呢？你们又不了解人家，匆匆见了一面就否定了，莫非真有棒打鸳鸯的事吗？唉！这人长大干吗呢？一连串的问题在她的脑海里翻腾。对了！这怎么跟高从伟交代呢？还是回厂子再说吧。

郑瑶芝乘坐的是天津开往保源的222次普客，夜间11点乘车，第二天的早上6点才能到达。郑瑶芝坐在靠窗的座位上，望着漆黑的田野被列车掠过，心里在流泪。车内明亮的顶灯换成了睡灯，旅客们都眯着眼，有的在养神，有的真的睡着了。唯独她很精神，她也是实在想合会儿眼，可眼皮就是合不到一块儿。郑瑶芝呀郑瑶芝，你的风度哪里去了，你的涵养哪里去了，你的志向呢？抱负呢？果敢呢？洒脱呢？父母的宠爱、领导的器重、同志们的赞许仿佛都化作了过眼云烟，她真有了"谁怜越女颜如玉，贫贱江头自浣纱"的感觉了。

高从伟从郑瑶芝家出来，径直回了旅馆，李师傅还没有回来，他倒了一杯水，坐在桌旁回忆到郑家的经过，检点自己有没有过失的地方，总的感觉还是不错的。只是瑶芝妈除了给自己倒了一杯茶外，没有问一句话。按说街道干部是喜欢刨根问底的，今天人家怎么保持沉默了呢？莫非对我有看法？他正在胡思乱想李师傅推门进来了。

"你早回来了？他们没留你吃午饭吗？"李师傅问。

"人家留了，是我执意要走的，没经过那样的场合，可觉得拘束呢！我找个理由跑出来了。"

"都一样，谁第一次见女方的父母都胆战心惊的，这叫相看。相是初次相认，看是要发现你的优点和不足。"

"你那会儿也是这样？"

"也是。那二老对你的态度如何？"

"总的感觉还可以，只是瑶芝妈没有问什么。"

"她一句话也没跟你说？"

"没有，开开门问了一声，倒了一杯水就到外屋了，就是他爸说了几句客套话。"

"啊！是这样。"李师傅好像发现了什么。

"有什么问题吗？"

"这样的事一般都是当妈的刨根问底，父亲在一旁看门道。"

"是这样啊！"

"不过也不一样，一家一个情况。小郑后来说什么？"

"她把我送出来就回去了，刚才打了个电话说是厂里有急事回厂了，没来得及沟通，有什么问题吗？"

"问题倒不见得有多大问题，不过我觉得你得有打持久战的思想准备。"

高从伟有些摸不到头绪了。

"走吧！你请我喝两盅去吧，今天上午我把剩下的事都处理清

第十八章　姻缘错配

了，下午咱俩闲转转，晚上或明天就可以回去了。"

高从伟和李师傅到了旅馆旁一家小酒馆里，拣了一个僻静的角落坐下来，要了一瓶津沽大曲，点了一盘水煮花生米，一盘罗汉肚，二人就喝了起来。席间高从伟情绪不高，李师傅没话找话，也提不起高从伟的精气神。最后李师傅一口喝下一小杯，右手抹了一下嘴，对着高从伟说："这谈对象和干工作差不多，要想干好就面临好多困难，你得想办法克服。你像我们做采购员的出来采购紧缺物资，去了人家说没有就得了？看他说话的口气就知道是有不想给，还是确实没有，如果是前一种情况要拿不下算你没本事，领导也不满意，生产也受影响，一连串的反应。你现在的采购对象就在你跟前，不是没有货源，就是批发环节可能有问题，如何解决就看你的了。"听了李师傅这句话，高从伟端起酒杯喝了一口，瞅着李师傅问："可以点拨一下吗？"

"不可以。太容易得到的东西，也太容易失去。"

高从伟不言语了，过了一会儿，高从伟举起酒杯说："李师傅，我敬你一杯。"

"想出点儿门道了？"李师傅端起酒杯跟高从伟轻轻碰了一下。

"还没完全明白！"高从伟拍了一下脑门儿，好像悟出点儿什么，"咱们今晚就坐夜车回吧！"

"听你的。"李师傅又喝了一杯。

山里人

高从伟和李师傅回到厂里的第二天下午,就收到了郑瑶芝从前景机械厂寄来的信,在办公室就没有舍得拆开看。晚上,高从伟在宿舍里关好门拉上窗帘,怀着忐忑的心情拆开信,但见信上说:

从伟你好!见信如面。

我感觉你该回来了,把早就写好的信给你寄过去了。在天津匆匆作别,实在抱歉。你到我家也没有好好招待你,已成为我心中一大憾事。

咱俩已心心相印,有些话我就直说了,绕弯子不是我的性格,也对不住你。那天上午你从我家走后,我家里对咱们的事进行了讨论。我爸对你是认可的,我妈有些异议,她持不同意见,我是赌气回厂的。但是我明确告诉你,我的态度是明朗的,我的心是坚定的。

今天就写这些吧!祝你超脱。

此致

敬礼

你的芝姐

1976年5月11日

第十八章 姻缘错配

读了两遍郑瑶芝的信，高从伟的心顿时拔凉拔凉的，眼前一片灰暗。他在桌边沉静了一会儿，把信折好藏在抽屉里，拉灭电灯，自己置身在黑暗中，和衣躺倒在被子上，头枕着双手，两只大眼睛睁得滴溜圆，直直地望着黑乎乎的房顶子。突然一个想法冲进了他的大脑里，不能让爱情的旋涡把两个人都搅乱了，这样的情况自己也不是没有想到过，两个人的家庭出身差距如此之大，人家大人的想法是没有错的。完美结合的爱情是美好的，但藏在心底的爱情更是珍贵的。我要劝告郑瑶芝不要为了咱俩的幸福，跟家里老人闹得天翻地覆，那样的幸福是建立在父母的痛苦之上的，是残缺的。对！我要把这个想法告诉郑瑶芝。想到这里，他起身拉亮了电灯，打开抽屉拿出信纸开始给郑瑶芝写信。

芝姐你好！

　　来信收到，我十分理解你和你父母的心情。在咱们的关系问题上我想向你说说心里话，你对我的爱我是刻在骨头里了，但为了爱也应该保持冷静，父母是咱们的第一大恩人，恩人是不能慢待的，恩人的话是要听的，所以咱们不能热了这头冷了那头，那样会留下遗憾的。你先冷静一段时间，我的情况你不要担心，听说要恢复高考了，在咱们厂的时候，林总就嘱咐我要利用业余时间学习高中的课程，他说迟早会用得上的。我按照老人家的嘱

山里人

咐,已学完了高中的课程,来了通知我就报名参加考试。

等有了好消息我就告诉你。今天就不多写了,咱俩都需要冷静啊!我的芝姐。

此致

敬礼

你的小弟从伟上

1976年5月12日

郑瑶芝从家里回厂后,她的妈妈就托熟人到赖副局长家提亲。赖副局长家和郑瑶芝家在同一个家属区,一家在1号楼,一家在4号楼,彼此都互相了解。郑家提出这样的想法后,赖家经过权衡,推掉了正在谈的那个对象,答应了儿子赖友申和郑瑶芝的婚事。郑瑶芝的妈妈很高兴,她跟准亲家商量要尽快完婚,并把这事通知了郑瑶芝。

郑瑶芝接到妈妈的来信,看了后大吃一惊。妈呀!你怎么能这样呢?气得她把信撕得粉碎扔到炉子里烧了,一夜没睡。第二天上班后她把电话打到了父亲的办公室,问她父亲为什么不阻止她妈妈做这事。父亲说你妈的脾气你不是不知道,她认准的事九头牛也拉不回来,这么多年了我不都是这么过来的嘛!算了孩子,退一步随了她吧,不都是为了家里安宁吗?再说了赖家各方面都不错。郑瑶芝听了他父亲的话肺都气炸了,砰的一声挂了电话。她觉得天旋地转,世界

第十八章 姻缘错配

末日来临了。

赖家和郑家商定的婚期是10月1日那天。由于只有几个月的时间了，两家都在紧锣密鼓地准备。瑶芝妈把婚期和需要准备的嫁妆都在电话里告诉了郑瑶芝，郑瑶芝感到已经走到路尽头了，到了上天无路入地无门的地步。怎么办？遇到这样的突发事件自己确实束手无策了，她头脑发蒙地在椅子上坐了一会子，不由自主地拨通了高从伟的电话，对方"喂"了一声，她就哭了起来，急得高从伟不知如何是好，"喂！喂！芝姐，说话呀！说话呀！出什么事了吗？"听到高从伟急促的呼叫，郑瑶芝努力平静了一下情绪，"从伟，你能回一趟老厂吗？这事电话里说不清。""好！不要着急呀！我去跟领导打个招呼。"放下电话，高从伟找厂长请半天假，厂长批准了，并要他坐办公室的吉普车去，快去快回，注意安全。

坐在颠簸的吉普车里，高从伟双手紧紧抓着把手，脑子里在翻腾，到底发生什么急事了，使郑瑶芝这么焦躁，工作方面不会有多大问题吧！要不就是她的婚事，是不是她妈逼她了，一路上他左思右想。上午11点赶到了老厂，到宣传科找到了郑瑶芝，郑瑶芝哭得两眼红肿，站起来给高从伟倒了一杯水，又无奈地回到了原位。

"到底发生什么事，让你这么痛苦？"高从伟掏出手帕帮郑瑶芝擦了擦眼泪，心痛地问。

他这一问，郑瑶芝抽泣起来，使高从伟更难受了，这是在办公室，要不然他一定把心爱的人抱在怀里缓解她的痛苦。"芝姐，控制一下，这是办公室，让人听到多不好。再说了天大的事也要想办法解决不是？"

听了高从伟的话，郑瑶芝费劲儿地调整了一下情绪，擦了擦眼泪，整了整头发，强笑了一下。"我妈来电话告诉我，让我准备准备，国庆节回天津结婚。"

高从伟听了，脑袋轰地一下就瘫在了椅子上。过了好一阵子，他才问："这么急？"

"谁说不是，实在难以接受，逼得人都不想活了。"

"可千万不要那么想，他们给你物色的人是干什么的？"

"在塘沽造船厂当技术员，我们在高中是同学，他大学毕业留在了天津。他爸和我爸都在市里二商局工作，现任局里的副局长。"

"那人怎么样？"

"你问这干什么？"

"我是想啊！你们条件相同，门当户对，如果人可以，你就……"

"打住，高从伟！就什么就？我心里就只有你！"

"你看哪！芝姐！咱们应该冷静下来谈这样严肃的问题，这人世间有时心里想的跟现实不相符的事情多着呢！心想事成是一种愿望，但不成的概率也不小。如果想法拗不过现实，只有面对现实了，这也

第十八章 姻缘错配

是无可奈何的结果。"

"一派胡言！我心里只有你，我决不让步。"

"我何尝不是呢？但刚才不是说了嘛！毕竟得面对现实，咱们都是食人间烟火的凡人，你不是七仙女，我也不是董永。"

"那我就这么放下心爱的人，葬送自己的一生！"

"风物长宜放眼量，勇敢地面对现实，开辟新的天地吧！"

"这就是你对我忠贞不渝的爱情？"

"我有什么办法？总不能扯着你跟你的父母闹翻吧？我们两个也不能私奔吧？我的心何尝不是痛得彻骨呢？现在只有忍痛劝你，也是劝我自己往开了想，以后的日子还长着呢！"

"从伟——"郑瑶芝发自内心地喊了一声，猛地扑到高从伟怀里抽泣着，高从伟使劲儿地搂住了她，随即又推开了她。

"芝姐！我们不能这样，这是办公室，要冷静，再说了你是有主的人了。"

"伟弟呀！我是你的人，我的主是你，我冷静不了。弟呀！怎么办呀？"

他们正说着电话突然响了，郑瑶芝镇静了一下，抓起了电话，"喂！郑副科长吗？天津的长途给您转过去好吗？"是厂部总机话务员的声音。郑瑶芝听说是天津的长途，强忍着说："转过来吧！"

电话是郑瑶芝的妈妈打来的，她说，那事你同意不同意，十一回来还可以商量，现在不要闹情绪，以免影响工作，国庆节放了假回天津就是了。

郑瑶芝听电话里妈妈的口气，好像有了转机，她放下电话，长长地舒了一口气，对高从伟说："我妈说等国庆节回去了还可以商量，看来她的卡子有些松动了。"高从伟听了也很高兴，"好了，我们静观其变吧！"安抚了一番郑瑶芝就回厂了。

1977年的9月29日傍晚的时候，郑瑶芝回到了天津的家。她一进家就感觉气氛不对，家里人来人往，各种礼品摆满了屋子，她妈见她回来了很高兴，街道办的两个阿姨围着她嘘寒问暖，说这说那。郑瑶芝问阿姨家里这么热闹这是要干什么？阿姨说傻闺女，这不要给你办喜事嘛！郑瑶芝问办什么喜事。阿姨说这孩子真爱逗，后天就是你结婚大喜的日子，现在跟我们绕圈子。这一听郑瑶芝完全明白了，前些日子她妈打电话说还可以商量是在骗她，现在是逼着她就范。从一进家门两个阿姨就围着她形影不离，她身陷图圈，只有进路没有退路了。

1977年的10月1日上午11点8分，位于天津和平路与滨江道交口一角的惠中饭店中餐厅内灯火辉煌，喜气洋洋，赖友申和郑瑶芝的婚礼在此举行。

饭店大厅中央摆了十桌，赖庆吾副局长和夫人穿戴讲究，胸前别着胸花，笑容满面地迎接来宾，同事、同学、亲戚、朋友、领导、同仁，陆续地前来贺喜。按照预定的时间客人们入席后，婚庆典礼仪式

第十八章 姻缘错配

正式开始。主持人在热情洋溢的气氛中请新郎赖友申和新娘郑瑶芝缓缓地走到礼台上,赖友申向各位来宾鞠躬致谢。

那个时候提倡婚事简办,婚礼上的一些传统习俗都省略了,热热闹闹吃了一顿饭就结束了。到了晚上郑瑶芝坐在桌边看英国小说家艾米莉·勃朗特的《呼啸山庄》,都凌晨1点了还没有睡意。赖友申由于几天来操办婚事有些累了,早早睡了。他一觉醒来都3点了,发现郑瑶芝还在看书,就催她休息,郑瑶芝说我不困你睡吧。就这样整整熬了一宿,第二天晚上她又在看书,赖友申脱掉外衣换上内衣站在郑瑶芝身后,对着郑瑶芝的耳朵小声说:"别看了,咱们休息吧!昨天晚上新婚之夜都白过了,今天晚上补上好吗?"说着就伸手去搂郑瑶芝的前胸,被郑瑶芝有力地挡了回去。赖友申不高兴了,"怎么,不跟我睡吗?"

"不!我没有心情。"郑瑶芝坚决地说。

"不是!我们都是夫妻了,你就这么对待你的丈夫?"赖友申带着气问。

"我告诉你说赖友申,我们虽然是同学,只是一般的同学关系,没有感情基础。对咱们的婚事我压根儿就不同意,是我妈骗着我逼着我办的。所以对其他的事我不感兴趣,咱们都好自为之吧。"

"你以前也不是这样啊!瑶芝,我们虽然是一般同学关系,但我对你始终是有好感的,你对我没有感情可以慢慢培养嘛!以后一块儿

山里人

处得多了自然就有感情了。"

"不可能,根本不可能。"

"钢铁都能融化,何况人乎!"

"你别乎啦嗨的,慢慢融你个人吧!"

"我还想过一段时间给我爸说说,托人把你调回来呢!没想到你会这样!"

"我不调,也别让你爸为我求人,我这些年在山里待的习惯了,做个山里人就挺好。"

"那好吧!你就在山里好下去吧!"

两个人话不投机,各睡各的了。

赖友申躺在新婚的床上,呼吸着崭新被褥的气息,望着郑瑶芝的背影,越看越觉得憋屈,盛到碗里的肉就是吃不到嘴里,这叫什么事呀!唉!心急吃不了热豆腐,慢慢来吧!也许有回心转意的时候,谁的心不是肉长的,我尽量用心感化她,兴许有转机,尽力而为吧!

郑瑶芝和赖友申在天津十三中读高中,后来赖友申考上了理工学院,学电机自动化专业,毕业后分到了天津造船厂工作。郑瑶芝高中毕业后,就被分配到新建的三线厂工作了。两个人在上学期间只是一般同学关系,没有过多的交往。但据实说赖友申没有什么过人之处,不过人还是比较老实的,他的父亲在市里是中层领导,赖友申自然就有些优越感。有优越感的人无论在学习上,还是在工作上一般是不会

第十八章 姻缘错配

很刻苦的，因此，就显得平庸一些。郑瑶芝是喜欢蓬勃向上、有进取心、学识渊博、有见地的人。而出生山里，只有初中文化的高从伟一心一意冲破藩篱，向着光明的人生冲刺，他的所作所为郑瑶芝是看在眼里、印在心里的，他在她的心里是占领了制高点的，虽然二人的年龄、出身、学历有些差距，郑瑶芝不在乎，她看重的是志同道合。而高从伟对郑瑶芝的爱在内心是山崩地裂的，只是条件上的差距使他真爱想爱而不敢大胆爱，所以他对自己是抑之又抑。实际上郑瑶芝国庆节回天津后他坐立不宁寝食难安。不过他的头脑很清醒，正像他对郑瑶芝说的"想法拗不过现实，只有面对现实了"。经过短暂的阵痛后，他就振作了起来，全身心投入高考前的复习中去了。

赖友申和郑瑶芝的"蜜月"只在一块儿度了5天，郑瑶芝就匆匆回厂了。

年底厂里放假了，郑瑶芝回到了天津的父母家，本想在家里多待几天，无奈她妈催他回婆家去，嫁出去的闺女泼出去的水，没有理由不回婆家，只好硬着头皮回去了。新媳妇的到来让赖家人都很高兴，一家人动手拾掇房间，置办年货，婆婆还给了郑瑶芝500元，嘱咐她买身新衣服，过新年就得有个过新年的样子。赖友申也是高兴得什么似的，伺候得郑瑶芝无微不至的。只是郑瑶芝总是蔫耷耷的，提不起精神来。赖夫人看出了小两口儿的端倪，趁郑瑶芝不在的当口儿，向她儿子问起了情况，儿子向母亲诉说了自己的难处，母亲问儿子是否真

山里人

心喜欢小郑，赖友申说喜欢是真心喜欢，只是人家老是冷冰冰的。母亲说你要是真心喜欢就想方设法感化她，千万不要来硬的，要用心焐热她，好女怕赖男，功夫到了她就顺了。

赖友申按照母亲的指示，春节期间对郑瑶芝百般呵护，真到了瞌睡了就有枕头的地步。除此之外他还借来了言情小说仔细阅读，以提高自己表达情感的理论水平。在赖友申千方百计的感召下，郑瑶芝出于人性的本能，还真就范了一次。尽管有了肢体接触，小两口儿的感情还是热不起来，赖友申总是剃头挑子——一头热，但他还是抱着热罐子不放。

过了年郑瑶芝就回厂了，上班的第一天就收到了一封来信。实际上来信年前就寄到了厂里，只是郑瑶芝走了，没有及时收到。她一看是高从伟来的，赶紧拆开看，信的内容是：

芝姐，你好！

过节回天津了吧？回去了请代问叔叔、阿姨好，祝二老春节愉快！身体健康。

我给你写信报告一个好消息，我被天津河北工学院录取了，学习信息与通信工程专业，过了春节就去报到，估计我去报到你就回厂了，在天津见不到你了。没关系，有机会见了面再详谈。

我们厂也放年假了，我要晚回去几天，把有关事情向厂里交代一

第十八章　姻缘错配

下再走,过了春节就不回厂了,直接从家里到天津。

谢谢你对我的鼓励和帮助,你对我的好我会铭记在心的。

姐夫对你很好吧?有机会我们认识一下。祝你们新婚快乐!早得贵子。

好吧!就说这些啊!

你的小弟从伟上

1977年2月18日

读完高从伟的信,郑瑶芝觉得真是"无可奈何花落去"了,她掩信长叹:"命运之神呀!你怎么这么对待我呀?"

一年以后,也就是1978年过了国庆节,郑瑶芝生了一个大胖小子,在天津做过了月子,就带着孩子回厂了。那时厂里单为单身带孩子的女职工安排了母子宿舍区,行政科为郑瑶芝母子在母子宿舍区安排了一间住房,郑瑶芝母子住了进去。一个人带个孩子上班,还要做饭洗涮,实在忙不过来,郑瑶芝就从附近村雇了一个小女孩儿照看孩子,每月看护费15元,占了月工资将近一半,日子过得很紧巴,尽管经济拮据,郑瑶芝是个有个性的人,从不要爸妈和婆家的资助。

都说孩子是爱情的结晶,是夫妻关系、家庭关系的纽带,但是郑瑶芝他们这条纽带好像系不紧。有了孩子的拖累,逢年过节的,郑瑶芝带着孩子不方便就很少回天津了,有时五一、十一节假日,赖友申

山里人

到厂里看望母子俩，他来去匆匆，两个人不冷不热，没有久别胜新婚的感觉，渐渐地赖友申的心有些凉了，总是打不起精神来，他的表现被厂里一位叫迟燕燕的女工看在眼里。迟燕燕在厂里是个车工，也是天津人，人长得不错，高中文化，父母都是工人。之前她就对赖友申动过心，但考虑赖友申的父亲是领导干部，怕高攀不起，就没敢往前走。后来郑瑶芝和赖友申结了婚，她听说是郑瑶芝的母亲硬撮合的，郑瑶芝是不情愿的，看来不情愿的婚姻双方都是痛苦的，赖友申婚后的一举一动，面目表情就足以说明了这个问题。她觉得机会来了，主动接触一下赖友申看有什么反应。一天中午到食堂打饭，她故意排在了赖友申的后面，赖友申买好饭后到餐厅一角的餐桌上用餐，迟燕燕端着买好的饭凑了过去，"赖技术员吃的是米饭哪还是馒头哇？"她故意没话找话套近乎。"我今天就买了两个馒头，你呢？""我是米饭。"两个人边吃边聊了起来。"哎！赖技术员把我这碗里两片肉夹过去吃了吧，我不想吃肉。"赖友申听说迟燕燕要他吃肉，就把饭盆往迟燕燕近前挪了挪，迟燕燕就把肉夹给了他。

"哎！我说赖大技术员，她们娘儿俩不在你身边，你的业余时间都干些什么？"迟燕燕见赖友申不见外地接了她夹过去的肉，就开始试探着深入了。

"咳！能干什么？就耗呗！"

"你这大技术员，就这么空耗哪成？"

第十八章 姻缘错配

"不耗又能怎样？"

"听你这话头有消极情绪在里面呢！"

"唉！不知为什么总打不起精神。"

"别价，娶了个好媳妇，又添了大胖小子，你爸妈又都在岗位上，多么美满的小家庭，都让别人羡慕嫉妒恨了，还打不起精神，真是生在福中不知福了。"

"嘻！家家有本难念的经，不跟你说了。"

"好嘛！下来有机会向你请教技术问题。"迟燕燕设下了埋伏。

要说这男人哪，别看在人群里人五人六的，有一半的精气神是女人给的。媳妇的问题是男人一生中的大问题，两个人拧不到一块儿，不管干什么精神头儿都提不起来，就是提起来也是暂时的，掉过头烦恼又袭来，是挥不去甩不掉的情感泥沼。夫妻俩要是和了撇，你说的就是我想的，我想的就是你说的，心心相印，干什么都是爽的，总有使不完的劲儿。

赖友申就是陷入了感情泥沼，实际上他在培养与郑瑶芝的感情方面是尽了力了，但不知为什么总是收效甚微。情感这东西是很微妙的，家庭条件好、自身条件也不错只是一方面，有的女孩子是不看这些的。郑瑶芝就是这样的人，她看的是人的志向、抱负和担当。她和赖友申不是一股道儿上跑的车，因此两人总是合不来，使得赖友申老觉得生活不像生活，日子不像日子，缺乏应有的气象。

山里人

这天是星期六，中午在饭堂里赖友申和迟燕燕又碰在了一起。说是碰在了一起，实际是迟燕燕有意凑的。这天中午她又故意排在了赖友申后面，又故意多买了一份烧牛尾，端到赖友申跟前和他一块儿吃，她把未动筷的烧牛尾拨给了赖友申一半。赖友申说："谢谢你，上次吃了你的红烧肉，今天又吃你的烧牛尾，不能总吃你的，改天我请你下馆子吃顿狗不理怎样？"

"行啊！早就想打打牙祭了，大技术员肯请客太好了，请问什么时间？"

"瞅工夫吧！"

"请人吃饭要实在，不能瞅工夫，瞅工夫是虚的，瞅来瞅去就瞅黄了。这样好不好？明天上午我请你看电影，中午你请吃狗不理怎么样？"

赖友申听到迟燕燕如此说，迟疑了片刻，说："行吧！在哪个影院？"

"淮海怎么样？"

"好嘛！在老电影院看电影感觉不一样。那咱们看过了电影，中午就去桂发祥吃狗不理，也是老店，行吧？"

"说好了，明天上午9点淮海影院门口见。"迟燕燕很痛快地定了下来。

一般男女朋友相约看电影或是逛什么地方都是男的等女的。这天

第十八章 姻缘错配

迟燕燕把自己细心地捯饬了一遍，大胆地穿了一条花格连衣裙，齐耳的短发梳理得很整齐，右手拿着一本杂志，早早地来到影院大门旁，坐在长条椅上等赖友申了。赖友申也是按点儿到的，他们并排走进影院找到了自己的座位。那天上映的电影是《生死恋》。

《生死恋》是日本著名电影导演村登执导的爱情片，影片讲述的大宫熊二是水产研究员，在四个国家工作了很长一段时间后回到了横滨，打网球时认识了好友野岛进三的女朋友仲田夏子。通过接触大宫爱上了夏子，但碍于野岛进三的友情，竭力回避夏子。不料夏子却向他表白了真情，她在大宫身上找到了野岛身上所没有的东西。经过大宫一段时间的主动出击，终于确定了恋爱关系。夏子和大宫回老家相亲以后，他们依偎着漫步在皎洁的月光下，大宫向夏子示爱时，夏子动情地对恋人说："等一等，让我们在新婚之夜再饱尝在一起的喜悦吧……"当银幕上出现这个情节时，迟燕燕的右手缓缓地搭在了赖友申的膝盖上，一股暖流迅速传遍了两个人的全身，赖友申的左手情不自禁地盖在了迟燕燕的右手上。

男人处在感情的低谷时是最渴望热度的，如果这时有温顺的异性出现，一般是不会抗拒的，这也是有些人出轨的原因。有些夫妻出了问题，总是找对方的不是，疏于检点自己，实际自己也有不可推卸的责任。郑瑶芝对赖友申的冷漠，给迟燕燕钻空子提供了缝隙，赖友申和迟燕燕一来二往接触了几次，两个人感觉都很舒服，渐渐地谁也离

山里人

不开谁了。

照说赖友申身为人父身为人夫，是不应该和女孩儿过于亲密交往的，况且媳妇一个人生活在大山里，还给你带着孩子。但是他耐不住情感的干渴，没有挡住温柔乡的诱惑，做了俘虏。

好事不出门，坏事传千里。纸里包不住火，雪里埋不住孩。要想人不知，除非己莫为。这些老辈子在民间流传的俗话，不知都是谁总结出来的，说得那么深刻。身为俗人洁身自好不容易，耐得住寂寞更不容易，但是你一出轨，不论是从思想上还是行为上，准会败露，这是无疑的。

赖友申和迟燕燕的交往，不知怎么传到了300公里外的郑瑶芝耳朵里。郑瑶芝不愧是郑瑶芝，她没有恼怒没有沮丧，更没有怨天尤人，她要用淡定的态度处理这件事。她借着国庆节公休日又请了几天假，带着儿子回到了天津，住到了婆婆家。母子的归来，赖副局长和夫人非常高兴，爷孙俩玩耍得很开心，夫人张罗了一桌精致的天津菜，庆祝一家团圆。席间郑瑶芝以茶代酒，敬了公公、婆婆，她说："爸、妈，我不在你们身边，不能履行一个儿媳妇的职责，实在有愧于这个家庭，请你们原谅我这个不称职的儿媳妇。"

"说哪里话嘛！是我们对不住你，你一个人在大山里带着孩子生活，够不容易的了，我们什么忙也帮不上，是这一家子愧对你们母子了。"友申妈心痛地说。

第十八章 姻缘错配

"你妈说的是这么回事,你们母子俩单独在大山里生活确实不易,我已联系了接收单位,争取明年初把你调回天津,那样生活就方便了。"友申爸也是很和蔼地说。

"爸!您老不用操心我工作调动的事了,我有一个想法想在今天的饭桌上说出来。"

"说吧,孩子,就咱一家人。"友申妈高兴地说。

"我想和您儿子离婚。"郑瑶芝平静地说。

"什么!你说什么?"老夫妻俩好像没听清,同时放下筷子,瞪着眼睛十分惊讶地问。

这时熟睡的孩子突然哇的一声哭了起来,郑瑶芝赶紧起身哄孩子。她轻轻地拍了拍小芃芃,小家伙又睡了。芃芃这个名字是爷爷给起的,取自《诗经·鄘风·载驰》:"我行其野,芃芃其麦。""芃"意为有活力,有勇敢和进取之力,他寄托了一家人的希望。

郑瑶芝哄着了孩子,重新回到了饭桌上。

"瑶芝,你这孩子怎么突然说这话,到底为什么?咱家的孩子都这么大了,到底为什么?"友申妈十分不解地追问。

"爸、妈!是我不好,没有尽到一个媳妇的责任,使得你家友申又去找别的女人了。"

"什么!什么!怎么会有这样的事?"老两口儿感到十分突然、

震惊。

"你们也知道，我们的婚姻没有感情基础，害得友申也不舒服，他谋求他的幸福我是理解的，咱好聚好散，可能就这点儿缘分吧！"郑瑶芝还是平静地说。

"孩子，咱可不能一激动干出追悔莫及的事情来，你看咱这个家多好，你看咱小芃芃多好，咱可不能让他从小就接受家庭破裂的痛苦，生活在破碎的家庭里。友申你说说到底怎么回事？"友申妈急不可耐地把话题转向了儿子。

赖友申沉默不语。

"你倒说话呀！到底怎么回事？你是不是在外面干了对不起他们母子的事？"友申妈见儿子不说话有些急了。

"妈！您就不要逼他了，这种事情不好启齿。"郑瑶芝说。

赖友申继续沉默不语。

"我可告诉你们说，你们正处在年轻气盛的时期，不要干出覆水难收的蠢事。一个家庭什么是主要的？孩子是主要的，为了孩子的幸福，该受的委屈得受。不要为了自己而不管不顾，那就太自私了。"友申妈拿出了街道干部的气势。

"妈，您不要这样说，谁活着不是为了幸福？让您儿子说，我们的关系还能不能继续。"

"嗐！嗐！"赖副局长无可奈何地长叹了两声。

第十八章　姻缘错配

"臭小子！你倒是说句话呀！到底办了什么丢人现眼的事了？"友申妈真的急了。

"爸、妈！我没有什么好说的，瑶芝要离我有什么办法？"赖友申终于开口了。

"赖友申，你可是当了爸爸的人了，说话要凭良心，到底是我想离，还是你逼得我要离，当着二老的面，我就不揭你的短了。你是知识分子、国家干部，以后还要在社会上混，我不想把这事闹得满城风雨，让你难堪，是看在咱们曾经夫妻一场的分儿上。再说了好歹你现在还是芃芃的爸爸，我也不想让我的儿子背一个他父亲是陈世美的名声，咱好聚好散，在社会上街坊邻里也别引起多大动静，把手续办了，我就带着芃芃回厂了。你就可以大胆地追求你的幸福了。"郑瑶芝一番话把事情说透了。

"小郑，我听出来了，是友申背叛了你，既然是这样，那就不能再往一块儿撮合了，强扭的瓜不甜。只是你一个人带着孩子在大山里生活太不容易，我们会每月按时给芃芃寄生活费的，你不要拒收，那不是给你的，是孩子的。你很宽宏，都到了这份儿上还替别人着想，友申不如你，他不配和你在一起。你们商量商量，过了节就去民政部门办手续吧！"友申爸说完就开门出去了。

话说清了，郑瑶芝从里屋床上抱起还在熟睡的芃芃，转身对友申母子说："过了节一上班就去办手续，你们继续吃饭吧，我和芃芃回姥姥家了,我的衣物我带走,其他的你们看着处理吧。"郑瑶芝说完就抱着孩子出门了。

赖友申的母亲用右手食指狠狠地戳了赖友申一指头,"你就气死我们了!"

10月4日上午赖友申和郑瑶芝到民政部门顺顺利利地办了离婚手续,真像郑瑶芝说的好聚好散,两个人从民政局出来,互相道了别,就劳燕分飞了。

郑瑶芝拿着离婚证回了家,瑶芝妈看到了离婚证,失声痛哭起来,被瑶芝制止了。她止了哭,又破口大骂赖家不是人,瑶芝爸阻止她,他说任何事物都有两面性,不管出现什么结果,双方都有责任。你静下心来想想,在她俩的婚姻问题上,我们到底有没有过错,不要一出事都埋怨别人。瑶芝妈听了不吭声了。

停了一会儿,瑶芝妈说:"你这孤儿寡母的以后咋过呢?唉!真愁死人了。"

"咋过!一天也不少过。有山靠山,无山独立。再说了,没有离婚时不也是咱女儿一人带着孩子过的吗?我相信我女儿有能力把日子过好的。"瑶芝爸在劝慰老伴儿,实际也是在劝慰自己和郑瑶芝。

处理完一应事务后,郑瑶芝就带着小芃芃回到了厂里。她没有因为离婚苦恼、沮丧,倒是有卸了包袱的感觉,从思想上觉得愉悦了许多。

第十八章　姻缘错配

到了临近春节，郑瑶芝和爸妈商量："我一个人带着孩子坐车倒车的不方便，春节就不回天津过了，您二老要多保重身体。"父母同意了她的想法，并寄来了钱和芃芃的玩具。过了腊月二十，工人们陆续回家探亲了，厂里各车间都停了工，门窗都由保卫科贴上了封条，郑瑶芝被安排到厂办室值班。一天，她正在整理文件，有人敲门找郑瑶芝，打开门一看是高从伟，她愣住了，他做梦也没有想到高从伟会从天而降。高从伟见她发愣，就说："我的芝姐，就这么几天不见，都不认识我了。"

"高老弟！不是不认识，谁想到你突然来了，真让人意外。到了学校忙起了自己的功名，把老姐姐也忘了，这么长时间也不来个信。"郑瑶芝嗔怪高从伟。

"'我住长江头，君住长江尾。日日思君不见君，共饮长江水。'是谁的诗来着？"高从伟逗起了郑瑶芝。

"那诗早已时过境迁了，现在应该是：我住太行山，君居渤海湾。同日不同质，不再把君牵。"

"看芝姐说的，小弟是那样的人吗？"

"人心隔肚皮，那可说不准。好了，咱不闹了，说说你在学校里的情况吧！"

"好，好着呢！只是我的底子差你是知道的，一方面补基础课，一方面学习新课程，搞得我焦头烂额，所以没来得及给你写信。这不

山里人

学校也放年假了,我想啊,干脆来看看不更好嘛,谁知你还没走,真让我碰着了。"

"亏你进了城还没忘记大山里的土姐姐。"

"哪能呢!我是那种人吗?嘿,我姐夫和孩子都好吧?"

"好,都挺好,就是出现了小插曲。"郑瑶芝诡秘地说。

"怎么了?出什么事了吗?"高从伟不安地问。

"也没出什么事,今年国庆节的时候我和赖友申离婚了。"

"什么!好好的,出了这种事,孩子怎么办?"

"能怎么办!我的孩子我抚养呗!我这当妈的这点儿能力还是有的。"

"但凡能将就着过,也不能走这一步哇!"

"外明不知里暗,个中的苦处没有必要说了,一切都过去了,我们母子又开始新的生活了。"

高从伟无语了,这是他万万没有想到的事。都生在大城市,又门当户对的,两个人又有了孩子,不就是两地分居吗?等有了机会调回去不就行了吗,干吗走这一步呢?

郑瑶芝看高从伟不言语了,转身给他倒了杯水,"怎么,今天还回家吗?"

"回,看看你们就回去,能让我看看小芃芃吗?我还给他买了小玩具呢。"

第十八章 姻缘错配

"能，怎么不能？他在宿舍里跟小阿姨一块儿玩呢，幼儿园都放假了，我们也不回天津了，找了个临时小保姆。走，我领你去，吃了中午饭再走。"

"不添麻烦了，看看孩子就走。"

他们从办公室出来，郑瑶芝锁上了办公室的门，就一块儿到母子宿舍区去了。到了家小芃芃正在和阿姨玩小猫捉老鼠。郑瑶芝就叫："芃芃，高叔叔来看你了。"小芃芃不认识高从伟，拿生疏的眼神瞅着高从伟。高从伟见到孩子，赶紧说："来，小子，叔叔抱抱。"他双手抱起了小芃芃，忍不住掉出了眼泪。

"芃芃，看高叔叔还给你买了玩具，快谢谢叔叔。"

小芃芃歪头瞅了高从伟一眼，又温顺地趴在了他的肩上，双手搂着他的脖子，高从伟用左手轻轻拍着孩子的后背，如同己出。郑瑶芝见状，眼圈也红了，她在想着孩子多么需要父爱呀！

第十九章　转　型

20世纪70年代，越南的抗美战争结束了，国家实现了南北统一。在整个越南抗美战争中，我国从兵力、物资诸方面都给予了大力支持。但战争结束后，越南对我国的边境进行肆意骚扰，中越关系急剧恶化，中国边疆的和平、安定和人民生命财产受到严重威胁。在此情况下，于1979年2月17日，中央军委命令中国边防部队对侵犯中国领土的越南军队进行自卫反击。五机部就为385厂增加了生产任务，秦大梅连夜召开中层干部会议，传达上级指示。打过仗的秦大梅深知武器对前线战士的重要性，他要求全厂干部职工不吃不喝连轴转也得完成上级下达的任务，在全厂职工动员大会上，他动情地说："同志们！现在自卫反击战打响了，战场需要枪支，枪支就是我们子弟兵的命根子，我们一定要造好枪造好弹，快速运往前线。经我们的手榴弹，都带着我们的体温，传递给我们的子弟兵，使他们勇敢地消灭敌人，换来我们国家的太平。"

1979年以前军工生产处于相对稳定阶段。当时的军工管理体制是由政府直接控制，随着国际形势的变化，我国的军工企业也需要向市场化转变，引入民营资本参与、武器装备，也就是民参军、军转民成为转化的方向。我们的军工企业要走向国际舞台和国际公司进行竞

第十九章　转型

争，没有一流的国际化管理和与之配套的体制是万万不能的。

三线企业问题来了，国家开始消减军工生产任务，号召军工企业"军转民"。接着国家计划内的枪支弹药全部停止生产，各厂家要全部转产民用产品投放大众市场，以此来谋求企业的生存和发展。习惯了吃国家供给的国有企业一下子要自谋生路，面临的困难是不可想象的。首先是干部职工的思想就转不过弯，再加上市场意识的缺乏，是轻易找不到好的出路的。秦大梅面对突如其来的困难，苦苦思索了数日，他给所有厂级和中层干部都出了一道难题，就是每人提一条关于厂子如何转型谋出路的合理化建议，一个星期内交到厂办室。一个星期后，厂办室收到了100多份建议书，其中还有一线工人写来的。面对如此浩瀚的信件，厂办室主任带领全室6个工作人员分门别类进行筛选，经过两天紧张的工作，筛选出了他们认为有可采纳价值的建议20份，厂办室主任把汇总后的建议书交给了常务副厂长武珩九。武副厂长一看真叫丰富：有建议生产圆珠笔的，有建议生产自行车的，有建议生产医疗器械的，有建议生产民用玻璃的，有建议生产民用家具的，有建议生产民用台灯的，有建议生产拖拉机收割机的，有建议生产民用汽车的，有建议转产客车的，还有大胆建议迁址办厂，到大城市周边谋求发展的，等等。武珩九把这些建议拿到了秦大梅办公室，秦大梅认真仔细地阅读了每一份建议书，他在想，先不说每份建议的可行性，就看行文的态度，就反映了蕴藏在群众中的积极性，他们面

山里人

对如此巨大的波折，没有丝毫的敷衍、沮丧、萎靡情绪的表露，都在积极地建言献策，谋求出路。通过厚厚的一摞建议书，他又一次感受到了群众中蕴藏的智慧和力量，看到了企业转型的希望。

吃过了晚饭，他让秘书小胡通知武珩九、林晨如、王光睿、韩久铭几位厂领导到山顶上大柏树下集合，在没有围墙没有桌椅没有麦克风的"山顶会议室"召开一次意义非同寻常的会议。不知为什么，一遇到难处，秦大梅总是到山上靠着大柏树坐坐，好像大山成了他的依靠，大柏树是他智慧的守护神。山里人依山而生，依山而长，依山而眠。大山养育了他，大山给了他克服各种困难的智慧和力量，还给了他泰山压顶不弯腰的性格。此时的秦大梅稳稳地坐在大柏树下，在思考385厂的出路和未来。想想建厂之初，无怨无悔的三线人，响应国家的号召，告别亲人、告别城市来到这荆棘丛生的大山里，硬是靠着坚强的信念，创造出了军工史上的奇迹，但这已成为历史。世界局势在变，国家要发展就必须适应国际形势发展的需要，党中央关于军工企业转型的决策是英明的，跟不上时代的步伐就会落伍，就会被淘汰。企业转型的关键是领导思想的转变，"思想对了头，一步一层楼"这不是口号。如何从旧体制中脱离出来，如何让思想对了头，这是摆在军工企业领导们面前的实际问题。秦大梅召集他风雨同舟的战友，来山顶上大柏树下就是要大家接受大自然的陶冶洗涤，就是要大家换思想、换脑筋，顺利跨越由军工转民用的这道坎儿，既要保证转型成

第十九章 转型

功，继续为国家作贡献，又要保证职工的权益不受损害，这些想法在他的脑子里反复涌动。

来山顶接受陶冶的成员们陆续到齐了，他望着一张张不太轻松的脸，心里有些不舒服，为了缓解大家情绪的沉闷，他给每人发了一支佳宾牌香烟，然后轻松地说："今天约各位上山不是来布置任务压担子的，主要是要大家一块儿领略一下太行山的壮美，舒缓一下我们的身心。现在我提议每人出一个节目，背首诗或讲个笑话都行，只要大家开心，我先带头。"秦大梅说完站起来拍了拍沾在腿上的草叶，双手往后捋了捋不太凌乱的头发，清了清嗓子，欢快地说："各位观众！大家晚上好！在这高高的太行山上，在满天红霞的映照下，在这微风徐徐的爽朗时刻，我给大家朗诵一首伟大领袖毛主席的词《卜算子·咏梅》：'风雨送春归，飞雪迎春到，已是悬崖百丈冰，犹有花枝俏。俏也不争春，只把春来报，待到山花烂漫时，她在丛中笑。'"背到最后一句还做了一个漂亮的手势才缓缓地停下来。大家听了他声情并茂的朗诵，先是惊，转而喜，接着是有力的掌声。在大家的眼里秦书记是个沉稳务实的工农干部，就知道抓工作，想不到还有这么成熟的表演才能，真是真人不露相，露相不真人哪。秦大梅的表演令同事们刮目相看，也起了很大的启发作用，勾起了大家的表现欲。副厂长韩九铭首先站起来自告奋勇地说："我受秦书记的感染，也给大家来一段《智取威虎山》选段，《打虎上山》怎么样？唱不好听好啊！"没

山里人

等欢迎的掌声响起他就唱了起来,"穿林海,跨雪原,气冲霄汉……""党给我智慧给我胆,千难万险只等闲……壮志撼山岳,雄心震深渊。"韩九铭不愧是知识分子,颇有一副艺术家的范儿,他抑扬顿挫、铿锵有力、有板有眼的唱腔在山谷间回荡,也在每个人心胸间激荡,使这些人想起了自己的初心,更加坚定了勇往直前的决心。

等大家的情绪稍稍平稳后,武珩九对大家说:"我们欢迎郑瑶芝主任来一个好不好?"大家齐声响应:"欢迎郑瑶芝来一个!"郑瑶芝微笑着站起来好像正式表演一样,向大家鞠了一躬,"我给大家献上一首《红梅赞》:'红岩上红梅开,千里冰霜脚下踩,三九严寒何所惧,一片丹心向阳开,向阳开……'"朴实婉转的曲调,优美高亢的唱腔,让人们对江姐坚强不屈的革命气节肃然起敬。

缓了一会儿,总工程师林晨如抬起头望着远方,若有所思地说:"我给大家讲一个比较世俗的故事,改改口味如何?"大家赶紧说:"好!好!欢迎。"继而报以掌声。"大家都知道清代红顶商人胡雪岩吧!这人从小就是买卖坯子,走到哪里都会发现商机。据传他小时候跟随父亲到杭州的龙井、狮峰山一带采购茶叶。第一天到交易市场转了转,看到卖茶叶的商人疯抢,没有出手。第二天价格居高不下,他们还是没有出手,等到第三天中午整个市场上的茶叶被抢购一空。他父亲见状很沮丧,中午吃饭时情绪低落,胡雪岩知道父亲的心里想什么,他对父亲说:'父亲,你不要着急,我们还有钱可赚。'父亲

第十九章 转型

说：'市场都卖空了，我们买不到茶叶，拿什么赚钱？'胡雪岩说：'他们购茶叶，咱们购茶篓，你想想行不行。那些人是采购到茶叶了，堆在旅店里怎么往回运？没有合适的包装，时间一长风吹雨淋损失可就大了，所以包装运输成了大问题。我想咱吃过饭就悄悄去包装市场，把各家的包装篓子全买下来，买谁的存在谁家，不用搬运。遇到买主咱就翻倍出售，不用费多大劲就能稳赚一把。'父亲听了沉思片刻，猛地一拍儿子的后背，'臭小子！走。'这一趟下来，父子俩合计了一下，比原先预计采购茶叶的利润翻了一倍。从此父亲对胡雪岩就放手了。"

听了林总的故事，大家都沉默了。这时山上刮起了凉风，凉意把人们又送回了上山时思考的问题上。

已经有两袋烟的工夫了，武珩九抬头对秦大梅说："秦书记，咱开正戏吧！你有什么想法就说出来，大家先议一议，兴许柳暗花明又一村呢，现在都在为转型动脑筋，就是找不到合适的出路。""是，我们都知道你烘托气氛的目的，说正题吧！"大家都附和着武珩九的提议。

秦大梅深知林总的用意，他是要大家广开思路，选择好的项目。他接着武珩九的话头说："说实在的，我跟大伙儿一样，外乡人过河——心里没底。不过刚才听了林总讲的胡雪岩买茶叶变买篓的故事，很受启发。我们现在急需的是开眼界开思路。我想啊！咱们在

山里人

这大山沟里是憋不出好思路的,这些年大家都忙于本职工作了,真正与外界沟通得不多,要换脑筋开眼界就必须走出去,出路出路,只有走出去才有路。从明天开始我们就兵分五路,厂领导各带一位科长出去调研。武厂长你带芮钧鹏均去广州一带,林总你带王金去福建,王厂长带马佑仁去天津,韩厂长带卜均去上海,我和小胡去东三省的林区、垦区转一转。咱们的调研课题就是一个:寻找有前景、销路广、回报率较高的,还要符合厂情的项目,家里的工作暂由孔之厚主任主持。看大家还有什么补充的,都说说,出发前把能想到的都想一想,那样比较稳妥些。"

各位领导听了秦大梅的安排,都顺着他的思路考虑自己的行程,拟定调研课题,谁也没提新的意见。秦大梅要求各位即刻分头准备,三两日就出发。

辽宁省沈阳市有"东方鲁尔"的称号,是共和国的"工业长子",中国重工业的摇篮。37家大型企业创造了新中国工业史上"350个第一",是新中国工业发展的立体符号。秦大梅和小胡从平洲坐火车,用了两天一夜的时间,第三天的早上就到了沈阳,他们在车站附近找了家旅馆,稍事休息后就去了沈阳市工业局。工业局的蔡局长接待了他们,听了他们的介绍和想法后,很客气地对他们说:"我们市的多家国营企业也面临转型的问题,我们对这事也很头疼,转不好就有下马的可能,不过你们来了我就派人陪你们转一转,看看有没有适

第十九章 转型

合你们的项目和产品，如果有咱们再商量。你们军工企业在大山里不容易，是为国家作了大贡献的，我们应该支持，只是我今天太忙，实在没时间陪你们。"

秦大梅和小胡在蔡局长委派的工作人员陪同下，用了两天的时间考察了机床厂、变压器厂、无轨电车厂、重型机械厂和拖拉机厂等几家大型企业。经过粗略的考察，秦大梅和小胡算是开了眼界，自己虽然也是从事制造工业，但与沈阳的制造业相比那差距之大是无法比拟的。别的不说，就说始建于1937年的重型机械厂就有电站制造、冶金、轧钢、锻压、矿山、军工、水泥、人造板、环保等多个重型机械装备企业，规模之大、设备之精良、产品精度之高、管理环节之精到足以使他们瞠目了。他们觉得在这里只能开眼界，增长知识，学习一些管理经验，引进项目的可能性不大。晚上入住了旅馆各自谈了自己的观感，秦大梅突然想起了胡雪岩买茶改买茶篓的故事，他觉得不能老瞄准工业了，有必要看看林业和农业的现状与需求去，第二天他们就坐上了奔哈尔滨的列车。

黑龙江是我国东北的边远省份，地大物博，地广人稀。它的产业涵盖机械制造、森工、农业、煤炭等多个产业门类。有"东方巴黎"之称的省会哈尔滨就坐落在美丽的松花江边，他们到了哈尔滨首先就与省工办取得了联系，省工办派吉普车把他们接到了工办招待所住了一晚上，第二天到工办工业处协商了行程，确定第一站是大兴安岭林区。

山里人

大兴安岭古称鲜卑山,是中华文明发祥地之一。早在旧石器时代,就已经有人类在这里繁衍生息。到这么古老而神圣的地方去考察,他们二位的心是虔敬的。那时交通不便,省工办工业处的小汗科长担任全程向导。他们一路穿山越岭,钻林跨河。车里的人紧紧抓着把手,凝视着车窗外随时变幻的美景。从早上6点出发到中午12点,经过整整6个小时的奔波勉强到达塔河县,在路边店打尖后继续上路了,晚上8点多才赶到了地处大兴安岭中部北侧的大白山国有林场。林场的蔺场长早已炖好了狍子肉、野猪肉和鲟鳇鱼、大马哈鱼,还有野生的菌类、黄花菜之类的山珍野味,摆了一大桌子,等待招待远道而来的客人。

他们把简单的行李放在招待所后,被小汗科长领到了餐厅依次落座,小汗科长向在座的场领导作了简短的介绍后,副场长巴株端起酒碗致祝酒词:"欢迎内地的朋友来我们这'夹皮沟'参观指导,这里是山野之地,菜是自产的,酒是当地小烧。朋友之谊不论酒菜,要敞开胸怀喝个痛快。一碗酒解劳累,两碗酒除烦闷。来!干!"秦大梅和小胡虽然都是山里人,但这样豪爽的酒风还真是初次遇见,几碗酒下来,他们感觉到自己"山"得还不够。

昨晚喝了小烧,加之一天的奔波,两个人在招待所暖暖的房间里睡得沉而实,一觉醒来太阳已升起老高了。林区的早晨清冷亮丽,虽然是秋天,工人们都穿着厚厚的棉衣,戴着棉帽子和棉手套。小汗已

第十九章 转型

经把两套棉衣放在了床头,他们穿戴好后,吃过早饭就跟着伐木工人到伐木场了。那时候油锯还没有普及,一个伐木班十个工人配两台油锯,其余的人都使用砍山斧或砍山刀,工人们扛着各自的工具到达工作场地后,找准已经做了记号的砍伐对象,目测好树木倒下的方向,有斜度地先锯下一块,然后平锯下去把树锯断。稍细一些的树就用砍山斧砍,待倒下后用砍山刀把枝杈砍下,也有用手锯锯的。伐木工是个很累的工种,尤其是在大冬天里要在厚厚的冰雪上工作,在大树倒下时躲闪不及还很危险。最累的活儿是把砍倒的木材运出来,坡陡无路,树木遮拦,几个人或数十人前前后后抬着一根木头往林外运。为了鼓舞人们的士气,要呼喊内容简单曲调铿锵的号子。领号者一般由德高望重、劳动经验丰富、嗓音还要洪亮的人担任,要一呼二和。呼者喊"呀嘛",应者喊"嗨哟",一呼一应才往前迈一步,必要时还要重复呼喊。号子高亢有力,深沉悠长,曲调独特耐听,催人奋进。他们呼喊的内容有《夸大姑娘》《拽大绳》《天马行空》等。置身在这种场景中,呼吸是短促的,神经是紧张的,大脑是亢奋的。一天下来,秦大梅感受很多,伐木工人太伟大了太可敬了。

晚上躺在招待所的木床上,听着林中呼呼的风声,伐木工人工作的各个场景,像演电影一样在秦大梅的脑子里反复演练,进而想到我们在大山里工作,大家都觉得不容易,我们的不容易跟这儿的不容易相比那还叫不容易?我们抚摸的每一把枪托,每个手榴弹把儿,每块

山里人

包装板,都浸透着伐木工人的血汗哪!辗转反侧中,秦大梅给自己出了一个问题,我们能为森工做些什么吗?好像有一种无形的责任感撞到了他的心里。

看过了大兴安岭林场,秦大梅把眼光又转向了农垦业。光听说北大荒北大荒,这次来了,一定要亲眼看一看。看看"棒打狍子瓢舀鱼,野鸡飞到饭锅里"到底是怎么回事,领路的向导小汗科长也建议他们到三江平原上走走。

三江平原是东北平原的东北部分,是由一泻千里的黑龙江、温和恬静的乌苏里江和九曲十折的松花江汇流、冲积而成的一块低且平的沃土。适于水稻和高油大豆生长。

秦大梅此行的目的是看看在农业种植和土地开垦方面有没有什么商机。

早晨他们打点了简单的行装,司机把汽车加满了油,从林区的呼玛县朝着黑河方向出发了。哎呀!不到内蒙古不知天高,不到黑龙江不知道地远。像我们内地的人,走了15里赶了一趟集,打了个来回就是辛苦了,出了大力气了。开汽车的司机开了两个小时的车,到市里办完了事返回来,就有功了,那边的人一趟开10个小时的车是常事。他们从早上出发整整颠簸了一天,到晚8点还没有赶到黑河市,只得在一个叫张地营子的小镇上休息。张地营子已经属于北大荒了,他们在一个小饭馆里喝了二两小烧,吃了饭就去休息了。

第十九章 转型

张地营子地处我国北部边陲,与俄罗斯的布拉戈维申斯克镇相邻,小镇有着浓浓的俄国风情。昨晚黑夜入店,来不及看风景,一觉醒来天已大亮,他和小胡瞅瞅窗外,感觉不知是在哪里,街道是平的,房子是原木垒的,房顶子是尖的,还有白白的圆顶子,窗户上方都有圆券,还有玻璃花,就连取暖的方形铁炉子上都铸刻着花纹,和内地的圆铁皮筒子不大一样。小镇虽然不大,但置身其中,真有身在异域的感觉。由于公务在身,他们无心浏览风景,吃过早饭就又上路了,这一路的景象和去大兴安岭不一样了,辽阔的大地平坦舒缓,一眼望不到头,感觉自己的眼睛太小了。哪像在太行山里,抬头是山,低头是石,望不了百米远。路边上沟壑纵横,低洼处的地里一疙瘩一疙瘩的,小塔一样的土堆上长满了白浆草,被风吹得左右摇摆,土疙瘩的周围都是清亮的水,小鱼、小虾、泥鳅之类的水生物在水中自由自在地游弋。

远处的地头上有几面红旗、彩旗迎风招展,两台拖拉机在平坦的地里轰鸣,被掀开的黑土地张着无数的口子,接受风吹日晒,散在地里的人有的挥镐有的舞锹,在整理拖拉机翻不到的边角。亘古的北大荒由于荆棘丛生,沼泽遍布,风雪肆虐,加之封建时代的移民政策,被称为"荒蛮之地",人们唯恐避之而不及。作家聂绀弩曾在《北大荒歌》中写道:"北大荒,天苍苍,地茫茫,一片衰草和苇塘……酣战玉龙披甲苦,图南鹏鸟振翼忙,天地末日情何异,冰河时代味再尝，一年四季冬最长……"从1956年开始，王震将军就率十万解放军官兵开赴北大荒，发起了"向地球开战，向荒原要粮"的伟大壮举。1958年北大荒进入大规模的开发期，数万名解放军复员官兵、知识青年和革命干部，响应党的号召，怀着保卫边疆、建设边疆的豪情壮志来到北大荒，他们爬冰卧雪，疏水修路，开垦荒地，克服了常人难以想象的艰难困苦，为有牺牲多壮志，敢教日月换新天。这才有了而今"捏把黑土冒油花，插双筷子也发芽"的北大仓。

在热火朝天的场景下，秦大梅深受触动，他被农垦战士的奉献精神深深折服。但另一个问题猛然闯进他的脑海里，早在1963年1月周恩来总理在上海科学技术工作会议上就提出了："我们要实现农业现代化、工业现代化、国防现代化、科学技术现代化。"时间快过去20年了，这号称大型的国营农场，除了拖拉机和那迎风飘扬的红旗是现代化的，农垦战士的劳动强度、耕作方法完全延续的是农耕文明，劳动方式和劳动工具太落后了，好像改变这种落后方式的责任落到了自己肩上。

晚上小胡受命打长途电话了解其他考察组的考察情况去了。秦大梅背靠在床头上，睁着双眼望着天花板，他把近几天的所见所闻整个捋了一遍，想从中找出此行的收获。他正在沉思着，小胡突然推门进来了，上气不接下气地说："不好了！秦书记！武厂长和芮科长出事了。"

"出了什么事？"

第十九章 转型

"他们在温州挨打了。"

"伤了吗?"秦大梅急切地问。

"人倒没什么大事。"

"说为什么了吗?"

"武厂长说是昨天晚上的事,怕您着急,没跟您汇报,处理完了就回厂了。"

"回厂好,到底为什么?"

"武厂长简单说了一下,说是在温州的一个旅馆里,他们吃过了晚饭,他去买包烟,芮科长先回房间看书喝水去了。突然有人敲门,他以为是武厂长回去了,就赶紧去开门,拉开门一看是个女的,那女的二话不说就挤进了屋,芮科长说不认识让她赶紧走,她说她是新式打火机推销员,你要买我一包打火机我就走,芮科长说我不抽烟用不着,你赶紧到别处推销去吧,女的非逼他买不可,就这样争吵了起来,突然进去两个男人问吵什么,那女的说自己来推销打火机,这男人不要还图谋不轨,我不从他,这不就吵了起来。那俩男的不由分说就动起了手脚,芮科长是当兵的出身,他觉得理直气壮,不吃他们那一套就还手了。等武厂长回去,他们早被旅馆保卫科送去派出所了。"

"那后来呢?"

"武厂长也去了派出所交涉,说是今天调查处理,但到下班还没有结果。"

"你去设法联系其他几个组,通知他们不管调研工作进行得如何,都尽快返厂。另外咱们也取消去北安农场的打算,设法购买返程的火车票。"

第二十章　再续姻缘

　　一晃四年，高从伟的大学生活结束了。使他万万没有想到的是竟留在了天津，被分配到市重工业局工作。对于高从伟来说，这不是他的愿望，山里的人回山里工作就挺好，留在大城市有诸多不便。但终归要服从分配，服从国家需要，这一点高从伟心里还是非常明白的。

　　郑瑶芝一个人把孩子拉扯到四岁了，孩子都上厂幼儿园的大班了。厂子里处在改制转型期人心惶惶的，厂里子弟学校和幼儿园的老师调走了两个，还有两个也在申请调动。孩子的教育问题成了家长们的心病，也成了厂领导十分头疼的问题。又到五一节了，因为厂里没什么生产任务就多放了几天假，郑瑶芝带着儿子回了天津，姥爷姥姥看着活蹦乱跳的外孙又高兴又心疼。听郑瑶芝说了厂子面临的情况，他们都担心孩子的上学问题了。留在天津吧，姥姥姥爷还没退休，无暇看管、接送。郑瑶芝带回厂吧，子弟小学面临瘫痪，咋办好呢？

　　一家人吃晚饭的时候，瑶芝妈对老头儿说，干脆让瑶芝辞了职，在家专职带孩子得了，要不就请长期病假，在家带孩子。老头琢磨了半天也没个确切的意见，到底咋办好呢？赶紧给瑶芝在市里物色个对象，让新的爷爷奶奶照看孩子才是明路。但是带着孩子的妇女在市里找对象是不容易的，况且工作单位又在大山里，单身小伙子肯定不好找，找二婚的恐怕前窝儿也有儿女，两家人凑到一块儿不好融合。你说这人活在世上多不容易，谁家都有谁家的难处。

瑶芝妈端着饭碗突然愣住了，好像想起了什么，就问郑瑶芝："之前你带来的那个小伙子现在在哪里，在做什么你知道吗？"郑瑶芝对她妈突然问这个问题很不满意，就说："不知道！"

"真不知道？"瑶芝妈放下饭碗，认真地追问。

"不知道还有真的假的！知道又怎么了？"

"我是这么想的，了解一下他的情况，他如果没有成家的话，看看能否重提一下。"瑶芝妈认真地说。

"重提什么？"

"你和他的婚事嘛！"

"哎呀！我的亲妈呀！亏您还是街道办的大主任，当时您是八百个不看好，现在都过去4年了，您又想起人家了！又想重提了，您不觉得这事好笑吗？"

"当时是当时，再说了我那不是为了你好嘛！"

"为我好，是为了我好，看现在我多好！"

"不要说气话了，如果有可能就再试试。"

"妈呀！那是人，那是大活人，不是板手、改锥，你想用拿起来就用，不用了就扔，有那么方便吗？人家就给你留着呢？这么做你不觉得好笑吗，成什么了？"

第二十章　再续姻缘

　　瑶芝妈不言语了。

　　五一节那天吃过早饭，郑瑶芝领着芃芃去逛劝业场，出来在滨江道上溜达，不知不觉又到了爱丽丝咖啡店门前，咖啡店风物依旧，郑瑶芝睹物生情。4年前她和高从伟一起在这里喝咖啡的情景又浮现在眼前，当时她和高从伟在温馨的咖啡屋里悠闲地喝着拿铁，畅谈人生，是多么快意呀！唉！命运就是捉弄人，好好的一对情人被拆散，自己孤身一人带着孩子苦熬了4年，一晃成了半老徐娘。昨天晚饭时母亲又旧事重提，勾起了郑瑶芝对往事的回忆，想想当年看看现在，悲凉的情绪袭扰着郑瑶芝。自己曾经的心上人在哪儿呢？你在遥远的天边吗？我现在是多么想见你一面哪！你知道我的孤独吗？郑瑶芝边走边想，泪水在眼里打转，她不由得放慢了脚步。小芃芃觉得哪儿都新鲜，拉着他妈的手催她："妈妈快些！"郑瑶芝猛地醒悟过来，掏出手帕揩了揩眼泪，又回头朝咖啡店瞥了一眼，这一瞥不要紧，她好像发现她曾经的情人就在门前徜徉。是做梦还是现实？郑瑶芝一激灵，莫非梦想成真了！她拉住小芃芃定睛细看，高从伟就在咖啡店的门前徘徊，还好像有所期待，是他，就是他。郑瑶芝朝着高从伟挥挥手，大声地喊着："从伟！"

　　徘徊中的高从伟听到一个熟悉的女人的喊声，循声望去，他在匆匆的人流中发现了郑瑶芝母子，就朝郑瑶芝挥了挥手，从过往的人缝中奔母子俩而去，两个人的手紧紧地握在了一起。小芃芃在两个人

山里人

中间抬着头看看左边又看右边，猛拉了一下郑瑶芝的左手叫了一声："妈！"这时两个人才回过神来。郑瑶芝弯腰对儿子说："芃芃，这是高叔叔，还记得吗？小时候高叔叔给你买过玩具呢！"小芃芃睁着大眼睛生疏地瞅着高从伟，高从伟弯腰抱起了他，"一晃都这么大了，好小子！叫高叔叔。"乖乖的小芃芃使劲叫了"高叔叔好"。高从伟情不自禁地在芃芃的脸上亲了一下。

"芃芃下来，叔叔累。"郑瑶芝从高从伟怀里接过小芃芃放下。"你怎么来了？又是来出差吗？"她十分惊奇地问。

"这才叫'有缘千里来相会，无缘对面不相逢。'"高从伟逗郑瑶芝。

听到这句话，郑瑶芝两腮绯红，曾经两情相悦的工友，早已时过境迁，现在他又提到了缘分，郑瑶芝觉得有些那个了。高从伟见状赶紧说："芝姐，有时间吗？咱们到老地方坐坐说说话，我有个重要的新闻要告诉你。"郑瑶芝微微点了点头，他们一人拉着芃芃一只手进了咖啡屋，找到老地方坐下。高从伟对郑瑶芝说："芝姐，咱今儿个可说好了，你不许动，给我个机会，请请你们娘儿俩。"

"为什么？"郑瑶芝不解地问。

"因为你的老工友大学毕业了，有了新的工作。"高从伟欣喜地说。

"毕业了！分配到了什么地方？"郑瑶芝很惊奇地问。

第二十章　再续姻缘

"你猜！"

"回老厂？"

"不对！"

"支边了？"

"也不对。"

"不猜了！"

"告诉你吧！我也算半拉天津人啦！"高从伟瞅着郑瑶芝的眼睛说。

"真的？留在了天津？分配到什么单位？"郑瑶芝有些激动地追问。

"市重工业局。"

"哎呀！太好了！太好了！祝贺你！我的好老弟。"

"就前两天分配的，昨天上午我去报了到，被安排在二处，办公室也落实了。这不赶上了五一休假，就两天时间来不及回老家了，给我妹妹写了封信，让她告诉父母放心，我已安排好了，等放了年假再回去看他们。报完到也没什么事就出来转转，随便买些当用的东西，谁知机缘巧合，碰到老工友了，你说该不该请你们一顿？"

"该，该！太该了！还有个喜事没说呢！"郑瑶芝有些欣喜了，但话锋一转投石问路了。

"还有什么喜事？"高从伟不解地问。

山里人

"在大学里没搞个对象！搞了也不给大姐报个喜？"

"这事还真没有，不怕你笑话，我按照你的标准谈了两个，总觉得达不到你的高度，都没谈成。再说了，这大地方的人眼皮都高，看不上咱这山里的土包子，所以这八字还没一撇呢！"

"你说的是真的？"

"我敢在女神面前撒谎吗？"

"……"

高从伟给芃芃点了一杯香草风味的星冰乐儿童饮料，点了一份巧克力布朗尼方块，一份法式马卡龙甜点，又点了两杯拿铁。芃芃兴致勃勃地喝着饮料吃着甜点开始自己玩了。他俩相对而坐，都陷入了沉默，两个人表面上都很平静，但他们的心里都在翻江倒海。

"这几年就你们母子过，没有找个合适的人重组个家庭！这样太难了吧？"高从伟找话题打破僵局。

郑瑶芝默默地看了高从伟一眼，"就我们这种情况，上哪儿找合适的去，合适的早被打跑了，凑合的我没心思，这也许是命中注定吧！"郑瑶芝有些无可奈何的样子。

"什么命不命的，我们是唯物主义者，你不要那么悲观，幸福都是自己创造的。《国际歌》里不是唱'要创造人类的幸福，全靠我们自己'嘛，这么激昂的名言都忘了。"

"没有忘，于我而言那是口号了，距离我们娘儿俩太遥远了。创

第二十章 再续姻缘

造幸福,谈何容易!"

"唉!这生活真是折磨人,当年你的激情、你的志向、你的意气风发都哪里去了?生活让你变得真是判若两人了。"

"像我们这样的人还谈什么志向,厂子也不景气了,在转产,我一个人带个孩子能平平淡淡过日子就不错了。"

"让芃芃姥爷想办法往回调调,不就方便了?"

"哪有那么容易嘛,没有充分的理由是调不回来的,就这么瞎混吧!"

"这可不像从我芝姐口里说出来的话。"

"唉!时过境迁了,此一时彼一时吧。"

这人哪,到什么山上唱什么歌,要不怎么说"曾经沧海难为水"呢?当年充满了激情、洒脱的天津姑娘郑瑶芝被生活拖累得没有了以往的气象,被不成功的婚姻折腾得棱角全无,一脸沮丧。要不说男怕入错行,女怕嫁错郎,一脚错百脚趄呢!如果当初她要是不听她妈"为她好"的意见,坚持自己的爱情目标,那会是什么样的生活?如果、要是、假设这些词都是虚无的,都是人们自己给自己的过失找的由头,寻求心理安慰罢了,你看看现在的郑瑶芝有"如果"吗?

小芃芃津津有味地吃着甜点,高从伟和郑瑶芝说一会儿停一会儿,都是欲言又止的样子,都有一肚子的话憋着,就是不能畅所欲言,致使两个人日思夜盼的相会显得很寡淡,过了一阵子,他们平淡地分别了。

小芃芃一蹦一跳地跟着妈妈回家了,他昂着头告诉姥姥:"姥姥,我今天吃了甜点,喝了绿水,真好玩,是个叔叔给我买的。"他把星冰乐饮料说成了绿水。

听了小芃芃的话,瑶芝妈问郑瑶芝:"走了一天,去哪了?碰到熟人啦?"

"我带芃芃去了滨江道,在劝业场附近碰到了以前老厂的工友。"

听到是老厂的工友,瑶芝妈敏感地问:"是上次来的那个山里的小伙子吗?"

郑瑶芝迟疑了一下,回答:"是。"

"你们没断了联系?你约的人家吧,要不他怎么突然来了?"

"这是怎么说话呢!我跟人家联系嘛?人家在天津读大学刚毕业,这不分到了市重工业局工作,昨天报过到办完了手续,五一节休息出来买些东西,碰上了。"

"噢!那他成没成家?或者有对象了吗?"瑶芝妈好像又想到了什么。

"我没问,好像还没有,不过有没有对象跟咱有关系吗?"

"那你不趁机表示表示!"

"表示什么?"

"跟他成婚呗!"

第二十章 再续姻缘

"都是你的。人家是刚毕业的大学生,又分在市里工作,我一个离过婚的人,还带着个孩子。妈,您也不想想这话能说出口吗?亏你也真敢想。"

"那当初你们不是都同意嘛!现在怎么就不能提了,提了不同意再说呗!"

"当初是当初,当初我们都是未婚青年,现在跟当初一样吗?再说了当初不是你硬做主拆散了我们的吗?行了,行了!我的事你别再掺和了,行吗?"

"这是怎么说的,当妈的能不管自己的女儿嘛!是,上次没管好,怨我。可也不能就此撒手不管了呀!"

"我也没怨过你,要怨就怨我自己,只求你以后别再管我的事了!"

"不管怎么行?你要不好意思开口,过了节我就去找他。"

"我的妈呀!女儿求你啦!你可别去干那厚脸皮的事。你要再掺和,我就不回这个家了!"说完郑瑶芝扭身回里屋关上了门。

说实在的,当她问清了高从伟还没有谈成对象的情况后,也不是没有动心思,高从伟始终是她心中的偶像,这些年她脑子里始终萦绕着高从伟的影子。但她是个比较现实的人,就高从伟现在的条件,自己是万万不合适了。假设高从伟同意和她结婚,也不能为了自己拖累人家,那成什么了?想扔就扔,想拾就拾,那就忒不道德了。想到这里，她又拉开门冲着她妈嘱咐了一句："你可千万不能去呀！求你了！"

瑶芝妈坐在椅子上思考着什么，好像没有听到女儿提醒。

过了节，郑瑶芝带着孩子回到了厂里。高从伟开始了新的生活，他还保持了当资料员时的作风，上班早来晚走，包揽了办公室的卫生和杂务。同事们对这个新来的大学生赞赏有加。一天下午，要下班了，同事们陆续地走了，高从伟正在整理内务，一位中年妇女找到了他的办公室，"喂！小伙子，你就是刚分配来的高从伟吗？"

高从伟抬头一看，好像面熟，赶紧说："是，我是高从伟，阿姨有事吗？"

"我是郑瑶芝的妈妈。"她自我介绍后问，"你还认识我吗？4年前你不是到我家去过吗？你下了班有什么事没有？有个情况我想给你说说。"

"没事，没事，阿姨您坐！我给您倒杯水。"

"不用客气，你也坐吧。"瑶芝妈说着坐了下来，"孩子，咱们见过面，那次在我家你待了一会儿，还买了不少东西，我们留你吃饭，你说有事走了。"

"是，对！"

"既然是熟人，我也就不用绕弯子了。那时候我们郑瑶芝是看上你了，她想和你结合，是我把事搅黄了，导致你们两个有情人天各

第二十章 再续姻缘

一方。孩子,千错万错都是我的错,我对不起你,也对不起瑶芝,我向你道歉。话说回来,再怎么后悔也没有用啊!办过的错事,说的错话,泼出去的水,有天大的本事也是无法收回的。这几年我一直在自责,看到他们孤儿寡母的,我心痛。"说到这里她掏出手帕擦了擦眼泪,"孩子,我有一个想法实在难以启齿。"说到这里她瞅了一眼高从伟,停住了。

"没关系,阿姨,有什么话您就直说吧!"高从伟被她触动了。

"实在没法儿说,我有一个荒唐的想法,是想把你和郑瑶芝的关系重新拉近了,我知道我们现在的郑瑶芝配不上你,那样就忒委屈你了。"

"阿姨,您不能这么说,瑶芝姐对我帮助很大,这事情您给瑶芝透了吗?"听了瑶芝妈的话,高从伟不知如何作答了。

"前两天她走时跟我闹了一次,死活不让我找你。"

"这样吧!阿姨。"高从伟脑子里好像有谱儿了,"您的意思我明白了,您这也是好意。不过我也得想法回趟老家,和家里老人沟通一下,您知道农村里这俗套的讲究也不少,我设法做做工作,再给您回话好吗?我刚上班马上请假也不合适,过一段时间我一定给您老一个结果。"

"不急,这种事急也没用,已经这样了。如果可能的话,咱们想办法把瑶芝调回来,你们一块儿过日子不挺好嘛!我走啦,孩子!"

山里人

　　送走了瑶芝妈，高从伟心里开始翻腾了，比几天前两人见面时还不平静，那天俩人见面时感觉是蒙的。老太太一来把话挑明了，我怎么办？说实在的高从伟对郑瑶芝是打心眼儿里喜欢的，可喜欢归喜欢，她毕竟离过婚，还带着个孩子，家里老人的关口肯定不好过，为这事跟老人闹翻了，街面上也不好看。这可怎么办呢？再说了，这只是她妈的意思，到底郑瑶芝是怎么想的还不知道，如果瑶芝也是这样的想法，要重新结合，还有可能。但家里父母的意思呢？他们同意娶个离过婚还带着孩子的女人吗？到底如何是好呢？

　　晚上山里的月亮特别明亮，厂里的母子宿舍区很安静。郑瑶芝正在宿舍里教芃芃看图识字，电话员突然跑来通知她有天津的长途。她说："我马上去接，你帮我转到办公室吧。"随即把孩子委托给隔壁工友看护，就去了办公室，路上她想可能是家里有什么事情了，大晚上的打来电话。到了办公室一接是高从伟打来的，提着的心放下来了。电话里高从伟告诉她，今天下午下班后阿姨到单位找他了，老人家说了她的意思，他想听听她的意见。

　　郑瑶芝一听是这事马上说："我回厂前在家里跟她说定了，不能去找你，谁知她说了不算，这事坏就坏在她身上。"

　　"这是什么坏事，是好事呀！我看咱们可以遵照老人的意思，先把关系恢复起来。"

　　"恢复不了了，我回厂后谈了一个，感觉挺投机的。"

第二十章　再续姻缘

"骗人，我不信！"

"信不信是你的事，反正我只和你保持工友的关系，你赶紧在天津找个合适的吧！"

"你怎么能这样呢？"

"我怎么样也和你没关系了，祝你走好运。我还要去看孩子，挂了啊！"郑瑶芝含泪挂断了电话。

从实里讲，郑瑶芝对高从伟是放不下的，她何尝不盼望与高从伟结合呢？但是现实不允许呀！一个离了婚带着孩子的女人，怎能和一个刚毕业的大学生攀亲呢！怎能把这拖累转嫁到一个无辜的青年身上呢！那样不就说明自己太自私了吗？基于这些想法，郑瑶芝才推辞了高从伟。而高从伟对郑瑶芝的想法是明白的，她是怕拖累自己人才这么做的，因此他一点儿也没有怪她的意思，反而更坚定了追到底的决心。

高从伟调整了一下思路，决定郑瑶芝那里先放一放，设法争取一下家里老人的意见，如果家里通了，再拿出精力主攻郑瑶芝。晚上他拨通了舅舅秦大梅的电话，说实在的关于个人工作方面的事情高从伟从未跟舅舅沟通过、打电话请示过，遇到多大的事都是自己解决。这次不一样了，这是私事，有必要先听听舅舅的意见，毕竟人家经历得多，而且还是个有思想有主见的人。电话里高从伟简要说了郑瑶芝的情况和态度，秦大梅问高从伟是怎么想的，高从伟说自己打心里是愿意的，但是鉴于她的这种情况，想听听家里人的意见。秦大梅说你自己要觉得这条路是可行的话，那就坚定地走下去，不要瞻前顾后，明白吗？听了舅舅的回答，高从伟的心更加坚定了。

挂了舅舅的电话，又给妹妹高从丽打了长途，告诉妹妹，哥哥谈对象了，高从丽听了很是高兴，对哥哥说早该谈了，我都把你落下了，你妹夫门永国老是念叨你，可想见你呢。她又问哥哥，对象是哪里的、人怎么样。

高从伟说："我也想见见你们，告诉妹夫一定要干好本职工作，他现在在什么单位工作？"

"在县里税务部门工作，我们俩在地区商校毕业后，他分到了公安局，咱爹一句话，他又考到了税务局，这话多了，一句两句也说不清，等见了面再说吧。"

高从丽又问他要处的对象是哪里的。

"我们老厂的，人很好，咱娘见过的，我受了伤的时候去给我陪床的那个人。"

"哎！她呀！我听咱娘老是夸她，人倒是不错，不是听说早就结婚了吗？"

"是结婚了，后来又离了，现在还带着个4岁的男孩子。"

"就这情况你还同意？我说哥呀！是不是上次洪水把你脑袋里灌得太多了，至今还蒙着。"

第二十章　再续姻缘

"妹呀！哥不蒙，清楚着哩！我们俩情投意合，有深厚的感情基础，将来一定能过好日子。"

"要我说你这叫幼稚，以你现在的条件，完全可以物色一个同年合岁的大学生，一同奔向美好的生活。如果谈这个，我看你是睁着眼往火坑里跳，咱爹咱娘肯定也不同意。"

"这不先征得你的同意，想通过你做做老人的思想工作，你这就先有异议了，难度不就更大了？"

"你的事，我不管，只是发表一下看法而已。"

"那好，谢谢好妹妹！我这里刚进入工作岗位，也不能请假回家，你那里离家近，拜托你回去给爹娘透个风，替哥哥做做工作好吗？我回去时给你买一件名牌衣服报答你。"

"少贿赂我，做工作可以，通不通不敢保。"

"那就拜托了，哥可等你的好消息啦！"

"挂了呀！哥，休息吧。"

接了哥哥电话后，利用星期天高从丽让门永国带着回了一趟老家，把他哥的情况给父母说了，高五蛋一听就火了，又不是娶不上媳妇，非娶一个离了婚还带着孩子的女人，让村里人笑话，图什么？对这种情况秦梅子也觉得不舒服，但她听不得高五蛋的一番浑话，当场就回击了他："娶媳妇是自己家里添丁进口，又不是娶给别人看的，他笑话得着吗？"

"那你就愿意让他娶个离了婚的女人回来?"

"我说老头子,孩子们的事咱们愿意不愿意是小事,关键是孩子们的态度,他们要是撅了死棍,咱们当老儿的还得促劲儿,硬扭只是增加不痛快,一点儿好处也没有,这不是明摆着的事嘛!"

"那可怎么办?"

"不着急,等大伟回来了再定呗!要真是那个叫郑瑶芝的姑娘就不好说了。"

"谁不好说?"高五蛋还没闹明白。

"咱们不好说呀!"

"咱们怎么不好说?"

"不好说,不行。"

"那为什么?"

"因为那闺女确实是个好闺女。"

"怎么个好法?"

"儿子在省医院住院时她先去伺候的,我去了后她就被厂长抽回去了,就接触了两天。那姑娘没的说,如果不是二婚,估计咱儿子攀不上人家。"

"有那么好?"高五蛋来了兴趣。

"你是没见过呀!要长相有长相,知书达理,通情达理,勤快开朗,还善解人意。当时在那里我看他俩接触时就很恰当,只是那样的

第二十章 再续姻缘

事,我想都不敢想。"

"听你说哩都比上仙女了,那人家怎么还跟她离婚呢?"

"两码事,女人的事你们男人不懂。等孩子们回来了再说吧!"

转眼国庆节到了,高从伟借着假期又请了两天假回老家了。回到家里,他把他的想法都给爹娘说了,高五蛋听了后没有发表任何意见,秦梅子听了高从伟的话后,也表示:你的事你做主吧。征得家里老人同意后高从伟就去老厂找郑瑶芝了。他把家里人的态度告诉了郑瑶芝,郑瑶芝听了后半天不说话,高从伟等了一会子,催她:"你倒是说话呀!"

郑瑶芝痛苦地说:"老人们同意也没有用了,我已经有主了,很快就办婚事,以后咱们还是姐弟关系。"

高从伟急了,"瑶芝姐,你就别撒谎了,我知道你是怎么想的,这事你要是不答应,我现在就在你面前发誓,保证终身不娶,我说到做到,你掂量着办吧!"

郑瑶芝不言语了。他深知高从伟的秉性,是个说到做到的人。但这要是答应了,不忒委屈人家呀!这要不答应,他要坚持独身主义了,那就更亏了人家了。想了半天,她问高从伟:"芃芃怎么办?"

高从伟一听有了转机,赶紧说:"还能怎么办?我们结合后,芃芃就是我的亲儿子,我一定像亲骨肉一样待他。"

"那不忒拖累你了吗?一个大小伙子一结婚就当爹。"

"这是什么话,一家人了谁拖累谁?说得上吗?再说了,当爹有什么不好,有想当的还当不上呢!这是缘分!"

郑瑶芝又无语了。

两个人沉默了好长时间,高从伟走到郑瑶芝近前,突然伸出双手紧紧地抱住了郑瑶芝,郑瑶芝瘫软地趴在高从伟的肩上抽泣起来。千言万语都没有用了,情感的交融胜过任何形式的接触。郑瑶芝把憋了4年的泪水都流在了高从伟的肩上,流到了高从伟的心里。高从伟深知她的苦楚,轻轻抚摸着她的后背,给她力量,让她把压在心底的委屈尽情宣泄出来,让她把积攒在胸中的苦闷、烦恼、忧愁和焦虑统统倒出来,把那些负能量的东西彻底掏空,换上阳光的、美好的、甜蜜的正能量。

两个人要齐心协力建设幸福和美的新家庭了。

第二十一章　转型初见成效

外出调研的各路人马陆续回厂了，秦大梅和小胡也回到了厂里。

由于上级取消了军工生产任务，各车间上午就安排工人集中学习，下午打扫卫生，几千人的企业就这么坐吃山空，秦大梅和其他领导成员们都心急如焚，国家养不起了怎么办？这奶迟早是要断的，必须在国家断奶之前找到出路才行，否则，秦大梅不敢想了。再说了，不少人尤其是城市里来的工人们，有的开始托门子挖窗户地联系调走了，好好的一个大厂就这么走下坡路了，秦大梅不甘心，其他的厂领导们也很担心。

厂小会议室里集中了外出调研回来的各路人马，汇报各组的调研收获。首先是王广睿和马佑仁组汇报，王广睿说他们到了天津碰巧遇到了一个县的老乡，在天津墨水厂当领导，很热情地接待了他们，并说现在国家的企业都面临着由计划经济转入市场经济的转型期。他们是具有80多年历史的老厂，中国第一瓶鸵鸟牌墨水就是他们厂生产出的，现在也要转产。他们计划关停两条生产线，改产圆珠笔和学生用具，如果咱们有意向，可以联合人家设立分厂。韩久铭和卜均谈了去上海考察的情况，他说上海是我国的老工业基地，生产门类比较齐全，电子、机械、玻璃、轻工、纺织、医药等行业都不适合我们厂转型的方向，倒是有一个项目值得我们考虑，就是研发汽车制动器，详细情况在考察报告里做了陈述。林总和王金科长去的是福建，林总说，我们此行很不理想，没有收获。福建的主产是茶叶和茶叶加工设备，都不适合我厂的实际情况，因此没有什么可说的。轮到武珩九和芮钧鹏组了，武珩九说，我们此行不易，还让芮科长受了委屈，要不是温州市公安局主持正义，我们还得背黑锅。不管怎么说有失就有得，收获还是有一些的。我们去的是沿海地区，是改革开放的前沿，那里的人们干得热火朝天，都是开发电子软件的较多，服装加工企业也不少，不适合我们。在温州虽然不顺，但也有收获，那里无烟企业居多，主要是倒卖生意，投融资行业比较活跃。在一家叫"顺融投资公司"我们接触了公司领导，他鼓励我们到他们公司投资，投入的资金按月息8分计息，每月3号准时结息，我们查看了那家公司上年的财务报表，又走访了两家投资方，反映都很好，都觉得可靠、有前景。那么要投的资金从哪里来呢？凭我们厂目前的状况是拿不出钱的。人家还给我们出了主意，可以用我们的厂房、设备、地皮作抵押到银行贷款，拿回的高息偿还了银行利息，剩余的就是利润了。我和芮科长反复商量，为了保险起见，是否先筹措一小部分投进去试试，比方说80万或者50万。其他的项目也要抓紧运作，这样两条腿走路，总比在一棵树上吊死要好得多。听了武厂长的汇报大家都感到很新奇，居然还有这么省劲的路数，这南方就是开放啊！

第二十一章 转型初见成效

大家都汇报过了，会议室静下来，过了足有两袋烟的工夫，林总说道："秦书记，说说你们此行的收获吧！"

"收获谈不上，见识倒有一些。"秦大梅扫了一眼大家不解的表情继续说，"我们从辽宁的沈阳看了几家工厂就到吉林的长春又看了几家，然后到了黑龙江的哈尔滨，一路走马观花，那都是我国的老工业基地，我们没法比，跟着走都跟不上。到了林区倒是有了些见识，看了垦区有了些想法，我们转型跟在别人屁股后头闻屁味儿不是出路，接别人胡子上的饭粒吃不饱。我们有眼有手有设备，为什么不设法走自己的路子，研发创造适合我国国情的产品。这就是我们此行的粗略感受。"说到这里秦大梅顿住了。

大家听得有些迷糊了。小胡在秦大梅印着"备战备荒为人民"的茶缸里倒了些开水，往秦大梅的跟前放了放，意思是请书记接着往下说。

秦大梅端起缸子喝了一口，又转着圈地看了大家一眼，接着说："这个想法是我们在大兴安岭林区的采伐现场，看到伐木工人的劳动场景就产生了。那工人那叫一个苦哇！将伐倒的木头运出来是个大力气活儿，十几个人或者几十个人抬一根木头出来，肩膀磨破了，嗓子喊哑了，粗大的木头一天也运不出来。当时我就想能不能生产一种类似蚂蚁的爬拖机或者叫爬拉机的运输机械，拖上伐倒的木头穿沟爬坡把木头运到储木场，既解放了伐木工人，又会大大提高工作效率。到了三江平原也就是北大荒，发现我们那么多大型的国营农场除了几台

山里人

拖拉机和地头上插着的彩旗是现代的,那些农场工人使用的都是传统农具,劳动强度之大、效率之低是可以想象的。目睹此场景,我又突发奇想,能不能生产一种集合耕、种、收多功能的大型联合农业机械,如果那种机械出现在广袤的三江平原上,我们的粮食收成不知要翻多少倍。还有我们是否可以生产一种农业专用汽车,解决农用物资和粮食的运输问题。大家可能以为我和小胡去了一趟东北中邪了,在这里说梦话,我清楚得很,只有想不到的,没有做不到的。试想我们能在这一穷二白的大山里造出半自动步枪,就不能造出爬拖机、综合农业耕作机和农用运输车?各位都是'老机械'专家了,只要思想不滑坡,办法总比困难多,咱们不能端着金饭碗要饭吃。在自家房基上盖房,总比借地皮盖踏实吧,哪怕先造出一种也行。如果大家的思想统一了,认识一致了,目标确定了,就可以马上组成专家组到大型的国营拖拉机厂、汽车厂、坦克厂进行有目的考察、调研、培训。大家仔细想想吧!这就是我们此行的收获和建议。关于下一步如何打算,今天的会议后各位结合这次出去的考察情况尽快写出报告,拿出明确的意见,再上会研究讨论。"

碰头会散了,各组领导在忽明忽暗的月光下往各自的住所走着,秦大梅的心情是亢奋的。这些军工老战士们响应国家的号召,来到这大山里,凭着双手,凭着智慧,凭着信念,创造出了军工建设史上的奇迹,难道在改革转型期就束手无策了?实际上这些人走在路上都在

第二十一章 转型初见成效

这样考问自己。

第二天，上班号声响过后，工人们三三两两地往车间走去。其实工人们的心情也不轻松，工厂不生产产品还叫什么工厂，工人不在工作岗位上做工还叫什么工人？虽然工资照发，但长此下去，老靠国家养着吗？

秦大梅是一夜没睡，经过反复思考，还是觉得先生产农用运输车比较现实，发展粮食生产是我们国家永恒的主题，前景太广阔了。尤其那个森林爬拖机实在太需要了，伐木工人兄弟们的号子声不时在他的耳边响起，好像不降低他们的劳动强度自己就无法解脱似的。天亮前他自己先形成了决议，把生产农用运输车和森林爬拖机这两个项目今天在会上提出来，如果能形成一致决议，就申请省工办批准，马上启动。

会上领导成员们都认真谈了自己的想法，提了一些建设性意见，大家一致认为工厂改制转型是大势所趋，必须尽快选准突破口乘势而上。同时对秦大梅提议的两个项目比较认可，但也有顾虑。一是技术问题，二是资金问题。秦大梅表示：这两个问题都不是问题，主要还是我们的思想认识问题。待这两个项目上级批准后，林总还是负责技术研发，其他领导还按原来的分工，各司其职，调整设备，改装生产线，资金问题我去请示上级解决。两个项目形成一致的意向后，武珩九又提出了融资的话题。他坚持两条腿走路，两个生产项目抓紧实施，可以先用一些闲置厂房、设备抵押，筹措一部分资金搞搞投资。投资见效快，当月就有收益。这些收益可以缓解厂里转产资金不足的困难，做顺了还可以适当提高干部职工福利待遇。生产项目再好也要一些时间，这么好的机会我们为什么不抓住呢？

　　武珩九的发言确实撩动了部分与会人员的心思。是呀！搞投资比搞产品赚钱快又省力，南方都在搞，我们为什么不能试着干一干呢？赚了钱还可以给职工发些奖金！试试，我们是搞生产的，对金融投资是外行，隔行如隔山，那玩意儿可没准儿，万一赔了怎么办？各种想法都暴露出来了。面对各种思想苗头，武珩九态度很坚决，他好像胸有成竹胜券在握。说实在的，秦大梅不知为什么对投资行业没感觉，他总觉得干实业比较踏实。但改革开放了，很多新鲜事都出来了，孰是孰非还真不好说。再说了武珩九也是老干部了，他的本意也是让厂子尽快走出困境，要不就先让他小不溜儿地试试，秦大梅还是让步了。他提议还由武厂长带领芮钧鹏和财务科张科长再南下一趟，对温州的金融市场再深入了解一番，尤其是要对顺融投资公司的来龙去脉搞清楚，回来再议。

　　省工办很快就批准了385厂的转产报告，并划拨了160万元转产补助。有了上级的支持，秦大梅和他的一班人又来劲儿了。一部分干部职工留下搞生产线改造，一部分人外出调研、学习、培训。车间里日夜灯火通明，工人们自动加班加点，干劲儿十足。当时的口号是"苦

第二十一章 转型初见成效

干实干加巧干,关键时刻拼命干。"

秦大梅把他们选中的两个项目都干成了。当秦大梅坐在自家生产的农用运输车上,拉着自家生产的森林爬拖机送往黑龙江大白山林场的时候,他的感慨塞满了胸膛。想当初到大白山林场考察,是伐木工人超强度的劳动深深触动了他,使他萌发了制造森林爬拖机的想法,是伐木工人给了他动力、智慧和勇气。而今这智慧结出了硕果,勇气创造了奇迹。

他们研制的森林爬拖机,其主要性能是拖上木头穿沟爬坡。研制过程中参照蚂蚁的爬行动作,结合拖拉机的工作原理,缩小机器体积,加大发动机马力。在机身的前后端和两侧装置了隐形抓手,平地或缓坡由履带拖行,遇到泥沼和陡坡履带抓力减弱时,隐形的抓手就伸出来,稳稳抓住地皮或陡坡,以保证机器前行。这么复杂且先进的机器,他们从研发到出成品只用了两个半月时间,比研发制造半自动步枪仅仅多了19天,但这是彻底的转行啊!你瞧人民群众中蕴藏着多大的创造力。

秦大梅乘坐的农用车载着森林爬拖机停在林场场部大院的时候,工人们正在吃早饭,秦大梅的突然到来,蔺场长还不知怎么回事,当秦大梅说明来意后,蔺场长十分惊喜地抓着秦大梅的双手久久不放,激动地向工人师傅们大声呼喊:"同志们!秦书记给我们送宝贝来了,我们要二次解放了,感谢我们的国家,感谢秦书记和军工兄弟们哪！"工人们闻听把秦大梅高高地举了起来，欢呼声在清冷的大兴安岭上空久久飘荡。

　　吃过早饭和没有吃过的工人们都动手往下卸机器，机器落地后大家围着机器好奇地议论着，随秦大梅一同来的技术科长方勇望向工人们介绍爬拖机的性能和操作原理。他说这是目前我国第一台森林爬拖机，主要是针对伐下的原木外运设计的，使用它往外拖拉原木又快又安全，不用再背拉肩抬了，直径1米左右6米长的原木它都拖得动。这两台机器组装完毕后，在我们的山沟里做了极限试验，其性能都达到了设计要求，驾驶它的技术也不复杂，就是比履带式拖拉机多了两根抓手操作杆，遇到泥沼和陡坡时，及时拉动操作杆放出抓手就行了。秦书记带我来就是观察一下实际使用情况，发现什么问题再进一步改进提高。听了方科长的介绍，工人们更兴奋了。被绳子勒破后背、被木杠压破肩膀的时代就要结束了。

　　"同志们！"蔺场长站在一根圆木上朝着工人们大声说，"今天是具有划时代意义的一天，将载入我们的森林采伐史，这是改革开放带来的新成果，感谢军工兄弟使我们进入了现代化的新时期，请大家带上工具上山吧！"

　　方勇望驾驶着爬拖机被工人们簇拥着到了伐木工地，大家用一根钢丝绳把昨天刚伐倒的一根超粗原木捆牢，方勇望告诉坐在副驾驶位上领路的工人挑比较陡险的路走。爬拖机拖着硕大的木头隆隆地往

第二十一章 转型初见成效

前走着，前面是一片沼泽，跟随观摩的工人在想可别陷下去。只见爬拖机刚进入沼泽就开始下沉，大家都把心吊到了嗓子眼儿上，这时只见方科长轻轻拨动了一根拉手，爬拖机的履带就徐徐变宽了，像两块门板扇铺在了沼泽里，两块转动的"门板"稳稳地托着身上的机器爬行，硕大的木头乖乖地跟着蠕动。工人们欢呼起来，手掌都拍红了。穿过了沼泽地来到一座陡坡前，坡陡还倾斜，爬拖机不慌不忙地朝陡坡爬去，越爬越陡，它的头已经朝天上了，再爬就有后翻的危险，观摩的工人们顾不得担心，都呆了。说时迟那时快，只见机器的前后左右都伸出了有力的大铁手，前头4只，尾部2只，两侧各3只，每只大手上都有锋利的钢指甲，只见大手稳稳地拍到坡面上，钢指甲迅速伸出来死死地抠住坡体，在机器向上移动时它们抓放有序，保证机器稳步上行。那些钢手不但能抓，而且还能像人的拳头一样攥起来，支撑机身保持平衡。越过了陡坡大木头被爬拖机顺利拖到了储木场，跟随的工人们这回彻底服了，提着的心落地了。能造出这样的机器，是伐木工人万万没有想到的，是做梦也想不到的。

　　工人们又围在机器周围，含着热泪端详着、抚摸着，好像是怕它化了飞了。是呀！从用砍刀用斧头砍树到用推拉锯锯树再到用电锯锯树，这个进化就够大了。过去为了节省力气，将树身砍过半径，还要有人背上绳子爬到树顶上拴上树身，大家齐心协力将大树拉倒，每一道工序都要付出繁重的体力劳动。最头疼的是把原木运出来，不伤筋动骨是办不了的。

  试想长年累月在阴暗潮湿、不见天日的大森林里劳作的人们，是多么想减轻一些劳动强度哇！今天，这个梦想就要实现了，这些劳苦人此刻的心情是能用几句枯燥乏味的语言表达出来的吗？

  在大白山林场他们把爬拖机交接过后，辞行时蔺场长说什么也要留他们多住几日，好好感受一下边疆林区的生活，由于还要赶往黑河农场，不敢久留。蔺场长依依不舍，并告诉秦大梅尽快多生产森林爬拖机，黑龙江几十家大型林场都非常需要，还可以向全国各大林场推广。

  告别了大白山林场，他们驾驶着农用车向黑河进发，到了黑河农场天都黑了，农场的领导们都出来迎接他们，又用黑河的鱼、黑河边的狍子肉招待这远方来的客人。豪爽敞亮的农垦人热情地劝客人大碗喝酒大口吃肉，主要是感谢他们给农场送来了先进生产力，送来了我国农垦业新的希望。

第二十二章　重返温州

改革开放之初，我国的南方地区各类中小企业雨后春笋般涌现出来，办企业的首要问题就是资金问题。而国家银行的信贷原则一直是坚持安全性和效益性，这两性筑起了金融系统的高门槛。中小企业要发展就面临贷款难的困境，又要发展又难贷款怎么办？于是高回报、高利率的民间借贷市场就出现了。民间借贷的优势是手续简便，资金随需随借，获取资金条件相对较低，资金使用效率高。但也有它不足的方面，就是缺乏合法地位，容易形成诈骗活动，进而造成社会不安定因素。零星、分散、地下的借贷市场不便于运营，带有盲目性，风险系数较大，借贷手续过于简便，出现纠纷不易解决。这就出现了各类投融资机构，这些机构有的经国家有关部门批准，有的挂个牌子就开张，可谓泥沙俱下。当时的温州地区借贷市场就很活跃很繁荣。

武珩九带领芮钧鹏、张兆明二位科长又重返了温州。他们首先是参观了几家纽扣厂、制衣厂、打火机厂，对几家的生产、销售、资金来源和管理模式都进行了详细考察。温州模式确实让人大开眼界，利用家庭场院、街道闲散房屋，独家、几家或几个合伙人一合计就办个小厂，就是生产打火机的小零件也行。由于市场需求量大，回报率高，资金周转快，高利息的资金他们都敢用，有的月息高至8分、9分。不用又能怎么办？只能险中求生。真是不看不知道，一看吓一跳。

晚上他们回到旅馆里，激动了一天的心还没有平静下来。怎么办？三个人都是扛着使命来的。白天看到的是热火朝天、忙忙碌碌的场景，根据看到和听到的情况，感觉投些资应该是没有问题的。从小的方面看，各家大小企业都经营有序，管理到位，效益都不错。从大的方面看国家支持发展乡镇企业的政策不会说变就变，可能会越来越宽松，企业越发展资金需求量越大。武珩九斟酌再三，心里还是没谱儿，就问两位科长转了一天了有什么收获和想法。芮钧鹏说："我是二返温州了，这次比上次感触更深，这里的发展方向、前景是毋庸置疑的，只是如何把我们厂的实际情况和这里的实际情况结合起来，找准我们发展的突破口，就是个难题了，把这里的小项目引到我们那里显然不合适，派一部分人到这里办厂也不可能，想来想去只有在投资上动动脑子了。"

"通过这两天的考察，看到了这里发展的实际情况，感觉你们上次在会上提出的想法很有考虑价值，只是老觉得心里没底。不论多少钱投在这里能不能安全收回，是首先要考虑的问题，如果出了差错，虽然我们的初衷是好的，厂子受损失不说，也经不起人们议论。"张兆明说出了心里话，财务工作者想的就是多。

"你们俩想的我也都想到了，但我们是受厂党委委派来的，不

第二十二章　重返温州

是个人行为。现在厂子要深化改革，资金问题首先是制约我们转型、改革的瓶颈。这里的做法有它的先进性，比方说抵押贷款，这里的房子、牲口、物资都可以抵押贷款，闲散物品变成了现金。我们有些厂房地皮闲置着，先划出一些边角地段经评估后从银行贷出一些款来也未必不是好事。我们是老国营企业，在当地有信用，争取一下，银行也许会支持的，现在的关键是找准投资对象，投对路子。"

二位科长听了武厂长的一番话，都在深入思考。

过了好一阵子，武厂长又说："明天芮科长去工商局了解一下都有哪些投资机构是正式批准注册了的，顺便问问哪几家经营比较正规。张科长去市人民银行深入了解一下这里的金融政策和对这些金融机构的监管措施，听听主管部门的意见。我去市里有关部门走走，咱们既然来了就不怕麻烦，总得闹出个子午卯酉来，不然回去无法交差。"

第二天，武珩九他们三人吃过了早点，各自按照昨晚的分工分头行动了。武珩九首先到了乡镇企业局，局长热情地介绍了本市乡镇企业发展状况和前景。他从那里出来又到了市计委，向主任说明了来意后，主任自豪又周到地介绍了本市企业发展规划和有关的扶持政策。他说："我们实施的是以家庭工业和专业化市场的方式发展非农业，培育小商品、大市场的发展格局。按照市场的供需要求组织生产与流通，提供资金、技术等生产要素配置。主要是资金的筹集和流动，现

山里人

在国家的金融市场供给不充裕,我们主要是调动民间资金弥补市场的需求。民间借贷手续比银行简便、利率较高,借用、归还都方便,很有发展前景。"

"那要是外地资金投进来有没有保障?"武珩九有些疑惑地问。

"当然有保障了,市委对吸引外来投资非常重视,专门制定了招商引资政策,对外来的项目和投资都高看一眼厚爱一层。如果你们有投资意向,建议你们到几家大些的公司了解了解,再作决定。"

从计委出来已经中午了,武珩九抬头看了看天又低头看了看手表,觉得肚子有些不满意了,也不知那二位搞得怎么样了,这又没法联系,先填填肚子再说吧。他就这么想着走进了一家小吃店,在临街的桌子旁坐下来点了一壶贵宾茶慢慢喝着。这人呀要是有了心事,茶不香饭无味,再美的街景也收不到眼里,这不走访了一上午到底是个啥情况还没完全捋出来,他的心里不轻松。陆续有进来落座用餐的,在他近旁的桌子边落座的两个客人不像本地人,而且都是四十多岁的中年人,从言谈举止看也是到这里出差办事的,听他们的话头也是来考察一个什么项目的。武珩九旁听了几句,就端着水杯凑了过来,"不好意思,打扰了!敢问二位师傅是来考察项目的吗?"他很客气地问了一句。

正在交谈的二位听到问话,都歪过头来看他,其中一位戴眼镜的回答:"是啊!师傅也是来考察的吗?是北边来的吧?"

第二十二章 重返温州

"对！我从冀北来，你们呢？"

"不远，咱是老乡，俺们从山东来的。"戴眼镜的回答。

"那你们的事情办顺了吗？"

"还没有，我们是先来走走看看，家里想发展一些乡镇企业，找不到合适的项目，到这儿来一看很受启发，咱们那边想都想不到的，人家这边早干上了。"还是戴眼镜的说。

"那你们有目标了吗？"

"还没有，再转转看看，我看你也是有备而来的，估计有收获了。我们才转了两天，感觉咱北方人跟南方人的差距就在脑子里。"有点儿领导派头的人接过话茬儿说。

"那又是怎么说哩？"武珩九认真地问。

"你看哪！人家这边都轰轰烈烈地干上了，咱们还在摸索中，还在行与不行上打转转。已经有路了我们都不敢走，还谈什么发展，咱们那边的人思想确实需要解放，对不对？"

"这是个很深刻的问题，一时半会儿谈不清，不过我们确实应该反思一下自己了。二位慢用吧，不打扰了。"

"一块儿吃得了。"

"不了，我简单吃点儿就走了。"武珩九回到了原位，点了一碗三鲜面，稀里糊涂地吃完后，匆匆走出小吃店回旅馆休息了。下午没地可去了，他在旅馆里思考了一下午。转瞬就到了晚上，芮钧鹏和

山里人

张兆明都回到了旅馆，武珩九看着二人都比较疲惫，就说："走，出去找个小馆子，我请请你们，咱也喝几盅松快松快。"三人相跟着走在温州的一条小胡同里，这条街叫五马街，是条比较古老的街道，窄窄的街道两旁灯火辉煌，店铺一家挨着一家，饭馆、茶馆门前各种各样的招牌亮丽招人，他们走进了一家梁记排骨店，这是一家老店，家具、摆设、装修都古色古香。三个人一进门还没站稳，服务员就满面春风地迎了过去，"欢迎光临我们小店，请问三位先生是坐雅间还是坐前厅？"武珩九想就是吃个饭，坐雅间还得多掏钱，不值得。他抬头看了看东南角靠窗的位置还闲着，用头向服务员示意"坐那儿"，服务员心领神会，赶紧把他们领到武珩九示意的位置，又问："是喝贵宾茶，还是你们点？"

"来壶贵宾茶。"武珩九用常客的口气对服务员说。

"好的，您请稍候！"片刻，服务员提来茶壶，每人斟了一杯。"请问各位用点儿什么？"她冲着武珩九问。

"这里的特色菜都有哪些？"还是武珩九问。

"各位先生，我们这里是老店，经营当地十大名菜，有三丝敲鱼、江蟹生、怀溪番鸡、盘香鳝鱼、瑞安扎羊、永强蒜泥冻、白落地温蛋、三片敲虾、双味蛴蟉、爆墨鱼花。这是菜谱，您请选用！"服务员双手把菜单恭敬地递给了武珩九。

服务员抑扬顿挫的吴侬软语，还夹杂着普通话的音调，使三位

第二十二章　重返温州

北方客愣了，这么复杂的菜名一口气报出来后，才让顾客看菜谱，这么熟练和周到的服务在北方是不多见的。难怪人家的经济发展快，这么个小饭馆足能折射出发展态势。武珩九老练地接过菜单，浏览了一遍，实际上他是扫一下各种菜的价格，感觉还可以，但是他想能省一个是一个。芮钧鹏看出了厂长的心思，有意逗逗他，就说："领导，我来点吧！"说着就抓菜单。"你不行，还是我来吧！"武珩九心想你小子点，还不得多造我几块钱。他点了白落地温蛋、盘香鳝鱼两个热菜和永强蒜泥冻、泰顺土豆丸两个凉菜，心想荤素凉热搭配，好吃不贵又不丢面子，一举三得了。又要了一瓶当地产的古廊桥白酒，很自得地把菜谱还给了服务员。服务员麻利地报了一遍武珩九点的菜名，鞠躬转身走了。

武珩九端起茶杯品了一口贵宾茶，"不错，味道还可以。"

"主要是节约嘛！跟你出来几天了，连杯好茶也舍不得让喝，厂长真会过日子。"

"有茶喝就不错了，菜还没上来，先说说你俩的收获怎样？闲着也是闲着。"

"我今天去了人民银行，发现这里的投资政策很宽松，他们对投融资公司的监管不严格，只要融来的钱投到项目上就行。几家投资公司都是自主经营，他们主要是支持规模较大的一些企业，从企业的报表和经营情况看都很正常，结息及时。"张科长简单说了几句所见所闻。

山里人

"芮科长,你呢?"武珩九问。

"市工商局可热闹呢!申领营业执照的人来人往,只要有当地的介绍信、法人身份证、项目意向书就可注册、登记、发证。"

"那投融资公司的情况怎样?"

"我还真详细看了看他们的发证登记,截至目前全市登记注册的投融资公司就有36家,据说私下里经营钱庄的还有不少家。登记注册的公司规模较大的有达成、豪来、永嘉、克初、顺融等12家,他们的融资量都在5000万到1个亿不等,还有2个多亿的,放贷的利息根据数额和使用的时间确定。短、平、快的项目借钱利率就高,他们坚持低来高走、高来高走的经营模式,由此保证了融入资金能够及时结息。上次咱们看过的顺融公司就反映不错,我重点看了看他们的证件、执照都齐全,要求看一看流水账人家不同意,下午我在营业大厅里观察了好长时间,几家来办业务的都是高兴地来满意地去,看情况各方面都是正常的。"

"那些借款户都是用什么抵押呢?"

"小额的用自家的房产、农机具,大额的用设备、项目书或者合同什么的,还有法人担保的,情况不一样。"

说话间酒菜都上齐了。武珩九说:"今天是我请客,都倒上喝酒吧,工作的事不谈了,边喝酒边扯会儿闲的,轻松会儿。"三人各自都倒满了一杯,武珩九端起酒杯又说,"头一杯都干了,谁不干是这

第二十二章　重返温州

个。"说着把左手张开趴在桌角上做爬行状,意思是谁不喝干谁就是王八,说完他一仰脖喝下去了。张、芮二位科长见领头的喝下去了,没说的了都痛痛快快地喝了。他们在想,我们头儿平时在厂里有板有眼的,从没见他这么轻松放开过。也是,在大山沟里除了睡觉就是工作,把人都修炼成机器了,难得有个放松的机会。芮钧鹏又给满上了酒,他说:"头儿,咱们三杯过后,一人说一个段子,谁不说就罚谁一杯怎么样?"

"好哇!你先带个头吧!"武珩九批准了芮钧鹏的提议。头三杯过后,"开始吧!芮科长大人。"

芮钧鹏看了一眼武珩九说:"都倒上,我开始了。说是在平原上一个村里,一个姓张的老汉有一天中午收工回家……"

"不是姓张,是姓芮。"张兆明以为芮钧鹏编派他,打断了他的话。

"别捣乱,接着说。"武珩九制止了张兆明。

"张老汉收工回来,看到儿媳坐在门石上给孙子喂奶,那小小子不好好吃,嘬一口哭一声。他走到跟前就放下粪筐瞅着,儿媳妇见老公公来了,赶紧把褂子往下抻了抻,继续哄儿子,谁知那小家伙不识哄,还哭闹不止。这时张老汉说:'吃吧!孙子,赶紧吃吧,你不吃我可吃呀!'儿媳闻听抱起孩子扭头走了。"

"说呀!"

山里人

"没了。"

"有意思,有意思。故事短小精悍,那张老汉要不就是排不清辈分,要不就是想扒灰,儿媳妇的奶怎么也轮不到老公公吃啊!来来,咱们都喝一大口,该你了。"武珩九喝了一口,右手端着酒杯对张兆明说。

"我说笑话不行,还是厂长先来吧!"

"随便说嘛!有什么行不行的,我押后阵。"

"那行,说不好听好啊!说是有一个厂里的技术科长姓睿,退休了⋯⋯"

"不是姓睿,是姓张。"芮钧鹏估计张兆明报复他,打断了他的话。

"哪来那么多事,天下同姓多的是,怎么非往自个儿身上揽,别听他的,接着说。"武珩九又制止了芮钧鹏。

"我说的睿是睿智的睿,不是你的草内芮,同音不同字。"张科长解释后冲着芮钧鹏做了个鬼脸,接着说,"说是这个睿科长退休后,赋闲在家轻松得很,老伴儿一天三顿伺候着,他吃了饭喝过了茶就满大街溜达。有一天快到中午了,他从街里往回走,走到拐弯处有一帮人围着议论什么。他走近一看,一个人推着一小车卫生纸在推销,他的儿媳在跟人家砍价。他凑过去拿起一捆卫生纸,叉开手丈量长度,嘴里还喃喃自语:'够截4节呢!'儿媳一听转身走了,其他的

第二十二章 重返温州

女人们也都散了。卖主瞅着睿科长无奈地摇着脑袋说：'你这老爷子呀，截几节跟你有什么关系！把我的买卖搅黄了。'"张兆明说到这停住了。

"还有吗？"武珩九问。

"没了。"

"这有技术的人就是闲不住，到哪儿都想露一手，只可惜场合不合适，儿媳要买卫生纸，老公公能设计截几节吗？真是的！"武珩九又在给故事下评语，他端起酒杯示意大家同起一杯，又说，"咱们品品这南方菜吧！"

张科长感觉跟芮科长打了个平手，调皮地看了芮钧鹏一眼。

芮钧鹏无话可说，只有自己找台阶下，他对武珩九说："武厂长该你了。"

武珩九又夹了一口菜放在嘴里慢慢地咀嚼着，好像在回味什么："我知道你们是互相哨着玩儿哩！也是，这人有多少正经的，过去的皇帝闷得慌了，还召大臣们开几句玩笑呢！你们都讲了个故事，虽然是玩笑，但都蕴含着哲理。这人哪！摆正位置很重要，但也不容易。什么场合该说什么、该做什么，这个度不好把握，就像你们说的老张头和那个睿科长犯的都是太随意的错误，从哲学的角度说，他们都忘了'我是谁'。"

"下面我来说一个真实的故事。大家都知道徽商胡雪岩，人家确

山里人

实了不起，从一个商铺的小伙计做起，最后成为大清朝的红顶商人。为什么？主要是他秉承了陶朱公的商训：天、地、人、神、鬼。天为先天之智，经商之本；地为后天修为，靠诚信立身；人为仁义，懂取舍，讲究君子爱财，取之有道；神为勇强，遇事果敢，敢闯敢干；鬼为心机，手法活络，能翻手为云、覆手为雨。这是什么意思呢？我的理解是有的人天资聪慧，有经商的才干，但也要修为，要讲诚信，赚良心钱，不然就有失天道。胡雪岩经商首先是为对方着想，他讲究花花轿儿大家抬，在商场上以信义为先。再就是你先不仁我才不义。这里有一个小传说，说是有个人拿着一个旧陶罐到胡雪岩的当铺来当，自称是老古董，价值300两以上。当时胡雪岩不在店里，接生意的小伙计觉得贵了些，但看那人有些派头，不敢得罪，就付给了他300两银子。那人拿到钱临走还说：'我的罐子其实价值千两，只是我急着用钱，不然我可舍不得当，先保存着，很快我就赎回去。'胡雪岩回来后，小伙计拿给他辨认了一下，纯粹是个赝品，一文不值。小伙计慌了，要求挨罚，胡雪岩说：'罚什么罚，谁也保不住不办错事，不要过于自责，以后注意就行了。明天你到义和楼定10桌酒席，我要邀请全城的富商大佬儿们聚聚，顺便赏赏古董喝喝茶。'

"第二天受约的客人都到齐了，胡雪岩致了简单的祝酒词，又高兴地说：'我最近收了一件价值连城的古董，今天请各位鉴赏鉴赏。'他让店里的伙计将古董拿来，小伙计赶忙捧着古董下楼，走到楼梯一半不慎跌倒了，把古董摔了个粉碎，客人们大惊失色面面相觑。胡雪岩非常平静地说：'实在对不起大家，饱不了眼福了，各位喝酒吧！'在场的人都佩服胡雪岩的淡定，此事很快就在全城传开了。当陶罐的人也听说了此事，觉得发财的机会来了，就拿着300两银子和当票要赎回他的古董，小伙计很为难，告诉他古董不在了，他说：'那可不成，我那是价值千两的古董，你们要倒腾了赚了多少我不管，就得赔我1000两银子，不然我就要去衙门告你们。'这时胡雪岩右手端着紫砂壶慢悠悠地从楼上下来了，看了看当票，收下了300两赎金和当息，吩咐伙计把他的'宝贝'捧出来还给他。他看到他的罐子无话可说，羞愧地溜走了。"

"那是为什么？"芮钧鹏还没回过味儿来。

"为什么？这叫聪明反被聪明误，偷鸡不成蚀把米。这家伙在关公门前耍大刀，有好吗？他也不想想胡雪岩是谁，他的后脑勺上都有眼睛，捣鬼的人还没翘尾巴，他都知道要拉什么屎。他让小伙计摔的是另一个垃圾陶罐。要不说这人哪！可不能耍聪明。"武珩九感慨地作了总结。

笑话讲过了，酒喝过了，饭也吃了，武珩九抹了抹嘴说："说归说，逗归逗，办正事是主要的。咱们回去后，你俩商量着起草一份调研报告，阐明咱们的具体意见。"

第二天他们坐上了北上的火车。

第二十三章　投资风波

　　武珩九一行从温州回到了厂里，向厂里递交了一份《关于赴温州考察投资项目的考察报告》，这份报告首先把温州发展经济的特征进行了概括。该地在发展地域经济时坚持了"以小占大"的原则，着重生产技术含量高和运输成本较低的小商品，在全国建立大的市场销售网络。其特征是：经济形式家庭化、经营方式专业化、专业市场系列化、生产要素市场化、服务环节社会化。这五化模式被称为"小狗经济"。这种模式导致了小企业、小作坊遍地都是。政府在发展经济的过程中，扮演了"无为者"的角色，大多时候政府对民间的"经济行为"采取了宽容的态度。

　　大量的家庭作坊和小型企业的出现，面临一个不可逾越的问题就是资金问题。企业要发展，银行又无资金，怎么办？因此民间借贷、投融资机构就相继出现，以适应生产市场的刚性需求。我们重点考察了几家规模较大的投融资机构，这些机构大量拆借民间资金和国家金融部门的资金投放市场，大多都坚持了低来高走、高来高走的经营模式。以顺融投资公司为例，该公司融资份额近一个亿，留下2000万的备用金，8000万投放市场，都是投给短、平、快的小项目，运营模式就是利息较高、借款期短、周转快。

第二十三章　投资风波

关于投资意向，我们初步和顺融公司领导谈了一下，如果我们投200万，按月息8分结算，每月付给我们16万，这笔钱基本就够发职工月工资了。

根据以上的考察情况，我们建议：将我们厂边角地块和废弃车间作为抵押物，向当地银行申请贷款，如能兑现，可将这笔资金投入顺融公司试运作一年时间，缓解我们厂暂时的困难，如果运行正常，再考虑下一步如何进行。

报告交到厂里后，首先领导们进行了传阅，秦大梅又找有关人员咨询。多数人员对金融投资是外行，持怀疑态度。武珩九三人是亲历者，态度比较明朗。秦大梅又召开厂党政联席会议进行研究，鉴于当时厂里确实面临资金困难，就通过了投融资的决议。此事仍由武珩九牵头，张科长和芮科长全程参与。

武珩九三人领到任务后也感到压力很大，但是出水才看两腿泥呢！只有尽力往前走了。他们首先以厂子要新上项目的理由向当地银行申请抵押贷款，资金落实后张、芮二科长又到温州顺融投融资公司签署了投资协议：甲方投资300万，月息8分，投资期限一年，乙方必须保证按时结息，违者要负法律责任，协议还请司法部门进行了公证。

一个月后，顺融公司按时结了利息，24万元顺利汇到了厂财务科账上，这笔不小的款项，解决了厂里的燃眉之急。

山里人

爬拖机项目、农用汽车项目、投融资项目在厂里全面铺开,干部们和全厂职工都看到了改革所取得的初步成果。正当秦大梅带领全厂职工大干快上的时刻,上级来了一纸调令,调秦大梅到保源地区任工业局局长,武珩九接任秦大梅的职务,芮钧鹏提升为副厂长。

投到温州顺融公司的资金按月结息半年后,大家都夸武厂长、芮副厂长和张兆明科长有慧眼,缓解了厂里的困难,为厂里办了件大好事。厂里有些人的思想开始萌动了,这种投融资的方式不但来钱快,而且还很保险。心眼儿灵活的人动起了心思,要是把自己的积蓄拿出来搭厂里的车一块儿投进去,赚些高额利息,比存在银行里强多了。于是就有人找芮副厂长说了这些想法,建议厂里号召一下,有自愿把积蓄拿出来投资的跟厂里的一块儿投,利息按厂里的标准结算,这样对挣死工资的工人也是个帮助。芮钧鹏把这些工人的建议向武厂长进行了汇报,武厂长有些犹豫了。厂里出面给工人们办这样的事,是没有过的,厂里领导绝对不能组织职工放高利贷。他召集几位副职研究,领导成员们谁心里也没底。最后芮钧鹏说了些想法,他说咱们拿厂里的固定资产作抵押贷款,获得款项后投到融资公司获取较高的利息,全部用在了发展生产上,其目的是促进工厂顺利转型。但厂里出面组织职工拿自己的积蓄进行投融资业务,显然不符合国家的法律法规,是不能办的事情。可是目前工人们没有一分钱的奖金,就开死工资,有些人家确实困难,既然大家有投融资的意向,可否变通一下,

第二十三章　投资风波

让"五七办"出面组织有投资意向的职工自愿参与。但必须跟投资人讲清楚,凡是投资都有风险,必须是自愿,一旦出现风险,损失自负,与单位无关。大家认为芮副厂长的意见可以试行。会议决定由芮钧鹏为组长,王金科长和"五七办"主任卜均为副组长,"五七办"两位办事员为成员,运作此事。

第二天芮钧鹏召集临时融资小组成员们开会,又对此事进行了酝酿,大家认为这项工作不能大张旗鼓地开展,宜先找车间主任、各科室的科长把此事讲清楚,再由这些人分别去做工作,一定要本着自愿的原则进行。消息一传开,家属院和宿舍区就开锅了,有的认为行,有的认为不行,说什么的都有。有不少人开始到银行取钱,有的没钱但认为是好事,不愿错过机会,找亲戚朋友借钱,还有的动员亲戚朋友参与。不到两个星期,就凑了48万,为了凑整好算账,融资小组成员们又凑了2万。为保险起见,临时融资小组刻了枚公章,凡是出资的人不论数额多少,一定要与临时融资小组签订一份自愿投资协议书。

所有程序完备后,"五七办"把50万现金划到了厂财务科账上,厂财务科即刻汇到了温州顺融投资公司。

一晃一个月过去了,顺融公司就把利息如数汇到了厂财务科的账上,厂财务科悉数拨给"五七办","五七办"及时向投资人按数额发放月息,拿到钱的人们笑逐颜开。人们顺利拿到利息后,不少人要求再投一些,但临时融资小组的人说,不能随意增加数额,

山里人

等一期投资结算后再考虑下一期的运作。有的人后悔当时投得少了,有的人后悔没有参与,到手的钱眼瞅着溜走了。有的在家里互相埋怨,当时我说如何如何你非不,怎么样,服了吧?唉!好事谁也说不清到底怎么好。

转眼到了10月份,芮钧鹏在办公室里正在为一笔设备款发愁,电话突然响了,他拿起电话就听到对方客气地问:"您是河北的芮厂长吗?""是,我就是芮钧鹏。""噢!芮厂长您好,我是顺融公司的财务总监小柴,受我们老总委托,跟您商量个事好吗?""好哇!你说。""我们老总说,实在不好意思,这个月的资金有些紧张,想把这个月的利息推到下月一块儿结,问您行不行?""小柴同志,你听我说,这都快年底了,我们还有一笔设备款凑不齐,人家一直在催呢!请转告你们老总,这笔款万万拖不得!""那好吧!我知道了,一定如实转告,挂了呀,再见!"撂下电话,芮钧鹏感觉不妙,赶紧通知王金和卜均来办公室。二人很快就来了,芮厂长说:"刚才南方来了电话,说是本月公司的资金有些紧张,想把这月的利息推到下月一块儿结,我没有答应,咱们现在也周转不开,你们说怎么办?"王金听了后说:"芮厂长你先别着急,我给南方打个电话问问情况再说。"王金就在芮厂长办公室拨通了顺融公司的电话,又是小柴接的。王金告诉她要找他们侯总,有要事相商。对方说,对不起,我们侯总不在,有公务出差了,有什么事可以转告吗?王金说,那就请你

第二十三章　投资风波

转告侯总，我们的利息一天也不能拖，实在不能拖，拖一天就塌了。小柴回应，那好吧！我一定如实转告。王金撂下电话，对着芮钧鹏和卜均也是对自己说："这可怎么办？"芮钧鹏好像有些什么预感，就对他们俩说："事不宜迟，你们马上南下，找到他们侯总，不给钱就别回来。"

在南下的火车上，王金和卜均二人感觉此行任务艰巨。两个人对面坐着，很少对话，各自想着心事。到了温州二人直接打车去了顺融公司，进了门公司里很安静，小柴在财务室值班，他们直接要小柴领着见侯总，小柴告诉他们：侯总出国考察去了，要过一些日子才能回来。我先安排你们住下休息，有什么事明天再跟我们廖总谈吧。也只有如此了，他们住进了小柴安排的宾馆里，晚饭在宾馆的雅间里用，只有小柴陪着。菜是高档菜，酒也不错，是五粮液，服务员给他们每人斟了满满一杯，二人要务在身，没有喝酒的兴趣。小柴说二位不想喝白酒咱们就换红酒吧，王金说什么酒也不喝了，跑了两天了吃点儿饭就去休息。小柴说不急，晚上喝点儿酒解解乏，随即叫服务员上红酒，服务员立刻拿来了人头马XO。王金表示什么酒也不喝，这时雅间的门开了，进来了两位陪酒女，她们分别坐在王金和卜均的身旁。二位陪酒女衣着光鲜，而且穿得还很少，一上来就非常殷勤地端酒杯劝酒，王金一看顿时就火了，"小柴你这是干什么？"

"王科长，别急嘛！让二位小姐调节一下气氛，不可以吗？"小

山里人

柴很温柔地说。

"我们不兴这个！"王金十分坚决地拒绝。

"王科长，现在都开放了，你们北方人就是忒保守，出了门就不能放开点儿！"

"我们不开这个放！明天找你们廖总给我们结算就行了。"

"那事应该没问题，明天再说，咱们今晚不谈工作了好吗？"

王金歪着脖子不说话，卜均拿眼瞪着小柴。

"出门办事不要太急了，既来之则安之！我们这里的业余生活可丰富了，男士们讲究喝红酒、吻红唇、泡洋妞、收外币了。哪像你们北方人这么死板，要不晚上再给你们找两个小姐放松放松，你们也体验一下现代生活。"

"对不起！告辞了！"王金和卜均起身出了雅间，愤愤地回房间了。

在房间里，二人辗转反侧难以入眠，他们都感到问题严重了。

第二天他们早早就起床了，用过了早餐，就赶到顺融公司等廖总了。上班的时间还没到，他们就和门卫聊天，想从中摸出些情况。门卫说，我们只负责安保，其他的事情不能过问，不过这一段时间也没有发生过什么。

好不容易等到上班时间，小柴来了，其他的员工来得很少。"哎哟！二位科长来得够早的，对不起！让你们久等了。"小柴把他们领

第二十三章　投资风波

到了小会议室，倒上水，又对他们说，"二位稍候，我去看看廖总来了没有。"就出去了。

过了一会子，王、卜二人有些急了，小柴出现了，"二位科长，实在不好意思，我们廖总出差昨天没赶回来，说是那边有些业务还要处理几天，这么大的事我也做不了主，要不就安排你们在温州转转，干等着更着急。"二位科长只得回宾馆了。

回到宾馆，王金就给武珩九打了长途，向武珩九汇报了这边的情况。武珩九指示他们要有耐性，等老总们回来，谈个究竟。再就是到工商和司法部门了解一下情况，看看有没有别的动向。按照武珩九的指示，他们去了有关部门，都说该公司运转正常，没有听说出现什么问题。他们在宾馆里住了7天，每天都去一趟顺融公司，得到的答复是"还没回来"。晚上王金给武珩九打电话说，看样子老总们一时半会儿回不来，我们在这里等，也是干耗着，不如先回去过几天再来。

王金和卜均回到了厂里，向武珩九和芮钧鹏汇报了此行的情况。总的感觉顺融公司还是正常的，只是发现上班的人少了，据值班的小柴说都到外地联系业务去了。武珩九说事已至此也只有等一等了，但是暂时的情况一定要保密，只限于咱们几个当事人知道，老婆孩子都不能说。咱们厂的情况是赚得起赔不起，过不了几天投资户肯定要问怎么还不结息，我们的口径要一致，都说快了，再等几天，千万不要扯没用的，以免引起混乱。

山里人

大概在10天之内，南边的电话里都是回复老总们还没回来，请再等一等。过了20多天，再打电话就是空号了。这时武珩九、芮钧鹏和王金他们感到大事不妙了，就由芮钧鹏带领王金和卜均连夜南下。他们赶到了温州就直奔顺融公司，到了门口才发现大门上贴上了封条，封条上写着"温州市人民检察院×年×月×日封"。他们一看登时就傻眼了，马不停蹄地赶到了市检察院，向院领导询问情况。"这个公司运作上出了问题，资金链断了，投资人天天告他们，负责人溜了，公司散了。我们检察机关介入了调查，你们只有等处理结果了。"检察院领导如此说。

"检察官同志，我们实在等不起呀！我们是用国有资产抵押贷的款，急需这笔资金购置设备呢！还有一部分是厂里职工的血汗钱，这要是出了什么闪失，问题可就大了，您就帮帮我们吧！"芮钧鹏向检察院领导诉说着。

"不论什么钱，暂时都无法追回，融资市场有风险，投资需谨慎，这一点你们搞经营的应该比我们还明白。你们的处境我完全理解，但是现在说什么都没有用，只能面对现实了，你们还是先回吧，有了结果就马上通知你们。"

芮钧鹏三人十分沮丧，无可奈何地出了检察院的大门，都有了叫天不应呼地不灵的感觉，这可如何是好呢！他们都觉得在温州实在是无路可走了，只得回到了厂里，还没进办公楼就听到里面吵翻了

第二十三章 投资风波

天。有老的有少的，有工人，有工人家属，有蹲着的，有站着的，靠着的，歪着的，楼道里全是人。他们一出现就被包围了，"这不回来了，什么时候分钱？""请马上给我们兑现，不能再拖了。""我们连买盐的钱都没有了。""这还让不让人过？"说什么的都有，乱糟糟地成了一锅粥。王金从人缝里钻出来，到武珩九办公室向武珩九汇报。只见武珩九铁青着脸，低着头不说话，周围站着几个讨利息的代表。王金轻轻叫了一声武厂长，武珩九听到是王金的声音抬了一下头，闷闷地问："回来了？怎么样？"王金就劝说站着的几个人："你们先回避一下，我给武厂长汇报个事情。"几个代表不情愿地陆续离开了办公室。王金对武厂长说："芮厂长和卜均被围在了外面，我挤进来了。"

"到底怎么样？"武厂长急切地问。

"怎么样？问题严重到家了。咱们投资的那家顺融公司被检察院查封了，人员都跑光了。据说是资金链断了，讨债的告到了检察院，市检察院介入调查，让我们回来等消息。"

"这可怎么办？"武厂长也无奈了，过了一会儿对王金说，"你去跟大家说一下，让芮厂长和卜均科长进来开个小会。"

王金出来对挤在楼道里的人们说："请各位师傅、老同志们安静一下，让个道儿，武厂长要芮厂长和卜均科长进去开个小会，再给大家一个交代，好吗？"

"什么交代也不如发钱好交代。"

"对！别的一概扯淡。"

"事已至此，各位理智一点儿，不要说难听的好不好！"王金想压一压大家的火气。

"想听好听的好说，拿钱来！"

"就是！就是！"

王金觉得人们还在气头上，不如少说两句，他从人缝里把芮钧鹏和卜均拽了出来，到武珩九办公室开会。武珩九开门见山地说："南边的情况别说了，咱们就商量一下怎么和这些投资人交代吧！"

大家都愣着不说话，过了一会儿，卜均说："武厂长、芮厂长，我有个想法说一下好吗？"

"说吧！快点说。"武珩九急于寻求办法呢！

"咱们干脆就把实情告诉大家，这样捂着盖着到什么时候是个头呢？我觉得跟大家说明了反倒好。"

"说了人们不依怎么办？"王金问。

"不说人们就依了吗？"卜均说。

"行了！就按卜均说的，把事情真相告诉大家，遮掩着不是事，可能还拖出意外来。"武珩九好像心里有了谱儿。

"你们看这样好不好？"半天没有说话的芮钧鹏开口了，"当初这件事是通过各车间和科室负责人组织实施的，现在就找这些人来，

第二十三章 投资风波

把事情真相明明白白告诉大家,让他们分头去做工作。先把人们的情绪稳住,咱们再想别的办法。"

"想什么办法?人们拿不到钱,说什么都不好使。"武珩九缓了一会儿又说,"芮厂长说得对,当务之急是设法先稳定大家的情绪。再就是另寻一条来钱的路子,让人们看到希望,不然它就是一个炸药包,一有人引就会爆炸。"

"当初是人们看好才主动要求投资的,如果当初不答应人们的要求,大家肯定也不满意。咱们是顺应民意想为大家办点儿好事,现在倒好,人们改口了,全都不按事说了,好像咱们逼着大家出的钱,这真是好心办了坏事,人们都是赚钱高兴亏钱恼。这样吧:这个投资项目是我组织考察的,并且也是我主持操办的,如今出现了不测,我应负主要责任。我来召集有关人员开会,做做人们的思想工作。"芮钧鹏很有担当地说。

"要说责任大家都有责任,谁也不能一推六二五,风口浪尖大家一齐上。下来由芮副厂长主持,王金和卜均共同召集有关人员开会,芮副厂长把真实情况如实告诉大家,现在检察院正在负责追讨,如果那笔资金当真打了水漂,厂里设法开发一批市场比较畅销的产品,用所得利润偿还大家的本金。"武珩九做了这样的安排。

天都黑了,讨钱的人还挤在楼道里,芮钧鹏和王金、卜均从武厂长办公室出来了,大家立马都围了上来。

山里人

"怎么样,商量好了吗?今晚发钱不?"

"再不发钱我们一家就上吊了。"

"你们领导讲不讲理,不然我们就去中央告你们去!"一个叫冉步江的工人说。

"冉步江!我告诉你!这钱还真发不了了,你上个吊给我看看!还有你赵顺利,投资的时候你们是积极分子,现在要钱又是积极分子,都是你们的。既然你们想上中央告去厂里支持,给你派车去,可有一样你要告不赢,回来了厂里就依法开除你,这叫越级上访!谁不信就试试!"芮钧鹏冲着大伙儿点着两个闹得欢的人的名字愤愤地说。你别说芮钧鹏这么一诈唬还真起了作用,喧闹的场面顿时安静了下来。趁着这个间隙,芮钧鹏大声宣布:"现在大家都回去吃晚饭,如果谁家吃不起饭了就去我家吃,我们连夜开个干部会,明天就有准确的消息告诉大家,好不好?先散了吧!都一个厂工作多年的老同志了,有什么事不能商量呢?"

夜,漆黑一团,天空中有几个不知疲倦的星星在眨眼。

厂里的中层干部都被召集到会议室加班开会了。会议由办公室主任孔之厚主持,他站在前台环视了一眼与会人员,问负责签到的秘书小阚怎么样,都到了没有。小阚回答都到了。孔主任转身请示芮钧鹏副厂长:"芮厂长,人都到齐了,可以开始了吗?"

"可以,开始吧!"

第二十三章　投资风波

"同志们！大家都劳累了一天了，还请大家来开这个加班会，实在是迫不得已，请大家担待一下吧！我们都知道南边的顺融公司出了问题，现在说什么的都有，搞得人心惶惶的，为了稳定大家的情绪，让大家吃个定心丸，武厂长决定亲自召开这个加班会，不料临时有事去省里了，委托芮副厂长把这个会开好，下面请芮厂长把具体情况跟大家说说。"

"好吧！我现在就把南边的真实情况告诉大家。"芮钧鹏接过孔之厚的话茬儿说，"一个星期以前我和王金科长、卜均主任就去了温州，到了那儿一看顺融公司的大门被市检察院贴上了封条，我们就赶紧到检察院了解情况，说是该公司的资金链断了，好多债主到公安局告状，公司负责人都逃逸了，市里怀疑是诈骗，建议司法部门介入调查处理，现在正在调查阶段，检察院负责人要我们回来等消息。我们一看再在那里耗下去意义不大，就返回来了。

"现在最棘手的问题是厂里投资户的本息兑现问题。在座的都是厂里的中层领导，当时的投融资过程在座的大多数人也都参与了，对整个事情的来龙去脉都是比较清楚的。"五七办"在与投资人签订的投资协议上第七条就写明了'投资自愿，利益同享，风险共担'。有收益的时候大家高高兴兴，突然出了问题都来厂里闹，这就不符合情理了吧？还有的人扬言要去告状，要如何如何，有用吗？你的理由在哪里呢？当初投入的时候不都是自愿的吗？不都是很踊跃吗？厂里

山里人

不是为大家谋福利才这么做的吗?再说了,出现这种情况,厂里不知比大家急多少倍,也知道有的家庭把仅有的一点儿积蓄都押上了,还有拆借朋友的,现在突然断了线,大家说谁不急?但话说回来,木已成舟,急又有什么用!咱们不吃不喝了,把厂部烧了,说深一点儿就是不活着了,于事有补吗?我这话可能不中听,但这是实话呀!师傅们!在这儿,我奉劝大家,也是劝自己,只能面对现实了。"

说到这里,芮钧鹏喝了一口水润了润干燥的喉咙,又环视了一圈。

"今晚开会的目的就是给大家交这个底,咱们是领导,首先要从思想上接受这个现实,回去分头去做工作,不要瞎折腾了,没用。另外,我们要鼓起勇气,寻找别的出路,大家要相信东方不亮西方亮,活人没有被尿憋死的。武厂长说了,厂里和'五七办'要开发一些市场上畅销的农用产品,用所得利润先偿还大家的本金,再逐步结算利息。只要大家齐心协力加劲儿干,保质保量或超额完成任务,厂里多发些奖金给大家,相信难关是能渡过的。"

"我要说的就这些了。"芮钧鹏说到这里停了一下,"看大家有什么要说的都说说。"他把心里话都掏给了大家。

"芮厂长都说清了,也只有这样了。"

"咱们回去给大家解释解释吧!相互理解最好。"大家开始议论了。

"实际上这投资是大家看好了,主动找厂里组织的,厂里也是为了大家多些收入，为大家办的好事。开始几个月月月分红，大家高兴得不得了，现在突然出事了找厂里闹，实在是没有道理，这做人不能这么做，反正我是这么想的，明天在车间大会上我就这么说，估计谁也能理解。"一车间的老主任掏心窝子说。

"芮厂长！我们回去照你的意思都说了，要是还有人不通，再无理取闹怎么办？"

"我知道做这样的工作不容易，要把道理掰开了揉碎了讲给大家听，让人们认识到闹是没有道理的，我们把工作做到家了，做到仁至义尽了，如果还有人不服，你就说你要想上吊随便，想上访咱支持。我相信绝大多数的工人是通情达理的，厂里一定想方设法弥补大家的损失。这事要搁在社会上，恐怕都得血本无归，因为是你主动往外拿的钱，又没人逼你，有白纸黑字为证呢！赚了揣腰包，赔了朝国家要，哪有这样的道理？你赚了的时候怎么不想着交给国家呢？"

世界上的事情就怕较真儿。在利益面前，人云亦云的多，一边倒的多，少有的主持正义的人还得遭到攻击。敢于在攻击面前不示弱，坚持真理，最后还是赢得多数人的拥护，怕的是信心不坚定，危机面前束手无策，最后导致一事无成。

芮钧鹏在厂里中层干部会上把实情和盘托给了大家，让大家面对现实，又给了希望。对无理取闹的现象给予了抨击，还是取得了多数人的支持和谅解。一场风波暂时平息了。

第二十四章 变　故

　　秦大梅调到市工业局上班后总觉得不适应，实际上机关工作和企业单位工作是有区别的。

　　保源市回远街中段有一个大院，院内有两排平房，4座2层小砖楼，市里几个局委办就在这个大院里办公。工业局在靠北边的一座2层小砖楼里，每天到了上班时间，人们就按时坐在自己的办公室里，喝茶的喝茶，看报纸的看报纸，很安静。但是这安静的环境里却暗流涌动。50多个人的单位里，有的跟市委领导走得近，有的跟市政府领导走得近，有的科长跟副局长走得近，有的老乡抱团，有的几个同学来往密切。这些人都是高人，见了面嘻嘻哈哈客客气气，背过身你是你我是我。你吹你的号，我唱我的调，台上握手台下踢脚。有了工作上推下揉落好人，你有千条妙计，我有一定之规。就说有一回吧，秦大梅刚来，市政府通知他们去处理水泵厂煤气泄漏事故，他要主管安全生产的副局长亲自去处理。过了3天还没回话，水泵厂的工人家属到市委上访去了，市信访局又追责到工业局。秦大梅找到主管局长，主管局长说，已安排了安全科的人去处理，处理的结果他们也没汇报，这两天我挺忙也没顾得上追问，他们马上叫来安全科长，科长说已派人去处理了，就这么一级推一级地推下去完事。还有一回，秦大梅派副

第二十四章　变故

局长到省工业厅联系一批紧缺物资，副局长和科长回来报销了费用，所联系的物资迟迟不到，最后也没见到那批物资，耽误了那批产品。

　　面对这种拖拉局面，你说秦大梅发愁不发愁。经过一段时间的观察和接触，他发现机关作风中存在的不足之处是有些干部高高在上，作风漂浮；有的眼高手低，说得好想得高，拿着文件讲道理，一触实际就打折；还有的自以为是，老子天下第一；还有好人主义风行，讲私情不讲党性，讲面子不讲道理，讲变通不讲程序，八面玲珑，左右逢源，见风使舵，风骨全无；还有的不思进取得过且过，宁可不干事，只求不出事；还有的眼睛向上脸朝下，不怕群众不满意，就怕领导不注意。哪像在工厂里，工作任务安排了，各部门各司其职，尽职尽责，遇到困难主动克服，实在克服不了的及时反馈，从没有拖拉推诿现象。

　　这些漂浮在机关里的不正之风，市领导们有所察觉，及时召开各单位一把手参加"整顿机关作风，讲求工作实效"动员大会。市委书记针对机关存在的不正之风，一一进行了揭露和批评。他说这次整顿要来实的，谁走过场谁下台。揭自己的疮疤就不要怕疼，怕疼就治不好。如果有的单位有疤不揭，有错不纠，怕这怕那，市委就派人帮你救治，非让你脱皮掉肉不可。

　　大会后秦大梅召开班子会传达市里"转作风，求实效"会议精神，讲了市委书记的决心和要求。他结合本局的情况，谈了自己的感受,也剖析了自己的不足,表示了落实市委会议精神的决心,他要求局领导班子成员都表示一下态度。有的说这样的会议开得及时,早该整顿了;有的表示要积极配合,绝不敷衍;还有的表示服从市里局里的安排。秦大梅觉得这样的会开和没开差不多,要真正撕开口子打开局面,还得想想办法。

工业局有位排名靠前的副局长,是从县里一个重要位子上调来的,是正处级的副局长。论资历、能力他觉得在上次调整班子时,自己应是挪到局长位子上的。可万万没有想到的是从大山里调来了只会造枪造炮的人当了局长,这使他有些不舒服也不服气。想:我也曾是一方诸侯,一人之下万人之上的主,现在位居人下,于情于理都不合适。现在你要整顿机关根深蒂固的陋习,整吧,我看你怎么整?

军人出身的秦大梅看出了一些端倪,他知道召开一些例行的班子会议不会收到实效。他拿出了当年攻碉堡的劲头,没有按常规出牌,和秘书拟了一份《局机关整顿工作报告》上交了市两办。很快市领导批示:支持!希望带个头儿,抓出成效。有了尚方宝剑,就大胆调整了局领导的分工,撤掉了局办公室主任和安全科长的职务。制定了简便易行的《机关工作守则》,如有违反,严惩不贷。这一实招儿还真起了作用,机关的作风大为改观,这更加坚定了他当好局长的信心。

机关作风改进了,工作效率提高了,社会影响好多了,秦大梅也得到了市委、市政府的表扬。可是问题来了,省纪委来人找他谈话

第二十四章 变故

了,说是有人举报秦大梅在军工厂工作期间,有"作风霸道、贪污公款、包养情妇、殴打工人"等问题。省纪委的人先到机关当面了解一下本人的情况,再到老厂做实地调查。秦大梅对纪委干部提问的问题一一做了解释,并支持他们到厂里做深入调查。

大概过了一个多月的时间,秦大梅正在电缆厂现场办公,突然接到市委办电话,要他马上到市委开会。他放下手头儿工作立马赶到了市委,被秘书领到了小会议室。会议室里坐着市委主管组织的副书记和组织部长,还有省纪委和市纪委的干部。他坐在了这些领导的对面,副书记开门见山地说,今天叫你来就是谈谈你个人的问题,前一段时间有人到省纪委举报你有不少违纪问题,根据领导的指示,省、市纪委组成了联合调查组到你原单位做了调查,现在由省纪委的郝处长宣布一下调查经过和处理意见。这么严肃的场面,这么严厉的语气,要搁一般人不打哆嗦也得头昏脑涨眼前发黑。但是不知秦大梅吃了什么灵丹妙药,他淡定得一如往常,好像在大礼堂里听报告。

郝处长说:"秦大梅同志,根据前一段时间有人举报你在385厂担任书记、厂长期间犯有'作风霸道、贪污公款、包养情妇、殴打工人'等问题,我们到举报的事发单位逐一进行了调查。经反复调查取证,这些问题均不存在,属于诬告。省、市纪委均认为秦大梅同志是个好同志,是我党的好干部。并希望你排除干扰,继续为党做好工作。"

郝处长宣读完了调查结论,副书记问秦大梅有什么想法尽管说出来。秦大梅很自然地冲着大伙儿笑了笑，淡淡地说："我没有什么可说的，感谢省、市纪委的同志为我的事付出的辛苦，感谢市委、市政府领导对我的信任，请领导放心，我会不畏浮云遮望眼，一如既往做好本职工作的。"

在场的人深为秦大梅淡定的气质和宽广的胸怀所感动。

经历了一番风波之后，秦大梅对工作对人生进行了一番深入思考。他认为人生在世就是要处理好此岸和彼岸的关系，从哲学的角度讲就是已知世界和未知世界的关系。此岸是可知部分，是事物的"现象"，是自己可认知可控制的范畴；而彼岸是事物不可认知的部分，是事物的"本质"，它是超越人们的认知界限而独立存在的"自在之物"。"自在之物"在人们的感官以外客观存在，是不能认识的本质，它的产生人们无法掌控，所以，对这种自在之物的干扰要泰然处之。

康德有一句名言："有两样东西我们越经常持久地加以思考，它们就越使心灵充满与日俱增的敬畏和景仰，就是我们头顶的星空和心中的道德法则。"我们头顶的星空是自然科学，自然科学是永恒客观存在的现象，人作为自然中的一个微粒，敬畏自然是必须的。道德法则我们可以理解为老子的道，是惩恶扬善的道。人类在道的笼罩下活动就得管住自己，多做善事，诸恶勿做。否则，就会受到道的惩罚。秦大梅这次平白遭冤，就是受到了"自在之物"的侵扰，而由于平时

第二十四章 变故

坚持了道德法则，理所当然地受到了天道的保护。

秦大梅想，我一个山里放牛娃出身的基层干部，自投身到革命队伍那天起，就把自己全部的身心交给了党，多年来跟党没有丝毫离心离德。这么多年听党的话，唯工作事业至上。自来到岗位那天起，就全身心扑到了工作上，现在却落得遭人诬陷，这是"自在之物"活动的原因吧。我不能与这些"自在之物"计较，只有把工作做好了才是对这种干扰最好的回答。

市磊阳柴油机厂是个老厂，设备陈旧，人员老化，年轻的看不到前景都想调走，职工子弟都不进来工作了，使得在六七十年代曾经辉煌的老厂一片黯然。留守的干部职工生活都成了问题，是市里的老大难单位之一。市长找秦大梅谈话，要求他寻求一个妥善的解决办法。

一个晴朗的日子，秦大梅带领秘书小陈和企业科汪科长到磊阳柴油机厂调研。他们到了厂里先听厂长的汇报，厂长说：厂里职工最多时700多人，渐渐调走的调走，退休的退休，现在就剩老弱病残300多人了。过去生产的柴油机供不应求，现在柴油机退出了农业战线，失去了市场。厂里也试图转型，曾试产过洗衣机、矿石破碎机和洗碗机，都没有成功，我调来时这几样产品正在下马。我试图保住洗碗机这个项目，但由于洗碗机是电器产品，而这厂里的基础是机械生产，工人和技术人员都不太适应，终于也下马了。经过这几番挫折，再也鼓不起干部职工的精气神寻求生产新的产品了，现在就这么耗着，靠

山里人

政府补贴过日子。

"面对如此的困境,你还有什么打算吗?"秦大梅问厂长。

"说实在的,秦局长,我是没有回天之力了,就等着退休或者调走了。"厂长说出了心里话。

"现在厂里的人员结构,男女比例如何?"

"现在大部分是接近50岁的人,女职工占多数。"

"说句粗话,活人要叫尿憋死,那说明这人就是个十足的笨人了。只要思想不滑坡,办法总比困难多,这也是我经常说的一句口头语,听着像口号,实际上有很强的实用性。"

"话是那么说,要真做起来就不容易了,我这也是实话。不怕局长嗔怪,只有等着开发商买咱们的地皮了,等有了钱,付给工人们一部分养老金,厂子就不存在了。"厂长大胆地说。

"走吧!咱们到厂区转转。"秦大梅说着就往外走。厂长见状赶紧跑到了秦局长前头领路,在厂长的带领下,他们分别转了生产区、办公区和职工生活区。秦大梅发现整个厂区保存得非常完好,电路水路畅通,陈旧的设备静静地待在原地。目睹此景他好像看到了当年热火朝天的场景,他在想怎样才能让厂子活起来,有这么好的设施和条件,如果被改革大潮淘汰了太可惜了。

转过了厂区,秦大梅突然问厂长:"中午饭在你这里吃吧!能解决吗?"

第二十四章 变故

"能。"厂长心想很少有领导到这个没着落的地方用午餐的,"门口有个小饭馆,炒几个小菜,煮碗面条什么的没问题,就是有点儿寒酸。"

"咱不下馆子。"秦大梅说着就从上衣兜里掏出了200元,交给秘书小陈,"你去购些方便饭食,咱们就在办公室用了。"

厂长闻听急了,他赶紧拦住小陈,"秦局长,你这不是寒碜我嘛!再穷也吃得起一顿饭,我请客,您放心不花厂里的。"

"行了,下来你再请,等厂子活了咱们吃大酒店,这顿饭我请了,不要再争了。"

"这不合适吧?领导到基层调研,自己掏钱买饭吃,还不得让人们笑得我钻地皮。"

"你请我请不都一样吗?管一顿平常饭谁也穷不了,别争了啊!没有什么难看好看的。"

厂长闻听,只有恭敬不如从命了。

在厂长的办公室里,他们把办公桌往中间挪了挪,桌子的四周分别放了4把椅子,厂长打来了两壶开水,给每人泡了一杯茶慢慢喝着。不多时,秘书小陈拎着两个塑料袋回来了,他从袋里掏出了水煮花生米、三根黄瓜和两个凉菜,从另一个袋子里掏出了一只酒香鸡、一盘醋熘肚片、一盘素炒香芹,还有一瓶牛栏山二锅头和5个馒头。小陈很会办事,凉热搭配、荤素搭配,有菜有酒有主食,花钱还不多。

山里人

　　就着简单的饭菜，几个人就喝了起来。席间厂长老是有愧疚表情，他是在想，大局长下厂来了，自己掏钱买饭吃，这要是传出去，人家还不得说我"老太太上鸡窝——笨蛋到家了"。秦大梅看出了他的心思，主动给他斟了一杯酒，"来！勾厂长，咱们干一个！"说完一饮而尽，把酒杯放在桌上，看着还在迟疑的勾厂长，"喝吧！喝了给你说说我看了厂子现状后的想法。"勾厂长见领导如此说，痛痛快快地干了，用渴求的眼神瞅着秦大梅。

　　"看了咱们的厂子，我突然有了个不成熟的想法。"

　　"什么想法？"勾厂长急不可耐地问。

　　"咱们不能再等了、再耗了，要把咱们现有的资源都利用起来，转投可行的项目。"

　　"那可不是一句话的事，说转就能转过的。"

　　"刚才你不是说现在厂里女工多吗？而且还都是50岁以下的，这些人经历得多，相对成熟了，思想也稳定了，这就是了不起的资源。"

　　秦大梅把勾厂长说糊涂了，"她们能干什么？"

　　"咱们把两个大车间里的陈旧设备都处理了，清扫干净，利用处理设备的钱，购置一批新式缝纫机，干劳动密集型产业，搞服装加工。目前咱市还没有像样的服装加工厂，咱们初涉服装业，暂时还搞不出品牌，最起码先养活自己不是问题。咱一步一步走，先搞来料加工，跟北京、天津的大厂合作，给他们初加工或干些技术含量低一些

第二十四章 变故

的产品,咱们这里把加工费用收低一些,他们肯定乐意与咱们合作。同时厂里成立服装研究所,召集专业人才,研究世界潮流服装,进行批量生产,跟风也要跟出名堂。"

"哎!秦局长说得可能行,我们怎么就想不到呢?"勾厂长听了秦大梅的想法也觉得可以了。

"下午你就召集有关人员开会,咱们说动就动,明天汪科长和你们副厂长就去北京、天津的服装企业联系加工活路,同时联系培训厂家。你在家处置设备,组织男职工清理车间。先在本市聘请一位懂服装加工的技术人员,给女职工们讲解服装加工基本知识,培训一下。局里视情况借给你们一笔启动资金,先运转起来,你看怎么样?"

勾厂长他们都用十分佩服的眼神瞅着秦局长。

"别愣着了,不认识吗?喝酒吃菜吧!"

一个多月后保源市磊阳柴油机厂的牌子换成了保源市新美服装加工厂。这是由一家老式国营企业改制的股份制新企业,厂里的职工投入2000元为一个原始股,多投不限,第一批投入的都是原始股。厂里用设备地皮评估后作价投入为控股方,股东们利益共享,风险共担。沉寂了多年的老厂重新焕发了生机,工人们、管理者们都以主人翁的姿态投入工作中。按月分到红利的股东们,拿着崭新的钞票笑逐颜开。柴油机厂转型改制的成功,引起了附近几个大厂职工们的青睐,纷纷要求仿效。市里指示工业局总结柴油机厂的改制经验,统筹考虑全市下一步的经济发展走向。

已经是晚上7点多了,市政府会议室里依旧灯火通明,开了一下午的会还没散场,会议研究了全市城建、交通、卫生几个主要问题,最后一个议题是全市国有企业如何进一步改制转型、搞活全市经济、妥善安置下岗职工再就业的问题。这是个复杂、重要、牵涉面很广的问题,它有如何立市的作用,因此与会领导们发言都很谨慎,而且都有高屋建瓴之势。主管城镇建设的市领导发言:"当前我市经济处于低迷阶段,要想尽快走出低谷,就应效法南方,比如海南岛,大力发展房地产开发业。土地是财富之母,保源经济要发展,想尽快摆脱困境,就得向土地要效益,把西郊的老厂先处置一部分交给开发商建设商品房,既能提高市民的居住质量,又能带来可观的经济效益。"

主管文化旅游的领导建议加快发展旅游业,以此带动全市经济,她说:"我们是全国闻名的历史文化名城,有雄厚的旅游资源,对重要的景点加以修整,加大宣传力度,吸引游客来观光旅游,既有经济效益又有社会效益。"

市长还想集思广益,要求部门领导们发表一些意见,文旅局长和城建局长都同意主管领导的思路,并围绕领导们的思路谈了自己的想法。作为工业部门的领导,秦大梅没有主动发言。市长对磊阳柴油机厂的转型比较满意,因此点名要秦大梅说说。

秦大梅一看不说不行了,就直说了。他说:"探讨、制定经济

第二十四章 变故

发展方向涉及如何立市的方向问题，我想我们市还是应以工业立市为主，我们西郊的几个大厂曾经是京南的重要工业基地，为共和国的发展是作了贡献的，我们要利用雄厚的工业基础，积极寻找转型的路子，合理有效地开发利用，使其成为保源市经济发展的发动机。同时在寻求发展的过程中，还要讲求绿色GDP，不能盲目求效益，造成资源浪费和环境污染。关于开发房地产，我想说一下我自己的想法，房地产虽然见效快，但是它和股票一样是泡沫经济的多发区，虽然目前我市房地产市场看好，但实际存在着恶性通货膨胀的隐忧。房地产公司的负债主要是来自银行和民间的间接融资，因此，如此高的负债率一旦出现市场风险，就会给银行和融资户带来不可挽回的损失，也会给社会带来不安定因素。"

秦大梅的发言引起了所有与会者的思考，面对种种高见，市长难以抉择，只得宣布休会，下来再议。

继磊阳柴油机厂转型之后，秦大梅在考虑纺织机械厂的转型问题。

不论是个人还是某个地方，随时可能有不测发生。就在秦大梅谋划转型思路的时候，中纪委的调查组突然进驻了保源市工业局。原因是收到实名举报，保源磊阳柴油机厂借改制之机，集体私分国有资产，工业局局长秦大梅入干股捞红利，致使大量的国有资产流入了个人腰包，国家蒙受了巨大损失。实际上又是冲着秦大梅来的，不过这次比上次还猛，上次是省纪委，这次是中纪委。中纪委的人先跟市委的领导交换了意见,让秦大梅暂时休息几天。他们把人马分成两拨,一拨人进驻市工业局清查账目,一拨人进驻磊阳柴油机厂查账和进行有关事项的调查,找当事人取证。

  市领导根据中纪委专案组的意见,让秦大梅先以休假的名义回避几天,他暂时卸去了工作上的担子。自打上次在医院里见了妹妹后就再没联系过,这回有时间了,他想踏踏实实地到山里住几天,好好和妹妹、家人亲热亲热。他来到妹妹的新家,感到妹妹家有了质的变化,新盖的大房子宽敞明亮,吃食也不单纯是山药、山药面,而以大米白面为主了。他问妹妹村里的人家是否都是这样。妹妹告诉他,绝大多数人家都有了改变,生活水平都提高了。秦大梅很欣慰,觉得我们国家确实进步了,人们都开始过上了幸福生活。又问了从伟、从丽的情况,秦梅子告诉他都很好,秦大梅打心眼儿里感到高兴。

第二十五章　邪不压正

秦大梅来看望妹子还住下来是第一次，高五蛋和秦梅子都很高兴。把家里养的鸡、兔各宰了一只招待哥哥。晚上高五蛋拿出了儿子高从伟从天津带回来的天津大曲招待大舅哥，哥儿俩坐在院里的石头桌旁都倒了半碗，就着新鲜的鸡肉、兔肉，就开怀畅饮起来。秦大梅从没有这么轻松地喝过酒，这夜酒喝得感觉很舒畅，原来喝酒这么美呀！

哥俩酒足饭饱之后，高五蛋去喂小牲口了。秦梅子拾掇清了，拿来了水壶、茶碗，也坐在了旁边。兄妹俩坐在大院子里，望着满天的星斗，又回忆起了往事，想起了多灾多难的家庭和突遭劫难的爹娘，感慨了一番。秦梅子对哥哥说："过去的都过去了，咱不老往回翻了，老天爷眷顾咱们兄妹俩，让咱们给老秦家传宗接代，咱们都要好好维护自个儿的家，把家看好了就是对祖先们的告慰。"秦大梅说妹妹说的是，管好了自己，管好了家就是对爹娘最好的交代。兄妹俩在夜色朦胧中又聊了生活和孩子们的事情。

夜深人静，秦梅子望着在云中时隐时现的月亮，对哥哥说："爹给你埋在老屋的东西我们挖回来了，是一个小木箱，都没打开看，原封不动地又埋在了小东屋里，就等你回来交给你，也算了了咱爹一桩心愿。"秦大梅说："方便吗？如果方便就挖出来看看到底是什么。"于是，秦梅子就招呼高五蛋拿铁锨把小箱子挖出来，撬开一看有4件瓷器、50个银元宝和2个银冬瓜，这些宝贝他们仨都没见过，感到既新奇又陌生。秦大梅拿起瓷瓶一看底款是乾隆年制，还有一个乾隆年制的瓷碗和两个宋代钧窑蓝釉点彩盖罐。秦大梅虽然不懂文物，但隐隐觉得这是稀奇贵重之物，私藏不得，捐给国家才安全。就对秦梅子两口子说："这是咱们祖上几辈人的血汗，咱们不能据为己有，应无偿捐给国家。共产党让咱们翻身过上好日子了，咱们要这些东西也没用，不知你们怎么想？"秦梅子和高五蛋都说听哥的。秦大梅说："既然你们俩同意，咱们就原物封好还埋藏好，我和县里文物部门打招呼，请他们拉走保护起来，也是咱们家对国家的一点儿贡献。但之前不能跟任何人说，好吗？"两口子点头同意。

第二天吃过早饭，高五蛋领着秦大梅到自家承包的地里转了一上午，秦大梅发现各家的地块都很整齐，田间小路和灌溉用的电力设施都配了套，耕种起来方便多了。庄稼长得都很好，丰收在望。他夸奖妹夫勤劳能干，为村里、家里建设立下了汗马功劳。高五蛋对秦大梅说："我们这个家走到今天，全靠你妹妹了，里外的事她操持得多，她比我还不怕吃苦，我从心里老觉得亏欠她的。"秦大梅见妹夫对妹妹很实诚，从心里感到她俩是同甘共苦的两口子，就说："你们都不容易，不过现在好了，孩子们都有了工作，你俩在家守摊儿过日子，

第二十五章　邪不压正

省心多了。看到你们过得不错，我打心眼儿里放心了。"

临近中午哥儿俩从地里回来了，秦梅子又是酒又是菜的早摆好了，又拿出了一瓶纯枣酒，让他们哥儿俩好好喝一顿。喝酒的时候高五蛋趁着酒兴向秦大梅提了一个要求，他说："大哥，人们都说五台山挺有看头，我和你妹妹这一辈子最远就到过县城，现在地里又没什么农活儿，你要有时间带我们去一遭吧，好在这里离那儿又不远。"要说五台山秦大梅在部队行军打仗的时候还真路过了几次，就是没有机会停下来看看，他觉得妹夫提的要求不过分，就答应了。晚上秦梅子烙了几张白面饼准备路上吃，第二天一大早他们把门锁好，委托邻居照看后，就赶到镇上坐上长途汽车奔五台山了。

汽车在陡峭的山路上颠簸了6个多小时，过了中午到达了台怀镇，三人下了车，舒展了一下腰身，就近在路边找了一家小饭馆用过午餐。虽然过了午饭时间，小饭馆里还是坐满了人，他们只得等翻台了。时间不长就有了位子，服务员擦抹过后，三人坐了下来。秦大梅在山西待过，对地方吃食有些了解，他没有和妹妹、妹夫商量就点了一份高粱面鱼，一份砍三刀，一份拨烂子，又要了3碗河曲酸粥。秦梅子附在哥哥耳边小声说："哥哥，少点饭菜，咱带着烙饼哩！"秦大梅点头，示意她坐下。

吃过了午饭，三个人在饭馆里稍事休息，秦大梅向饭馆老板了解了一下游览概况，就开始登黛螺顶了。到五台山旅游一两天游不完,但三个景点必须去,就是黛螺顶、塔院寺、殊像寺。他们选择先游览黛螺顶,黛螺顶号称华北屋脊,有"不到黛螺顶,不算朝台人"之说。若要登上黛螺顶参拜古刹,就需要爬1080级台阶,相当于130层的摩天大楼。通往黛螺顶的台阶路叫"大智路",这路名和台阶的级数,都寓意着佛教常识。登大智路边登边歇,尽情领略佛国风光,还可近悟佛教徒一步一叩首的虔诚。站在大智路顶,鸟瞰四周景色,荡荡乎如乘驹追日,浩浩乎若冯虚御风。据僧人们讲,走在大智路上,踏1080级台阶,能给人增添智慧,消除烦恼,让人逢凶化吉,平顺一生。

游过了黛螺顶下来天也就傍黑了,他们找了一家旅店住下,秦大梅又要安排晚饭,秦梅子说不要花钱买饭了,咱们把带来的烙饼吃了,喝点儿开水就行了,不然还得老背着。秦大梅尊重妹妹的建议,三人在旅店房间里吃了带来的干粮。秦大梅出去到小商店里给妹妹买了几个苹果,嘱咐他们早点儿休息,明天上午要把塔院寺和殊像寺游完,下午就坐长途汽车返回。

第二天早上他们在路边店吃了早点,就去了塔院寺。塔院寺原为显通寺里边的塔院,明代修建了舍利白塔而独立为寺,已成为五台山的标志,是蒙、藏佛教徒到五台山首先要朝拜的第一圣地。秦大梅他们三人登上了鸿门岩,在塔院寺里听着钟声梵音,感受了一番佛界的和雅、清净。从塔院寺下来去往殊像寺。相传殊像寺是求学求子的灵

第二十五章　邪不压正

验之地。寺院规模不是很大，但是大文殊殿内的文殊菩萨像却是五台山众像之最，高约9.3米，因而得名殊像寺。文殊菩萨坚毅、威严的慈悲相非常精美，其高大威武的造型也与我们常见到的不太一样，有着非常雄伟、非凡的气势，站在佛像下举头仰视顿时感到人类之渺小，敬畏之心油然而生。

他们仨走在通往殊像寺的石头路上，路旁卖佛教用品的、卖香纸的、卖古玩字画的一摊挨着一摊。要上台阶了，阶前有块空地，空地上摆满了各种小玩具，让游客扔圈套物玩儿。5角钱套两次，所套中的物品归套者所有，套空的赔5角钱。圈主是位40多岁的女人，动作干练，目含睿智。他们路过套圈摊，准备上台阶时，那个女的突然拦住了秦大梅，"你先别走！等一下。"秦大梅左右看了看，感到很奇怪，心想我没妨碍什么人哪！这个女的为什么拦我？高五蛋和秦梅子闻听也以为出了什么事，赶紧围拢了过来。

"你是个被打倒了又站起来的人。"那女人冲着秦大梅劈头来了一句。

"怎么回事？"秦大梅感到莫名其妙。

"你这个人不巴结人，也不愿意人巴结你。你暂时还在泥坑里，不过不要紧，很快就过去了，他们打不倒你！"那女人清清楚楚地对着秦大梅说了几句，又问，"还细看看不？"意思是要做一笔看相生意。

山里人

秦大梅自打参军入伍以来听到的都是领导的教诲，紧跟共产党，信仰共产主义。对社会上的江湖术士就没有触及过，按说人家给他说了几嘴，他应付点儿酬劳，他一点儿也不知道这里边的套路，听到那女人问"细看看不"就想逃脱，赶紧说："我先去参拜文殊菩萨，回来再看吧。"

秦梅子是个通透的人，她从那女摊主口里听出了一些端倪，等他哥走出了几步，凑到摊主跟前小声问："大姐，那是我哥，他犯了什么事吗？"

"没有，有事也快过去了，走吧！"女摊主麻利地说。秦梅子赶紧掏出1块钱放在那女人的钱箱里，"谢谢了，姐姐！"

他们游览了殊像寺下来，已到中午时分了，秦大梅坚持找一家好点儿的饭馆让妹妹、妹夫好好吃顿午饭再乘车回家。过惯了苦日子的秦梅子很是反对，经过秦大梅反复劝说，他们才进了一家像样的饭馆，服务员端来了茶水放在桌上，问："吃甚？"秦大梅拿过菜单翻看着，他在想自己和妹妹常年分离，没有尽到当哥哥的义务，借这个机会让他们吃顿好点儿的，心里还好受一些。他点了一份台磨酱，一份素食豆腐角和一条糖醋鲤鱼，主食点了3碗刀削面。饭食虽然不错，秦梅子吃得不香，听了女摊主的话，她老觉得哥哥有什么不好的事瞒着她。秦大梅也看出了妹妹的愁绪，极力劝他们多吃，不够还点，出了门子一定要吃饱。吃过午饭他们直接到公共汽车站等车，秦大梅买

第二十五章　邪不压正

好了三人的车票，在汽车还没有来的当口儿以去个厕所为名，到附近一家旅店给爱人打通了电话，问爱人有什么情况没有。爱人问他在哪里，他说陪妹妹、妹夫到五台山来看了看，正要往回走。估计明天上午就能到老家。爱人说别回老家了赶紧回来吧，市里找你呢！都来了两次电话。于是，三人搭上了返回县城的长途汽车。

在疯狂颠簸的汽车上，高五蛋脑袋歪靠在车帮上眯着眼好像睡着了。与之相反的秦梅子怀揣心事，两只大眼死死地盯着前方。秦大梅从后排座位上就感觉到妹子是在担心自己，他很心疼妹妹，兄妹俩真是心有灵犀一点通。秦大梅不时地瞟妹妹一眼，他多么想解开妹妹心中的疙瘩呀！本来是陪小两口儿出来开心的，却起到了相反的效果，这可怎么好呢！

天傍黑的时候，到了县城公共汽车站，秦大梅想着要是在县城住一晚，明天再送他们回家，但当天就赶不到市里了，还得耽误一天，放下他们自己坐夜车回市里也不落忍。这时他突然想起了一个老战友在县里当副县长，找他派辆车把他们俩送回去，自己就可以回市里了。他到汽车站里借电话要通了县政府办公室，正好他的老战友还没有回家，他一听是老首长秦大梅，赶紧高兴地问："你在哪里？我马上去接您。"

在等车接他们来的时候，秦大梅把妹妹拉到一旁，把有人诬告他的实情告诉了她，并说："你嫂子已和我通了电话，告诉我市里要我

山里人

马上回去,有要事相告,我估计调查的事有了结论,待会儿县政府的车把你们送回去,我就坐夜车回市里了,咱们就在这里分手,回去有了准确消息马上设法告诉你们。你尽管放心,哥保证没事,你还不相信哥哥吗?"秦大梅把右手拍在妹妹的左肩上捏了两下,给妹妹吃定心丸。

秦大梅的战友要留下秦梅子两口子住一晚明天再送,他们说都出来两天了,家里还有小牲口需要喂呢,还是走吧。县政府的小车把秦梅子两口子送走了,老战友说什么也要留下秦大梅住一晚,喝点儿酒叙叙旧,多年不见了就这么匆匆忙忙地走了,说什么也不行。秦大梅告诉他市里通知他尽快回去,不能耽搁了,过了这个事,再回来找他好好喝一壶。两个老战友的大手久久地握在一起,眼含着热泪分别了。

秦大梅坐夜车回到了市里,第二天按时到局里上班,打电话给政府办公室销假。政府办通知他马上来见市长,已经找了他两天了,以为他失踪了,马上过来。

刚上班的市长在批阅文件,秘书敲开门,领来了一个人。"尤市长,秦局长回来了。"尤市长闻听马上放下手中的笔,抬头对秦大梅说:"老秦哪!你可回来了,我还以为你到哪里隐居去了呢!要再不回来,我就要公安局发通缉令了。"他指了指旁边的沙发,"坐,坐,倒水,小姚!"尤市长也就势坐在了秦大梅身旁。

秦大梅顺从地坐下后,端起水杯喝了一口放下,看着市长。"你

第二十五章 邪不压正

的事过去了。"尤市长拍着秦大梅的肩膀,愣愣地来了一句。搞得秦大梅有些摸不着头脑,不过看着尤市长是打心眼儿里高兴。

"是这样的,中纪委调查组经过深入细致的调查,确认这次又是诬告。作案人找厂里一位精神不正常的人,给了他一些好处,让他在写好的稿子上签上了自己的名字。中纪委的办案人员要他回忆这个人是谁,那人记不起了,已委派公安局做深入调查。中纪委和省纪委委托市委还你个清白,要求在全市干部大会上宣布这件事,为你正名,也为全市干部树立一个勤政廉洁的榜样。本来是书记要亲自跟你谈的,这几天书记不在,到省里开会去了,临走时特意嘱咐我把你找回来,先给你压压惊。"市长如是说。

听了尤市长的话,秦大梅略微思索了一会儿,开口说道:"谢谢中纪委、省纪委的领导,谢谢市领导对我的关心。尤市长!对这件小事我是这么想的,我说得对不对,您再批评指正。我觉得实在没有必要为了这点儿小事兴师动众,我的事我知道,你们不知道,既然有人告,调查处理是正常的,市委暂时让我回避一下也是正确的,我非常理解。正好借此机会陪妹妹、妹夫去了一趟五台山,说实在的,我就妹妹这么一个亲人了,这么多年都是忙于工作了,都没有正式看过她,这回算是了了一桩心愿,真得谢谢诬告人给了我这个机会。经过这场风波,你们知道我的情况了,大家也都知道了我是怎么一个人了,这就行了,我感到很欣慰。还开什么正名的大会,我觉得我的名就没歪。开大会辟谣那不是多此一举吗？闹不好画蛇添足，还给人抓把柄。因此，多一事不如少一事。市长您要觉得我的话有道理，向上级汇报一下，就说秦大梅情绪很稳定，让他正常工作就得了。"

尤市长十分认真地听了秦大梅一番肺腑之言，一时无语了。隔了一会儿，他对秦大梅说："你刚才说得很有道理，你能够坦然地面对这场风波，主要原因是你自己知道自己，做到这一点实属难能可贵，我们有些同志一有波动就慌，那是缺乏底气。反正身正不怕影子斜，没有必要正名辟谣了。人家要造谣咱是堵不住的，诬陷之词有的是。咱'不管风吹浪打，胜似闲庭信步'。就是对邪恶行为的有力回击。"

"放心吧，市长！我是个蒸不熟、煮不烂、捶不扁、响当当一粒铜豌豆。"

"哈哈！你这个老家伙不简单哪！还知道关老先生的《一枝花·不服老》呢。对！咱就以不变应万变，看他能奈咱何？"尤市长高兴了。

"对了，市长！听你们领导的。"

"大梅呀！回来后工作该怎么干还怎么干，有市委、市政府给你做主呢。另外我还告诉你，作恶多端终有报，这回中纪委对那些无中生有、造谣生事、混淆黑白、破坏大好局面的搅事者要动手整治了。"

第二十六章　卸　任

秦大梅经历了两次"冒顶"事件后,思想上起了一些变化,一时出现了消极情绪。虽然在市长面前表现得很敞亮,但人都是感情动物,事后也不免觉得有些委屈。后来市委书记找他谈心,问他去了趟五台山,有什么收获没有,尤其是对佛教的理解如何。秦大梅对书记说,时间太匆忙,就转了黛螺顶和殊像寺两处景点,朝拜的人熙熙攘攘匆匆忙忙,没有机会跟法师们接触、交流,只是粗略地看了看,没有什么收获。书记说,没有收获就是收获,最起码看到了朝拜的人们虔诚的一面。佛教乍一听觉得很深奥,其实和我们平时讲的哲学有很多相同之处,都是对自然、宇宙、人生种种问题的思维探求。佛教教育人们要智慧、慈悲、解脱、自省。而哲学的本质是大道至简,就是当这个世界难以改变时,哲学会给你应对的力量,它像星辰,照亮你孤单行走的夜路;它是温柔的安慰,足以疗愈你的痛苦;它是智慧,开解你对人生的困惑;生活碰壁时,学会以最软的方式着陆,坦率地面对挫折,调整心态完善自我。细想想二者是不是具有兼容性,都赋予了生命终极关怀的意义?秦大梅聆听了书记关于宗教和哲学的简要论述后,对书记说:"关于佛教与哲学我理解得比较肤浅,但我明白了领导从哲学的角度跟我谈话,是在教育我赶紧从'泥潭'中走出来，我感觉到了领导的良苦用心。行了不说了，领导太忙，我回去工作了。""好，你明白了就好，那样我就不担心了，你回去吧。"书记和秦大梅这样交流了一番，秦大梅就告辞了。

秦大梅回到了自己的办公室，坐在办公桌旁回味书记的话外音。是的，人生没有平坦的大道可一直走下去，总是有些异常现象伴随左右，制造一些障碍，干扰你前进的方向。被这些现象干扰的人，终归一事无成。书记教导说："生活碰壁时，学会以最软的方式着陆，坦率地面对挫折，调整心态，完善自我。"完善自我就是认识自己，战胜自己，只有战胜了自己，才能战胜一切。经过一番深入思考，秦大梅觉得身心受到陶冶，思想得到升华，有一种蓬勃的力量在胸中升腾，仿佛泥土里的种芽，即将破土而出。

自从前一段时间磊阳柴油机厂转产改制成功后，市委、市政府对磊阳柴油机厂转产改制很满意，给予了充分肯定，并鼓励市工业局进一步解放思想，为机床厂、齿轮箱厂、棉织机械厂等几家大型企业分别制定一套改革方案，提交市委常委会研究。

通过《工业》和有关刊物上发布的消息可知，全国各地的国有企业改制正在有力推进，大有势在必行的势头。秦大梅在想，国家为什么下这么大决心要对国有企业进行改制，这与国家整体经济发展形势有关。农村实行联产承包责任制后，极大地调动了农民种粮积极性，而国营企业还躺在国家怀抱里吃大锅饭，管理者的积极性，工人的创

第二十五章 邪不压正

造性都得不到发挥，国有企业的运营模式和发展速度已与国际严重脱节。因此，国营企业改制势在必行，而国企改制就是要建立适应社会主义市场经济要求的现代企业制度。这个制度就是要建立以公司为主要形态，以完善企业法人为基础，以有限责任为保障，以产权明晰、责任明确、政企分开、科学管理为前提的新型企业制度。要建立这样的企业制度，在改制过程中有三个大问题需要妥善解决，即：国有资产处置、股权设置、人员安置。说白了就是国家、集体、个人三者利益分配问题，这三个问题都是十分敏感的问题，牵一发而动全身，哪个地方出了问题都不好收拾。要统筹考虑，在大原则统领下，试行一厂一策。他正在考虑从哪个厂下手，门突然被敲响了，秘书进来了，还跟进来一个人，秘书说："局长，这位客人找您！"秦大梅抬眼一看是武珩九，"哎呀！老武哇！你怎么来了？"

"怎么！不欢迎吗？"

"欢迎！欢迎！热烈欢迎！只是你不提前打个招呼，搞突然袭击不好，要知道老朋友来怎么也得用八抬大轿去迎接呀！"

"你别卖嘴了。"

老朋友相见格外亲。两个人握了好长时间的手，又互相拍打了几下才坐下来。

"怎么样？在机关工作还习惯吧？"武珩九端起水杯喝了一大口，问。

山里人

"别提了,一点儿都不习惯。哪像在咱们厂子那会儿,说了算定了干,班子里处得像一起长大的兄弟。这里跟咱们那里的政治环境有天壤之别,得拿出一半的精力应酬、平衡各种关系。"

"有那么复杂?"

"唉,一言难尽,行了不说这个了。你这次来是公差还是路过?"

"两者都有,主要是公差,而且是奔着你来的。"

"这又怎么说,奔我来讨杯酒喝?"

"酒是要喝的,但也真有事相求。"

"咱们是老工友了,说求就用词不当了。说吧!不论公事私事只要我能办的肯定在所不辞。"

"这还像个一块儿共过事的老朋友,不像有的人一阔脸就变,官大脾气长。熟人见了面不尊称'某局''某长''某处',眼皮也不带抬的,更别想求人家办事了。更有甚者,恨不得家里人都要叫他某某长才舒服,看来你不是那号人。"

"老弟呀!我这可算个什么官啦,整个一个信息传递员,主要职责是上情下达。有什么事你就说吧!"

"我今天要说的事是大事,而且是咱厂的事。"

"咱厂有什么事?"秦大梅有些惊讶地问。

"你是不知道哇!现在人心都散了,拢不到一块儿了。三十年前是出城进山雄赳赳,现在是闹着出山进城气昂昂。"

第二十六章 卸任

"出现了这种情况？"

"听说大三线的厂子，有的搬到上海、重庆、成都、天津这些大城市了。咱们那里6个厂子都人心浮动，吵着要搬家，人们说他们搬到大城市了咱们搬到小城市也行。这不，我先来探探风，跟你商量一下，帮着在郊区弄块地皮，也搬过来，怎么说也是中等城市啊！"

秦大梅听了，好长时间在思考，这可是个大事，现在自己手下就有好多厂子停产待转，再要抽出时间去联系地皮，说不定又要引起什么风波。这件事应先争取市政府的同意，再组织有关部门联系郊区县物色位置。要说这事还真不是个小事，应了吧能不能办成心里没底，不应吧，自己的老厂说不过去，你说这平白无故地冒出这么个棘手的事，真叫秦大梅左不是右不是，进不是退不是。

武珩九见秦大梅踌躇不定，知道他也有难处，故意激他："我刚才还觉得你没变，怎么遇到事不利索了？是有点儿变了，真像个大机关的人了，近朱者赤嘛！"

"行了，武老弟，我是哈巴狗逮老鼠——像猫又没有猫的本事。走吧！先到我家吃饭去吧，让你嫂子炒两个菜，我还藏着一瓶舍得，好几年了，今天舍了它。"

"不去你家麻烦嫂子了，大晌午的时间紧张，找个馆子我掏钱。"

"你这不是寒碜我嘛！干脆咱们去君偿来得了。"

山里人

"这还差不多,山里人不轻易进城,来了就得尝尝马家老鸡铺的鸡。"

"条件还挺高,走吧,满足你。"

秦大梅把司机打发回家了,他和武珩九走到了君偿来,要了一间小雅间,泡了一壶自带的铁观音,点了一只马家老鸡铺的卤煮鸡和一盘花生米,要了一瓶沧州白,二人就喝了起来。

老友相见有说不完的话。秦大梅询问了老厂近几年的情况,又问了许多老工友的身体状况。武珩九一一作了回答,并为秦大梅的军工情结所感动。他们是多么怀念在一起工作、战斗的岁月呀!几杯酒下肚,秦大梅提起了征地的事。

武珩九说:"老兄啊!你是个热心人,是个有责任心的人,从我给你提起这件事起,我就在观察你的表情。听了我的想法后,你凝眉静思,说明你在动脑子想办法。根据我多年求人办事的经验,对对方提出的要求答复快的人,一般的结果都是零。对方一说求办什么事,马上说办了没问题的,多数是有问题的,办不了的。而答复缓慢的人,或者说你这事不好办的人,他是在琢磨怎么办,求人的人就有希望。你是属于后者,能办不能办你是动了心思了。"

"我是这么想的。"秦大梅放下酒杯缓缓地说,"像你们3000多人的厂子整体搬迁征地这么大的事情,必须先和市政府打招呼,必要时还要请省工办出面跟市里协调,由市政府立项才能解决。晚上我和

第二十六章 卸任

主管市长联系一下,明天找他汇报一下你们的想法,让领导听听,给你出出主意,或许有希望。"

"你说的是,我准备准备,向市长汇报一下厂里的现状和厂里的资源优势,引起领导们的重视。另外我回去后计划派两拨人出去,到已经搬迁和正在办理搬迁手续的大厂搞一下调研,看看人家是怎么做的,取长补短嘛。"

"对,做到心中有数。你们厂的农用汽车项目很有前景,如果市里同意接纳你们,可以考虑把技术力量分散一下,帮助市里改制企业上几个机加项目,生产汽车配件,与主流汽车厂配套,不就把我市的汽车工业促起来了?"

"还真是,我怎么就没想到呢?领导就是领导。"

"又拍上了,俗不俗?咱们一个锅里抡马勺好几年,我有几根肋条都给你们看透了。"

"这不'士别三日,当刮目相待'嘛。"

"还刮目呢,刮脸也不顶了,老喽!"

老哥儿俩连吃带喝,叙了旧又唠叨当下,说不完的话。服务员来了问:"二位吃点儿什么主食先点上,我们快下班了。"他们这才知道时间不早了,每人点了一份二罩二的牛肉罩饼,吃过后一块儿去了旅馆,在旅馆里秦大梅给老伴儿打电话请了假,说是要陪老伙计在旅馆里过一夜,老伴儿知道他的军工情结,痛快地批准了,他俩又唠叨

山里人

了半宿方才入睡。也就是凌晨两点多的样子，秦大梅还在做梦，他梦到又回到了老厂和林晨如等人在一块儿研制新一代自动步枪，新枪刚组装完毕，大家要他打第一枪，他趴在靶位上正要扣扳机，就听到有人叫他："秦书记，秦书记！醒一醒！"他睁开眼一看是武珩九趴在床头叫他。"怎么回事？你不睡也不让别人睡，安的什么心？"他强打精神问武珩九。

"我的好老兄，亲爱的老领导，你就委屈一下，少睡会儿吧。天明了要见你们市长了，我心里老是不安生，你就陪我说会儿话，教教我都怎么说好吗？"

"我说你是揣着明白装糊涂，这么些年了什么风雨没经过，故意给别人添乱，怕别人休息好了。"

"可不是！还是咱俩先套套吧，那样心里有底。"

"什么领导也是人，你不用心里打小鼓，官越大越平易近人，你心里怎么想的就怎么说得了，说错了也不要紧。"

"你说得轻巧，明天要说的可是大事，关系着几千人的前途，我能马马虎虎吗？"

"天大的事也是靠一张嘴，就凭你这张嘴，我估计没问题。"

"我就简要地把咱们厂的情况介绍一下，重点说咱们厂的资源优势和下一步的打算行不？"

"行，还要说一下如果能搬迁过来的话，能给市里带来什么好

第二十六章 卸任

处,比如拉动作用啦、增加税收啦也是很重要的。"

"看看,还是你站位高不是?"

"行了,又来了。你再琢磨琢磨吧,我还眯一会儿。"

"平时嫂子就不让你睡够吗?这么缺觉!"

秦大梅翻身冲里故意打起了呼噜。

上午8点刚到,郄副市长办公室的门还没有开,秦大梅和武珩九就在门口等了。郄副市长刚拐上2楼楼道口,秦大梅就带武珩九迎了上去,很客气地问了好,又把武珩九介绍给郄副市长。他们到办公室坐定后,郄副市长把外罩脱下挂在衣帽架上,转身对着二位说:"你们那个厂我知道,是咱们省军工企业的领头羊,为国防事业做了大贡献的。只不过现在国际形势变了,估计你们可能也需要变,只是怎么变的问题。"

郄副市长是天大经济学硕士,是市委班子里最年轻、学历最高的领导,现任常务副市长,主抓全市的财税、金融、经济工作。在郄副市长脱衣转身的间隙,武珩九着实打量了他几眼,郄副市长中等偏高的个子,面目白皙,头发梳理得很整齐,口阔唇红,一副纯钛近视眼镜架在直直的鼻梁上,浓眉下眼镜后有一双典型的知识分子的眼睛,一身洁净笔挺的西服显得十分干练。

"郄副市长!您还真了解那个厂?厂子从无到有我都经历了,现在就面临着您刚才说的要转变的问题,这不武厂长从大山里赶来,就是要向您汇报一下他们厂的想法。"秦大梅赶紧向郄副市长说明了来意。

"行啊！说说吧。"郄副市长儒雅随和地说。

武珩九见郄副市长很随和，心里轻松了许多。他首先简要地从1964年建厂说起，当初从四面八方汇集到大山沟里的干部职工，团结一致，克服意想不到的困难，创造了56天建厂、56天造出半自动步枪的军工建设史上的奇迹。改革开放之初，军工产品任务大量消减，上级号召由生产军品转产民用产品，厂里的科研团队研制出了适销对路的农用汽车，效益和前景都很可观。

郄副市长用赞许的目光看了看武珩九和秦大梅。

武珩九接着说："随着改革开放的逐步深入，为了方便生产，提高效益，进一步方便干部职工和家属的生活，其他省的大三线企业开始往大城市搬迁。我们厂的干部职工也有了搬迁意向，经向省工办和省政府请示后同意我们选址搬迁。现在向您汇报，你们市是我们的首选目标。如果接纳了我们，待厂子搬迁投产后，据初步估算，每年可为市里缴纳2000万元的税收，还可以和市里机械制造企业合作，研发制造新型汽车，打入国际市场。我们厂的优势是有秉持着艰苦奋斗精神的工人，有开拓创新的科研团队，有完好的机加设备和科学、精细的管理干部。"

郄副市长听得很投入，并不时地点头。武珩九感觉他说的领导听

第二十六章 卸任

进去了,又接着说:"郄市长,我知道您很忙,今天就向您简单汇报一下我们厂的大致情况,希望能引起你们领导的重视,我谨代表山区厂的3000多名三线工人谢谢您!"

"武厂长客气了,你提供的信息很重要。不过这么大的项目,要上市委常委会研究才能决定。现在市里的经济形势对你们很有利,我们正在大力提倡招商引资。你先回去准备搬迁的材料,我向有关领导汇报,等有了消息,我让秦局长马上通知你。大梅,好好招待一下你的老伙计,还可以领武厂长走走看看。"

"好的。"秦大梅和武珩九起身告辞。

他们从郄副市长办公室出来,武珩九要直接回厂,秦大梅坚持要到自己的办公室坐一会儿,再商量一下下一步的打算。于是他们俩就回到了工业局秦大梅的办公室。

"我今天汇报得怎么样?没给你丢人吧?你估计此事有希望吗?"武珩九问秦大梅。

"看你说什么话!你是老油条了,这么说就行,简单明了。我估计有希望,因为郄副市长说了一句'现在市里的经济形势对你们有利,我们正在大力提倡招商引资'。听到这句话的时候我在想,如果市里同意了你们搬迁进市,就先和我们的齿轮箱厂合作,那个厂子老,有基础,不过外地人调走了不少,留守的本地人现在情绪也不高。咱们是否考虑在全市率先搞个股份制大企业,可以让工人参股入股，调动工人的积极性，估计能救活这两个企业。"

"那样搞能行吗？你这个想法倒是挺新颖。"

"行不行我也说不准，这不改革嘛！老墨守成规不行，要设法调动起工人的积极性，工人没有积极性干什么都是白搭。工人参了股，有了积极性，创造了效益，国家拿大头，企业留中头，工人得小头，三者都有了利，不是三全其美吗？我是想，改革开放是中国大运初起，中国要崛起，崛起就必须先有经济的崛起，而经济的崛起就要靠制造业的崛起。因此，我们必须想方设法把国有企业搞活，为崛起注入活力。"

"你这个想法有深度，而且这么做确实对发展经济是个大的拉动。但是我建议你还是先跟市里有关方面沟通沟通，尽量不出什么差错，如果大家都支持，咱们就干。"

"好吧！你先回旅馆休息一会儿，我再处理一些小事，中午到我家吃了饭再走，我通知你嫂子准备饭菜。"

"可不了，下次吧！我赶紧回厂，厂里还有一大堆事呢！不过我们厂搬迁的事你再设法促促劲，过不了几天我还得来。"

"下次来带个书面的东西，领导看了也好说话。"

"是，这次不是务虚嘛！办公室正在拟稿，我回去尽快整理出来，下次带来上交市领导。"

送走了武珩九后，秦大梅又把事情的头绪梳理了一遍。关于如何

第二十六章 卸任

合资合作，如何让工人们参股入股的做法，在脑子里勾勒了一个大致轮廓。他打算找市长深谈一次，把市里这些国营企业面临的现状和最近的想法，一股脑儿地给领导说说，市政府如果批准了他的想法，就先拿齿轮箱厂作试点，取得经验后就在全市工业系统逐步推开。

下午回家后，老伴儿问武珩九走了没有、老厂的情况怎么样。秦大梅告诉她现在厂子里人心惶惶的，都吵着要求搬家，他们初步打算往咱们市里搬，这不先给郄副市长汇报了一下，还得等上会研究，等等吧。另外，他说："咱们厂的老师傅又走了3个，都是得了急病抢救不及时走的。那可都是建厂的老功臣哪！武厂长说了以后，我很难过，都是好好的人怎么说走就走了，这人的生命哪真是脆弱。"

老伴儿闻听也感到很痛心，但又劝慰秦大梅不要过于悲伤了，人生和死之间的距离都很近，全凭一口气聚散，本来又哭又笑的，忽然间说走就走了，谁也逃不出这个规律，尤其是咱们这个年龄段的人，既要展望未来，更要活在当下。老伴儿不愧是教语文的讲师，既有文采又洒脱，秦大梅深感老伴儿说得对，不觉心下恻然。

第二天，也就是星期六的下午，局里的人们都准备过星期日去了。秦大梅独自在安静的办公室里看文件，突然有人敲门，秦大梅说了声请进，局办公室的常宜主任推门进来了，秦大梅说："来，坐会儿吧！没什么事吧？"

"秦局长，我今天真没什么事要请示，就想过来跟你坐会儿，扯会儿闲的。"常宜边说边坐在了秦大梅对面。

"好哇！我没什么文化，就喜欢跟你们知识分子聊天，长见识开阔思路。"

"我是徒有虚名。"

"你是太谦虚了，你的情况我了解一些，是有些大材小用了，不过这次国企改制我准备让你到风口浪尖上历练历练。"

"秦局长，我就这样了。"

常宜是1966年清华大学机械工程系的毕业生，毕业后分配到保源市灯泡厂工作，进厂后"文化大革命"就开始了，加上专业不对口，就一直做些边缘工作。他为人正直厚道，老实本分，对工作不挑不拣，所以一直在基层摸爬滚打。"文革"结束后落实知识分子政策，才把他调到市工业局，到局里也是学非所用，他常想也就这样了。秦大梅到局里工作后，他发现秦局长是个干事的人，是个能干成事的人，早已灰冷的心，又有些萌动，想在秦大梅的领导下再为国家做些事情。

"常主任，国企改制市里要求我们马上动起来，关于这方面的工作你有什么想法吗？"

"秦局长，有茶吗？喝一杯。"常宜岔开了话题。

"有，你等着。"

没等秦大梅站起，常宜赶紧过去给秦大梅杯里加了水，又给自己

第二十六章　卸任

泡了一杯茶，端着又回到局长对面的沙发上，轻轻地抿了一口。

望着常宜泡茶喝茶，秦大梅不说话了。常宜慢慢地喝了几口后，望了一眼秦局长期待的眼神。"秦局长，我今天来不是谈工作的，扯点儿闲的，说说你的事怎么样？让说不？"

"我有什么事？发现我有什么不轨的行为了吗？"

"那倒没有，您来这段时间，通过我的观察、接触和同志们的反映，我认为您是一个脚踏实地、不尚空谈、务实、勤政、廉洁的好干部。"

"这不都是好吗？合着你是来表扬我了，怎么也学会顺情说好话了。说说我听不到的才有意思。"

"不是拣好听的说，是照实了说的。也有不好听的地方，您想听吗？"

"这就对了，说，敞开了说。"

"那我就直说了，您思想僵化，有些做法不合时宜。"

"好！这话我耐听，往下说。"

"真想听？"

"废话！还有假的？"

"那我就吃了豹子胆了。"

"少废话！"

"您今年过五十了吧？"

山里人

"过了零了。"

"像您这年龄,又没有学历,下次换届就有退二线的可能。"

"那不很好吗?"

"好是好,可那对党的事业是个损失啊!"

"损什么失,去了穿红的就有穿绿的,长江后浪推前浪嘛。"

"话是那么说,但有些人就不那么想,想方设法往上钻。其实您也可以争取争取,如果有个学历,根据您的能力和品行,完全可以当个市领导。"

"怎么个争取法?"

"现在您最大的不足是学历低,想办法弄个文凭,就有条件争取了。经商的想赚钱,从政的想进步,这无可非议,不丢人。"

"不是!我没听明白,学历还能弄?怎么个弄法?"

"看!我刚才说了您思想僵化不是?据说弄个那玩意儿不难,有时候比我这真的还管用。你们这一代人真正受过大专、大本正规教育的有多少?可为什么一填表都是大专、大本的,有的参加了在职学习,确实取得了文凭,有的是走捷径拿到的,可不管怎么说它都管用。这些年您是一门心思扑在工作上了,再说了,您也不是搞那歪了邪了的人,压根儿就没朝这方面想过,实际上有些耽误。"

听了常宜一番话,秦大梅陷入了沉思。改革开放了,提倡以经济建设为中心,人们都向钱看了,效益优先嘛!这可以理解。可为了

第二十六章 卸任

赚到钱什么办法都有使的,什么招儿都有用的,五花八门,泥沙俱下。这固然活跃了经济,但价值观改变,道德扭曲,这些无声无影的损失,金钱是弥补不了的。现在市面上混杂着假商品、假药品、假设备,还有假学历、假文凭、假话、假理想,要什么假的都有,关键是有了假人,才有了假货。据说有一位假官,还是位女士,官至地市级,顺风得很,还想往上走,有关部门一审查才发现此人从学历、招工手续到转干、提干的手续都是假的。如果她做到地市级的位子上就此打住,也许就假到底了。咱就不明白当初那一关一关的政审是怎么过的,这些现象真不可思议。就连常宜这么正直的知识分子都劝我走假路了,可见净化社会环境是多么迫切和必要哇!

常宜见秦大梅在思考,觉得不便再说什么,就静观杯中沉浮的茶叶。他感觉人生如茶,初时争相上浮,释放精华,最后尽落杯底。茶的韵味尽在品饮中感觉,如同生活尽在日常中体验。在或苦或甜或浓或淡色味交织中,品出一种淡定的人生,一种不可释怀的人生,一种笑看云卷云舒的人生。

"你说的只是现实社会中存在的一种现象,纠正这种现象需要靠全社会人的共同努力。"秦大梅亲切地看了一眼常宜,接着说,"尤其像我们这样从小就受党栽培的人,一定要不忘初心,坚定信念,歪风邪气面前不动摇。提拔看学历,到时退二线、退休,是国家新时期的干部政策,是为了提高干部队伍的整体素质、提高各级干部的领导和管理水平而推行的。我们不能钻空子，造假欺骗国家，学历有就是有，自己知道，周围的人都明白。就是厚着脸皮买个假的，官可能升了，但名不副实，于心有愧，且不说社会上怎么看你，自己的良心也会受到谴责的。作为我来说，坚持我的做人准则，绝不做违心违规的事，随遇而安，组织安排就是结果。当一天和尚撞一天钟，而且要尽力撞响。"

"秦局长，通过今天这一番谈话，我对您有了更加深刻的认识。有骨头、有骨气、有信念、有定力，是个能驾驭大局的人，真是我辈学习的楷模。"

"看！本来是交心的谈话，怎又拍上了？"

"局长，前边的话等于我没说。说句掏心窝子的话，我是发自肺腑地佩服您，没有半点儿拍的意思，您也知道我是个迂腐之人，不会逢场作戏。一下午了光顾了说话了，都过了下班的点儿了，要不咱俩找个小馆子喝两口，再聊会儿。"常宜看了一眼墙上的挂钟，意犹未尽地邀秦大梅。

"别了吧！你忘了君子之交淡如水了，还是回家吧！吃老婆做的饭菜心里舒服，咱们抽时间再聊。关于国企改制的事你多动动脑子，下星期开个局务会研究研究。"秦大梅还在惦记着工作。

过了星期天，秦大梅把局班子成员召集到会议室开会，主要议题是国企改制。他把组建股份制企业的想法提到了会上供大家讨论，还

第二十六章 卸任

有市齿轮箱厂和前锋机械厂联合研发、制造汽车配件的意向也提了出来。他说今天的会是个务虚会,大家先把任务领回去,各自认真地搞个方案,下次会议上议定后提交市政府。

散了会秦大梅回到了办公室,洗了洗手刚坐下看文件,秘书小周就来了,告诉他市委组织部来人了,在小会议室等他,他赶紧拿起笔记本就去了小会议室,组织部的人见他来了都赶紧站起来,他示意大家都坐下。寒暄了几句后,组织部的莫处长就进入了主题。他说:"秦局长,你到市里工作时间虽然不长,但踏实肯干,又勇于开拓创新,使我市工业系统的沉闷局面出现了转机,受到了工业系统干部职工的赞誉和信任,市委、市政府的领导对你的工作都给予了高度肯定。但是由于年龄和明年换届的原因,部里决定把你的工作岗位变动一下,也就是先从一线岗位上退下来,另行安排。我们受部里的委托先来和你谈一谈,看你还有什么想法,要是有就提出来,我们代你向上反映。"

"很好!我完全服从组织决定,怎么动都行,什么想法也没有。是今天交接还是明天?"秦大梅爽快地表示。

"这几天都行。"

"那还有别的什么要求吗?要是没有了,我回办公室拾掇拾掇。"

第二天的上午,秦大梅右手拎着一个纸箱子,左手提着公文包,

山里人

秘书小周要代劳被他拒绝了。他稳步走出了工业局办公楼,身后跟了一帮科长、科员们,大家相对无言地走着,到了大院门口人们还执意要送,秦大梅回头劝大家都回。亲爱的同志们!再见了!这时常宜大声地朗诵起王维的《送别》:"山中相送罢,日暮掩柴扉。春草年年绿,王孙归不归。"

秦大梅抬头望了望辽阔的蓝天,天空中有两只鸟在自由地飞翔,他迈着坚定的步子朝着自己的心灵港湾走去。

2021年12月21日

完稿于曲阳抱石斋

后　　记

　　坚持写了两年多的长篇小说《山里人》终于收笔了。这几天我时常在拷问自己：想说的说出来了吗？想掏的掏出来了吗？达到自己设定的深度、高度了吗？带着这些问题我把征求意见稿送给剧作家李木成先生、县作家协会主席张建成先生、秘书长苑林霜女士，求他们给斧正。

　　对于文学我是心怀敬畏的，因为文学是有文化的学问，来不得虚伪、欺诈和装腔作势，也容不下污秽、肮脏和居心不良。于己而言，谈不上是有文化的人，但出于爱好，多年来怀着虔敬的心在文学的边缘跋涉，零零碎碎地写了一些小东西，虽然不成气候，但每当动笔写作一篇文章的时候，也是在净化我的心灵的时候，衷心希望我的读者也能得到这样的享受。对于本小说的构思也有些年头了，就是没有下笔的决心和勇气。两年前一个偶然的机会结识了保定市人大监司委的杨亮辉主任，他赠给我他创作的两部长篇小说，一部是《村坝》，一部是《昨日的月光》，他说这是他近两年的新作。我们在保定古城一个小饭馆里畅饮，几杯酒下肚，我没有了刚见面时的拘谨，大胆地向他讨教创造的思路和妙法。此君爽朗豁达，他说这两部小说出版后，自己觉得很有成就感、收获感，起码能写长篇小说了。我又讨教有什

山里人

么妙法和规律没有，此君答曰：要说妙法就是你要有灵感就马上写，把想到的都写出来就行了。规律就是笨写、坚持写。

"我能写长篇小说了。"这句话对我的激励很大，回家后心里躁动起来，在想要不就按杨亮辉先生说的试试？于是就拿起笔开始了此作品的创作。我知道自己是个意志不坚定的人，在创作过程中，写写停停，有时还被杂事所扰，不管怎么说总算收笔了。

书中的主人公秦大梅、高五蛋等人纯属虚构的，是时代的缩影。在那个火红的年代，那一代人为了祖国的繁荣富强，舍小家为大家，呕心沥血，赴汤蹈火在所不辞。其精神确实感人，其事迹确实可歌可泣。我是共和国的同龄人，是幸运儿，没有赶上残酷的战争年代，有幸在共和国的怀抱里成长，经历了那如火如荼的建设时期，并有幸参与其中。那个年代鲜活的人物、撼人魂魄的场景至今铭刻于心，觉得有责任记录下来，让后人知晓。我笔下的人物有的是世间存在过的，也有我心里憧憬的。我以为人生在世应该像秦大梅一样心胸坦荡，矢志不渝，去经历高洁、纯净的意境，做大写的"人"。但由于水平所限，对这些高大形象刻画得不够完美，只有靠读者去拔高了。

书中出现的赵补平等人象征着个别人卑劣、自私、愚顽的丑恶本性，他们与社会进行抗争、博弈，碰得头破血流、一败涂地。这足以证明社会正义、正直的力量是无坚不摧的。也印证了在人生的路途上没有捷径可走；没有白占的便宜，本分做人，踏实做事才是根本。

后 记

  谨以此书奉献给为共和国奉献了一生的仁人志士们，向他们表达我的敬仰之情。

  谨以此书奉献给我的朋友和广大读者，这是我在用朴素的心跟你们交流，我耐心等待你们的批评。

  在此，对在写作之中给予了指导的李木成老师、杨亮辉老师、张建成主席，对给予了热情关切并认真修改原稿的曲阳县作家协会秘书长苑林霜女士，对驻胡家嘴村扶贫的第一书记张玉平先生和为本书热情作序的河北省作协副主席程雪莉老师，对题写了本书书名的河北省作家协会主席关仁山老师，对热情支持的老伴儿张翠云和家人们、好友们表示由衷的感谢！

2021年12月25日
记于抱石斋书屋